战士百炼成钢，英雄莫问来处

英雄山 Ⅱ

伏击

徐贵祥 著

人民文学出版社

图书在版编目（CIP）数据

英雄山．伏击/徐贵祥著．—北京：人民文学出版社，2020
ISBN 978-7-02-016278-9

Ⅰ．①英… Ⅱ．①徐… Ⅲ．①长篇小说—中国—当代 Ⅳ．①I247.5

中国版本图书馆 CIP 数据核字(2020)第 080614 号

策划编辑　脚　印
责任编辑　王　蔚
装帧设计　刘　远
责任印制　王重艺

出版发行　人民文学出版社
社　　址　北京市朝内大街 166 号
邮政编码　100705
网　　址　http://www.rw-cn.com

印　　刷　三河市宏盛印务有限公司
经　　销　全国新华书店等

字　　数　290 千字
开　　本　890 毫米×1290 毫米　1/32
印　　张　11.125　插页 3
印　　数　1—30000
版　　次　2020 年 8 月北京第 1 版
印　　次　2020 年 8 月第 1 次印刷

书　　号　978-7-02-016278-9
定　　价　45.00 元

如有印装质量问题,请与本社图书销售中心调换。电话:010-65233595

脚 印 工 作 室

第 一 章

一

我知道你会来找我，我已经在这里等你很多年了。那本刚刚出版的《穿插》，不仅让你们这些年轻人感到震惊，就连我们这些死去多年的人也很不平静。遥远的往事，就像天上的白云，从历史的深处飘来，点燃了我的记忆之光……那些隐藏在岁月沟壑里的真相，还有谁比我更清楚呢？

好了，书归正传。我们还是先回到五十年前的那个“西训团”，因为故事的主要人物都是从那里出发的。

“西训团”位于葱茏山的北麓，原先是军阀的一座兵营，面积有三百多亩，依山傍水，房屋多掩映在绿树丛中。从外面看，看不出什么，里面却是别有洞天，有一座占地七十多亩的堰塞湖，湖畔点缀假山、小桥和亭台，风景非常秀丽。后来这个军阀挂起了青天白日旗帜，蒋委员长派来一个指导团，在这里办起了“西峰军官训练团”，简称“西训团”，是一个半军校性质的教学机构，也可以看成是中央军和地方军杂交的产物。它的任务有两个，一是培养在职军官，特别是在历次征战中的有功军官，晋升之前进入“西训团”镀金；二是招收有高小以上学历的青年学生，培养初级军官。那座不大的堰塞湖稍加修整，岸边建了几个小亭子,取名"三民湖"。总团部和一分团在西峰山南麓,二、三分团在西峰山西侧。

上个世纪三十年代的一个秋天,我从长洲第一国立中学初中毕业,是继续求学还是谋取一份差事养家糊口,家里争议很大,我的二妈,也是我的生母主张我接管家里的那爿小店,而我的另外两个母亲——需要说明的是,这两个母亲不是我父亲的姨太太,而是我父亲生前好友的妻子——大妈主张我留在长洲城当一个警察,三妈则主张我到省城继续读书,我本人也很想继续求学。三个母亲商量的结果,还是尊重了我本人的意愿。

我的舅舅在送我前往省城的路上,看到了葱茏山国军"西训团"招生的消息,灵机一动,跟我商量,反正是求学,干脆报考"西训团",既可以接着读书,还可以节省费用,毕业了就是军官。那年我才十七岁,对于未来还没有明确的方向,觉得当个军官也不错,后来就转道到了西峰。因为是初中生,身体素质也很好,很顺利地就考取了,被分配在一分团当学员,学的是步兵战术专业,主攻山地作战。

"西训团"根据不同专业分成三个分团,学员成分非常复杂,里面有国军的下层军官,有被红军分了土地的富家子弟,还有一些是从城里来的青年学生。

我就读的那一年,一分团共有三个学兵队,总共有九十多人,除了我所在的初级生队,和在职军官组成的高级生队,还有一个是女兵队。

讲到女兵队,就不能不讲到楚兰。她是个资格很老的女教官,同我们一分团郭涵主任是武汉军校同学,据说郭涵还追求过她,为什么未成眷属,我们不得而知。为什么要讲到楚兰教官呢,因为这个人太有个性了。

我们这一期,报到后全体新生第一次集合,看到有一队女学员英姿飒爽地进入会场,大家都很诧异,本来是立正的,动作要领是目不斜视,可是我们没有办法管住自己的眼睛,都用眼角的余光跟踪女兵队，从上到下，从外到里，想看看这些穿着军装的女子跟我们有什么不一样。大家正在全神贯注地偷看，只听到一声口令，立正，向右看齐——

大家吓了一跳，赶紧立正，向右看齐，然后向前看。这才发现队列前面不知道什么时候已经出现了一个人，穿着长筒马靴，腰里扎着皮带，还佩着一把小手枪。看不出这个人是男人还是女人，听口音是个女人，她的头发很短，长相不算难看，也不算好看。她把我们整队之后，往队列前方中央一站，胳膊往上一举说，这回看清楚了吧，你们这一届，还有一个女兵队，但是我要跟你们讲清楚，穿上军装，站在队列，就不是女生了。我们"西训团"，只有学员，没有性别。以后，你们之间，可以大大方方地交往，看人要用正眼看，防止斜眼病。

她这么一说，我们都有点尴尬，好像偷东西被人抓住了。同时心里又窃喜，因为我们可以同女兵队大大方方地交往了。事实上，我们并没有同女兵大大方方地交往，这个我以后再讲。

楚兰是训导处的中校副主任，同时也是女兵队的队长。那时候，郭涵主任在我们分团推行"新生活运动"，她是积极的支持者。她搞的新生活运动，主要是抓女兵队的内务和卫生。我们曾经听她做过"新生活运动"报告，她说，连屁股都擦不干净，指甲里都是泥巴，身上臭烘烘的，怎么打仗啊，打仗打赢了都不光彩。

我们那时候不太明白，擦不干净屁股跟能不能打仗有什么关系？但是没有人敢质疑，楚兰教官说有关系，那就有关系吧。

一分团搞内务卫生评比，老是女兵队拿优胜红旗，我们男学员不以为然，认为我们是打仗的，没有必要搞这些花里胡哨的东西。

楚兰教官听说了我们的议论，就撺掇陈达教官组织我们参观女兵宿舍的内务。头次走进女兵宿舍，那真是让人耳目一新，窗明几净，铺上的军被叠得整整齐齐，就像砖头码起来的。毛巾都挂在床头的铁丝上，四个角对得严丝合缝。女兵宿舍的味道也很好闻，好像有什么花的香味，以后才知道那叫花露水。

走出女兵宿舍，看到门口的绳子上挂着几排蓝色的布条，有个同学神秘地说，知道那是什么吗，叫武装甲，女人穿上那东西，就能和男人一样有力气。

我们这些人，没有见过大世面，懂得的东西很少，不知道那个名叫武装甲的东西是个什么东西，也不知道为什么女人穿上武装甲之后就和男人一样有力气了，只是觉得神奇，夜里有很多想象。同时又羡慕女兵队，摊上楚兰这么个教官，什么好事都先尽着她们，生活费也比我们男学员每月多一块银元。

女兵队有个班长名叫蔺紫雨，据说是湖北云华山下一个大户的千金。红军进驻云华山之后，把她的家抄了，在那里设了一个红军医院。蔺紫雨和她的哥哥潜伏在谷堆里，半夜放火，被红军发现，她的哥哥为了掩护她脱逃，被红军击毙了。像蔺紫雨这样的人，在国军的部队里最吃得开，因为她同红军有深仇大恨，所以很快就当了班长。

当然，蔺紫雨之所以能够很快当上班长，还不仅仅因为她的出身和天生丽质，更在于这个人胆大心细，作风泼辣，而且专业能力很强。她本来是学医疗救护的，但是基础课目，比如射击、刺杀、格斗等等，别人不敢做或者做不好的，她一旦上手，很快就驾轻就熟。

虽然楚兰教官说可以“大大方方地交往”，但是我们没有多少机会跟女兵队交往。当时的纪律是非常严格的，除了共同课目上大课和综合演练以外，野外作业通常都是分开训练，吃饭也是男女分桌，所以我们平常很少接触，夜里想入非非，白天远远地看上一眼。

有一个例外，那就是训导处的勤务兵易晓岚，可以经常跟蔺紫雨在一起。偶尔有个半天休整日，易晓岚还可以跟蔺紫雨一起到西峰山的庙里转转。这让我们既羡慕又无奈，因为易晓岚是蔺紫雨的表弟，谁也说不出个是非。

关于女兵队的传闻很多，很多都是想象，只能在夜里过过嘴瘾。

那个时期，我们的许多夜晚，讲得最多的不是战术作业，而是一墙之隔的女兵队，这一点，我要请你谅解。

后来才知道，那个武装甲是干什么的。原来女人上身比男人多出两块肉，训练的时候，那两块没有骨头的肉老是跳来跳去，有点碍事。楚兰教官从外国人那里学了一招，说服郭涵主任，拿出“新生活运动”经费，花高价买来一批柞绸，给女生每人做了两套武装甲，就是城里人说的“文胸”。

我们初级生队的人都比较老实，但是高级生队就不一样了，因为那里面的学员大都是营连级军官，都有实战经验，有些人还上过正经的中央军校，读书人居多，见多识广，有很多办法对付教官和政训处，喝酒打架的事情，多数都是他们干的，或者是他们指使我们干的。当然，半路拦截女兵没话找话甚至动手动脚的事情，也只能发生在他们的身上。

前面我说过，国民政府那时候推行“新生活运动”，而在我们“西训团”，一分团又是最积极的，因为一分团有楚兰教官。这个女人不像女人，脾气暴躁，谁都敢骂，她特别护着女兵，动不动就讲男女平等，不许欺负女人。据一个同学讲，楚兰教官在武汉读书的时候，一个女同学是童养媳，婆家到武汉军校要人，把那个同学抓走了，楚兰纠集了十几个同学，跑了二十多里路，追上那伙人，把那位同学的公婆和未婚男人痛打一顿，并且挥着铁棒教训那个未婚男人，以后再来军校闹事，就要打断他的腿，吓得那家人此后再也不敢去了。楚兰教官的那位女同学后来也到“西训团”，在医务室当校医。

当然，楚兰教官的作为，也不仅是女兵队受益，我们也跟着沾光，譬如沐浴。过去的时光，我们哪里知道什么叫沐浴啊，乡下的孩子，夏天在水塘里面玩水，上岸后擦干屁股就叫洗澡了，冬天四五个月都不洗澡。但是到军校不一样了，楚兰教官亲自考察地形，在技术室旁边建了一个澡堂子——不，不能叫澡堂子，楚兰教官说，什么澡堂子，太土了，叫沐浴室。几个勤务兵在那里挂上一个牌子，很讲究的楠木匾额，上面写着郭涵主任亲手书写的几个大字——革命军人沐浴室。据说本来是打算建两个浴室的，男女分开，楚兰教官说，花那个钱干什么，一个浴室，分时间入浴，这样还能增进男女同学的了解。

楚兰教官讲的增进了解是什么意思，我们不明白，可是，那个“革命军人沐浴室”，却让我们体会到了不曾体会的东西。特别是第一个冬天，每个星期都要安排沐浴一次。但我们从来没有同女兵队一起沐浴，特别倒霉的是，甚至没有被安排在同一天沐浴，即便是隔了一天，进入沐浴室之后，一边脱着衣服，一边就仿佛看到了昨天，那些年轻貌美的女子，在同样的地方，做同样的动作，那是多么激动人心的事情啊。

学员生活是很苦的，最初是基础训练，主要是射击、投弹、刺杀，每次训练一个小时，汗流浃背，浑身酸臭。吃了晚饭，还要开班务会，总结一天的学习心得。一天下来，倒在铺上就不想睁眼了。可是不行，还得洗脸洗脚，还要站岗。第二天天不亮，就吹哨子，集合站队出操，出操完毕才能上茅房，要刷牙洗脸，还要整理内务，打扫卫生。

有一个周日，上午陈达教官和楚兰教官一起来到男生宿舍，看看乱七八糟的，楚兰教官皱着眉头走了。

陈达教官说，赶快，这娘儿们要找事。

我们马上动手叠被子，扫地的扫地，洒水的洒水。果然，不多一会儿楚兰教官就回来了，还带了几个女生，其中就有蔺紫雨。

楚兰教官带着她们，挨个看我们的宿舍。轮到我那个屋，楚兰教官指着我的被子说，这上面什么东西，为什么不洗干净？

我一看，恨不得有个地缝钻进去。那上面是什么东西呢，那时候我们都是十七八岁的青壮后生，正是朝气蓬勃的年龄，白天累得要死，夜里就做美梦，梦见和女兵队的哪位花前月下，动手动脚，还有一些连自己都不明白的动作，七梦八梦，下体就胀得老高，啥时候喷出来的东西，自己也说不清楚。我第一次遇到这件事情的时候，还是在前几年，吓得发抖，以为自己尿床了，第二天装病请假，不敢起床。后来才知道，大家都是一样，还把这个行为戏称为“走火”。当时我们用的军被是浅灰色的，夜里走火之后，来不及洗，干了之后再洗，那一块的颜色就深了许多，十几天下来，被子里里外外都是深浅不一的斑块，就像秃斑一样，非常扎眼。

我说，报告教官，那是，那是……

见我语无伦次，楚兰教官又指着二班的同学贺之发问道，你的为什么也是这样？

贺之发挠挠头皮说，报告教官，那是擦枪走火……打的炸点。

楚兰教官认真了，问贺之发，擦枪走火，你们睡在被子里还擦枪？

贺之发嘿嘿地干笑，不说话。

楚兰教官说，谁让你们夜里擦枪的，走火伤人怎么办？

这时候，我们才知道楚兰教官是个二百五，不懂男女之事。正好有个高级生队的师兄也跟着来参观内务，师兄笑笑说，教官，这个擦枪嘛，不是擦枪，也不是走火，这是……讲到这里，师兄也不知道该怎么往下讲了。

倒是楚兰教官，眼睛眨巴几下，好像突然明白了，脸一下子红到了耳根，吼了一句，明白了，他妈的想入非非，哪里像个革命军人的样子……我跟你们陈达教官说说，以后不许擦枪了，更不许走火了，听明白没有？

我们全傻眼了，只好七上八下地说，是，不许擦枪了，不许走火了，我们……再也不想入非非了。

楚兰教官讲完，手一挥，夺门而出。几个女生跟在后面，有一个还回过头来，看看我，挤眉弄眼地说，开了不少枪啊，走了那么多火。

我无地自容，接不上她的茬，也不敢看她。贺之发嘿嘿一笑说，要不，你检查一下他的枪？

那个女生回首向贺之发一笑，吐出两个字，手枪。

等她们走远了，贺之发跟我讲，知道那个女生叫什么吗？

我说不知道。贺之发说，名字叫蓝旗，进校之前是个戏子，很风骚哦。

我说……我什么也没有说，远远看那几个人的背影，特别是蓝旗的背影，觉得这个女子的身上有一种奇怪的东西。

楚兰教官果然把这件事情跟陈达教官说了，陈达教官为此专门到我们宿舍检查了一遍。不过，陈达教官是过来人，一看就知道怎么回事了。他没有命令禁止我们擦枪，只是笑笑就走了。

过了几天，训导处的勤务兵易晓岚给我们抱来一个麻袋，跟我们讲，陈达教官让他来给我们发枪口帽，每人两条，换着穿。打开一看，稍微研究一下就明白了，是特制的黑色短裤，前面一块地方，双层。

易晓岚跟我们差不多年纪，不过长得白白净净，有点腼腆。我们那时候把易晓岚看成不是女人的女人，故意问他，为什么给我们发这个东西？

易晓岚红着脸说，陈达教官说，这东西可以防止擦枪走火。

我们又问他，你擦过枪没有，你走过火没有？

易晓岚不理我们，把麻袋一扔，就急忙走了。

这以后，楚兰教官再也没有到我们男生宿舍来过。再同她打照面，我们隔着大老远地敬礼，她也隔着大老远地还礼，然后擦肩而过的时候，她总是昂首挺胸目不斜视。我们呢，像做贼似的，低着脑袋快步通过。

我们入学半年之后，楚兰教官就消失了。有人说她因为一件什么事情，打了郭涵主任一个耳光，被郭涵主任挤对走了。也有人说她是潜伏的共产党，被秘密处决了。

楚兰教官一消失，“新生活运动”虽然还在坚持，却不像过去那样严格了，“革命军人沐浴室”里再也没有热水了，只能自己从“三民湖”里挑水，洗冷水澡。后来陈达教官干脆不许我们男生去洗澡了，成了女兵队的专用，我们的遐想也随之少了许多。

楚兰教官不是这个故事的主角。

高级生队有个少校学员叫谢谷，鼻梁上架着一副金边眼镜，手上经常戴着白手套，外表风度翩翩。这个人早年读过黄埔军校，还参加过北伐，就专业而言，无论是理论知识，还是实际作业，都让我们初级生队学员佩服到了崇拜的地步。特别是标图作业，那些司空见惯的山川河流道路桥梁，在他的笔下，栩栩如生，用后来人们的话说，那就是艺术品。我们还没有毕业，就把谢谷作为楷模，有几个同学甚至表示，毕业之后要想办法到谢谷的部队任职。

大约是春节前后，传来谢谷同蔺紫雨恋爱的消息。贺之发有一次跟大伙讲，为什么蔺紫雨每个休整日都要到西峰山寺庙去，就是在那里同谢谷见面，因为高级生队的学员外出请假比我们初级生队的学员容易得多。贺之发甚至绘声绘色地说，他亲眼看见谢谷和蔺紫雨在“三民湖”的假山里面幽会，给他们望风的就是蔺紫雨的表弟易晓岚。

不管真假，哪怕明明知道贺之发胡扯，但这胡扯还是让我们心里酸溜溜的，同时也产生了一种莫名的焦躁。焦躁可以理解，心酸却无法言说，用读书人的话说，蔺紫雨爱上谢谷，是珠联璧合天经地义的，她不爱上谢谷，难道要她爱上我们这些二百五？

陈达教官是一分团训导处的主任，喝过洋墨水，是日本士官学校的毕业生，战术水平究竟怎样，因为没有见过实战，咱们不清楚，但是他的教学确实别出心裁。每次学长指挥我们演练一次，他就组织讨论，让我们评头品足，分析成败得失。这种讨论起先让我们很为难，怕讲实话得罪学长，怕讲假话得罪教官。后来，渐渐习惯了，我们觉得教官的方法很好，让我们提高了分析能力和战术意识，至少纸上谈兵有章法了。

有一次在分团礼堂上大课，课间休息的时候，陈达教官出了一个趣味题：跟猪摔跤，有什么结果？大家正在苦思冥想，蔺紫雨就冲到陈达教官的面前说，给它一个扫堂腿，把它打翻在地，然后骑在它的背上，扼住它的咽喉，最后的结果就是，它成了盘中餐。

陈达教官笑笑，说，跟猪摔跤，至少有三种结果，一种是把猪摔倒了，比猪厉害。第二种是被猪摔倒了，连猪都打不过。第三种是，跟猪打得不可开交，最后双方休战，结果是，跟猪差不多。

陈达教官讲完，大家哈哈大笑。

蔺紫雨不服气，面红耳赤地说，跟猪摔跤，只有一个结果，就是把猪摔倒，然后干掉，不可能出现打平手和摔不过猪的情况。你这个结果是夸大猪的力量，贬低人的力量。

陈达教官很不高兴，训斥蔺紫雨，我说的是趣味题，不是战术题，要的是趣味而不是事实。你胡搅蛮缠什么，回到你的座位上。

直到大家都坐下来，陈达教官在黑板上写下“防御战斗中的穿插”之后，转过身来，还盯着蔺紫雨板着脸说了一句，不管是防御，穿插，还是同猪摔跤，都要动脑子，做事要动脑子，明白吗？

蔺紫雨站了起来，好像要争辩。陈达教官一声断喝，坐下，上课了。

就在这时候，后排传来一个声音——我不同意陈达教官对蔺同学的批评。第一，陈达教官出的这个题目，缺乏必要的条件，是一个人同一头猪摔跤，还是几个人同几头猪摔跤，是一个人同八头猪摔跤，还是八个人同一头猪摔跤，是一个老年病人同一头年轻力壮的猪摔跤，还是一个屠夫同一头小猪崽摔跤，这些必要的条件没有，因此无法得出精确的结果答案。第二，即便是一个正常的人同一头正常的猪摔跤，出现的只是三种可能，而不是三种结果。发言完毕。

这一番话说得不紧不慢，抑扬顿挫，说得整个分团礼堂鸦雀无声。陈达教官站在台上，脸上一阵红一阵白，半天才冷笑一声说，谢谷同学，谢谷少校，请坐下。我说明一下，我刚才出的是趣味题，我要的答案要有趣味性。这个，你应该是明白的。

这时候我们才知道，后排发言的是谢谷。陈达教官对待谢谷的态度，显然要客气得多，但是，客气中并不缺少威严的气势。

我们没有回头，但是能够感觉到，谢谷少校并没有坐下，仍然立正。身后传来的声音是，陈达教官，如果是趣味题，那么，就更不能只有一个答案了，无论是陈达教官说的三种情况，请注意，我说的是三种情况，还是蔺同学说的一种情况，都是可能，而不是结果。蔺同学说的可能，同样有趣味。陈达教官您说呢？

这一下，不仅礼堂里面一片寂静，我们这些初级生队的学员连大气也不敢出，可是我们在心里却暗暗地为谢谷少校捏一把汗。谢谷少校简直是吃了豹子胆，居然当场让陈达教官下不来台。我们同时也为陈达教官捏一把汗，我们本能地意识到，谢谷少校并没有错，当然我们更不希望陈达教官丢丑。这个问题根本就没有对错，这是一个公说公有理婆说婆有理的问题，问题在哪里呢，就在于陈达教官太自以为是了，太小看我们这些学员了，他没有想到高级生队里都是带兵打过仗的军官，有几个还是少校。错也错在谢谷少校，为什么这么较劲呢，一点面子也不给陈达教官留，将来会有好果子吃吗？虽然你也是少校，可是陈达毕竟是教官，还是训导处主任，对于学员的前途，还是握有一定权力的。

就在我们攥拳捏汗、出气困难的时候，又一个人站了起来，说了一句，报告教官，教官做事也要动脑子，我们是国民革命军的训练团，不能对学员随便。

发言的是蔺紫雨，这个二百五，真是一点脑子也不动，同谢谷一唱一和，直把陈达教官往死角上逼。我们的心都悬在嗓子眼上，眼看陈达教官的脸涨得通红，眼珠子好像都红了，拳头都握了起来，一场雷霆风暴随时就会掀起。可是，没有出现我们担心的局面，只见陈达教官的嘴巴张了几张，已经举在头顶的拳头突然松开了，脸上马上浮出微笑，尽管那笑显得很不自然，僵硬而且顽强。

大约过了十几秒钟，陈达教官的脸上恢复了平静，脸上的肌肉松弛下来，脊背挺了挺说，好，很好，同学们敢于同教官论争，这不是坏事，说明我们的同学不仅做事动了脑子，也有追求真理的勇气。作为教官，我不仅不生气，还很高兴。弟子不必不如师，青出于蓝胜于蓝，说的都是师德。我们当教官的，就是希望我们的学生能够保持追求真理的风骨。同时，我也要向同学们真诚地道一声歉，确实，教官做事也要动脑子，今天这堂课，为师受益终身，受益终身啊……

陈达教官终于找到了一把梯子，自己下了台阶。我们分明看见，陈达教官讲最后一句话的时候，眼睛闪烁着泪花，显得真诚而又动情。

这以后，关于谢谷和蔺紫雨的关系，就成了我们暗中关注并且急于发现的课题。然而，一个多月过去，并没有发现他们有密切的来往。当然，即便他们秘密接头，也不可能让我们知道，况且还有陈达教官那双鹰隼一般的眼睛在盯着。

二

那年初春，陈达教官组织我们野外作业，针对红军的游击战术搞了一个连进攻战斗。高级生队的学员轮流充任指挥官，我们初级生队充任战斗班排，任由高级生队学长指挥。女兵队没有什么事情，就充任红军防御分队。高级生队有六个少校学员，轮流充任营长，反复指挥实兵演练。我们一会儿正面进攻，一会儿侧翼穿插，一会儿奔袭，连续两天，累得死去活来，还要写战术体会。

实际演练结束后，陈达教官让我们讨论，评点高级生队学员的指挥优劣。初级生队的学员多数认为，从整个流程来看，谢谷的指挥作业更有章法，各种情况预想得比较细致，应对措施也比较从容，体现攻防兼备的风格，模拟战果统计，伤亡最小。当然，也有人私下议论，尽管谢谷图上作业和模拟指挥作业都很出色，但是不一定能拿到高分。他让陈达教官当场出丑，陈达教官表面说得冠冕堂皇，内心绝不会善罢甘休，即便不会马上流露，也会暗暗找机会压制谢谷，不会让他太出风头。

那次综合演练，其实是期中考试，演练成绩占总成绩的三分之一，而总成绩，会直接决定任职级别，所以大家都很看重。成绩公布之后，我们到伙房门口看榜，一下子就不敢说话了——在军官队的栏目里，谢谷的成绩排在第六，而“跟猪摔跤”事件发生之前的四次测验，他的成绩有三次排在第一，只有一次排在第二。而这一次，居然下滑到第六，反差也太大了。这个结果，出乎多数人的意料。没想到陈达教官的报复来得这么快，来得这么明显。

后来蔺紫雨也来了，在榜下看了一会儿，抱着膀子，撇撇嘴角说，司马昭之心，路人皆知。凭什么赵杰排在第一，他让我们在三号高地开设救护所，战斗还没有发起，又让转移，整个演练，救护所都没有找到位置，被他调动得东奔西跑，简直就是瞎指挥，就这还是排名第一！

我们虽然同蔺紫雨有相同的看法，但是嘴上不说，像蔺紫雨这样的大炮，在分团并不多见。

自然，谢谷很快就得到消息了。我记得那是个黄昏，西边的太阳已经落山了，只有一些余晖落在分团的院子里。谢谷戴着雪白的手套，从高级生队的宿舍走出来，慢吞吞地穿过器械训练场，向伙房门口走来。相隔三十多米的距离，我们看不清他的脸，但是能够感觉到他的脸就像房檐挂着的冰凌一样寒冷。

谢谷迎面走来的时候，我们都有些尴尬，拿不准该用怎样的表情迎接他。好在谢谷并不在意我们，他起先走得很慢，快到伙房门口的时候，才稍微加快步子，路过成绩榜下，看了一眼，嘴角动了动，好像冷笑一下，然后就大步跨进伙房，从碗柜里找出自己的碗筷。整个晚餐过程中，谢谷像往常一样，保持“君子食不语”的风度，一言不发。如果我没有记错的话，他那晚喝了两碗稀饭，吃了一块南瓜杂面饼，饭量一如既往。

在以后的几天里，关于期中考试中的这个插曲，一直是我们初级生队议论的话题，说得最多的自然是谢谷和陈达教官为蔺紫雨争风吃醋，才被陈达黑了一把。

以后我曾经在谢谷手下任职，有一次谈起这件事情。我说，我们初级生队有人认为那次教官判分有问题，你为什么一点反应都没有？谢谷说，反应？什么反应？学生作业，教官判分，纸上谈兵，怎么说都有理。我说，话也不能这么说吧，演练也是实战背景，基本功还是能够看出来的。谢谷未置可否，笑笑说，战场上见——说这话是在一年以后奔袭其中坪的路上。

谢谷也不是这个故事的主角。我讲谢谷的故事，既不是为了描述他的气度，也不是夸赞他的指挥能力，只是为了介绍故事的背景。

就在那次公榜半个月之后的一个上午，发生了一件事情，这要从那个蓝旗讲起。

前一年中秋节，有个戏班子到西峰镇为一个大户人家的老母祝寿，请了当地驻军的一些军官。戏班子演的是地方戏《关公护嫂》，演到紧要处，地方军军官叫好，中央军的军官却起哄，大叫听不懂，台下吵了起来，台上没法再演。班主灵机一动，派上一个丫头，咚咚咚翻了几个跟头，翻得花团锦簇，看得台下目瞪口呆。当时陈达也在台下看戏，还一连叫了几声好。这个翻跟头的小戏子就是蓝旗。

戏班子演完戏，当天夜里就离开了，蓝旗却没有跟着走，而是找到了“西训团”，声称是陈达教官让她来投考。陈达教官蒙在鼓里，到门口警卫室见到蓝旗，这才弄清事情的缘由。

蓝旗原名蓝静兰，是个孤儿，在玉州舅舅家长大，因为饭量奇大，只吃不挣，很不受家人待见。蓝静兰长到八岁的时候，街巷里有个姓谢的教书先生开了一个新学堂，男女同校，舅舅把她送去上学，却常常短欠学费和膳食费用。好在谢先生无儿无女，见这个孩子聪明伶俐，免了她的学费，并让她课后做些杂工，以充饭资。一来二去，这女娃子跟巷子里一帮不良少年混在一起，不仅练起了刀棒，还学会了一门绝活，扒窃。蓝静兰读书三心二意，学起扒窃，基本上无师自通，与众不同的是，她偷东西有个原则，坚持小偷小摸，不惹大的麻烦，而且她本人不要钱财，只留吃的，好像她这一辈子从来就没有吃饱过。曾几何时，在玉州蜀侯街，女贼蓝静兰的名字家喻户晓。尽管蓝静兰和她的伙伴一再表示“兔子不吃窝边草”，但是蜀侯街的居民还是觉得这条街上有群街贼有伤风化，当地士绅联名向警署报案，警署端了贼窝，半夜里在谢先生的后院抓住几个半大的贼娃。蓝静兰见势不妙，拔腿就跑，翻墙逃脱，流落到一个县城，遇上了戏班子，改艺名为“蓝旗”。

蓝旗从来没有演过戏，也不感兴趣，只是在戏班子里混饭吃，偶尔也跑跑龙套，串串场子，本来可以衣食无忧，可是过了一段时间，班主就发现这个人不对劲了。一个是能吃，而且吃得再多，也吃不饱，还不长胖。第二个毛病也是因为第一个毛病而生，因为她总是吃不饱，所以戏班子里常常有东西不翼而飞，特别是演戏之后的夜餐，男女主角的饭菜端上来，往往已被人动了手脚。经过一番侦察，班主终于发现了蛛丝马迹，这个偷嘴的贼就是蓝旗。班主不动声色，却在暗中拿定主意，一旦有机会，就让蓝旗卷铺盖走人。这次到西峰镇祝寿演戏，地方军军官和中央军军官吵吵闹闹，弄得没法收场，班主让蓝旗上台救场，没想到救出一个意外的效果。班主密切观察台下军官们的反应，很快就打听到那个两眼放光连续喝彩的军官名字叫陈达，是“西训团”的中校教官，班主眉头一皱，计上心来，三言两语，就把蓝旗打发到西峰山“另谋高就”了。

那天下午，在一分团大门口警卫室，陈达教官耐着性子盘问了蓝旗很久。他问什么，蓝旗就回答什么，老老实实，落落大方，承认自己能吃，也承认自己会偷。陈达教官问到的，她回答了，陈达教官压根儿就没问的，她也说了，连睡觉打呼磨牙放屁都说了，说得陈达都不好意思了，她还是大大咧咧口无遮拦，一点都没有害臊的意思。她说她除了会偷以外，还会看相算命，什么人是贵人，什么人是恶人，什么人可以偷，什么人不可以偷，她一眼就能看得出来。她早就看出来了，陈达教官是个善人，将来一定能当大官，所以她一定要跟着陈达教官，当牛做马也行，给陈达教官当小老婆也行。

这一年，蓝旗已经十八岁了，那天到“西训团”见陈达，她穿了一件半新的蓝色旗袍。这个女子身段不错，再加上她那一副可怜巴巴的样子，倒是楚楚动人。

本来，陈达教官压根儿就没有打算帮助这个女贼，刚开始还很厌恶。可是随着时间的推移，他越来越觉得这个女贼身上有一种奇怪的东西牵引着他。是什么呢，以后陈达跟别人说，这是一块璞玉，虽然有瑕疵，但是可造之才，一经打磨，很有可能成为上品。

据当时在场的另一位教官说，那个蓝旗，虽然在戏班子正经演戏不行，在陈达教官面前，却把戏演得淋漓尽致。她特别善于哭穷和装傻，她跟陈达教官说，如果长官不可怜她，那她只有死路一条。说这话的时候，她的眼睛看着陈达教官的肩膀，眼神空洞，满脸悲戚，摇摇晃晃，差点儿就倒在地上。就是这个动作，让陈达站了起来，说了一句，别急，我们来想想办法。

只是，虽然陈达教官动了恻隐之心，但是要把蓝旗录取到“西训团”，还不是一件容易的事情。首先，她的出身和经历就是问题，不管是女贼还是戏子，这两个名头都不光彩，我们国民革命军的军校，怎么能要这样的人呢？再说，报考军校，需要坚强的毅力，有相应的文化知识和献身的勇气。像蓝旗这样一个劣迹斑斑的江湖女子，怎么指望她有坚定的信仰和无畏的勇气呢？

当时“西训团”有这个看法的不止一个人。不知道陈达教官做的什么手脚，蓝旗不仅报上了名，而且各项考核都通过了。陈达教官说，我们国民革命军，不分高低贵贱，不管他过去如何，只要他愿意参加革命，而且有革命的本事，我们就应该一视同仁。谁也不是天生的革命者，是不是革命者，还要经过长期的检验。

我们眼睛里的蓝旗，虽然俏皮，但是并不让人讨厌。关于她的种种传说，我们并没有亲眼所见，也许就像陈达教官说的，这个璞玉，经过军校的打磨，已经脱胎换骨了，谁知道呢？

三

其实，蔺紫雨也不清楚陈达教官同蓝旗是个什么关系。她和蓝旗一起生活两个多月了，一直没有发现蓝旗同陈达教官有不正常的来往。当然，没有发现不等于没有，蔺紫雨对此始终是暗中留意的。机会终于来了。

那天是休整日，蓝旗向学员班长蔺紫雨请假，说是陈达教官给她补课。蔺紫雨不动声色，爽快地批准了蓝旗请假，然后派她的爪牙霍菲跟踪蓝旗。没隔多久，霍菲向蔺紫雨报告，蓝旗并没有去训练室，而是去了技术室。

这个技术室，是为了培养“专门人才”设置的，里面有无线电密码作业室和照相洗印室，这个机构选拔的学员，主要是女生。技术室在分团大院的南部的树林里，中间隔着“三民湖”，训练日有坐岗把守，休整日大门关闭，显得很神秘，我们平时很少去那里。

蔺紫雨判断，陈达在那里给蓝旗补课，很有可能有见不得人的勾当，如果能够捉奸，让陈达斯文扫地，就能替谢谷报一箭之仇。就像你知道的，当年蔺紫雨敢在红军的医院放火，可见胆子不小。要说蔺紫雨有飞檐走壁的功夫，那是夸张，但是从坐岗的眼皮底下潜入技术室，这个本事她有。

蔺紫雨很快就发现她搞错了。等她绕道翻墙潜入技术室的二进院子，贴墙窥视，才知道这次来补课的不是蓝旗一个人，共有四女三男。

蔺紫雨偷听了一会儿，越听越不对劲。原来是陈达给这几个学生讲三民主义，讲国民革命中青年的作用。她心下生疑，陈达不是政治教官，为什么他来讲这些，为什么不在公开场合讲，而是利用休整日在这里秘密地讲？

陈达滔滔不绝，神采飞扬地讲了很久，其中有一段话让蔺紫雨非常震惊，“特殊人才必须有特殊的忠诚，特殊人才要有特殊的手段，这个技术室就是为特殊手段设置的……”

渐渐地蔺紫雨有些明白了，分团里有一个特殊的组织，陈达是这个组织的头，女兵队里的朱雅和蓝旗都是这个组织里的人。

捉奸不成，蔺紫雨并不气馁，因为她发现了陈达更重要的秘密。她正在寻思下一步采取什么行动的时候，突然身后传来一阵冷风，还没有等她反应过来，就被两只手按住了，嘴里被塞进一团破布，脑袋上被罩上头套，动作神速得如闪电一般。蔺紫雨叫不出来，只是乱踢乱蹦，然后被推推搡搡，不知道被推到哪里。

十几分钟后，头罩解开，蔺紫雨发现抓她的人是她的表弟易晓岚，易晓岚也惊讶地发现被抓的是蔺紫雨。

蔺紫雨大骂，他妈的易晓岚你抓我干什么？

易晓岚说，陈教官派我抓的，我从后面没有认出你。

蔺紫雨说，你下手那么重干什么？我肩膀的骨头都快被你打碎了。

易晓岚可怜巴巴地看着蔺紫雨说，我不知道是你，我紧张……

蔺紫雨气咻咻地说，你紧张你还那么用力？

易晓岚说，就是因为紧张，我的手，它不听我的使唤……

正说着，陈达进来，盯着蔺紫雨问，怎么是你，你来干什么？

蔺紫雨想了想说，蓝旗请假说补课，我也想找教官补课。

陈达看着蔺紫雨的眼睛说，不会吧，你是不是共产党啊，只有共产党才会对我们的行动有兴趣。

蔺紫雨说，我和共产党不共戴天，我怎么会是共产党？

陈达沉吟了一会儿，对身后的卫兵说，这个人行动诡异，有共党嫌疑，先关起来审查。

这件事情，因为知道的人很少，倒也没有引起太大的风波。蔺紫雨被关押了三天，由易晓岚负责给她送饭，对外只说病了，住院了。陈达突击审问，将蔺紫雨的祖宗八代历史都查清了，蔺紫雨六岁以后的全部经历，在哪里读书，到哪里走亲戚，认识哪些人，读过什么书，生过什么病，不厌其详。连续三天，每天盘问，反反复复，差点儿把蔺紫雨逼疯了。

最后一个半天，只有陈达一个人问话，蔺紫雨干脆闭嘴，问急了，蔺紫雨突然站了起来，把棉衣一脱说，陈教官，我都说了十几遍了，你一遍一遍地问，是不是想屈打成招啊？你是不是想让我脱裤子啊？

陈达把桌子一拍说，混账，我陈达光明磊落，岂是你等小人之心能够揣测的，少给我来这一套。

陈达教官义正词严，把蔺紫雨吓住了。蔺紫雨说，对不起教官，您是君子，我是小人。

经过一番审讯和调查，加上易晓岚的证词，在蔺紫雨的身上，确实没有发现共产党的蛛丝马迹。释放之前，陈达找蔺紫雨进行一次长谈。蔺紫雨老老实实地说，她对陈教官有意见，期中考试演练的指挥作业，教官判分不公。

陈达问蔺紫雨，你到技术室干什么？

蔺紫雨还是老老实实地说，我怀疑教官利用补课的名义，勾引女生。

陈达当时愣了，大叫一声，你，你们就是这么看我？为人师表，我平日最重师道尊严，能干那种有失人伦的事情吗？

蔺紫雨说，可是，国军军官，好色之徒并不少见——

陈达挥手打断蔺紫雨的话头，悲愤地说了一句让蔺紫雨摸不着头脑的话，国民革命，任重道远，革命胜利，重在塑人，重在塑人啊……

蔺紫雨说，可是，我还是有意见，你对谢谷为什么不公？我怀疑你公报私仇。

陈达说，你是说，那一次谢谷顶撞我，我就怀恨在心？

蔺紫雨说，是的，谢谷有实战经验，也有学养，每次考试都是名列前茅，可是，期中考试，他的名次居然排在第六，大家都觉得蹊跷。

陈达怔了一会儿说，哦，我明白了，他妈的，真是以小人之心度君子之腹。我是教官，我能跟一个学员一般见识吗？再说，我就算对谢谷有成见，要报复，也不能前脚发生争论后脚就报复啊，我连这一点城府都没有，那我还能当教官吗？那我不是跟你们一样蠢了？

蔺紫雨好长一阵时间不说话，可能她也觉得自己很蠢。

陈达说，谢谷是个人才，可是谢谷用兵有弱点，拘泥保守，而赵杰的作业则显示雷厉风行，不惜一切代价。带兵打仗光看纸上谈兵不行，还要看指挥官的性格，我不喜欢谢谷的性格。

蔺紫雨半明不白，想了想又说，你们搞特殊人才训练，为什么把我拒之门外，我哪样课目不是优秀？

陈达盯着蔺紫雨，看了半天才说，你想加入特殊训练？这很好，但是你要首先过一关。我给你出个作业，你重新解释你到技术室的动机，既不暴露真实意图，又能为自己开脱。

蔺紫雨愁眉苦脸想了一会儿，突然一拍巴掌说，我怀疑技术室是共产党接头地点。

陈达看着蔺紫雨，点点头说，嗯，有悟性。看来，你还是会讲假话的。记住，什么叫特殊人才，首先就是会讲假话，能够随机应变。

蔺紫雨说，我记住了。

说完这话，蔺紫雨就开始收拾东西，准备离开禁闭室。陈达教官在她身后看着她的背影，又说了一句，你那个表弟，他是你的表弟吗？

蔺紫雨停住手，回过头来说，怎么，你怀疑他不是我的表弟？

陈达教官盯着蔺紫雨说，你说呢？

蔺紫雨说，那我就讲实话吧，他是我家账房先生的孩子，从小跟着我读书。

陈达教官点点头说，哦，我跟你讲，你们到“西训团”来，我第一眼看见你们，就知道他不是你的表弟，你对他说话的口气就不像是他的表姐。

蔺紫雨说，他怎么就成了打手呢，他胆子那么小。

陈达教官说，胆子小？那要看什么事情，胆子也是可以练出来的。我看他现在胆子大多了。这孩子将来有出息，你不要小看他。

蔺紫雨放下手中的东西，看着窗外说，想说什么，又咽下了，半天才点点头说，谢谢教官，我知道了。

四

蔺紫雨被释放之后，在第一个休整日里，就把易晓岚叫到西峰山上。一路上蔺紫雨不说话，易晓岚也不说话，蔺紫雨甩着手，易晓岚怀里抱着一个紫铜暖手炉子。

快到西峰寺，路边有个石礅，蔺紫雨有些累了，正要坐下，易晓岚一个箭步上前，将自己的上衣脱下来，垫在石头上。蔺紫雨坐下，跷起二郎腿，把脚往前一伸说，反了你，你居然当了特务，为什么不报告？

易晓岚小心翼翼地给蔺紫雨擦皮鞋，不说话。

蔺紫雨说，说，到底是怎么回事，给我从实招来。

易晓岚还是一声不吭，擦完一只，看着蔺紫雨。蔺紫雨收起左腿，把右腿搭在左腿上，易晓岚捧起蔺紫雨的右脚，又埋头擦了起来，直到把皮鞋擦好，易晓岚才抬起头来说，陈达处长说，我脑子好使。

还说了什么？蔺紫雨问。

还说，我学了特殊本事，想干什么就能干什么。

那你说说，你想干什么？

易晓岚说，我想进入“西训团”，当一名学员，陈教官说了，只要我经过考核，他可以帮我争取初级生队的名额。

这回轮到蔺紫雨惊讶了，蔺紫雨说，是吗，有这样的好事？他是怎么看上你的？

易晓岚说，上个月期中考试，书记员病了，陈达长官让我代替书记员统计分数。张榜的时候，有几个学员到训导处反映分数不实，陈达长官也怀疑我弄错了，我一个一个地讲他们的课目，当场加减乘除，一个都没有错，学员服气，陈达长官很高兴，就让我代理书记员。

蔺紫雨惊喜地看着易晓岚说，你这孩子，你还有这一手啊，可惜了，就是胆小。

易晓岚说，陈达长官也说我可惜了，可是他又说，胆子小可以练，过年吃鸡，都是我杀的。

易晓岚不是蔺紫雨的表弟，也不是“西训团”的学员，但是他在这个故事里的角色很重要，我先简要地讲讲蔺紫雨和易晓岚的关系。

蔺紫雨是云华山乡绅蔺贤路的掌上明珠。蔺家的账房先生叫易瑾谦，易瑾谦成亲后连续生下三个儿子，到了第四个，还没有出生，就起好了名字，叫易晓岚，老先生大约是盼望一个千金，只是未能遂愿，生下来还是个儿子。易晓岚自幼在蔺家私塾读书，长大后跟随蔺紫雨进城读中学。云华山闹起了红军，征用蔺家的大宅院当医院，蔺紫雨和她的哥哥半夜到红军医院放火，哥哥被红军击毙，蔺紫雨逃出庄园，藏匿在易家。风声过后，易先生派易晓岚护送蔺紫雨到武汉，然后乘坐轮船辗转来到西峰山。本来是投亲戚的，可是亲戚因为蔺家破产，对蔺紫雨十分冷淡，蔺紫雨无奈，找了一家学校教书，主仆二人勉强度日。后来“西训团”扩招女生，蔺紫雨灵机一动，放弃了返回湖北的打算，投笔从戎，成为“西训团”一名学员。当时国军正在招兵买马，不分出身贵贱，只要身体好，有点文化，皆可报考。蔺紫雨上下奔走，给易晓岚报上名，其他课目都还勉强通过，唯独一项，木马跳不过去，每次都是踌躇满志，助跑风驰电掣，可是冲到木马前面，腿肚子就发软，步子就放慢了，最后只能在众人的嘲笑声中灰溜溜地退场。

偏偏“西训团”一分团的主任郭涵少将很看重木马考核，他认为，为将之道，胆气为先，连木马都不敢跳，枪林弹雨里那还不得尿裤子，打什么仗啊。易晓岚跳不过木马，自然进不了分团。分团的总务处长马卓见易晓岚生得眉清目秀，把他留在总务处当了一名勤务兵。

易晓岚不仅长相有点像女孩，做派也像，听说他会织毛衣，也喜欢织毛衣，蔺紫雨的毛衣和袜子都是他织的。我没有见过他织毛衣，想象不出来，一个毛头小伙子织毛衣是个什么光景，是坐着还是站着。

后来才知道，这伙计可以站着织毛衣，也可以坐着织。

就在我们即将毕业的前夕，传来很多消息，一则消息说我们中间有些人要被分配到地方军部队担任实习军官，实际上是在地方军里面掺沙子。很快又有一个消息，说“西训团”里有共产党，要在教官和学员中进行甄别，搞得人心惶惶。

我们在“西训团”学习的那个年头，中国的形势五花八门，中原大战刚刚结束，北边有日本人占领东三省，又在上海打了仗；东南边有两广和蒋委员长闹不和；西南边有共产党的红军闹革命。整个国家就像一锅开水，到处都在翻花冒泡。

我们虽然是底层百姓，但是国家搞成这个样子，我们还是很忧虑的。那时候不知道共产党是干什么的，也很好奇，打量身边的人，看不出谁是共产党，也看不出谁是“青年学会”的成员——这个所谓的

“青年学会”，就是后来的特务组织，前期的任务是对付国军内部的共产党，抗战时期主要任务是锄奸。

后来我们知道了，“西训团”确实有共产党的地下组织。本来嘛，国民党和共产党都是国民革命时期的政党，北伐战争时期就是一家，黄埔军校还是两家合办的，有些人一会儿是共产党，一会儿是国民党，有些人两边都是，这是很正常的。记得有一次贺之发跟我讲，共产党的口号是，救这个国家，让老百姓过上好日子，其实这跟国民党的三民主义也是相通的，可是为什么还要打来打去呢。我们分团强调的原则是，军人以服从命令为天职，一个国家，一个主义，一个领袖。现在大家都明白了，独裁专制，是不得人心的。可是那时候搞不懂。

这一年的四月初，我们正在紧锣密鼓地准备毕业考试，突然接到一个通知，毕业考试取消了，毕业成绩以历次测验成绩综合计算，期中考试成绩将占一半比例。所有学员将在三天之内离队，到部队任职。

这个通知来得太突然，大家喜忧参半，特别是那些在期中考试中成绩一般的学员，本来还准备在毕业考试中突击一下，这一下就没有机会了。

宣布通知的同时，给大家放了一下午假，可以到西峰镇街上准备一点东西，但是必须五人以上，必须在晚上八点以前返回分团。

后来才知道，这次放假还有一个意图，叫作“引蛇出洞”，为什么呢，因为总团已经布置“清党”，而且把风声放了出去，从“西训团”到西峰镇，所有的要道都被封锁了。

那时候电话少，也不敢用，“西训团”的共产党组织，只好通过人工，派出联络员，同各个分团、各个大队有共产党员身份的教官和同学联系，通知迅速离队。

因为地下组织是单线联系，谁也不认识谁，他们约定了一个暗号，“去年今日此门中，人面桃花相映红，人面不知何处去，桃花依旧笑春风”。在这首诗里，把第三句和第四句改了，第三句改成“人面已知何处去”，第四句改成“桃花不再笑春风”，对上暗号的就是自己人，马上传达离队的时间、方法和联系人。

这个方法，本来并不高明，也是没有办法的办法，却很奏效。仅仅在那个下午的前两个小时，多数共产党员都接到了通知，连行李都不要了，在地方组织的接应下，神秘地消失了。

一千多人的“西训团”，据说至少有一百八十名共产党，可是忙乎了半天，才抓住三个人，其中就有谢谷。

谢谷怎么突然成了共产党呢，说来是个笑话。总团突然决定取消毕业考试，对谢谷打击很大，他对准要在毕业考试中露一手，这一下鸡飞蛋打，而且有消息说，他将被分配到地方军去“掺沙子”，所以那天他心情很不好。下午放假，他被几个同学拉到西峰镇，喝了一顿大酒。

谢谷平时不怎么说话，给人感觉有点傲慢，但是那天却是滔滔不绝。话多也不要紧，关键是那天在酒桌，他两次听到有人读一首诗，“去年今日此门中……”，就是这首诗给他带来很大的麻烦。

喝完酒，返回营区的路上，七个人只剩下五个，另外两个真共产党酒喝一半就溜了。

谢谷回到分团，刚进大门，就看见陈达教官带着几个兵站在那里，谢谷摇摇晃晃往里走，陈达教官一声断喝，站住！

谢谷站是站住了，却站不稳，一身酒气，东倒西歪，好不容易站稳了，阴阳怪气地看着陈达，来了一句，“去年今日此门中，老子考学到西峰……”，就这两句，还没有讲完，陈达一挥手，几个士兵一拥而上，将谢谷绑了起来，扔进了禁闭室。

当天晚上，熄灯之前，我们被集合起来，到分团办公楼前看布告，上面有一串共产党员的名单，不仅谢谷名列其中，那个一向被陈达教官看好的赵杰也榜上有名。

陈达教官站在办公楼的台阶上给我们训话说，知人知面不知心，共产党隐藏得很深，所以非常危险。

陈达说完了，政训处主任又布置具体任务，要我们仔细看名单，回忆同他们交往的经过，每个人都要写出书面材料。

这个夜晚，真是鸡飞狗跳人心惶惶。

我再给你讲讲我们初级生队的情况。

我们和女兵队的学员入学时都比较年轻，普遍不满二十岁，报考军校的动机虽然差异很大，但是多数人都是抱着当兵吃粮养家糊口的态度，女兵队里还有逃婚出来参军的。因为年龄小，思想不太成熟，所以这两队里面的共产党员不多。我们十几个人的宿舍，只空了三个。

熄灯之后，我们在黑暗中看着那三个空着的铺位，回忆那几个同学平时的言谈举止。他们跟大家相处得都很好，训练成绩也不错，哪里知道他们是共产党呢？想象以后，也许在战场上还会见面，昔日的同窗刀兵相见，是个什么情景，不敢想下去。

应该是后半夜了，先是远处传来枪声，不久就响起紧急集合的哨音。大家已经有了准备，动作很快，跳下床就跑到门前列队，然后一个一个领枪。

发枪的教官说，下午逃脱的共产党分子，有一部分并没有跑远，而是潜伏在西峰山寺庙里，已经抢劫了武器，同山里的红军游击队里应外合，要攻打“西训团”，营救他们的同志。初级生队的任务是到分团后山增援警卫营打阻击。

我们虽然是头一次参加实战，但是大家都是候补军官生，血气方刚，单兵战术比普通士兵要熟练得多。至于跟谁打，为什么打，那时候想得不多，只是觉得兴奋。到了后山，很快就占领阵地，就等红军游击队来进攻，可是一直等到天亮，游击队也没有来，直到回到营区，才知道是虚晃一枪，真正的战斗发生在分团内部。

原来，这又是总团采取的一个计谋，制造红军游击队进攻的假象，目的是为了引蛇出洞，吸引党员教官和学员暴露身份。我不知道这个计谋产生效果没有，我只知道在后半夜一片混乱中间，陈达教官差点儿被淹死了。

五

事情的经过，其实很简单。

陈达一直怀疑分团的副主任赵禹是共产党，并且是共产党的头目，但陈达始终找不到证据。在下午抓捕共产党的行动中，赵禹一直很平静，既没有参与指挥，情绪和行动上也没有异常，公开的和半公开的共产党跑了多半，赵禹还在分团的办公室里喝咖啡。

赵禹越是没有行动，陈达就越是怀疑他。他认为赵禹没有行动就是行动，因为他的镇定异乎寻常。后半夜的“引蛇出洞”行动，其实主要是针对赵禹的。

前面我说过，陈达已经在分团组织了名为“青年学会”的特务组织，行动那晚，其他成员安插在学员队，陈达本人则亲自指挥十几个人监视赵禹。

西峰山枪声最激烈的时刻，陈达和两名特务学员守在办公楼后面“三民湖”边的亭子上，从这里可以眺望两条小路，一条通向学员区，一条通向后门，无论是学员进办公楼还是赵禹出来，都可以看见。

外面的枪声响了很久，赵禹还是没有动静。

就在陈达几近绝望的时候，赵禹办公室的灯亮了，亮了一分多钟，又灭了。月光下影影绰绰地，特务学员看见通向后门的小路上出现两个人影，陈达当即指挥跟踪。

赵禹的职务比陈达高，在拿到确凿证据之前，陈达还不敢过于放肆，行动只能秘密进行，有一段路只能贴着湖边在冰面上走。

陈达和两个学员鬼鬼祟祟地匍匐向前，前面的学员正要攀岸，突然看见十米开外的地方，两个人影站住了，其中一个人厉声喝问，谁，干什么？那个学员吃了一惊，他听出那是分团主任郭涵的声音，接着又传来咔嚓一声——子弹上膛了。

那个学员哆嗦一下，就从岸上掉下来，哧溜一下滑了两米多远，两腿一甩，将身后陈达踢翻，陈达惨叫一声，滚进了冰窟。

对面的人果然是郭涵，郭涵拎着手枪，大步赶来，身后跟着赵禹。

郭涵问怎么回事，几个特务学员不敢讲真话，支支吾吾地说是训练，陈达教官失足掉到冰窟里了。

郭涵明白怎么回事了，高喝来人。

当时大家都在忙着“引蛇出洞”，办公楼里只有几个勤务兵和书记员，听到动静，纷纷跑到湖边，却是望湖兴叹，天寒地冻，又是冰封湖面，不知道这人该怎么个救法。几个年轻的士兵你推我搡，谁也不敢下水救人。

就在郭涵挥枪正要发火的当口，只听扑通一声，一个人大叫一声，纵身跳进冰湖，张牙舞爪，破冰击浪，转眼就从冰下找到了陈达，把他拖到岸上。

“引蛇出洞”成了一场闹剧，据说整个行动连一个共产党也没有引出来。以后郭涵私下里把陈达狠狠地训了一顿，说他疑神疑鬼。

陈达不仅劳而无功，还差点儿被冻死，但是他并不气馁，信誓旦旦地向郭涵进言，声称“西训团”的共产党远远没有抓完，学生里有，教官当中也有，没有抓出来的，都是潜伏最深的，危害最大的。

听知情的同学说，郭涵并不待见陈达，在他的分团抓获的共产党越多，对于他来说越不是好事。而后来发生的事情，还真的印证了陈达的怀疑，因为一年之后，赵禹金蝉脱壳，回到红军的队伍里当了师政委。

第二天，分团主任郭涵单独提审谢谷，就从那首“人面桃花”开始，几个回合下来，郭涵明白了，原来在第一次“引蛇出洞”那天，谢谷去西峰镇买东西，几拨同学聚在一家小酒馆喝酒，当中有共产党，就念这首诗对暗号。后面两句改了三个字，“人面已知何处去，桃花不再笑春风”，是共产党的就对上了，谢谷不知道密码，没有对上暗号，因此也没有被通知离队。谢谷回到分团大门口，见到陈达，心里不痛快，借着酒意发泄不满，说了两句“去年今日此门中，老子考学到西峰……”，就被陈达不分青红皂白抓了起来，再怎么审，也审不出名堂。

谢谷是郭涵的老部下，别说不是共产党，就算谢谷真的是共产党，郭涵也不希望他在这个时候暴露。既然查无实据，郭涵乐得做个顺水人情，把谢谷训了一顿，解除监禁，等待分配。

等待分配的那段日子，又发生了很多事情，大都与“清党”有关，我就不细说了。有一件事，有必要多说几句，这件事情一波三折，很有意味。故事的主人公是易晓岚，那天夜晚，把陈达救出来的就是他。

我们听说，那天晚上，陈达教官落水之后，包括郭涵和赵禹在内的七八个人挤在岸上急得团团转，关键时刻是易晓岚跳进冰窟里把陈达拖了出来。郭涵主任当场表扬易晓岚，说他忠肝义胆，营救长官，精神可嘉。据说郭涵连说了几遍“好青年，有作为，可造之才”。

后来贺之发跟我讲了一个笑话，说易晓岚根本就不是自己跳下去的，而是背后突然有人踢了他一脚。易晓岚把人救上来之后还嘟嘟囔囔地骂，说哪个混球踢老子。当时乱哄哄的，没有人在意。

这件事情是怎么传出来的呢？因为易晓岚被郭涵表扬之后，分团的书记员要他请客，说他那一脚有可能让易晓岚飞黄腾达了。易晓岚死心眼，一听这话不干了，要报那一脚之仇，揪住书记员打了一架，把书记员的眼镜都打碎了。

易晓岚同书记员打架，很快就被蔺紫雨知道了。蔺紫雨出面，请那个书记员吃了一顿饭，交代二人，这件事情再也不要说了，谁说出去，她就给谁使“特殊手段”。当时陈达教官正在向郭涵和总团呼吁，要给易晓岚补一个初级生队的名额，蔺紫雨怕“踢一脚”的真相传出去，把易晓岚的好事搞砸了。

郭涵终于答应给易晓岚一个名额，但是提出一个条件，他必须通过跳木马考核。

郭涵主任这个条件并不过分，对于易晓岚来说，却是千难万难。陈达教官为此伤透了脑筋，后来想了一个奇特的训练办法，让易晓岚先不跳木马，跳人，而且是跳女人。陈达教官给易晓岚制订的训练计划是，先跳女生，后跳男生，再跳木马。

这个计划定下，陈达就让蔺紫雨在女兵队里挑人，蔺紫雨动员了半天，女生们嘻嘻哈哈，都不愿意当马让易晓岚跳，有个女生还开了一个粗俗的玩笑，说趴在地上让男人跳，就跟在床上让男人骑一样，不成体统。

蔺紫雨正要发火，蓝旗站了出来说，我先来，不过，训练这几天，每天得给我加两个鸡蛋。

蔺紫雨说，他妈的真是饿死鬼托生的，干一点事就要多吃多占。

话是这么说，蔺紫雨还是把蓝旗的条件向陈达教官报告了。陈达教官也觉得好笑，对蔺紫雨说，加吧，跟伙房讲，从我的薪金里结算。

这就说好了。到了指定的日子，蔺紫雨带蓝旗到操场练姿势，蓝旗像狗一样四肢着地，蔺紫雨先试试，在蓝旗身边一站，两只手往她背上一按，蓝旗哎哟一声就趴在地上了，咯咯笑个不停。

蔺紫雨踢了她一脚，让她不要笑，胳膊腿不许打弯，又问蓝旗，听明白没有？

蓝旗这回不笑了，说，听明白了。

然后再试，这回蓝旗的胳膊腿真的不打弯了，就像木桩一样楔在地上，蔺紫雨从十几米的地方助跑，跑到蓝旗的身边，腾空而起，纵身一跳，很轻松地跳过去了。

一切准备停当，就让易晓岚来练。

那天上午，易晓岚第一次训练，我们也在场，眼瞅着身材高挑、长相俊俏的蓝旗四肢着地当木马让易晓岚跳，我们心里很不痛快。蓝旗倒是无所谓，趴在地上还笑嘻嘻的。也许她的笑容鼓励了易晓岚，他根本不用助跑，大大咧咧地走到蓝旗的身边，把两只手按在蓝旗的脊梁上，稍稍用力按了按，直接就跳过去了。

这时候陈达教官出场了，暗中嘱咐蓝旗逐渐抬高身体，然后再让易晓岚跳。每次易晓岚都是轻松跳过，直到蓝旗把双手离地，弓起了腰，易晓岚仍然从容不迫，一遍一遍地从蓝旗的头顶上飞越，轻盈得就像燕子。

有几个同学挤眉弄眼地嘀咕，说陈达教官为了讨好蔺紫雨，真是挖空心思，什么招数都用上了。一个同学后来跟蓝旗开玩笑说，你一个俊俏的姑娘家，像狗一样趴在地上，让那小子骑来骑去，不觉得憋屈？

蓝旗也不生气，抿嘴一笑说，我早晚要让人骑来骑去，我高兴。反倒把那个同学说得没趣。

不知道为什么，陈达教官玩的这游戏，让我心里很不舒服。每次易晓岚从蓝旗的背上跳过，我的心里都要抽搐一阵。有几次我甚至产生了幻觉，从蓝旗背上跳过的不是易晓岚，而是我，不，我不是从蓝旗的背上跳过，而是扑在了蓝旗的背上，我把她抱了起来，抱在木马上，木马突然活了，扬起四蹄，腾空而起，钻进厚厚的云层，把我们两个同人间隔离开来，就在那云层里面，我解开了蓝旗的武装甲……

那天夜里，我又“擦枪”了，并且大量“走火”，好在有枪口帽吸收了“子弹”，军被才没有留下痕迹。第二天天不亮，我赶在起床的哨子吹响之前，到洗漱房里，把枪口洗干净。怀着一颗羞愧的心，一边洗一边想，我这是怎么啦，蓝旗是我的什么人，难道……？

从高度和技术上看，易晓岚跳过木马已经不是问题了。陈达教官还不放心，当天下午又从我们初级生队选了两个人高马大的男生，当木马给易晓岚跳，我也是其中之一。

我们虽然心里不痛快，但是嘴上不敢说。好在易晓岚已经轻车熟路了，我前面那个同学当木马的时候，易晓岚助跑速度很慢，感觉有点慢吞吞的，只是到了跟前，才略微加快了步伐，嗖的一下就跳过去了。

轮到我了，我四肢着地撑在地上，眼睛却偷偷地看着易晓岚的动作，眼看他在距离我还有五六步远的地方加快了助跑的速度，就要腾飞的一刹那，我故意向上耸了一下屁股，把脊背高度抬高了几寸。没想到这点障碍根本不在易晓岚的话下，只听一声呼啸，他就从我脊梁上飞了过去，稳稳当当地落在地上。

第一阶段结束了，进入第二阶段，陈达吩咐，由我和那位同学脑袋抵着脑袋，膀子抱着膀子，两个人连成一个木马，宽度和长度都增加了。

我心想，这下易晓岚该打退堂鼓了，可是出乎意料，无论是横的还是竖的，易晓岚一次就跳过去了。

那之后，我和那位同学抬起头来看易晓岚，这小子根本不看我们，而是盯着我们的肩膀，两条腿在原地一前一后地蹦跶，好像随时准备从我们的头顶跳过去。

到了这个份上，陈达才让易晓岚跳真木马。易晓岚试跳木马那天，陈达教官把我们在校的学员集合起来观看，好像向我们炫耀，让我们知道他如此这般地栽培易晓岚是有道理的，是慧眼识珠。

说来又是笑话，易晓岚可以从我们的身上跳过去，比真木马长而且宽的“人马”，从来就没有拦住他，可是矮小的真木马横在他面前时，他就傻眼了。我们亲眼看见，他在准备的时候跃跃欲试，陈达教官一声令下，他就开始助跑，起先几步，就像豹子一般凶猛，可是跑着跑着，他就放慢了速度，到了最后，就站住了，低下脑袋，搓着两只手，谁也不看。

那副神情，就像刚刚被踢了一脚的狗。

陈达教官痛心疾首，差点儿冲上去给易晓岚一耳光，他冲着易晓岚咆哮，你他妈的怎么回事，跳啊，他妈的那么高的人马你都能跳得过去，这个木马算个鸟啊！

于是再跳，再跳还是跳不过去。任凭陈达教官百般辱骂，易晓岚一遍一遍地助跑，每次都是无功而返。连续三天，都是这个结果。

六

或许易晓岚命中有贵人相助，就在陈达教官快要绝望的时候，出现了转机。

总团有一位叫刘梓铭的副总团长，听说了这件事情，感觉很奇怪，就到我们分团调查情况。陈达把来龙去脉一讲，刘副总团长琢磨了一会儿，问陈达，易晓岚最害怕的人是谁？

陈达说，应该是他的表姐蔺紫雨。

刘副总团长点点头，若有所思，让陈达教官安排几个女同学，排成一排让易晓岚跳。

前面两个“人马”，易晓岚跳起来一点磕巴都没有打，轮到第三个，就在易晓岚纵身准备飞越的时候，突然看见趴在地上的是蔺紫雨，顿时神情大变，两腿一软，从空中落了下来，摔在地上，半天才抬起头来，可怜巴巴地看着蔺紫雨。

蔺紫雨气不打一处来，起身照易晓岚的屁股上踢了一脚，骂道，真是稀泥扶不上墙，我又不是老虎，你至于吓成这样吗？

刘副总团长走过去，微笑着挥挥手，让蔺紫雨后退，然后看看易晓岚，回头对陈达教官说，让他到我办公室去一趟。

后来是什么情景，我不知道，因为此后不久我们就离队了。一位留校的同学后来跟我们讲，刘副总团长拿易晓岚做了个试验，他认为易晓岚患了一种“官能性记忆障碍”的病。这个病说起来很拗口，其实很简单，而且很多人都有这种毛病，患病的时间往往不到零点一秒，刹那间出现迟疑，就会畏缩不前。刘梓铭给易晓岚开出的方子也很简单，他交代陈达，给木马穿上衣服，谁的衣服都行。

正式考核那天，刘梓铭副总团长和郭涵也在场，陈达让学员在木马头上套了一件旗袍，易晓岚轻而易举地跳了过去。再给木马套了一件军装，易晓岚又跳了过去。以后往木马上蒙上牛皮，蒙上麻袋……蒙上什么，都没有拦住易晓岚。

那天简直就是易晓岚的表演专场，他不仅跳过了蒙着各种物件的木马，横着跳竖着跳，就像蛟龙一般游刃有余，而且到了最后，把两个木马并在一起，上面什么也不蒙了，他照样跳得花团锦簇。

易晓岚跳得过瘾，郭涵主任越看越高兴，后来叫人牵来一匹高大的蒙古马，让易晓岚直接从马背上跳过去，这个也没有难倒易晓岚。

当时在场的人后来说，易晓岚跳那匹蒙古马的时候，一点畏难情绪都没有，好像他成了一只豹子，助跑的时候，身体倾斜，在离马还有几步远的时候，身体突然悬空，在马背上画了一个半圆，落地的时候，脚跟就像钉子一样钉在地上，一动不动。

易晓岚终于通过了考核，成了下一期初级生队的一名正式学员。登记的时候，蔺紫雨把他的名字改了，叫“易水寒”，她嫌“易晓岚”这个名字太娘气。

好，你已经感觉到了，我下面要跟你讲的，主要是易晓岚的故事。

易晓岚出身贫寒，其父易瑾谦和蔺贤路同窗。蔺家因为出了一个大官，人脉发达，经销丝绸，生意只赚不赔。易瑾谦读书还行，做生意却是捉襟见肘，坐吃山空，自立门户不到十年，即沦为穷人，村口支一小桌，代写家信，勉强度日。

蔺贤路发达后，念同窗之谊，在庄园内造了一所房子，取名为“耕读学馆”，聘易瑾谦为终身塾师。庄园内凡十二岁以下的孩子，不论男女主仆，均到学馆跟易瑾谦读书。

蔺紫雨就是在“耕读学馆”度过了她的童年，到她十三岁考到城里上中学的时候，易晓岚刚好十岁。这孩子长得眉清目秀，在其父的调教下，《幼学琼林》背得滚瓜烂熟，《增广贤文》张口就来。蔺老爷看着喜欢，跟易瑾谦打个招呼，就让他跟随小姐进城，住进了蔺家在信阳的别院“听雨轩”，既当仆人，又是书童。也就是说，易晓岚实际上是跟着蔺紫雨一起长大的。就在“听雨轩”里，易晓岚学会了织毛衣，蔺紫雨身上穿的毛衣，都是他织的。

再后来，蔺家遭到变故，蔺紫雨投奔国军，考入“西训团”，易晓岚先在训导处当了一名勤务兵，到了我们毕业前夕，时来运转，遇上贵人，成为“西训团”的一名学员。

我们是农历三月中旬毕业离队的，我和贺之发被分配到地方军部队，不久，郭涵也到地方军任职，把谢谷也带来了。

再往后，“西训团”缩编，成为一个“青干班”，集中培养“特殊人才”，蔺紫雨和蓝旗都留校担任了教官。

已经更名为易水寒的易晓岚，先在初级生队当学员，半年后授中尉军衔，听说郭涵主任离开时，想把他带到身边当警卫连长，陈达教官死活不放，说这个人到部队当普通军官大材小用，坚持把他留在“青干班”，既当教员，同时也是“战术研究室”里执行特殊任务的“特殊人才”——这个“战术研究室”，就是后来人们说的特务组织。

一九三四年春天，国军对葱北红军组织大规模“围攻”，西峰“青干班”成立了一个“战地见习队”，蔺紫雨和易水寒等人被派到红军根据地，劫持一个高级参谋，蔺紫雨为行动组长。那次行动的详细情况我不清楚，只听说蔺紫雨冒充红军女干部，露馅了，被抓了起来。十几天之后，红军要转移，把犯人集中起来枪毙，枪响之后，蔺紫雨发现自己还活着，被一个“红军士兵”掩护逃出了红军根据地。那个“红军士兵”就是易水寒。

这个故事传得神乎其神。还有一种说法，说易水寒最初是混进送粮的民工队进入根据地的，并在红军看守所当了几天伙夫。后来他打听到红军因为转移，仓促处理犯人，伙房为犯人做“送行饭”，他便趁送饭的机会，尾随行刑的队伍，观察路线。途中，易水寒悄悄在马尾巴上挂了两颗拉了弦的手榴弹，然后打马飞奔，手榴弹在马奔跑的过程中爆炸，造成混乱，他于乱中抱起蔺紫雨滚下山坡，由特别行动组接应出逃。

第三种说法是，易水寒潜入根据地后，绑架了红军看守所的一名干部，提着手榴弹裹胁那名干部，以传讯的名义，打开看守所的大门，把蔺紫雨推上一辆马车，冲出看守所，同早就潜伏在外面的特务一起，救出了蔺紫雨。

这些传说，不可全信，也不可全不信。因为蔺紫雨确实被人救出来了，救蔺紫雨的行动，确实是易水寒策划的。那次事件之后，易水寒官升一级，成为“青干班”的上尉教官，从而印证了，易水寒在那次行动中，确实身手不凡。

第 二 章

一

谢谷在郭涵部队当参谋，有一段时间心情很不好，他既不想在地方军任职，更不想当参谋，他本以为自己毕业之后可以当团长的，而且是在中央军当团长，最好是炮兵团长。可是，不知道为什么，从分团到部队，一路都不如意。当参谋那段日子，很少看到他的笑容，一有时间就找人下棋喝酒。

有一天，师部突然下了一道命令，要郭涵旅长派出一支特别行动分队，由旅部直接指挥，到葱茏山一个名叫其中坪的地方，追击红军的一支小分队。我们得到的消息是，红军的小分队是到其中坪征集军用物资的，因为那段时间经常听到消息，长洲的红军要跑，跑之前一定会大量征集军用物资。

郭涵把任务交给了谢谷，让他带领我们三营七连到其中坪执行任务。就是那次路上，谢谷跟我讲了一些“青干班”的情况。“西训团”缩编为“青干班”，主要的任务是配合葱北地区“反共”，明面上为地方军培养谍报人员，其实暗中也有监视地方军的任务。一九三四年的春季攻势中，“青干班”确实出动了，蔺紫雨也确实因为潜入红军根据地窃取情报被抓获了。陈达教官组织营救，派遣易水寒化装尾随红军的一支部队，侦察到押运蔺紫雨的路线，选择在红松岗打伏击，易水寒于乱中飞马抢走蔺紫雨。

不管怎么说，易水寒确实是个人才。谢谷这么跟我说。

我也知道易水寒是个人才，但是又觉得这个人有点怪。在校期间，有一次我看见他和另一个勤务兵在“三民湖”边凿冰抓鱼，抓住了一条半尺长的鲫鱼。两个年轻的士兵高兴得像孩子，你一句我一句地商量把这条鱼怎么办，是红烧还是炖汤。可是转眼之间，易水寒——那时候他的名字还叫易晓岚——就变脸了，突然从那个士兵手里抢过鲫鱼，又把它放回水里。当时我隔得不远，清楚地听他讲了一句，往后不许抓鱼了，我发现你再抓鱼，我就让鱼抓你。

不知道为什么，这句没头没脑的话，让我一想起来，就觉得阴森森的。或许，非常之人，都有非常个性吧，这就是易水寒给我留下的最初印象。

在前往其中坪的路上，我问谢谷，是不是得罪了陈达教官，为什么陈教官在期中考试的时候把他分数压得那么低，是不是因为蔺紫雨。谢谷笑笑说，无稽之谈，那个蔺紫雨，她敢跑去红军医院里放火，我可招惹不起，如果陈达教官因此对我有成见，那是他的问题。不过我不认为是这个原因，据我所知，陈达教官还是很注重为人师表的，听说有女生向他献媚，还遭到过他的痛斥。

我说，这么说，您也认为陈达教官把你分数排在第六是公正的？

谢谷木着脸说，不是，这个人疑神疑鬼，他一直怀疑我是共产党，结果呢，他最器重的学生赵杰才是共产党。

我想问谢谷，你到底跟共产党有没有瓜葛，话到嘴边我又咽下去了。毕竟他是我的长官，说不定这次执行任务之后，他就会到部队带兵，郭涵派他带队到其中坪，明显有这个意思。

那次去其中坪，执行的任务很特别。其中坪是一个高山集镇，在三省交界的葱茏山里，有点与世隔绝的味道。据说那里早年是丝绸之路的重要驿站，至今还有很多外国人在那里经商。

路上谢谷透露说，郭涵旅长对这次任务很讨厌，因为我们那支部队的很多长官，同其中坪有来往，靠其中坪发了不少财。其中坪商会的会长安南先生是同盟会老会员，还是我们师长的座上客，在地方军上层也有不少朋友。过去，大家心照不宣，一般不会找其中坪的麻烦。这次，“青干班”送来确凿情报，红军武装分队进入其中坪，距此最近的郭涵部队自然不能不管。可是怎么个管法，却是很难把握的，这也是郭涵之所以让谢谷带队前往的原因，郭涵一直把谢谷当作自己的心腹。

后来的情况，你已经知道了，我们到了云杉村之后就原地宿营待命，谢谷接受了安南先生的邀请，亲自带领一个排到其中坪，见到了安南先生和红军的参谋凌云峰。以后贺之发跟我讲，谢谷压根儿就不想跟红军打仗，他在其中坪不仅同红军干部同桌吃饭，第二天离开其中坪的时候，还和红军的凌云峰一起接受了安屏小姐的礼物，两个同样的桃木匣子。就是这两个桃木匣子，让谢谷、凌云峰和安屏小姐，一生都纠缠在一起，这里面，也包括我本人和易水寒——此为后话。

虽然我们同红军的小分队后来在云杉村的鹰嘴岩一带打了一仗，但是我能感觉出来，这一仗就像演戏，只是做做样子。如果完全按照谢谷的意思，这场戏会有个圆满结局。后来出现了意外，红军并不了解谢谷的真实想法，谢谷也不了解凌云峰的真实想法。双方都在试探，一旦开火，局面就不好控制了，假打也变成了真打，红军打得很猛，交火不到十分钟，就把我们七连的连长打死了。这下副营长朱智不干了，指挥全部兵力，在火力压制的同时，从一边穿插，两边伏击。红军受不了了，凌云峰组织强行突围，眼看就要成功了，却被我们压制在鹰嘴岩下，凌云峰本人也受了重伤，如果不是他们的接应部队赶上来，被我们全部消灭的可能都是存在的。

谢谷到其中坪谈判的时候，我们都在云杉村待命，第二天交火，也只是远距离眺望，所以说，在抗日战争的沧山战役之前，我都没有见过凌云峰。这个人的情况，也是我介绍的重点，因为以后的故事和故事中的主要人物，都同他有关。

凌云峰是江淮农科专业学校毕业生，曾在红军部队里担任过连长、参谋、营长，在当年的鹰嘴岩战斗中负伤，住院期间结识一个俘虏军官，我们“西训团”二分团高级生队的学员何子非。凌云峰后来成为红军某部特务团长，何子非一直是他的副手，在葱茏山地区，这二人带领的部队跟我们打了很多硬仗，以作战勇敢、战术灵活著名，号称穿山甲部队，凌云峰和何子非一度成为“青干班”的主要刺杀对象。

从那年春天开始，蒋委员长指挥中央军和地方军对红军进行过数次围攻，红军最终被迫撤离葱茏山长洲根据地，开始战略转移，这就是他们后来说的长征。

那次在其中坪追击凌云峰的小分队，我们的任务完成得并不好，朱智就曾经在私下里嘀咕过，在鹰嘴岩伏击，我们完全有把握将凌云峰的小分队一举歼灭，但是关键时刻，谢谷参谋却把主要兵力部署在另一条小路上，导致坐失良机。

朱智这样说，我也有同感。战斗发起之后，谢谷命令我率领全排迂回，理由是断敌后路，导致正面进攻兵力不足，其实是网开一面，让凌云峰的小分队占领了鹰嘴岩死角，后来他们的接应部队上来，我们的伏击战打成了夹生饭。

只是，仅凭这个行动，我还不能确认谢谷是共产党。他在其中坪的那一夜，同安南先生和凌云峰之间到底建立了什么关系，始终是个谜。

后来谢谷下到部队带兵，并没有提升，只是在我们营当营长。贺之发告诉我，陈达教官在背后做了手脚，他调阅了我们在其中坪行动的战例资料，并到地方军某长官那里进言，声称谢谷其中坪之行，不仅没有截获红军征集的军用物资，还让红军小分队逃脱了，不是战术失误，而是谢谷故意搞了一条“华容道”。好在其中坪给了我们旅三百匹柞绸，算是没有空着手回来，郭涵把谢谷训了一顿，下放当了营长。

二

前面我说过，西峰“青干班”的任务，说起来主要针对长洲的红军，其实也有监督我们地方军的成分，所以那两年，我们这三家，始终纠缠在一起。后来红军转移，我们尾随着一路打仗，地方军打仗，上面瞻前顾后，下级患得患失，特别是进入草地，红军没有粮食，我们也吃不上饭，所以很少打恶仗。

我们虽然在底层，也知道外面的形势，日本鬼子侵占东北，又在上海发动“一·二八事变”，直到这时候，一些军人才回过神来，原来我们最大的敌人是日本人。红军这几年一直呼吁联合抗日，我们也想抗日。

两年之后，红军两大主力会师，郭涵部队接到命令停止追击。我们本来以为，红军离开葱茏山区之后我们的任务就完成了，我们地方军从此不和红军打仗了，谁知道红军内部出了问题，一部分红军又掉头南下，发出的口号是“打到葱茏穿丝绸”。这一下地方军不干了，几路地方军前所未有地团结，联合起来拼命地围追堵截，把南下的红军打得脚不沾地，损失惨重。特别是千尺关一役，南下的红军大伤元气，不得已向荒无人烟的西北继续退却。凌云峰所在的部队于退却中占领了古莲城，此后围攻他们的任务主要交给西北的马家军。我们追到三省交界的地方，就接到命令，停止追击，乐得休整了一个多月，坐山观虎斗。

马家军在河西走廊同红军鏖战，已经是我们毕业的第三个年头了。当时国内联合抗战的呼声很高，我们听到风言风语，离开东北的东北军官兵十分厌恶内战，屡次向张学良谏言要打回东北去，还同杨虎城的十七路军和红军密谋建立联合政府。

就在那个时期，战术研究室的主任陈达少将带着十几个人来到我们部队，一起来的还有蔺紫雨和蓝旗、易水寒等人。他们来干什么，详细情况我不知道，但是感觉他们很神秘，也很忙碌，不像是研究战术的。

千尺关战役三个月后，谢谷升任代理旅长，我和贺之发分别在他手下当营长和军需官。当年的农历十月二十，谢谷在旅部设宴招待老教官和同学，让我和贺之发一起参加。

陈达教官在千尺关战役中，被红军打断了右臂，安了一只木头胳膊。别人敬礼，他基本上不还礼，只是点点头。谢谷说，教官真乃党国精英，不仅学问知识是我辈导师，身先士卒的精神，更是我等楷模。陈达教官抬起右臂，晃晃说，军人嘛，青山处处埋忠骨。别看我胳膊断了一只，跟共产党作战，我一只手都不少。我左手打枪，比右手还准，你们信不信?

两年没见，易水寒模样大变，不再是我们在分团认识的那个胆小拘谨的勤务兵了。他似乎长高了，也壮实了，佩戴着上尉军衔，鼻梁上架着墨镜，同我们握手的时候，脸上一丝笑容也没有，只是说，久仰久仰，幸会幸会。

摘下眼镜我才发现，他的眼睛很深沉，基本上不拿正眼看人，总是盯着某一个地方，好像那里藏着一只马蜂。倒是蔺紫雨，显得很活跃，她是上尉军衔，只不过她比蓝旗胖一点，脸色也红润一些。我记得她和谢谷敬礼握手的时候，还摸了一下谢谷的胳膊说，谢旅长，还是那么风度翩翩。

谢谷纠正说，代旅长，代旅长，欢迎蔺紫雨同学。

蔺紫雨说，代旅长也是旅长，老同学每一次升官，我们都知道，都给自己弄顿酒喝，蓝旗，你证明。

蓝旗也笑盈盈地说了一句，是的，紫雨姐姐对谢旅长尤其关注，没想到又在战场见面。

蓝旗同蔺紫雨是同一届学员，不知道为什么，才混了个中尉。我估计这两年，蔺紫雨没少立功。不过，佩戴中尉军衔的蓝旗显得更加年轻，身段匀称，面若桃花，相比之下，蔺紫雨的脸色已经有点发黄了。

我和蓝旗，过去没有正面说过话，差不多等于不认识，没想到她在跟我擦肩而过的时候，低声说了一句，老同学，手枪。

我怔了一下，突然想起了在“西训团”的那件事情，当时就愣住了，再看蓝旗，她已经走到谢谷的面前，敬了一个礼，然后就闪在一边，若无其事地微笑，等待落座。

按照礼节，谢谷首先致辞，欢迎陈达教官，欢迎各位学友。本部奉命尾追红军，倥偬岁月，难免照顾不周，请各位海涵……

陈达教官致答谢词，详细内容我记不清了，印象最深刻的是，他说本教官和研究室同仁此次奔赴作战一线，其实还是教学，瞻仰贵部作战神勇风采，观摩实战过程，总结战术，以促进国军战术理论建设，早日安内，聚力攘外，云云。

我们当然不相信陈达教官是来研究战术的，也不相信“早日安内，聚力攘外”的说法。那时候部队出现过一张传单，有人把“攘外必先安内”几个字，变成了“让外必先按内”。我们这些认识陈达的人虽然知道他和“战术研究室”的人到部队，是来搞特务活动的，但当时并不知道，他们这次来，会制造那么大的一个秘密。

这要从一场大战说起。

三

陈达教官到来之后不久，就发生了古莲战役，主要是马家军主攻，我们地方军配合。郭涵师长在作战会上讲得慷慨激昂，说葱茏山红军经过连续打击，已是强弩之末，此次古莲战役，事关重大，只要各位同心协力，可毕其功于一役，畏缩不前者格杀勿论。

话是这样说，但是从兵力部署上看，我们实际上还是敲边鼓。无论是郭涵师长还是谢谷旅长，都没有打算摆开阵势同红军决一死战。制订作战计划的时候，谢谷旅长向郭涵师长提出“围三阙一”的方针，把我们的部队安排到主战场三条山进攻正面的右翼，而那个“一”，就是给红军留的后路，也是给我们自己留的后路。

后来的战事表明，谢谷留的这个后路多余了，三条山战斗打响之后，根本就没有“一”。马家军同红军作战，比地方军要凶狠得多，把三条山四面的路都堵死了，好像根本不要我们帮忙，所以说，凌云峰等人阵亡，同我们地方军没有关系。

这年深秋，马家军围攻古莲城，凌云峰的特务团在三条山防御，这个任务实际上就是破釜沉舟，因为他要掩护主力突围。凌云峰这个人非常大胆，采用主动防御的战术，放弃本来就没法死守的阵地，分成三股，提前穿插到进攻部队的侧翼，中心开花，来回突击，把马家军的一个师切割得七零八落，首尾不能相顾，互相残杀，从而迟滞了马家军的进攻。

显而易见，在敌人中心突击，没有后方，没有救护，也没有接应，就像一块肉在磨盘上来回碾压，最后只能化为肉末。战斗结束后，马家军打扫战场，发现阵亡的红军每个人身上都有十几个弹孔，有人负伤达三十多处，多数人的身体已经被打得稀烂了。

后来国军的报纸上披露一则未经证实的消息，“战后对敌魔鬼部队仅有的三名生还者和十余尸体进行医学解剖，专家透露分析结果，敌之魔鬼部队组成人员，多数为精神不健全者，疑为接受符咒之嗜血亡命之徒……”

补充说明一下，这篇文章里面提到的“专家”，就是我们的老长官刘梓铭副总团长，多年前他留学日本，学的是精神疾病专业，谢谷曾经说过，在刘梓铭长官的眼睛里，所有的人都是精神病人。

几年之后我们才知道，关于三条山战斗，马家军呈报的战果报告，有很多不实之处。首先,“悉数全歼”就是误判,因为在战役发起之前，不仅凌云峰强令副团长何子非带领一部分人离开了部队，另外两个配合防御的团队，也都组织伤员提前转移了。其次，即便是凌云峰特务团担任穿插的二百多名官兵，也并非全部阵亡，以后的几年里，陆续发现至少六人生还。

古莲战役，使红军南下部队又一次遭受重创，这是不言而喻的。除了军事上的意义，还有一个在当时谁也没有想到的秘密，就从这个战役开始了。这个秘密的主谋，当然是陈达教官。

我清楚地记得，在谢谷旅长为陈达教官等人举行的宴会上，陈达宣布说，他们将于次日深入到一线部队，跟随战斗连队一起行动，以期“战术研究”更加抵近战斗实际。

自那以后，我就再也没有见到陈达教官了，他实际上是到了马家军的军部，在那里参与作战指挥。而他的手下，有一半人潜入了红军部队和驻地古莲城。这些人干什么去了呢，主要任务不是刺探红军作战计划,而是对参战红军的营以上军官进行调查。三条山战斗过程中，陈达亲自率领他的“特殊人才”跟随一线作战部队，战斗结束后又亲自勘察了战场，目睹了红军被歼灭的全过程，因此马家军呈报的战果，顺利地得到了陈达的认可。

攻打古莲城的战斗，郭涵部队基本上作壁上观，主要是马家军打。战斗结束后，我们奉命调防，陈达教官并没有跟随我们的部队，而是留在古莲城，继续搞他的“战术研究”。

在已经纳入名单的六个阵亡的红军团营级干部中，陈达排除了红军三团的政委和特务团副团长何子非。因为陈达对整个战斗过程了如指掌，始终没有出现这两个人在战斗现场的信息，所以他不能确认这两个人已经死了——不能不说，陈达教官确实心细如发，判断十分准确，这两个人确实于战斗发起之前离开了部队。

剩下的四个被确认阵亡的红军干部，两个营级，两个团级，一堆照片和背景资料，很快就到了陈达的手上。陈达采用“背靠背”的方法，分别让“战术研究室”的男性“特殊人才”选择其中的一个，并尽快“成为”这个人。

这样讲，你大概有点明白了。是的，这不是一般的“特殊行动”，这同不久之后发生的震惊中外的“西安事变”有关系。

陈达之所以带领他的“战术研究室”亲临马家军作战一线，最初的目的，是近距离地观察红军的战术和红军军官的战斗作风，熟悉他们的习性，准备派遣特务装扮成失散的红军西路军干部，潜入陕北，刺探红军同东北军和十七路军联络的情报。在此之前，陈达并没有想到要冒充死人。古莲战役之后，西路军几个团成建制被歼，让陈达灵光一现，搞了一个“借尸还魂”计划，改冒充虚拟的红军干部为冒充真名实姓的红军干部，以提高冒充者身份的真实性。

易水寒是这个行动的成员之一，不过，借凌云峰的尸体“还魂”，不是易水寒的本意。他认真研究过凌云峰同谢谷等人在其中坪的合影，他和凌云峰长得不是太像。另外，凌云峰有农业专科学校的学历，而他只读过私塾，跟蔺紫雨在城里中学借光，零敲碎打读了一点格致、地理之类的书，学问跟凌云峰南辕北辙。再有，资料显示，凌云峰比他年长三岁，这些条件都表明，由他冒充死去的凌云峰并不合适。

但是陈达不这样认为。根据计划，“借尸还魂”启动后，会在陕北活动一个月的时间，而这一个月，西路军残部基本上被马家军困在河西走廊，就算还有几个认识他们的人活着，也不可能到陕北指认他们。一个月后，他们就会完成任务返回了。

陈达教官指定易水寒冒充凌云峰，还有两个理由，一个是因为他和凌云峰都是云华山人，口音比较接近。第二个理由是，易水寒在古莲战役中，跟随马家军第一进攻梯队行动，在混战中三处负伤，其中一处重伤，在腹部，至今没有痊愈。另有一块弹片从易水寒左下颚射入，左脸颊穿出，造成半边脸下方变形，上半部分也受到影响，说话瓮声瓮气——恰好这个伤病，被陈达看成是绝好的掩护。

当时知道这个行动的，除了参与行动的人，别说再没一个活人，就连耗子也没有一只。计划定下来后，陈达教官给了十天时间，让大家“学讲话”。

陈达找了几个变节的红军俘虏当教官，跟大家一起吃住，除了正课时间做报告，讲一些红军指挥员都熟悉的马列主义常识，课余跟大家交谈，用红军的口气和习惯用语。比如蔺紫雨见到教官，举手敬礼说，报告长官，感谢长官栽培，叛徒教官就纠正说，红军不这么说话，红军说的是，报告首长，感谢组织培养。易水寒说，我们要爱兵如子，教官说，最好说官兵一致。蓝旗问，红军有没有薪水？叛徒教官说，红军是津贴制，有了战利品，会发伙食尾子……如此点点滴滴，不厌其烦，大家渐渐地找到了感觉。

叛徒教官说，总而言之，红军说话比较亲切，比较实在，尽量不要舞文弄墨，不要之乎者也，尽量讲大白话。

“学讲话”的同时，还要研究具体冒充对象的情况，各个小组分头做功课，研究被冒充者的经历、特长、习性等等。

最初两天，易水寒就像一个困兽，面对一堆有关凌云峰的资料，十个手指头不停地在肚子上比画。这个人有个习惯，一遇到压力就织毛衣，三根竹针拿到手上，屁股后面放一个线团，不到一个小时，线团就没了，手里的毛衣就会多出一大截。这个动作后来就固定了，再遇到压力，没有竹针和毛线，手也放在肚子上比画，不知道内情的人，搞不清楚他为什么这样，还以为他在搞什么符咒。

易水寒不喜欢那个凌云峰，他觉得那个人好像就是他的天敌。那个人出身富贵，博学多才，温文尔雅，这些都让他极不舒服。那个凌云峰，和他不是一路人。当然，最让他不舒服的，还不是凌云峰本人，而是这个任务，这个任务就像两年前横在他面前的木马，让他畏缩不前。

连续两天，易水寒愁眉不展，茶饭不香。蔺紫雨暗暗着急，找他谈话，问他是不是病了。易水寒说，没有病，我不想冒充这个人。蔺紫雨问他为什么，易水寒指了指桌上的一堆资料说，这个人酒量大，读书多，打仗猛，我冒充不了他。

蔺紫雨说，你只是冒充一到两个月，又不是一辈子，完成任务之后，你还是易水寒。

易水寒又说，这个人爱吃鸡爪子，太吓人了。

易水寒小时候一直跟着蔺紫雨，他的毛病，有些蔺紫雨知道，有些不知道。不吃鸡爪子，蔺紫雨就不知道，因为她的家里，鸡爪子都是下人吃，她连见都没有见过，至于易水寒对鸡爪子什么态度，她更是不知道。

问题是，易水寒是怎么知道"那个人"爱吃鸡爪子的？她问了易水寒，易水寒说，我昨天夜里见到他了，他跟我讲，我要冒充他，首先得过几关，要像他那样有学问，像他那样有酒量，像他那样会打仗，还要像他那样，喜欢吃鸡爪子。

易水寒讲这话的时候，表情是庄重的，一点也不像讲鬼话的样子。

蔺紫雨盯着他看了半天，问他，你是做梦还是见到鬼了？他已经死了。

易水寒说，我确实见到他了，他还给我拿了一个鸡爪子。他跟我讲，鸡爪子是好东西，吃了鸡爪子，它就能在你肚子里画符，以后鬼见到你就跑。

易水寒讲话，并不抬头，只是看着脚面，两只手在胸前搓来搓去。

蔺紫雨沉不住气了，这两年她发现易晓岚变化很大，特别是变成易水寒之后，虽然还给她擦过一次皮鞋，但是再也没有跪下，单腿跪也没有，而是蹲在地上擦。更严重的是，这个人经常说些不着边际的话，莫非，就像刘梓铭副总团长说的，这个人得了羊角风？

蔺紫雨说，你说他给你拿了鸡爪子，在哪里？

易水寒伸手一指，那里。

蔺紫雨转眼看去，吃了一惊，不禁毛骨悚然。

顺着易水寒手指的方向，在墙角的旮旯里，当真有一个青黑色的鸡爪子，就在蔺紫雨目光触及的刹那，那个鸡爪子似乎还动了一下。蔺紫雨的脸都变了，瞠目结舌，好半天才说，这，真的是那个人给你的？

易水寒说，是的，他亲手交给我的。

蔺紫雨不说话了，就像看见蛇一样，屁股慢慢地挪开板凳，悄悄地站了起来，贴着墙溜了出去。

出了门，蔺紫雨想去向陈达教官报告，不能让易水寒执行这个任务，回到宿舍坐在床上发了一阵呆，又打消了这个念头。出门转了一圈她就搞清楚了，易水寒墙角里的鸡爪子，不是什么凌云峰送给他的，而是头天晚上伙房给易水寒送的病号饭里，有个鸡腿，那个爪子显然是从鸡腿上扯下来的。

中午饭后，蔺紫雨到伙房后厨，交代师傅晚上加几个菜，每道菜的做法都提了要求。

晚上，蔺紫雨把易水寒和蓝旗叫到自己的房间，拿出一瓶酒，说大家这几天做功课辛苦了，她这个组长犒劳大家。

蓝旗一听有好吃的，马上就来劲了，抽动鼻子说，好香啊，今晚大打牙祭。说着，搬过凳子就坐下了，伸手拿起筷子，看蔺紫雨还没有动，又把筷子放下了。

易水寒有些心神不定，向蔺紫雨鞠了一躬。蔺紫雨说，坐下。易水寒这才搬过一张小凳，半个屁股坐在上面。

蔺紫雨把酒倒上，第一杯递给易水寒，易水寒慌忙站了起来，却不接杯子，惶恐地说，我不喝酒。

蔺紫雨眼睛一瞪说，你说不喝就不喝了吗？这是命令。

易水寒不说话了，想了想，接过酒杯，端到自己的面前，耸耸鼻子闻了闻，眼睛一闭，把酒倒进嘴里，咕咚一声咽了下去，然后一屁股坐在小凳上，半天才睁开眼睛，看着手里的酒杯。

蔺紫雨问，怎么样，不舒服吗？

易水寒说，还好。

蔺紫雨说，那就再来一杯。

说着，又倒了一杯，直接放到易水寒的面前。见蓝旗的眼睛放出绿光，微微一笑，伸手把一只鸡腿扯下来，扔到蓝旗的碗里说，你先吃着，别卡着嗓子。

蓝旗搓搓手，抓起鸡腿就啃了一大口，腮帮子塞得满满的，嘴巴动着，向易水寒挤眉弄眼。

易水寒不动，看着酒杯，目光呆滞。

蔺紫雨一声断喝，喝了它，哪怕它是毒药。

易水寒一个激灵，端起酒杯，手一抖，洒了两滴，但还是仰起脖子一饮而尽，然后睁开眼睛看着酒杯。

蔺紫雨问，这回怎么样？

易水寒说，不怎么样。

蔺紫雨问，什么味道？

易水寒说，没有味道……啊不，有烂泥巴味道。

蔺紫雨怔了一下，端起酒杯，对蓝旗说，来干杯，再不喝，就让这小子喝完了。

蓝旗正在啃鸡腿，抿嘴一笑，端起杯子，向蔺紫雨的杯子上一碰说，感谢组长破费。说完，跷起一个兰花指，优雅地把酒喝了。

蔺紫雨问蓝旗，怎么样，是他讲的那个味道吗？

蓝旗说，我不懂酒，就是那个味道吧，确实有点泥巴味。

蔺紫雨把酒杯送到嘴边，伸出舌头舔舔，然后一口喝下去，咂咂嘴说，还真是，酒是在泥窖里发酵的，自然有泥巴味道。不过以前没有在意，这小子，狗舌头。

易水寒笑笑，笑得很难看。

蔺紫雨这才开训，把酒杯往前方一推说，易水寒你给我听着，你现在是国军军官，而且是特殊人才，党国需要你，你要尽快适应新的任务，效忠党国。

易水寒说，可是，我不想冒充凌云峰，这个人太有本事了，我怕露馅。

蔺紫雨说，你怕死吗？

易水寒说，怕。

蔺紫雨说，你怕死就不死了吗，你早晚得死，你怕它干什么？

易水寒说，我知道我早晚得死，可我还是怕。

蔺紫雨说，“三民湖”你怕吧，可是有人一脚把你踢下去，你不照样把陈达教官救上来了吗？木马你怕吧，可你不照样跳过去了吗？酒你怕吧，你喝了两杯不照样活着吗？怕，是因为你不知道自己本事有多大，任何事情，只要你不怕它，它就怕你。

蓝旗也在一边说，易水寒，你太厉害了，你什么都会，你什么都不用怕。

易水寒傻眼了，东张西望，不知所措。蔺紫雨给他倒了第三杯酒，他又喝光了。

后厨把热菜送来了，蔺紫雨夹了一筷子，扔到易水寒的碗里，易水寒一看，脸色就变了，半个屁股眼看就要离开凳子，蔺紫雨又呵斥了一声，坐下，把它吃了。

易水寒可怜巴巴地看看蔺紫雨，又看看蓝旗，拿起筷子，哆哆嗦嗦地伸向碗里的鸡爪子，半途又缩回手。

蔺紫雨说，吃了这个鸡爪子，你再也不要怕凌云峰了，你比他本事大，就差胆量了。蓝旗你说是不是？

蓝旗向易水寒妩媚一笑，鹦鹉学舌一般说，就是，吃了这个鸡爪子，你就是凌云峰了，不，你比凌云峰还凌云峰。

易水寒的额头冒出汗珠，眼神飘忽不定，脸色一阵红一阵白，身体摇摇晃晃，醉汉一般。

蔺紫雨说，要是连这个鸡爪子都不敢吃，你就脱下这身军装，给我滚蛋。

易水寒恍惚了半天，突然站了起来，解下军装的扣子。第一个扣子解了好几秒钟才解开，下面的索性不解了，刺啦一声，扣子全飞了，落在酒桌上，还砸翻了一个酒杯。

蓝旗紧张地看着蔺紫雨，蔺紫雨瞪着易水寒说，你要干什么，真想滚蛋啊？

易水寒不回答，把一排扣子扯飞之后，三把两把脱下军装，扔到墙角，然后弯腰抓起碗里的鸡爪子，只听一阵咔嚓咔嚓的声音从他嘴里喷出，那个鸡爪子连皮带骨被他吞了下去，一点骨头渣子也没有剩下。吃完了一只，又抓起一只，塞进嘴里，咔咔嚓嚓嚼了起来。看得蓝旗花容失色，连蔺紫雨都有些紧张。

吃完了鸡爪子，易水寒自己动手，倒了一杯酒送到蔺紫雨的面前，再倒一杯送到蓝旗的面前，直起腰说，谢谢党国栽培，国军上尉易水寒奉命冒充凌云峰，完成任务，在所不辞！

蔺紫雨惊喜地站起来说，好，有种。可是，你也用不着这样啊，凌云峰是个读书人，吃肉是要吐骨头的。

易水寒说，报告组长，我不是凌云峰，我比凌云峰还凌云峰。干杯！

四

蔺紫雨把易水寒的情况向陈达做了汇报，陈达很高兴，对蔺紫雨说，我没看错，这小子看起来呆头呆脑，其实内里有一股气，特殊人才都是这样，大智若愚。

这以后，行动小组的“功课”就更加具体了。按照“借尸还魂”计划，为了掩护和保障易水寒的安全，届时蔺紫雨和蓝旗将尾随易水寒潜入陕北，近距离策应。蔺紫雨的身份是蓝旗的嫂子，姑嫂二人都是红军家属，职业是神婆，到陕北是为了寻找当红军的丈夫。

为了看上去逼真，陈达特意给她们找了一本《周易速成》，让二人至少学会十二卦象，阴阳乾坤，凶吉善恶。蔺紫雨对此毫无兴趣，把书拿回来就扔给蓝旗，不容置疑地交代，你学，我是你嫂子，一家只要一个懂行就行了。

蓝旗对算卦也没有兴趣，翻开书就发毛，念了几句就唉声叹气，对蔺紫雨说，算卦不如看相，我看过《麻衣神相》，看相八九不离十。

蔺紫雨大喜说，那就看相，反正也不是正经的行当。

这以后，蓝旗就三心二意地学起了《麻衣神相》，给蔺紫雨看了，也给易水寒看了，说易水寒是奇人相，外冷内热，刚柔无常，要么成大事，要么坏大事。

国民革命军提倡新生活，反对迷信，蓝旗信口雌黄，蔺紫雨也不当回事，只当是备着潜入陕北之后做护身混饭之用。

易水寒所做的“功课”，主要是熟悉关于凌云峰的资料。他只用了两天，就把凌云峰指挥过的几场战斗，譬如山涧峰战斗、幻龙崖战斗，特别是最近的古莲城外三条山战斗，研究得滚瓜烂熟。

陈达搞了一个预演，让他给假想的红军长官汇报三条山战斗，他讲得头头是道，滴水不漏，讲到动情处，甚至泪花闪烁。

陈达说，好了，进入角色了。

有一次蓝旗向蔺紫雨报告，她听见易水寒屋里动静很大，好像在吵架。

蔺紫雨吃了一惊，跟蓝旗一起到易水寒的宿舍，贴在墙根儿下，果然听到里面声音很大——打仗靠什么，靠精神，靠压倒一切敌人的大无畏气概。我们红军，从无到有，从小到大，从弱到强，首先靠的就是理想信念，靠的就是救国救民的远大目标。我们不是为个人作战，也不是为了升官发财，为了信仰才有牺牲精神，有了牺牲精神就敢打必胜……

蓝旗说，这些话，怎么听着这么过瘾啊。

蔺紫雨示意蓝旗不要声张，从门缝往里看去，更是吃惊不小，不知道易水寒从哪里弄了一套红军军装穿在身上，腿上打着绑腿，脚下穿着草鞋。他一只手卡在腰际，另一只胳膊大臂平行前伸，小臂做扇面挥动——我这个穿山甲钻山打洞，就是为了找到穿山乙，谁是我的穿山乙？就是那个以最小的代价消灭敌人的战略战术，就是那个穿插作战的最佳路线……

蓝旗看得入迷，禁不住感叹一声，讲得真好。

蔺紫雨瞪了蓝旗一眼，他讲的是什么，你听懂了吗？

蓝旗怔了怔说，我也不是太懂，可是，我觉得他讲得太好了，还有他的样子，简直就像换了一个人。

蔺紫雨皱着眉头，好像心事重重的样子，向蓝旗挥挥手，突然把门推开了。

正在慷慨激昂的易水寒的手势停止在空中，他转过身来，铁青着脸，怒视蔺紫雨和蓝旗，嘴巴动了动，大声质问，你们是谁？为什么不报告？

蔺紫雨一愣，想想说，你继续，继续当你的凌云峰。

易水寒伸手从腰际掏出手枪，咔嚓一声上了膛，你们这两个狗特务，竟敢潜入我军阵地进行反革命勾当，来人，给我绑了！

蓝旗吓了一跳，大声嚷嚷，易水寒，易水寒，我们是你的……我们是蔺紫雨，蓝旗，是你的同伴……

易水寒盯着蓝旗，一步一步逼过来，直到看清蓝旗身边的蔺紫雨，迷离的眼神骤然放光，又迅速黯淡下来，把手枪一扔，颓然坐在椅子上，含混不清地嘟囔，啊，是组长，是你们，卑职失礼了……

蔺紫雨走上前去，摸摸易水寒的脑门说，啊，真的病了，发烧了。

易水寒喘着粗气说，没有，好像做了个梦。

蔺紫雨说，是美梦吗？

易水寒说，是的，梦里鲜花盛开，还有人唱歌跳舞，我的部队，像一片树林，头上顶着一片云彩。

蔺紫雨侧过身子，看着易水寒的眼睛，你的部队？他们……跟你穿一样的衣服？

易水寒说，是的，就是这样的。

蔺紫雨问，在哪里？

易水寒闭上眼睛说，在三条山，二道梁子，纵坐标七五六，横坐标三八一，距离马家军师部二点四公里，距离通讯枢纽一点六二公里，距离后方指挥所七点八三公里……

蔺紫雨抬起头来，看看蓝旗，蓝旗也是一脸茫然。

蔺紫雨说，很好，你真的进入角色了，你比凌云峰还凌云峰。你继续做梦吧。

说完，向蓝旗一挥手，撇下大汗淋漓的易水寒，出门走了。

蓝旗跟在后面，小心翼翼地问，组长，你怎么啦？

蔺紫雨说，我没有怎么，我要向陈达教官报告，请他亲自过来考查易水寒。

蓝旗不解地问，为什么？

蔺紫雨说，你没有发现，易水寒状况不正常吗？

蓝旗说，这个状况，不正是教官希望看见的吗？

蔺紫雨说，是的，可是我总觉得哪里不对劲。我担心他真的是阴魂附体，我们可就麻烦大了。

蓝旗说，阴魂附体？要真的是那样，那就太好了，那“借尸还魂”

的目的不就达到了吗？

蔺紫雨停住步子说，是这个道理，可我还是觉得哪里不对劲。

五

第二天早操，蔺紫雨在操场边上跟陈达教官嘀咕了很久，蔺紫雨越说越忧虑，陈达却越听越有兴趣。

早饭后几个人往易水寒窗下一站，果然看见他又穿上了红军的服装，在屋里来回踱步，倏然停下，面对墙壁，挥动拳头，口中念念有词。

这一次不是做战斗动员，而是在训人——红军为什么能打胜仗，就因为我们是穷人的军队，我们受到穷人的拥护。红军是鱼，穷人是水，哪里有水，哪里才有鱼，有水鱼就能活。可是借了人家的东西不还，人家就有意见，有意见就不拥护，我们就成了无水之鱼，就只能干死渴死……

陈达神情专注，喜形于色，向蔺紫雨眨着眼睛，低声说，这小子，弄得很明白啊，还很有表演天才。他当过戏子吗？

蔺紫雨说，没有，我也奇怪，他怎么像变了个人似的。

陈达说，变了个人？我跟你讲，你不知道这个人的潜力有多大，连他自己都不知道，只有我，慧眼识珠啊，尺有所短，寸有所长。所有的胜利，都来自于会用人，用其所长他就是金子，用得不是地方，他就是狗屎。

蔺紫雨却忧心忡忡，可是，他是从哪里学到这些话的呢？那些资料有这么细吗？

陈达说，有啊，共党不是有个纪律歌吗，里面就有一句，“借东西要还”。你琢磨这句话是什么意思，就是说，发生过借东西不还的事情，以后借东西就还了……这个易水寒，举一反三，融会贯通，聪明绝顶啊。

陈达这么一说，蔺紫雨就没有话说了。

几个人在门外听了一会儿，陈达向蔺紫雨递了一个眼色，蔺紫雨走上前去，突然把门推开，喊了一声，易水寒！

易水寒唰的一下站起来，掏出手枪，警惕地看着来人，谁，易水寒在哪里？

蔺紫雨看看陈达，陈达说，凌云峰同志，请详细汇报你的经历和在古莲战役死里逃生的经过。

易水寒这才从幻觉中走出来，收起手枪，向陈达教官敬了一个礼，朗声回答，报告首长，本人凌云峰，安徽省霍山县人，民国二十一年七月在云华山革命根据地参加中国工农红军，历任连长、参谋、营长、团长；民国二十五年农历十一月，在古莲城外三条山战斗中，为掩护军部和主力部队突围，率部穿插敌进攻部队七十六师，以三路突击战术对敌进行分割；战斗第二阶段再以集中兵力沿进攻之路返回穿插，出其不意，造成敌内部混乱。本部抱必死之决心，盘旋于敌之重围，反复绞杀，本人身负重伤，于弹尽粮绝之际被战友推下山坡，为当地牧民所救，牧民姓穆名庄，居住古莲城外扎拉村，可以为证。报告完毕！

蔺紫雨暗暗吃惊，易水寒在报告的时候，虽然嘴巴扭曲，有点费劲，但是表达流利，神情自然，滴水不漏，一点不像她昨天看见的模样。

陈达教官挥挥手，笑容可掬地说，很好，很好，易水寒同志，你清楚你将要遂行的任务吗？

易水寒立正回答，报告陈达教官，卑职牢记使命，以凌云峰的身份潜入陕北共军高层，侦察共军同西北军十七路军的联系方式和联系人，向蔺紫雨组长报告，并配合武装分队采取擒拿行动。

陈达追问，你有信心完成这个任务吗？

易水寒仍然立正，铿锵作答，易水寒已经做好一切准备，为党国效忠，在所不辞。

陈达教官又挥挥手，看看蔺紫雨说，怎么样，没有什么问题吧？

这小子是个绝好的演员。

蔺紫雨张张嘴，半天才说，没有问题了。

陈达看看易水寒，拍拍肩膀，想了想又说，还有一点要记住，你是个歪嘴，说话不用那么清楚，也不用那么快，可以结巴一点。

易水寒眨着眼睛，结巴了一下，是，是，长官，可以，结巴，结巴一点。

陈达说，好，好好练结巴吧。

六

一九三六年秋末一个晴朗的日子，陈达精心策划的“借尸还魂”计划启动了，陈达分别为各个小组组织了宣誓仪式。第一，我信仰三民主义。第二，军人以服从命令为天职。第三，攘外必先安内。第四，不成功，便成仁。

在第三行动小组的宣誓仪式上，陈达站在巨幅青天白日旗帜下面，脸上的肌肉绷得像铁一样坚硬，他的目光从三个人的头顶掠过，好像望着很远的地方，好像很远的地方有一个人在同他对话。

陈达说，每次吃饭前熄灯后，都要在心里把这四句誓词默念三遍，它就是我们的信仰，也是我们的盾牌，让它在你的心里生根，长出一道屏障，它能帮你抵御一切困难，给你完成任务的决心和力量。

站在陈达对面，易水寒突然感觉到进入到一个神奇的境界，好像真的有一个东西进入了他的血管，附在他的灵魂上，他发现自己真的不再是那个胆怯腼腆的易晓岚了，他的名字叫易水寒，风萧萧兮易水寒……他在心里又一次默念，我宣誓，我信仰三民主义……不成功，便成仁……

翌日清晨，蔺紫雨率领的第三行动小组乘坐马车从苑安城出发，顺利地通过了东北军和西北军的盘查，半个月后到达保安城附近的灵峰镇。蔺紫雨和蓝旗在一家名叫牛二的客栈里租了一间房子，蔺紫雨化名蔺湘语，蓝旗使用原名蓝静兰，做起看相算命的生意。易水寒则只身前往红军设在灵峰的援西军联络站"寻找组织"，陈达给他明确代号为"蜻蜓"。

易水寒跟接待他的红军干部讲了西路军某部特务团在古莲战役中如何如何，他是如何负伤，又是如何死里逃生，讲得活灵活现，获取了援西军干部的信任。一方面，联络站的干部是一方面军的，并不认识真正的凌云峰。另一方面，援西军的主要任务就是营救和寻找、收留西路军归队人员。像"凌云峰"这样的情况，属于普遍现象，所以基本上没有产生太多的怀疑，简单地进行登记甄别之后，就把易水寒分配到"西路军归队人员学习班"，当了一名学员。

他的运气很好，居然在一周的时间内没有遇到对凌云峰知根知底的人，这大约是因为凌云峰所在部队的干部多数阵亡的缘故，也因为一部分人未能回到陕北的缘故。

就像蓝旗说的，易水寒是一个奇人，他把凌云峰扮演得惟妙惟肖。

"西路军归队人员学习班"其实还有一个不公开的任务，就是对归队的学员进行进一步考查甄别，防止敌特渗透。考查的方法之一，就是让这些学员轮流汇报自己的经历，特别是最近半年、失散之前的经历，谁归队了，第一件事就是讲这个。新归队人员在台上讲，先期归队的人员在台下听，讲完了，学习班主任肖南组织大家讨论。明面上看是讨论战术，实际上是集思广益，发动大家一起找破绽，倘若发现破绽，新归队的人员就要重新受到审查。

这个难不住易水寒，汇报的时候，他把凌云峰指挥过的山涧峰战斗、松林高地战斗以及古莲城外三条山战斗等战例，讲得头头是道。那些激烈的搏杀场面，出奇制胜的战术，凌云峰和副团长何子非配合默契的穿山甲行动，从他嘴里出来，就像一幅幅画面从台下红军的眼前飘过。而往往在这个时候，他已经忘记自己是谁了。

易水寒在“西路军归队人员学习班”过汇报关的时候，蔺紫雨和蓝旗却在牛二客栈里如坐针毡。“西路军归队人员学习班”在哪里，她们不知道，“蜻蜓”现在在哪里，她们同样不知道。

陈达教官把第三行动小组定位在灵峰镇，是经过深思熟虑的。灵峰镇地处两省交界处，人口不到两千。情报显示，红军在陕北落脚之后，出于两个目的，一是接应西路军散兵游勇，二是为了生存，开展贸易，把这里辟为粮食和布匹集散地。一时间，周边的布商、粮贩和其他手工艺人纷纷前来，鱼龙混杂。在这里建立行动据点，同红军总部不远不近，既有接近的可能，又比较容易掩人耳目。

当然，红军站稳脚跟之后，并没有忽视反特肃奸，而是采取外松内紧的方针。随着失散红军陆续到达陕北，灵峰联络站不断出现新面孔。为了防止国民党特务鱼目混珠，灵峰成立了特别公安局，对外地流散人员进行严格登记审查。

蔺紫雨二人住进牛二客栈的当天夜里，就从被窝里被叫起来，从哪里来，干什么事，认识什么人，被一一做了记录。

幸亏二人准备充分，一套谎言编得滴水不漏。蔺紫雨说她的丈夫是云华山时期的红军，离开葱茏山之前，还接到过他的口信，说他和妹夫都在红军部队当营长，此后就没有消息了。听说红军在葱茏山区连续打了恶仗，不知道是死是活，老人瘫在床上，弥留之际，想得到儿子的音讯，姑嫂二人一商量，瞒着老人，靠看相算命做盘缠，到陕北寻夫来了。

这个年月，千里寻夫的事情不多，但还是有几起。特别公安局的科长名字叫权苏正，在部队也是个营长，对姑嫂二人很是同情，盘查的时候，口气很温和。

权苏正离开之后，蓝旗神秘地对蔺紫雨说，这个人，跟咱们没啥两样啊。

蔺紫雨吃了一惊，问蓝旗，什么没啥两样？

蓝旗说，在“青干班”，不是说共军共产共妻，像土匪一样，还拦路抢劫，杀人越货。可是这个人，一看就面善，像个读书人。

蔺紫雨说，你怎么知道读书人就不杀人越货了。我跟你讲，我见过红军，把我家的粮食分给种田人，那就是杀人越货。

蓝旗说，你家有那么多粮食，分给穷人一点有什么不好。你一家山珍海味，穷人饿着肚子，你吃得也不安心啊。吃独食，屙驴屎。

蔺紫雨怔了怔说，蓝旗，你这个思想要不得，好像杀富济贫，你脑子里有共产党的味道哦。你要注意，你是国军的特殊人才，要是沾上赤化的边，那是要杀头的。

蓝旗说，我只说了一句有饭大家吃，怎么就赤化了？

蔺紫雨说，别忘了你到灵峰镇是来干什么的，你是有任务的。

蓝旗说，我当然知道，端谁的碗归谁管，国军待我天高地厚，给我饭吃，给我钱花，我当然得效忠党国。

蔺紫雨说，他妈的，就知道吃，你这思想太危险了，有奶便是娘啊，要是共军给你好吃好喝，你还不得卖身投靠啊。

蓝旗说，我说过要卖身投靠了吗？可是，我总不能饿着肚子效忠党国吧。共军没有怀疑咱们，咱们跟他套套近乎，没准能给点粮食，咱们不是红军家属吗？

蔺紫雨说，你别打歪主意，我们是冒充的，跟他们接触越多，暴露的危险越大，我们只能靠自己解决肚皮的问题。

蓝旗一声长叹，那还是算命吧。

第二天，姑嫂二人就在住处的窗子下挂上一块“相面知富贵，卜卦测生死”的牌子。

一个上午过去，无人问津，直到下午，才有几个卖羊肉的外地汉子过来搭讪，还不是正经的算命看相，话里话外流里流气，原来他们把姑嫂二人当作暗娼了，要跟她们“合伙做生意”。

忙了一天，分文不见，姑嫂二人就有些犯难了，因为活动经费、手枪、电台都不在身边，按照计划，将在易水寒发出“就寝”的信号之后，才会有人同她们联系，提供经费。

连续几天，算命看相所得寥寥无几，中间权苏正又来过一次，告诉她们，她们丈夫所在的部队很有可能是西路军某部的，而这支部队在过黄河之后，就在祁连山被打散了，仅有几百人转移到新疆了。

权苏正劝她们回乡，还善意地告诫她们，现在灵峰镇上什么人都有，不是久留之地。再说，红军反对封建迷信，她们在这里靠算命看相，很难吃饱饭。

权苏正说对了，二人吃饭的确成了问题，因为牛二客栈每天只给房客提供两顿稀饭，其余的要靠自己拿钱订饭。蔺紫雨二人已经囊中羞涩了，订不起像样的饭，更不敢下馆子。

这天夜晚，二人猫在牛二客栈气味复杂的房间里，饥肠辘辘。蔺紫雨忧心忡忡地说，也不知道“蜻蜓”怎么样了，我总担心他会露馅，那小子现在神一出鬼一出的。

蓝旗盘腿而坐，眯缝眼睛，口中念念有词，过了一会儿说，我掐指一算，“蜻蜓”已经打入红军内部，并且取得他们的信任，很快就要弄到情报了。

蔺紫雨没好气地说，你掐指一算？要是你掐指一算就能把事情搞清楚，我们还用冒险到这里当耗子吗？妈的，挨饿受冻不说，还被人当成妓女了。你掐指算算，从哪里能弄到一顿饱饭吃，一天只吃了两顿稀饭，连个咸菜都没有。

蓝旗说，我已经侦察了，客栈伙房里有一块干腊肉，一会儿趁他们不注意，我去把它偷来，煮了吃。

蔺紫雨说，怎么煮啊，没锅没火的，生吃啊？

蓝旗说，你要是同意，我来想办法。

蔺紫雨说，别做那事，万一被逮住了，惹出大麻烦。

蓝旗说，那就只能饿肚子了，可是，饿着肚子，怎么能睡着呢？越饿越冷，越冷越饿。

蔺紫雨说，你这个人，怎么老是讲吃，你越是讲吃，我越是饿。

蓝旗说，那讲什么呢，讲男人，有人传说你跟谢谷有一腿，真的吗？

蔺紫雨呼啦一下坐了起来，嚷道，什么叫有一腿啊，那是老娘儿们才说的话。我跟谢谷，是同学关系，是志同道合的关系，是互相爱慕的关系，不是有一腿的关系。

蓝旗也坐了起来说，可是，有一腿是什么意思呢？

蔺紫雨愣住了，嘀咕道，有一腿？有一腿就应该是一起……一起睡觉的意思……

蓝旗突然叫了一声，啊，那我跟“蜻蜓”有一腿了。

蔺紫雨吓了一跳，从床上一骨碌翻起来，借着窗外的月光看蓝旗半明半暗的脸，吸了一口气说，你说什么，你跟“蜻蜓”有一腿，真的假的？

蓝旗说，真的啊，你忘记了，在来灵峰的路上，路过马甲寨，没有找到客栈，咱们三个住在庙里，一起睡觉啊。

蔺紫雨松了一口气，骂道，你他妈的真的不知道还是装着不知道，我说的睡觉，不是你讲的睡觉，那个睡觉，就是男女之间做那件事情。明白了吧？

蓝旗咯咯地笑了起来，我本来不明白，不过你这样说，我就明白了。

蔺紫雨说，你给我老实说，你有没有跟哪一个男人有过一腿？

蓝旗想了想说，我当然跟男人有过一腿，还不是一个男人。

蔺紫雨又是一惊，啊，你小小年纪，还跟几个男人有一腿，你简直就是一个烂货。

蓝旗说，我就是烂货，那时候，好几个男人都想跟我有一腿，他们经常给我弄吃的，有烧鸡，有炸豆腐，还有葱油饼……别说了，我又饿了……

蔺紫雨的情绪刚刚上来，还想问问蓝旗，跟几个男人有一腿是怎么回事，可是转眼之间，蓝旗就打起了呼噜。

这一夜，蔺紫雨睡得很不踏实。西北黄土高原的夜晚，凉飕飕的，一轮圆月从窗前路过，让她想起了那首童年背得滚瓜烂熟的诗，“床前明月光，疑是地上霜。举头望明月，低头思故乡”。

不过，蔺紫雨眼下想的不是故乡，而是“蜻蜓”，还有陈达教官和谢谷。在此之前，对于这个“借尸还魂”行动，她并没有想太多，自从考入“西训团”，成了一名国军军官，后来又成了陈达教官麾下的特殊人才，她就自然而然地接受了“西训团”和陈达教官灌输的一切，要实现三民主义，要打倒军阀，要剿灭红军。对于陈达教官的话，她坚信不疑，因为她就是共产主义的受害者，共产党让她家破人亡，父亲逃亡到咸宁乡下，兄长被红军击毙，她和共党有不共戴天之仇。同红军作战，既是党国赋予她的使命，也是她自己的情感需求。

只是，有一个问题使她越来越感到迷茫。还是在古莲城“研究战术”期间，她看见一份内部情报，要对共军速战速决，腾出手来抗日。同时她从缴获的红军资料里看到过一份《大同报》，里面有一篇几个国民党元老联合署名的文章，呼吁当局停止内战，一致对外，同共军和一切地方军队联合起来抗日。

这篇文章的意思她懂，兄弟阋于墙，煮豆燃豆萁，内耗的结果就是渔人得利，让日本鬼子长驱直入，中华民族将再次陷入水深火热。这篇文章看得蔺紫雨热血沸腾，尽管她并不打算当一个英雄，也不知道联合抗日意味着什么，但是，当前中国人的主要敌人是外敌，位卑未敢忘忧国的道理她是清楚的。越是这样想，她就越是着急，她本能地意识到，这个国家又要发生变化，战争的形势可能逆转，她的使命就是配合“蜻蜓”，抢在变化前面完成“借尸还魂”计划。

几天过去了，“蜻蜓”杳无音讯。陈达教官安排的内线“黄雀”，也没有露面，蔺紫雨感到非常不安。

七

第二天早晨，蔺紫雨刚刚进入梦乡，迷迷糊糊突然听见一声巨响，眼睛还没有睁开，就把手伸向枕头下面摸手枪，摸了两下才明白过来，手枪不在枕头下面，早在离开苑安之前，武器就上交了。睁开眼睛，看见蓝旗已经坐了起来，两眼望着窗户发呆。

蔺紫雨明白，那身巨响不是别的，而是蓝旗的呼噜声，蓝旗自己也被这声呼噜吵醒了。

蔺紫雨问，怎么，做噩梦啦？

蓝旗揉揉眼睛说，做什么噩梦啊，我从来不做噩梦，我做的是美梦。梦见我们在西峰城外给人家唱戏祝寿，白花花的洋钱往台上扔，我背了一麻袋洋钱到城里买吃的，什么好吃我买什么。

蔺紫雨说，嗨，又是吃！

蓝旗说，缺什么我梦见什么。

蔺紫雨说，那你接着梦吧，愿你梦想成真。我刚睡着，还想迷糊一会儿。

蓝旗说，别睡了，我跟你说，我下决心了，你同意我要做，你不同意我也要做，我们总不能饿死吧。

蔺紫雨说，你还惦着那块腊肉？

蓝旗说，嗨，那一块腊肉也解决不了问题。我们得有长久之计，我打算到柏庄集市走一趟。

蔺紫雨半天才说，你想干什么？

蓝旗说，干我的老本行，我掐指一算，今天是黄道吉日，诸事可做。

蔺紫雨想了想说，看来，也只好这样了。不过你要记住，我们只能当小偷，不能当强盗，胃口不要太大。

蓝旗说，那是自然，小偷小摸，不会把事情弄大的。

这就说定了，二人收拾停当，农妇装扮，肚子里装上一碗稀饭，迎着朝阳出发了。因为看见了希望，腿上就平添几分力气，很快就到了柏庄集市。

柏庄集市是红军在灵峰镇设置的农贸市场，来自周边的粮、油、布、牲口和日用杂品，还有红军的合作社，都在这里汇集，十分热闹，当然也非常有可偷性。

偷东西不是蔺紫雨的强项。蓝旗跟她讲，一旦看到想要的东西，她只要在店铺门前问问价格就行了，其他什么也别做，剩下的事蓝旗自己就能搞定。

二人从柏庄集市走了一趟，蓝旗身上的羊皮口袋就装了一半，里面有一只羊腿，两块烤馕，一块腊牛肉，一斤多大枣，还有一坛米酒。

差不多了，蓝旗向蔺紫雨递了一个眼色，二人迈着窃喜的步伐，急急地往回走，直到离开集市半里多路，走到灵峰镇边上，这才放慢脚步。蓝旗从袋子里摸出几枚红彤彤的大枣，往自己的嘴里塞了一个，然后往蔺紫雨的手上塞了几个，一边咀嚼一边快乐地大笑。

蔺紫雨说，别在这里张狂，赶快走，回去慢慢吃。

蓝旗说，先吃几个垫垫，回去找牛二借火，把羊腿煮了，喝一杯。要是能找到“蜻蜓”就好了，让他见识见识本司令的手段。

蔺紫雨说，本司令？你什么时候当司令了？

蓝旗吐出枣核，又往嘴里塞了一枚大枣，眨着眼睛说，嗨，我早就是司令了，十三岁那年，在玉州蜀侯街，那群浑小子，都喊我蓝司令……

蓝旗正说着，突然住嘴，正在嚅动的腮帮子也不动了，一枚大枣被她咽下一半，还有一半连同枣核，把她的腮帮子撑出鼓鼓囊囊的一块。

蔺紫雨也看见了，前面就进入灵峰镇东街了，街头的一间破房子后面，有一堵半截土墙，土墙一侧，伸出一根东西。蔺紫雨揉揉眼睛细看，那东西棍棒似的，一上一下地动着。

蔺紫雨拉起蓝旗，快走。

蓝旗说，什么东西，看看。

蔺紫雨低声说，没准是强盗。

蓝旗来了兴致，强盗，老子还怕强盗？

说着，把蔺紫雨的手一甩，猫起腰，拉开架势，向半截土墙低姿运动，走近了，吓了一跳，原来是一只胳膊，脏兮兮的。蓝旗对准那只胳膊，踢了一脚，同时后退一步，闪在一侧，前腿弓后退绷，做好了格斗准备。

那只胳膊倏然一颤，耷拉下去，慢慢地收回去了。不一会儿，从土墙边上拱出一团黑乎乎的东西，是一颗脑袋，蓬头垢面，分不清男女，突然一股恶臭随风飘来。

蓝旗捂住鼻子喊，什么人？

黑乎乎的脑袋上传来低沉的声音，活人……快死了……帮帮我。

蓝旗向蔺紫雨招招手说，遇到鬼了，过来看看。

蔺紫雨在一边喊，当心中计。

蓝旗不理蔺紫雨，往前走了两步，再转过来走了两步，这回她看清楚了，躺在地上的是个男人，破衣烂衫，已经看不出是做什么营生的。

蓝旗问，你是干什么的？

躺在地上的男人说，救我，去找队伍……

蔺紫雨也走到近处，冷冷地看着男人，突然从一边捡起一根树枝，挑起男人破烂的裤腿，往男人的腿上捣了捣，男人低沉地哼了一声，哎哟……

蔺紫雨看着蓝旗，赶快走，不要多事。

蓝旗说，怎么啦，他一个快死的人，你怕什么？

蔺紫雨向蓝旗递了一个眼神，这个人身上有枪伤，伤口已经生蛆了。

蓝旗傻乎乎地等着蔺紫雨，枪伤？你怀疑他是归队的红军？

蔺紫雨说，十有八九，他让我们帮他找队伍，什么队伍？他一定知道灵峰镇有红军，所以才用尽最后一口力气爬了过来……

蓝旗眨着眼睛，啊，要是这样，那这个人很厉害啊，咋办？

蔺紫雨说，什么咋办，赶快离开这里。

蓝旗说，那不行，见死不救，缺德。

蔺紫雨说，我跟你说过了，这个人可能是来找队伍的红军，你也救？

蓝旗说，我不知道他是什么人，我只知道他快死了。

蔺紫雨说，你怎么救？

蓝旗想了想说，先给他一点吃的。然后去找两个人，把他抬到街上去，找个郎中铺子。

蔺紫雨说，你想找死啊，这么招摇！

蓝旗对男人说，你坐起来，喝点水。

那个男人在地上蠕动一会儿，贴着墙根儿坐了起来。

蓝旗从包袱里找出一颗大枣，扔到那个人的手上，那个人把大枣塞到嘴里，艰难地咽不下去。蓝旗想了想，掏出一个罐子，对准那人的嘴，让他喝米酒。

喝了几口，那人喘着粗气说，多谢妹子，遇到菩萨了……遇到菩萨了……

蔺紫雨向蓝旗看了一眼说，你是干什么的？你是不是红军伤员，到陕北找队伍的？

男人说，啥，听不懂你说的是啥，遇到菩萨了……说着，不吭气了，好像昏迷的样子。

蔺紫雨说，看看你多的事，咋办？

蓝旗说，看，那边来了几个人，我去跟他们讲，给他们两块洋钱，把他送到镇上，是死是活就看他的造化了。

那个人又神奇地抬起头，睁开眼睛，看着蓝旗，嘟嘟囔囔。蔺紫雨问，他说的啥？

蓝旗得意地说，他说，遇到菩萨了，嘿嘿，老子当了一回菩萨。

从东边过来几个牧民装扮的人。蓝旗迎上去说，嗨，乡党，那个人快死了，我出两块大洋，你们把他抬到镇上，随便扔到哪个郎中铺子门前，干不干？

那几个人奇怪地看见蓝旗，其中一个人问，两块大洋，好大方的女人，你为啥要救他？

蓝旗说，我是菩萨啊，救人一命胜造七级浮屠，连这个都不懂？

那个人看看同伙，想想说，别是给咱下套子讹咱们吧？

蓝旗说，我们两个女人，给你下什么套子啊，积德行善，你们干不干，不干我再找别人。

那几个人贼眉鼠眼，嘀嘀咕咕一阵，然后由那个最先搭腔的人出面说，干，做善事还有钱挣，为啥不干，不干咱是傻子。

这样就说定了，蓝旗从包袱里摸出两块洋钱，想了想，又摸出一块，交代说，你们可得说话算话啊，好歹是一条命，你们前面抬，我跟在后面看。

为首的那个人接过洋钱，对大伙说，这个钱，咱们平分，人家当菩萨，咱们也不能当小鬼是不是？走，抬起走。

几个人捂着鼻子，抬起那个半死的人，走过东头，进了灵峰镇。为首的那个人对蓝旗说，咱这地界，没啥正经郎中，人跟牲口差不多，前面有个王皮匠，能给牲口看病，还能治跌打损伤，干脆送那里行不行？

蓝旗想说不行，蔺紫雨拉了她一把说，把那块银元给他们，随便他们送哪里。

蓝旗说，那怎么行呢，好事要做到底……

蓝旗话还没说完，就觉得手腕一阵剧痛，骨裂肉撕一般，蓝旗一声惨叫，蹲了下来，那几个人停住步子，看着蓝旗，为首的那个人问，怎么啦菩萨？

蓝旗吸着冷气说，他妈的，他妈的，肚子疼。

蔺紫雨表面若无其事，对那几个人说，没事，女人的毛病，你们先走。

蔺紫雨说着，从蓝旗的手里掰出那枚银元，抛到为首的那个男人手上。那几个人疑惑地看着这两个女人，为首的男人一挥手，几个人嘴里嘀咕着走了，直到走出很远，还隐约传来猥亵的笑声。

回到牛二客栈，蔺紫雨一个劲地数落蓝旗，说她不该得意忘形，抛头露面，要是烧香引出鬼来，那就自作自受了。蔺紫雨说，什么菩萨，你救的那个人，如果是归队的红军，就等于背叛了党国。

蓝旗不以为然，大大咧咧地说，什么归队的红军，我看他就是一个叫花子，可那是一条命啊。

蔺紫雨说，你有这个心肠，干吗要当国军啊，还是特殊人才。

蓝旗说，我从来不杀要死的人……别说那个半死的人了，这么多好吃的东西……来点酒吧。

蔺紫雨往铺上一躺，闭上眼睛说，不行，我要沐浴，洗了再吃。

蓝旗吃了一惊说，你说什么，沐浴？就在牛二客栈，这么个牲口待的地方，你还要沐浴？

蔺紫雨说，可我们不是牲口，那个人浑身恶臭，我都快吐了……你去看看，给牛二几个钱，能不能在伙房烧一锅热水，我们冲一下再弄饭吃，我现在什么也吃不下去。

蓝旗说，你可真是大小姐啊……好吧，我去给你张罗。

蓝旗动作很快，出去不到十分钟就回来了，嚷嚷说，我侦察了，牛二客栈的伙房有一口大锅，把水烧热了直接就可以泡进去。我答应给他一块洋钱，他正在抱柴火呢。

蔺紫雨说，啊，杀猪啊，门窗有没有问题？

蓝旗说，门可以闩上，灶台后面有一扇破窗子，隔着烟囱，黑乎乎的看不清楚。我跟他们讲，老子要洗澡，两个时辰之内，你们这些男人不得靠近伙房。

蔺紫雨说，沐浴，不是洗澡。又说，沐浴就沐浴，你这么大张旗鼓地嚷嚷什么，想把男人都招来啊？

蓝旗说，嘿嘿，我跟他们讲，要是想偷看也可以，我嫂子她是金枝玉叶，看一眼一块洋钱。

蔺紫雨横了蓝旗一眼，妈的，看我一眼才一块洋钱，那看你呢？

蓝旗说，我，我光着身子也不值钱，也就两块洋钱吧。

两个人一边说笑，一边准备衣服，卷好武装甲和内衣，到了伙房一看，果然烧了一锅热水。

这是后晌，牛二客栈一天只管两顿稀饭，现在伙房里外都没有人。蔺紫雨打量了一下，总体还算封闭，只是灶台后面有一个窗洞，是用来排烟的。蔺紫雨下手搬来一捆柴，又搬过一张凳子横在窗洞下面，将柴捆堆在上面，伙房顿时暗了下来，只有门缝透进来几缕微弱的光线。

准备停当，二人就开始脱衣服。脱了外衣，蔺紫雨停住手说，就在这里沐浴？这也太不成体统了。

蓝旗早已经把自己脱得精光，弓着腰，拿起一把葫芦做成的水瓢，试试水温合适，舀了一瓢，出其不意地泼在蔺紫雨的身上。

蔺紫雨躲闪不及，被浇了个透湿，手上的武装甲顺流而下，若隐若现的白雾里，从蔺紫雨的胸前跳出两团更白的云朵。蔺紫雨也抄起一只大盆，双手舀水，没头没脑地泼向蓝旗。两个赤身裸体的女人你来我往，银光闪闪，好比浪里白条，快活的叫声冲出破旧的灶房，冲向牛二客栈臭气冲天的土院……

好久没有这么放肆了，好久没有这么痛快了，半明半暗的灶房里升腾起云雾。两个人在云雾里打量对方，好像不认识似的，好像眼睛里看见的不是女人的身体，好像置身于另一个世界。

蓝旗咯咯地笑着，组长，好身段啊，谁能想到这么一个美人儿是党国的特殊人才呢，干的竟是杀人放火的勾当。

蔺紫雨说，又有谁知道，这么一个小巧玲珑的女子原来是个女贼……蔺紫雨说着说着不说了，突然抓过大盆，扣在胸前，想想不对，又把大盆扣在小肚子上，想想还是不对，干脆蹲了下去，看着蓝旗说，有情况。

蓝旗透过水雾，看见蔺紫雨像一只狗一样蹲着，明白了，倒是不慌不忙，猫腰走到灶台前面，舀了一瓢热水，再蹑手蹑脚地从一旁靠近灶台后面的柴捆前面，发现柴捆已经动了位置，闪出一个缝隙。蓝旗屏住呼吸，突然一瓢热水泼过去，两个人都听见了，外面传来一声低沉的惊呼，接着就听见咚咚的脚步声。

蓝旗索性搬掉柴捆，赤裸的身体完全暴露在下午的阳光里，她挥舞着水瓢，就像古代战争里正在鏖战的将军。蔺紫雨吓得不知所措，拎起湿透的上衣挡在胸前，冲上去扯了蓝旗一把，你干什么？你这个小戏子，真想把人招来啊？

蓝旗哈哈大笑说，哈哈，我太高兴了，光着身子没有白光，总算有人偷看了。

再往后，两个人的动作就加快了，三把两把擦干了，穿好衣服，回到客房。蓝旗还意犹未尽，嬉皮笑脸地说，猜猜，偷看的是谁？

蔺紫雨说，不知道，是客栈里那帮臭男人？

蓝旗说，不是，那帮男人没有这个胆量。

蔺紫雨说，莫非是院子里的驴？听说有几只配种的公驴。

蓝旗说，哈哈，组长口味好重啊，驴都不放过。

蔺紫雨说，是不是东家牛二啊？要是他，抓住把柄，就可以少交房租了。

蓝旗说，都不是，我跟你讲，是那个红军干部，权苏正。

蔺紫雨呼啦一下坐了起来，是他？不可能吧！

第三章

一

很小的时候，易晓岚就发现这个世界很不公平，爹妈生了三个儿子，一心想要一个女娃，结果生出来还是个带把的。偏偏易瑾谦是一个喜欢吟风弄月的穷酸文人，家里一溜几个虎头虎脑的半大后生，大的穿旧的衣服，小的接着穿，基本上都黑乎乎的，一点诗情画意也没有。到了第四个，上面三个穿的衣服破得不能再破了，就把几件破衣服拆开，东拼西凑，花里胡哨，倒也推陈出新，有点像女娃的花衣裳。

易晓岚从小头上扎着小辫，直到十多岁了，家里还“丫头丫头”地叫，弄得易晓岚好大了还问小伙伴，我是男孩还是女孩?

童年的易晓岚不太讲话，讲话脸就红。但是很快大人就发现，这个假丫头并不是木头，心里非常有数，特别是在家里，每当几个哥哥或因做事、或因作文受到表扬的时候，假丫头不甘冷落，会不动声色地玩出一些花样引起大人的注意。

有一次学堂举行大楷比赛，大哥和二哥都拿到了全优，当天晚上家里杀了一只鸡，易瑾谦刚刚把酒倒上，不知道从哪里突然传来几声狗叫，汪，汪汪……大家把目光落在易晓岚的身上，他却若无其事，埋头扒拉自己碗里的饭，一粒一粒地往嘴里送。

还有一次，三哥要进城上学了，母亲给他做了一双新鞋，把三哥美得喜笑颜开，刚刚穿上，就觉得不对劲，脱下来一看，脚趾上黏黏糊糊的，沾着一只将死未死的蛐蟮。

不用问又是易晓岚干的。

父亲大发雷霆，揪住他的小辫子一顿暴打。这一打就打出事了，把他打病了，一天水米不进，眼睛闭着，嘴里哼着。

父母起先还不当回事，以为这个丫头装病。可是到了第二天，易晓岚还是咬紧牙关紧闭双眼，这回显见是真病了。找街上的郎中一看，郎中也不知道是什么毛病，胡乱开了一个方子，吃了两天还不见好，索性给他准备了一口薄木棺材。

易瑾谦痛定思痛，对他妈说，是咱们不对，不该把他当丫头养，不该不让他读书，不该老让他穿破衣裳。可是事已至此，怎么办呢？未成年的孩子，不宜大殓，可是孩子上路，阴曹地府走动，总得有双新鞋吧，干脆把老三那双鞋给老四穿着，等办完丧事，得空你再给老三做一双。

母亲眼泪汪汪，说，不是没给这孩子做鞋，鞋底都纳好了，我连夜把帮子上了，新鞋就快做好了……我的儿啊，你等娘一个时辰啊……母亲说着说着就大哭起来，哭着哭着挥了一把泪，踮起小脚颠颠地里屋找鞋底子去了。

那天天亮之前，易瑾谦让儿子们在堂屋门后铺上稻草，把气息奄奄的易晓岚搬到草铺上面，这在当地叫“落草”。

太阳出来了，母亲就把新鞋套在易晓岚的脚上，就等他咽下最后那口气了。没想到就在这个时候出现了怪事，新鞋穿上之后，易晓岚突然动了一下，接着，本来微弱的呼吸变得急促起来。

全家人围在草铺边上，没有人说话，都知道这是回光返照，静静地等待嘎吱一声断气。可奇怪的是，那一声始终没有到来，易晓岚的呼吸反倒越来越均匀，越来越平和。

易瑾谦觉得不对，摸摸易晓岚的脑袋，又摸摸自己的脑袋，就在这时候，易晓岚的眼皮动了一下，接着又动了一下。

易晓岚的三哥大叫一声，诈尸了，拔腿就往外跑。

其他的人虽然没有跑，却乱了方寸。只有母亲趴在易晓岚的耳朵边上，一把鼻涕一把眼泪地喊，我的儿啊，为娘对不起你啊，你是不想死啊，你就好好地活着吧，我的儿啊……

这一下大家看明白了，易晓岚眼睛没有睁开，但是腿脚动了。动了几下，一只腿终于压上了另一只腿，一只脚压上另一只脚，穿上新鞋的左脚压在右脚上面，向左一下，再向右一下，向里一下，再向外一下，好像抖着二郎腿说，哼，想让老子死，没那么便宜……

这以后，易瑾谦常跟别人说，我那个小儿子，他不是人，他是一个神，他妈的从小就跟老子斗心眼，长大了他能把天戳个窟窿你信不信？

没有人说相信，也没有人说不相信。

自然，再也不让他穿破衣服了，给他缝了一套洋布长衫，剪去头上的小辫子，送到学堂上学。到了十岁那年，易瑾谦的同窗，乡绅蔺贤路的千金蔺紫雨进城读书，干脆让他一起上了洋学堂。四年之后，易晓岚同蔺紫雨一起进入国军“西训团”，成为易水寒。再然后，终于被陈达教官看中，成了西峰“青干班”的一名“特殊人才”。

一九三六年秋末冬初，国军上尉易水寒摇身一变，成了红军团长凌云峰。陈达教官给他和第三行动小组赋予的任务是刺探红军和东北军、西北军秘密联络的情报，至于怎么个刺探法，全由他自己灵活掌握。只是，他对这个任务的兴趣远远小于对凌云峰这个人的兴趣。

本来，易水寒很不情愿冒充凌云峰这个人，如果他能自由选择，他宁肯选择冒充别人。转折发生在几天之后。他硬着头皮浏览有关凌云峰的资料，哪里出身，哪里读书，哪里打仗，打得怎么样，越看越不自信。委实，他和凌云峰的差距太大了，他没有凌云峰那样丰富的经历，也没有凌云峰的学识，甚至连凌云峰是不是左撇子，长没长鸡眼都不知道。

马家军缴获的凌云峰的遗物，里面有一张照片，易水寒研究了很长时间。那上面有安南先生、两个女孩、谢谷、凌云峰等人，还包括两个外国人。

易水寒不仅研究他们的脸，还研究他们的眼睛，研究他们的表情，研究他们身后的阳光、白云和教堂的十字街，以及身后的树，他甚至能够看见那天刮风，风向由南向北。

当然，他研究的重点是凌云峰，从头到脚，从他的眼神里看出他的坚硬，从他的嘴角看出他的隐忍，从他挺直的胸膛上看出他的自信，从他的绑腿上看出他的认真和严谨。

照片上还有几个身着红军军服的人，他很快发现凌云峰的军服比其他人的要整洁，上面的褶皱相对少一些，皮带松紧程度适中。这身装束和那张脸、那副军姿，把凌云峰同其他人区别开来。

他确认凌云峰是个左撇子，是从武装带上发现的。别人武装带的卡扣是从左向右，凌云峰的武装带卡扣是从右向左，就这么一点点差别，也被他发现了，只是，他不能确定，凌云峰打枪，是不是也用左手。合影上的凌云峰，驳壳枪也是左肩右斜，但是这说明不了什么。

这个问题，很快就得到了答案，凌云峰尽管是左撇子，但是打枪还是用右手，这个答案来自他的梦，在梦里，凌云峰不仅用右手持短枪，使用步枪、机枪等长枪的时候，也是右手扣动扳机。尽管这是梦，没有什么道理，但他坚信他在梦里看到的就是答案。

而事实确实是，凌云峰是右手持枪。

最后，他看见了他的草鞋，那双草鞋引起他的高度关注。他找了一个放大镜，细细扫描，又有新的发现，尽管是黑白照片，他还是发现，凌云峰的草鞋比别人的草鞋多几块亮点。他发现凌云峰的草鞋是新的，并且编织草鞋的材料里面多了稻草以外的成分。他判断，一种可能，那双草鞋是红军小分队进入其中坪之后的某个时刻，凌云峰重新编织的，这说明凌云峰是一个善于利用一切机会的人。第二种可能是，那双草鞋是凌云峰在出发之前就准备好了捆在背包上的，这说明凌云峰是一个很注重仪表的人。

那张合影照片，成了易水寒认识凌云峰并成为凌云峰的第一座桥梁。当然，还有那些资料。

马家军上交的战例品中，凌云峰的遗物只有一个公文包，里面除了那张照片，别无一物，文件显然在战斗发起之前已经被销毁了。

关于三条山战斗的战例材料，都是马家军的军官提供的，大多是粉饰马家军而贬低红军的内容。但是易水寒恰好从这些谎话连篇的文字里看见了真相，因为凌云峰的部队全都做好了牺牲的准备，三次穿插，达成战斗目标之后飞蛾扑火，两次杀了回马枪，在马家军的中心反复绞杀，导致马家军一片混乱，进攻无序，从而掩护了红军的军师两级指挥机关转移。

这个事实，不要说易水寒这样一点就通的脑袋，稍微有点军事常识的人，都能从马家军谎话连篇的战报和漏洞百出的战例资料里看出另一个答案。

渐渐地，易水寒喜欢上了自己的任务，暗暗庆幸陈达教官抬举自己，让自己冒充凌云峰。这简直就给了他一次机会，让他脱开易晓岚和易水寒的躯壳，成为另一个人，成为一个比易晓岚和易水寒要出息得多的人。这个陌生人的家庭、爱情、婚姻，这些未知的领域都让他兴趣盎然。

在苑安“研究战术”的那些日子里，他曾经把那张合影竖起来看，看躺倒的凌云峰是个什么模样，他没有看到凌云峰的“尸体”，反而唤起了对于三条山战斗的无限想象。他想象凌云峰是如何做战斗动员，如何部署战斗队形，如何身先士卒率队穿插，那些景象栩栩如生，战斗中的凌云峰就在眼前。

有时候在梦里，有时候在半醒中，他成了凌云峰，打着绑腿，穿着草鞋，器宇轩昂地率队前行。那景象让他热血沸腾，似乎就是他本人，抱着机关枪在马家军的队伍里纵横穿插奔突，迎着飞蝗般的弹雨，穿插，穿插，再穿插，直到打出了最后一颗子弹，才扔掉机枪，大笑三声，然后像山一样倒下……

在学习班里生活一段时间，易水寒渐渐地安下心来，他发现这里的人们，同他过去在“西训团”和“青干班”认识的人有很大不同。学习班里的人大都是西路军归队人员，打过胜仗，也打过败仗，死里逃生，而且明明知道自己现在还在接受审查，可是这些人在汇报的时候，似乎没有沮丧，没有抱怨，没有委屈，都是乐呵呵的，讲起自己死里逃生的过程，就像讲笑话，就像讲别人的事情，言语里往往带着戏谑和幽默的成分。他经常听到大家说，嘿嘿，他妈的还活着，又赚了，组织上信得过，给咱发一条枪，咱们还能革命，这口气啥时候断啥时候算。

革命，这个词他不是很懂，在“西训团”和“青干班”的时候，他也经常听到，郭涵主任讲，陈达教官也讲。但是，他总是觉得，那里讲的革命和这里讲的革命不一样。那里讲的革命，好像就是听蒋委员长的命令，一个政府，一个主义，一个领袖。这里讲的革命，更多的是讲老百姓，消灭几大差别，人民当家做主。革命，首先要让老百姓过上好日子，首先要救这个国家。

易水寒不懂政治，但是他知道，为了国家和老百姓的主义，是最能深入人心的，所以说，红军的革命是老百姓的革命，是穷人的事业。而参加这个革命的，都是底层百姓，为自己和自己的国家战斗，所以能够奋勇当先笑对生死。

不用提醒，易水寒知道自己是谁。

每天夜里和白天的大部分时间，他是凌云峰，他和大家一样为西路军那些悲壮的战斗热血沸腾。往往是在后半夜很小一段时间里，他会幡然醒悟，他还是易水寒，他是潜伏在他们身边的敌人。有一次后半夜被一泡尿憋醒，跑到后院旱厕撒尿，猛听到有哨兵严厉的一声喝问，谁？他顿时打了一个激灵，这时候他的结巴起作用了，他回答，我……我易……凌，凌，凌云峰……

再回到铺上，就睡不着了，他不再是凌云峰，而是国军上尉易水寒，他的任务是混进红军队伍，刺探情报。可是，十几天过去了，陈达教官指定的“黄雀”并没有同他接头，下一步的行动是什么，他不知道，只好耐心等待。

二

总体来说，易水寒没有遇到太大的障碍，并且受到了学习班首长的初步信任。刚到学习班的时候，因为人少，易水寒单独享用一间土坯房子，后来又有十几个西路军人员归队，来了一个人跟他合住，是原红某师的作战科长，名叫乔东山。

乔东山刚刚住进来的时候，易水寒非常紧张，因为红某师也参加过三条山战斗，就是同凌云峰特务团配合防御的那个师，易水寒担心他见过凌云峰。但是聊了一阵才知道，乔东山并没有见过凌云峰本人。

乔东山说，三条山战斗，你们特务团可是立了大功，要不是你们的穿山甲战术，咱们的军部可能都会被马家军包了饺子，就不会有后来的祁连山战斗了。

易水寒说，军令如山，我们掩护首长机关，在所不辞，死而无憾。

乔东山说，是啊，我们后来听说了，你们特务团做好了全体牺牲的准备，压根儿就没有打算活着回来，这一招，马家军根本就想不到，所以他被打乱了。军首长后来传达特务团全体牺牲的情况，说了一句话我印象很深，这不是战术的胜利，而是精神的胜利。

易水寒听乔东山这样一说，心里一动，不禁重复了一句，是的，是精神的胜利。

乔东山说，我们还听说了，特务团全团牺牲，没想到还能见到活着的团长，简直就是奇迹。你一定负了重伤吧，恐怕还不止一次。

易水寒开始警觉了，乔东山提出的这个问题切中要害，是一直让他不安的问题。

一般说来，像三条山这样的战斗，即便劫后余生，至少也是身负重伤，不可能毫发无损。幸亏他身上还有几处伤疤，也幸亏凌云峰已经死了，死无对证，他身上到底有多少伤，谁也不知道。易水寒想了想说，那样的战斗，别说是我们红军，就是天上飞过的鸟，也难免吃枪子儿。

乔东山说，你们从二道梁子往返穿插，把马家军打乱了，至少给我们争取了两个小时。那时候我们一边转移阵地，一边默默地为你们祝福，特务团的战友兄弟啊，你们真是英雄啊，但愿你们能突围出来，哪怕活下来十个八个，你们活下来一个就能带出一支部队，钢铁啊……凌团长，你是怎么活下来的？

这回易水寒没有打磕巴，那个场景在他想象世界里，在他的梦里，无数次出现过。易水寒说，前两次穿插我已经三处负伤，第三次穿插，打到最后剩下不到三十人，没有一颗子弹了，我们从战友的尸体上寻找手榴弹，最后被敌人包围，全部牺牲在机枪扫射下，我们都以为自己死了，可能是因为死人太多，马家军来不及补枪。半夜下了一场大雨，一个战友发现我还有一口气，把我背下山，在一座寺庙里治好了伤，后来……

乔东山听得认真，突然说，老凌，凌团长，你等等，你刚才说什么？

易水寒一惊，我说，一个战友发现我还有一口气……

乔东山眉头紧蹙，不对啊，你刚才说，半夜下了一场大雨。据我所知，古莲战役是去年冬天，冬天，古莲从来不下大雨，你是不是记错了？

易水寒蒙了，差点儿就说，也许我记错了，可是话到嘴边又变了。易水寒说，确实下雨了，很大的雨，我的战友被雨水浇醒了，发现我在动弹，其实我当时还在昏迷中，直到后来……

乔东山盯着易水寒的眼睛，问道，凌团长，救你的那个战友叫什么名字，什么职务？

易水寒连想也没想，回答，叫张有田，是营政委。

易水寒之所以这样回答，是因为在"战术研究"期间，他分析过凌云峰特务团营以上干部的情况。在特务团历次战斗中，这个张有田始终都在凌云峰的直接指挥下，可以判断是凌云峰最得力的部下，张有田最后同凌云峰在一起的概率最大。

乔东山紧追不舍，张有田同志也到陕北了吗？

易水寒平静地回答，我们后来流落古莲城，被马家军的密探发现了，为了掩护我，张有田同志牺牲了。

乔东山点点头说，老凌，我想再问你一个问题，你确认那天夜里真的下了一场大雨？

现在，易水寒差不多已经认定了，这个乔东山是红军派来调查他的，只是，到目前为止，他仍然没有暴露。三条山战斗之后的夜里，到底有没有下大雨，易水寒不能确定，他也不清楚为什么他的脑子里一直装着那场大雨。如果那天夜里根本没有下大雨，那么他死里逃生的经过就要打问号，红军的干部也许就会从这里找到突破口，搞清他的特务身份。

他竭力保持镇定，开弓没有回头箭，既然说了，那就坚持这个说法，先应付过去这一关再说。易水寒在暗中掐掐手指，控制住紧张的情绪，仍然平静地说，怎么，老乔你怀疑我说假话，我为什么要说假话？我跟你说，那天夜里，千真万确下了一场大雨。

乔东山没有马上说话，过了一会儿才说，老凌，对不起，也许真的下了雨，也许是我想多了，也许是你记错了。我们这些人啊，打仗打傻了，脑子被炸坏了，记错事情是正常的。

易水寒说，我没有记错，我的脑子很正常。

乔东山说，那就睡觉吧。

这一夜，真是惊魂一夜。易水寒自然睡不着，他担心睡着了讲梦话，他从来没有听到过自己讲梦话，这不等于他不讲梦话，梦话会讲什么，他不知道。黑暗中他注意聆听乔东山的动静，乔东山很快就打起了呼噜，他认定那是假的。他寻思，明天，乔东山就会向红军报告他的疑点，明天他就有可能被剥去凌云峰的画皮，明天就有可能被红军以特务的名义枪毙。

怎么办？这一会儿工夫，易水寒的脑子里闪过很多念头，掐死他，用被子捂死他，然后逃之夭夭。不，不行，他的任务还没有完成，现在还不能确定乔东山是不是红军派来调查他的，一切都还是未知数，不能轻举妄动……

太累了，易水寒在这一刻突然想到了一个问题，干脆自首算了，找到红军首长，说清楚自己的身份和任务，听凭红军发落，如果留他一条命，那就滚回老家去，什么国军上尉，什么反共，跟他什么关系？他本来就是一个不受待见的苦人，回老家做个小本生意，娶妻生子，再也不过这种担惊受怕的日子了……

可是很快，他又打消了这个念头，倘若红军不饶他把他处决了呢，那真是死得不明不白。背井离乡，摸爬滚打，他什么事情还没有做，他手上既没有血债，也没有钱债，他连红军是干什么的、国军是干什么的都搞不清楚，就这样成了红军的刀下之鬼，岂不贻笑大方。

这个夜晚，易水寒感觉到自己的生命发生了很大的变化。一些从前很少想过的问题纷至沓来，想得头疼，想不明白，干脆不想了，是福是祸，听天由命吧。

他平静下来，伸展四肢，右手放在肚皮上，以手指代笔，开始默写，我信仰三民主义，军人以服从命令为天职，攘外必先安内，不成功便成仁……不知道什么时候，他的嘴角挂上了安详的微笑。

三

第二天早晨，起床的哨子刚刚响起，乔东山就一跃而起，穿衣戴帽，有条不紊。易水寒有点发蒙，看着乔东山问，你是谁？

乔东山一边扎绑腿，一边奇怪地看着易水寒说，我是乔东山啊，昨天报到的，跟你住一孔窑洞。怎么，这么快你就忘记了？

易水寒坐起来，想了想说，哦，对了，乔科长，昨天夜里咱们还聊了三条山战斗。

说着，也从床上跳下来，懵懵懂懂地穿衣服。

学习班的学员不发枪，只是发了军装，日常生活秩序同连队没有什么两样，早晨要出操，白天要上课。

易水寒一边扎着绑带，一边用眼角余光观察乔东山，感觉乔东山并没有特别在意他，心里才稍微平静一点。

出操的时候，他按照以往的位置列队，发现队伍里又多了几张面孔，估计是从西边归队的，心里不禁嘀咕起来，千万不要有认识凌云峰的人。

他越是这么想，就越是觉得这几个人看他的眼神不一样，越是觉得随时都有可能有人站出来指认他是冒牌货。

但是没有。从跑步到队列训练，大家的精力都很集中，没有人注意他。但他还是心虚，老话说，躲得了初一，躲不过十五啊，他一个人生活在完全陌生的环境里，同一群根本就不认识的人在一起，早晚会露马脚的，他感到了前所未有的孤独和恐惧。

上午上课，由乔东山汇报自己的战斗经历。这是学习班的规矩，但凡新归队的人员，都要汇报自己的经历，而且不仅汇报一次，有时候在课堂讲了之后，还会被叫到教员的办公室对照地图讲。这是学习班的主任肖南发明的测试办法，看看学员的讲述有没有前后矛盾，有没有与事实不符。据说这个办法很灵，自学习班开办以来，先后接待十几批共三百多名归队人员，其中多数人都通过测试了，包括易水寒，目前没有发现疑点。另外，也甄别出两个叛徒、一个逃兵，眼下还没有发现国民党特务。

乔东山在台上汇报，易水寒和三十多名学员在台下听。他把两只手放在腿上，几个手指上下搓动，一边织着想象中的手套，一边听乔东山讲话。乔东山讲得很细，怎么参加红军的，在哪儿参军的，参加过哪些战斗，直接首长是谁，入党介绍人是谁，等等，事无巨细。这些过程，易水寒都经过了，凭直觉，他认为乔东山讲的都是实话。

讲到本人参加的重大战斗，乔东山说，虽然我是在祁连山倪家营子负伤的，但是我觉得最值得一提的还是古莲战役的三条山战斗。那时候我们师担任主峰防御，友邻部队是军部的特务团，那个特务团打得惊天地泣鬼神，团长凌云峰同志率领部队在敌人的阵营里三进三出，反复绞杀，直至将马家军的指挥系统打乱，令他们官找不到兵，兵找不到官，不知红军在哪里，不知道战斗位置在哪里，就这样稀里糊涂地乱冲乱撞，自相残杀，从而迟滞了对于三条山正面的进攻，有力地保障了三条山主峰阵地的防御，掩护了军部和本师主力转移。这个英雄的特务团的团长是谁呢？他就坐在我们的中间，请凌云峰同志站出来，大家看看，这个身经百战的英雄团长。他的真面目，看看他的本色，看看他像不像传说中的那位英雄团长。凌团长，请站起来让同志们看看……

易水寒在那一瞬间几乎晕了过去，他没有想到乔东山会在这个场合把凌云峰的名字点出来，还让他站起来亮相，一旦新归队的人员中间有人认识凌云峰，他马上就会原形毕露，马上……他不敢想下去了，也不得不站起来。

易水寒控制住一触即发的情绪，软绵绵地站了起来，苍白的脸上挤出一丝干笑，结结巴巴地说，没什么，乔科长过奖了，我们没有做什么……讲完这句话，他觉得自己快要坚持不住了，简直就要虚脱了，摇晃了一下，又站稳了。

学习班的主任肖南发现他神情不对，走到他的面前问，凌云峰同志，你怎么啦，病了吗？

他说，不，哦，是的，头晕，晕得厉害。

肖南诧异地看了他一眼说，那好，你坐下休息吧。

又对乔东山说，你继续。

易水寒坐了下来，他清空了自己的思想，把陈达送给他的那几句话拿出来，放在心上，我信仰三民主义……不成功便成仁……

乔东山说，大家都看见了，这就是凌云峰，我们的英雄。昨天夜里，我们聊起三条山战斗，我很惊讶他能死里逃生。他告诉我，他已经倒在死人堆里了，是一场大雨把他的战友浇醒，那位战友发现他还有一口气，把他背出死人堆……同志们知道吗，古莲城地处西北黄土高原，不要说冬天，就是夏天也很少下雨，怎么可能在冬天下一场大雨呢，大家相信吗？

教室里的空气骤然紧张起来，易水寒的头皮一紧，下意识地摸枪，可是武装带上没有枪。他闭上了眼睛，来了，总算来了，该来的一定会来。

这一瞬间，他决定不反抗，他的画皮已经被彻底撕破，那么就来吧，老子不是凌云峰，老子是国民党特务易水寒，老子是来刺探情报的，要杀要剐，随你的便……不成功，便成仁……

就在这个时候，他又听见乔东山的声音了。

乔东山说，昨夜，当凌云峰跟我说那场大雨的时候，打死我我也不相信，我甚至在那一会儿工夫对他产生了怀疑，我怀疑他的脑子被枪炮震坏了……

易水寒提到嗓子上的一颗心，呼哧一下放回到肚子里，紧接着又被重新提了上来。乔东山说，我甚至对他的经历和身份产生了怀疑，我怀疑他不是凌云峰，我打算继续暗中注意他，调查他……

霎时，易水寒的额头上就冒出黄豆大的汗珠，他用眼角的余光打量一下周围，似乎看见学习班的人都站了起来，有的握着拳头，有的瞪着眼睛，三个，五个，十个，一百个，黑压压的人群向他逼来，无数根指头指着他，耳畔一片轰鸣——假的，特务，冒牌货，拉出去公审，枪毙……

易水寒呼啦一下站了起来，握紧双拳，准备杀开一条血路冲出去，可是，他很快就发现，他的腿根本不听他的使唤了，好像有无数只胳膊在下面紧紧地抱着他的双腿，他颓然跌倒在木凳上，等待未知的结局……他的脑子再次升起了那个声音，我信仰三民主义，不成功，便成仁……

好像过去了很多年，也许有一百年吧。他睁开眼睛，看见乔东山的嘴巴还在台上嚅动。乔东山说，同志们啊，你们知道发生了什么吗？奇迹啊！今天早晨出操之后，我向肖南主任借阅了一份资料，民主人士办的《大同报》，我找到了三条山战斗的一则报道，“是夜，瓢泼大雨从天而降，为古莲百年不遇，疑为煮豆燃萁之豆泣也”，不，我要说，这不是豆在釜中泣，而是我们的特务团感天动地，老天爷洒下甘霖，浇醒了我们亲爱的凌团长，这是天意啊……

易水寒还没有明白怎么回事，乔东山就从台上跑下来，泪花闪烁，抱住易水寒激动地说，向死而生，置于死地而后生，我们革命者是打不死的……

易水寒分明感觉到，一股暖流从教室里腾空而起，围绕着他，燃烧着他。他坚信不疑，陈达教官送给他的那几句话，就是定海神针，就是护身符，就是避水珠。

好像有一个东西从他的身体内脱壳而出，另一个东西注入他的血管，他颤抖了一下，在乔东山的背上拍打两下说，谢谢你乔科长，你把我们特务团说得太神奇了，我，凌云峰，为了革命，马革裹尸在所不辞……

四

那几天，一有时间乔东山就拉着他摆龙门阵，主要是那些战斗。影影绰绰地，他发现了学习班的一个特点，对归队人员的甄别，主要是失散之前的战斗经历，要反复讲，其他的如出身、籍贯、隶属关系等等，虽然也要说清楚，但是说了一遍两遍，也就不再继续盘问了。

按说，到了这一步，易水寒差不多可以说站稳脚跟了，但是，易水寒本人不这样认为，尽管他的身份已经得到认可，他本人不仅受到信任而且得到尊重，但是有一个重大的问题始终压在他的心上，截止目前，他还没有遇见一个熟人——认识凌云峰的人。随着乔东山等人陆续归队，他感觉那些认识凌云峰的人，正在从新疆、青海、宁夏、甘肃、四川等地，成群结队，跋山涉水，向陕北、向红军总部、向灵峰联络点、向他走来。这些人是谁，他不知道，长得什么样，他同样不知道。这些人在暗处，他在明处，只要出现一个，他的画皮还是要被戳穿。

就在乔东山汇报之后的第二天，一个当过红某军营长的归队人员，在汇报中提到他在国民党“西训团”学习的事情，说他是在“西训团”“清党”的时候脱险回到红军的。

当时易水寒坐在台下，吓了一跳，因为那次“清党”时他也在“西训团”，也就是说，这个人和他同时在“西训团”生活过，也许这个人在另一个分团，加上他当时只是训导处的勤务兵，无名之辈，那个人不认识他。

可是，这件事情引起易水寒的另一个担心，不仅那些认识凌云峰的人对他是个威胁，倘若有人认出他易水寒，他同样会暴露。他知道，“西训团”有不少教官和学员都是共产党，他们现在多数来到了陕北，就像无数定时炸弹，随时都会把他炸得粉碎。

危机几乎从四面八方向他压来，让他喘不过气。白天他装得若无其事，其实内心高度紧张，恨不得后脑勺也安上一只眼睛，一有风吹草动，就钻进地缝里。夜里躺在铺上，才感觉安全一些，躺在铺上，似乎就是躺在夜里，就是躺在看不见的防御工事里。可是有时候，黑夜同样让他恐惧，窑洞外面不仅有风，有时候还有人拉枪栓。况且还有梦，他无法控制自己做梦，也无法左右梦话。

有天夜里，他走进一个古老的集镇。那集镇好像是在半山上，云雾缭绕，他穿着红军的军服和草鞋走在集镇的青石板上，看见一个穿着白裙的女子向他款款飘来，给了他一个桃木匣子，他很想看看她的脚，但是她的脚藏在长长的裙角里面。他把桃木匣子打开，里面升起一只金色的碗，碗里装着香喷喷的油菜炒饭，他端着那只碗，刚刚靠近嘴边，突然一只手横在眼前，蔺紫雨冲他一声冷笑，抢走了那只碗。他大叫一声，还给我，那是我的！蔺紫雨回过头来，那张脸马上就变成了陈达教官，陈达教官的声音在他耳畔响起，别忘了你是谁。他说我没忘，我是凌云峰，我不是特务，我是红军特务团长……

就在这时候，他被人推醒了，睁开眼睛，他看见乔东山端着油灯站在他的铺前，他闭着眼睛不说话，竭力回忆刚才的梦境。

乔东山看着他的眼睛说，你怎么啦，梦见什么了？

他说，我梦见我正在吃饭，有人夺我的饭碗。

乔东山似信非信，点点头说，哦，我也做过这样的梦，在长征路上。你经常梦到长征路上吗？

他想了想说，梦见过两次，在三条山战斗之前，我向军部要二百斤粮食，可是他们只给我们一批瘸腿马和几十斤糌粑，全团就是吃了这点东西打穿插的。

乔东山说，哦，这个故事我也听说了。我跟你讲一个好消息啊，我昨天下午去见我们师的王副参谋长，他跟我说，他见到你们特务团的人了，你猜猜是谁？

易水寒心里咯噔一声，坐了起来，大声问，是谁？

乔东山说，你最希望见到谁？

易水寒的脑子飞快地转动，我最想见到的，当然是我的战友。

乔东山说，战友中间最想见到的是谁？

易水寒终于想起来了，在苑安搞“战术研究”的时候，陈达教官特意让他注意一段资料，特务团一度被称为穿山甲部队，凌云峰号称穿山甲，副团长何子非号称穿山乙……

易水寒说，我最想见到何子非，我的副团长。

乔东山高兴地说，是啊是啊，穿山甲和穿山乙。我跟你讲啊，王副参谋长说，他在张掖见到特务团的副团长何子非了。现在我们跟国民党交涉，停止内战，一致对外，要国民党当局敦促马步芳释放被俘的红军官兵，王副参谋长是第一批被释放的，何子非很快就要归队了，大喜啊……

乔东山说得眉飞色舞，往后的话，易水寒一句也没有听进去，他只是喃喃地说了一声，何子非，老何，你真的要回来了吗？

他想起来了，在苑安集中“研究战术”期间，陈达教官跟他讲，凌云峰的特务团在参加三条山战斗之前，有四百多人，而在战场投入的兵力不足三百人，很有可能一部分人被提前疏散了。当时蔺紫雨就提出质疑，这一部分人万一有几个活着，找到陕北，易水寒岂不是要露馅？陈达教官说，那些人在哪里呢，他们过了黄河，就成了西路军，在祁连山几乎全军覆没。就算有两个漏网之鱼，也是散兵游勇，等他们七找八找到了陕北，你们早就完成任务回来了，没准老板正在给你们授勋呢。

记得他当时也是这么想的，而且以后他还分析过，以他对凌云峰的了解，凌云峰是不会把全团带上死路的，伤兵员要留下，可能还要留下一些需要保留的种子。后来三条山战斗的所有资料里面，都没有见到何子非的名字，这个人很有可能被凌云峰留守了。如今，他像一个幽灵，盘旋在易水寒的头顶。

易水寒躺在铺上，两只手交叉放在胸前。看着窗外漆黑的夜空，无边的恐惧像潮水一样，从远处，从那个未曾谋面的张掖城滚滚而来。他决定，明天就开始行动，如果“黄雀”再不出现，他就找个理由去灵峰镇上。按照行动计划，蔺紫雨和蓝旗正在那里坚守，等待“黄雀”提供红军同东北军和西北军联络的信息，再决定下一步的行动。目前，他已经具备了行动的条件，如果再拖延下去，也许两天三天，也许五天八天，一旦何子非出现在“西路军归队人员学习班”，那就鸡飞蛋打前功尽弃了。他决定冒险去找蔺紫雨和蓝旗，请她们向陈达教官报告他的处境，他很快就坚持不下去了。

这是易水寒当前的主要想法。而在这个夜晚，易水寒还有另外的想法，如果他找到蔺紫雨和蓝旗，并转达了他的处境，陈达教官会不会取消这次行动呢？不取消，他会越来越危险。可是如果真的取消，他又会有点遗憾，为什么遗憾，他不清楚。

凭借那几句誓词，他很快就进入了无梦的梦乡。

五

蔺紫雨掰着指头一算，已经在灵峰镇上潜伏七天了。七天的时间不算长，但是对于她来说，却是分秒难捱。自从柏庄集市之行后，吃喝是不用愁了，可是日子仍然不好过。牛二客栈有五间房子，除了蔺紫雨和蓝旗在此常住，其他的人像流水一样，来来回回做生意，院子里充斥着各种牲口的粪便味道。

蔺紫雨认真地盘问过蓝旗，上次沐浴的时候，隔窗偷看的到底是不是红军干部权苏正，蓝旗一会儿说是，一会儿说不是，一会儿说像，一会儿又说不像。

这中间，权苏正也来过两次，蔺紫雨仔细观察他的表情，很自然，没有做贼心虚的感觉。但是蔺紫雨总是不放心，她假设了一个情况，那天她和蓝旗沐浴的时候，正好权苏正来例行巡查，发现她们不在客房，向房东牛二打听，牛二说她们在洗澡，为了证实她们没有离开，权苏正就到灶房察看，正好从柴捆缝里看见她们在大闹——这个假设完全有可能。蔺紫雨还向牛二打听，那天有没有人找她们。牛二说，红军特别公安局的人来过一次，但是啥时候来的，他记不清了。

这个情况让蔺紫雨更加紧张。她担忧的不是洗澡被人偷看，而是她们的内衣被人发现，在灵峰镇上，恐怕只有她和蓝旗有那种特制的“武装甲”，那是国军“西训团”女学员身份的标志，万一这个权苏正曾经是“西训团”的一员，或者听说过这东西，都有可能成为麻烦的开始。

自此之后，二人就不再张狂了，取消了沐浴，实在难受了，就等天黑了，从牛二的灶房里拎一桶热水，回到客房擦擦身子。

蓝旗提出换个好一点的住处，被蔺紫雨拒绝了。蔺紫雨说，我们提着脑袋住在这里，可不是为了享福的，忍吧，等任务完成了，回到城里，我答应你到澡堂子泡三天。可是任务什么时候才能完成，怎么完成，谁来完成，都还是未知数。

蔺紫雨可以忍，蓝旗却受不了，上次到柏庄走了一趟，尝到了甜头，胡吃海喝几天，又要受穷了。蓝旗对蔺紫雨说，不行，还得去一趟。

蔺紫雨说，你找死啊，偷了那么多东西，人家还不防备你？

蓝旗说，这回不去集市了，咱们到红军合作社去一趟，听说那个合作社东西很多，比一个县城里的东西还多，还有洋玩意。

蔺紫雨本来不想去，转念一想，来到灵峰镇几天了，任务一直不明确，天天窝在牛二客栈，消息闭塞，不如出去走走，正好也可以侦察一下。

蔺紫雨说，那就去一趟，不过要特别小心。

红军合作社设在灵峰镇北边的朱家祠堂，依山而建，山根下一排十几间，窑洞与平房合壁。红军来了之后，又在外面平整了三四亩土地，盖了一些泥抹墙简易房屋，从红军被服厂和兵工厂调来十几个女工，对外开展贸易。

二人转了一圈，发现这里居然有很多洋货，甚至还有女人用的化妆品。一个时辰下来，偷了两盒胭脂，三只发卡，两瓶花露水。走出合作社，蓝旗把战利品展示给蔺紫雨看，蔺紫雨高兴不起来，忧心忡忡地说，你可真是太贪了，红军的东西都敢偷，万一被他们发现了，顺藤摸瓜，那就是引火烧身。

蓝旗说，发现了又怎么样，大不了定个小偷罪，不是死罪，没准还能掩护身份呢。

这期间，因为牛二客栈不断有新面孔，特别公安局就把这里当作重点，每天都来一次，盘查那些生意人的同时，也会过来问问蔺紫雨二人的情况。

二人在红军合作社行窃的第二天，权苏正又来了，给她们带来一个消息，最近又有两拨西路军归队人员回到陕北，根据初步掌握的情况，还没有发现她们的丈夫，也许他们隐姓埋名了。如果发现新的线索，他会及时通知她们。

权苏正讲话的时候，不停地抽动鼻子。蔺紫雨明白了，蓝旗在屋里洒了花露水。蔺紫雨的心猛地跳到了嗓子眼上。

果然，权苏正的脸色变了，盯着蓝旗床头的花露水瓶问，你们，还有这个洋玩意?

蔺紫雨定定神说，我这个小姑子，也算小家碧玉，爱臭美，吃不上饭都要买花露水。

权苏正点点头，看着蓝旗，哦，爱美之心人皆有之。可是，你们穷得叮当响，哪里来的钱买花露水呢?

蓝旗嘻嘻哈哈地说，权同志你忘了，我们会看相啊，权同志，我给你看看相，不收钱。你这个相啊，天庭饱满，地阁方圆……

权苏正皱着眉头说，你不要胡扯，我问你，这花露水是从哪里买来的?

蓝旗傻眼了，支吾半天才说，我坦白，是从红军合作社偷来的。

权苏正没吭气，盯着蓝旗说，难怪呢，这段时间我们连续接到报案，前几天柏庄集市一个羊贩子说他的羊腿被偷了一只，昨天红军合作社报案少了价值十块银元的商品。我就知道是你们干的。

蔺紫雨吃了一惊，啊，你早就盯上我们了?

权苏正说，当然，我们红军特别公安局，不仅要防止特务破坏，也要维护治安。你们到灵峰镇，腰无分文，连饭都吃不上，可是七八天过去了，你们不仅没有饿死，还红光满面的，如果不是偷窃，难道是有人给你们送特务经费?

蔺紫雨脸都白了，强打精神说，权同志，我们坦白，确实是偷的，这也是……逼上梁山啊，找不到丈夫，又没有路费回家，不偷不抢，我们可怎么活呢?

权苏正说，看样子，还是惯偷。既然你们已经承认了，那就跟我走一趟，到公安局里说清楚，退出赃物。

蔺紫雨吓坏了，正要说话，那边蓝旗开口了。蓝旗就像换了一个人，嗲声嗲气地说，红军哥哥，伸手不打挨饿人，何必当真呢。我们的丈夫也是红军，跟你一样，我们姑嫂二人千里迢迢来寻亲，丈夫生死不明，我们饿得要死，你要是把我们送进大牢，还得管饭。况且，让红军的家属当叫花子，当贼，这要是传出去，对你的名声也不好啊。你们这样对待红军家属，不是让老百姓寒心吗，谁还来当红军呢?

蓝旗这么一说，反而把权苏正说愣了。他愣愣地看着蓝旗说，好一个伶牙俐齿的女贼，你还有理了？

蓝旗可怜巴巴，却是眉目传情，红军哥哥，我说的是实话啊。你就饶了我们这一遭，我们保证不偷了，我们，我们还是去要饭吧……蓝旗说着说着眼圈就红了。

权苏正哭笑不得，挠挠头皮说，你看这事闹的，这事闹的……这件事情我不知道也就罢了，可是我知道了，不处理吧，我就违反原则了。你们说怎么办吧，我总不能放任不管吧？

蓝旗说，管啊，我把红军合作社的赃物折现退回去，不就十块银元吗，我这就拿给你。其他的，都不值钱，反正那些贩子也不是什么好人，你说行吗？

权苏正想了想说，这样吧，合作社的洋钱你也不必退回了，我看你们确实困难，又是红军家属，我给上面汇报，争取给你们在合作社找个差事。你们好好工作，用你们的劳动作为赔偿，你们看行吗？

蓝旗说，那太好了，红军就是红军，权科长你就是我们的恩人，蓝静兰给你敬礼了。说着，向权苏正走近一步，举起左手，愣了一下又放下，重新举起右手，夸张地给权苏正敬了一个礼。

权苏正的脸上堆出笑容，咂咂嘴说，哎呀，你这个妹子，真是拿你没办法。好，我再琢磨琢磨，不过，这件事情能不能成，我说了不算，你们得有思想准备。

蓝旗说，成不成，权大哥有这个心意，我们姑嫂二人都会记在心里，山不转水转，谁没有个难处呢，在家靠父母，出门靠朋友，我们就靠权大哥了。

权苏正走了之后，蓝旗眉飞色舞，怎么样组长，我们的运气来了。

蔺紫雨没好气地说，什么运气，我看这件事情没那么简单，没准姓权的已经怀疑上我们了，给我们来个缓兵之计。

蓝旗说，嗨，什么缓兵之计，我跟你讲，姓权的对我有意思。

蔺紫雨说，什么，对你有意思？他是红军干部啊，哪里那么容易就被你拉下水啊。

蓝旗嘻嘻一笑，红军怎么啦，红军也是人啊，他闻到花露水了，那就是迷魂汤。你没发现，他老是盯着我看。那次偷看我们沐浴的，我越看越像他。

蔺紫雨说，你看到他的眼睛了，还是看到他的屁股了？

蓝旗说，我哪里也没有看到，我掐指一算，就是他。那天他要是回头，我就挺起胸膛让他看，把他的魂勾来。

蔺紫雨虽然不相信权苏正会被蓝旗勾魂，但是也不排除蓝旗的狐媚术对于男人还是起作用的，至少会让他们心软。她现在担心的问题有两个，一个是权苏正带来的消息，又有两拨西路军人员归队，这里面有没有人认识凌云峰？第二个是，权苏正说要给她们介绍到红军合作社里工作，这是好事，没有理由拒绝。可是真的到了合作社，就要同那些红军的女工打交道，像蓝旗这样口无遮拦且好吃懒做的人，会不会暴露马脚？

当然，在红军合作社工作，也有一个好处，可以得到他们的信息。只是，这样一个动作，需要向陈达教官报告。到目前为止，“黄雀”仍然没有现身，没有电台，她无法同陈达教官联系。

六

这天傍晚，两个人吃了一点稀饭，蓝旗提议到灵峰镇外的河边走走。刚刚走出牛二客栈，往南走过两个店面，看见一个佝偻着身子的老汉，手里举着一个大蒜把子，蹲在街边。

蔺紫雨当时没有注意，最近从外地来的陌生人不少，做各种生意的都有，直到快要从老汉身边走过去了，才听见老汉说了一声，要大蒜？

这声喊让蔺紫雨心里一惊，放慢脚步，回头一看，看见破毡帽下面的一双眼睛，有点眼熟。那个人低声说，继续往前，别回头，清真寺东北，悬壶药行，看妇科。

蔺紫雨惊疑不止，示意蓝旗，赶紧走路。两个人紧赶慢赶，到了悬壶药行，掌柜的迎上来说，快要打烊了，客人有急事？

蔺紫雨一弯腰，捂着肚子说，肚子疼，想找个老大夫把把脉。

掌柜的问，客从何处来？

蔺紫雨回答，山西杏花村。

掌柜的又问，身上有现钱吗？

蔺紫雨回答，有钱出钱，没钱出力。

掌柜的点点头说，跟我来。

蔺紫雨和蓝旗跟着掌柜的，穿过药行店面，走到后院，在一间小房子里，看见一个戴着瓜皮帽的老先生，端坐在那里，从花镜上沿瞥了两个人一眼，拿腔捏调地问道，谁看病啊？

蔺紫雨上前说，我，看妇科。

老先生说，把棉衣脱了，手给我。

蔺紫雨迟疑了一下，脱掉棉衣，挽起袖口，把手伸给老先生。老先生抓住蔺紫雨的手，把了一会儿脉，说，伸出舌头。

蔺紫雨张大嘴巴，把舌头伸出来。老先生看了看说，你这病啊，急火攻心，气血盈亏虚实不定，还得进一步检查。又对蓝旗说，这位姑娘，请到厅堂等候。

蔺紫雨有点发蒙，看看身后，有一道帘子。她很少看病，不知道进一步检查是什么意思，正犹豫着，蓝旗说，干吗要我回避，是不是要让病人脱裤子啊？

老先生说，我家世代行医，自成规矩，看病好比日月对话，有外人在，气场不宁，脉象不稳。姑娘，请便吧。

蓝旗觉得奇怪，用眼神征询蔺紫雨的态度，蔺紫雨说，中医看病，心诚则灵。你到厅堂去吧，万一有事，就去找权大哥。

蓝旗这才不高兴地出去了。老先生望着蓝旗的背影，听见脚步声远去，站了起来，摘下瓜皮帽和眼镜，扯掉假胡子，蔺紫雨吃了一惊，原来是陈达教官。

蔺紫雨说，教官，你怎么来了，千里迢迢的。

陈达说，闲话少叙，情况非常紧急。我们派来的四个行动小组，已经被红军破获了两个，而且他们顺藤摸瓜挖出了地上联络站，你们的联络员“黄雀”被打死了。

蔺紫雨说，难怪，这么多天就像没头的苍蝇，不知道该做什么。难道红军对我们的行动有察觉?

陈达说,目前还不能这么说,我掌握的情况是,第二小组行动不慎，他们冒充一个营长，居然露馅了，特别可恨的是全都没有骨气，一吓唬就都招了。当初我留了一手，背靠背地布置任务，不然的话，你们全都完了。

蔺紫雨说，分手之后，我们再也没有同“蜻蜓”联系上，我和蓝旗住在牛二客栈，表面上特别公安局信任了我们，但我总觉得情况不对，那个名叫权苏正的科长还表示要介绍我们到红军合作社工作，我拿不准这是不是放长线钓大鱼。

陈达赞许地说，你动脑子了，很好。

蔺紫雨说，还有，权苏正跟我们讲，最近又有两批西路军的失散人员来到陕北。我琢磨，一方面他是故意打草惊蛇，想让我们采取行动，从而暴露。另一方面，即便他没有怀疑我们，西路军归队人员近期陆续增加，也对“蜻蜓”威胁很大，我们不能再等下去了。

陈达阴沉着脸，看着蔺紫雨，突然站了起来，是的，我们不能再等了，我们的行动虽然遭受了挫折，但是并没有完全失败。我已经向老板报告了，我们还有两个行动小组在，我们还有机会做一件大事，绝不能无功而返。

蔺紫雨沉吟，我们做什么?

陈达说，红军明修栈道，东北军、西北军暗度陈仓，他们要建立三位一体的抗战联盟，对抗中央，这些情报老板已经掌握了。你们的任务改变了，不用刺探情报了，而是在三位一体建立之前，引爆一个炸弹，把这个三位一体炸得四分五裂。

蔺紫雨说，谁来领导我们？

陈达咬牙切齿地说，我。从现在开始，我坐镇灵峰镇，行动之前，我会派人跟你联系。你们不用担心，这次行动将会干净利落，争取在一周之内，我带你们返回苑安，接受老板的表彰。

蔺紫雨说，我明白了。我得走了，我担心红军特别公安局已经盯上我们了。

陈达说，好，我再跟你说一个情况，据我掌握的情况，“蜻蜓”如今在红军学习班里已经站稳了脚跟，已经有条件担任引爆炸弹的任务。我别的不担心，现在越来越担心这个人的思想。思想，你明白吗，我记得你曾经跟我说过，这个人的思想很不稳定，我总担心他在关键时刻犯糊涂。

蔺紫雨说，这个我也担心，万一出现那种情况怎么办？

陈达不吭气，黑着脸踱步，踱了两圈说，怎么办？党国对特殊人才有特殊的制裁纪律，这个不用我多说了。

蔺紫雨说，明白了。

陈达说，好，还有蓝旗，这个人虽然聪明伶俐，但是政治上糊涂，尤其是现在，关于国共第二次合作、实现联合抗日的呼声很高，在这种情况下，有些年轻人容易产生模糊思想，一旦发现动摇者，干净利索，绝不留情，你听明白了吗？

蔺紫雨心里一沉，答道，明白了教官。

陈达突然伸出两只手来，把蔺紫雨的脸捧了起来。

蔺紫雨心里扑扑乱跳，但是没有挣扎，期待陈达教官进一步的动作。陈达教官捧着蔺紫雨的脸，自己的脸挨得很近，挨了很久，然后松开蔺紫雨的脸，后退一步说，蔺紫雨同志，紫雨，我们都是党国军人，我最信任的还是你，等这次任务完成了，我们一起去南京，我请你吃盐水鸭。

蔺紫雨没有说话，他看见陈达教官的眼睛里涌上了泪水，她的眼睛也湿润了，向陈达一鞠躬，教官，我记住了，我知道该怎么做。

回去的路上，蔺紫雨一言不发，蓝旗跟在后面说，那个老家伙，他让你脱裤子了吗？

蔺紫雨说，你胡扯什么？

蓝旗说，我跟你讲，在玉州的时候，有一次吃多了肚子胀，我去看医生，他妈的让我躺在床上，拿个冰凉的铁疙瘩碰我的奶子，还让我脱裤子，我给了他一耳光，把他的铁疙瘩也抢走了，没想到卖了十八块大洋。

蔺紫雨说，你看的是西医，人家是中医，只把脉不摸奶子。

蓝旗停住步子说，他是谁？

蔺紫雨一惊，迟疑了一下说，“黄雀”。

蓝旗说，“黄雀”？这么说我们跟“黄雀”接上头了，可是他为什么要我回避？我掐指一算，他不是“黄雀”。

蔺紫雨又是一惊，那你掐指一算他是谁？

蓝旗说，陈达，他妈的陈达教官不信任我，单独给你交代任务，还让我回避。什么意思，是不是让你监视我，必要的时候对我采取断然措施啊？

蔺紫雨更是吃惊，感觉蓝旗就像一个精灵，好像真的能够掐指一算，什么都瞒不过她。蔺紫雨含糊地说，你的掐指一算，有时候灵验，有时候不灵验。

蓝旗说，我跟你讲，我一看那个装模作样的老先生，我就知道他是陈达，他的眼珠子是黄的，还有他拿腔捏调的声音，我听见过。我再跟你讲，不是什么掐指一算，我们从苑安出发的时候，他也对我下过同样的密令，要我监视你和“蜻蜓”。他的一句话暴露了他的秘密，他说，他谁也信不过。你说，跟他干多危险?

蔺紫雨心中一动，蓝旗讲的情况，她还是第一次听说，陈达教官跟她说，他最信任的还是她，显然不是真话，这让她心里凭空升起一丝悲凉。此时此刻她才发现，陈达教官在她的心里已经占据了重要的位置，她敬仰这个为了党国事业忠心耿耿的人。刚才陈达教官捧起她的脸，如果有继续的动作，她也不会拒绝，可是陈达教官没有往下进行，只是给她说了一句“等这次任务完成了，我们一起去南京，我请你吃盐水鸭”，这是什么意思呢?是敷衍她还是给她画一个饼，显然在陈达教官的心里，“执行特殊任务”，这才是最重要的。

不到十分钟，蔺紫雨从陈达教官那里收获的一点温情，就被蓝旗无情地浇了一瓢凉水。只是，她并没有对陈达产生怨恨，她平静地对蓝旗说，执行特殊任务，采取特殊手段，这才是正常的，这也是陈达教官的职业魅力所在。

七

学习班新来了两个归队的失散人员，自然又引起易水寒的恐慌。这两个人照例要进行“汇报”，易水寒在下面听清楚了，他们跟凌云峰不是一个部队。

汇报结束后，大家互相介绍，易水寒落落大方地跟他们握手，介绍自己是某军特务团的团长凌云峰，这两个人没有做出任何意外的表情，易水寒这才放下心来。他越来越踏实了，差不多真的相信，认识凌云峰的人都死光了，他从此可以高枕无忧了。要不是还有任务压在心上，他觉得在学习班的日子很好，他甚至想象，他作为凌云峰出现在战场上，带一支穿山甲部队，叱咤风云，最好是跟日本鬼子打，那样他会更卖力。

没想到第二天突然又回来了六个人，其中一个还是穿山甲部队的连长。肖南主任要学习班集合，到大教室听汇报，易水寒的心里又发毛了，哪有连长不认识团长的？真他妈的到处都是陷阱！他夹在队伍里，硬着头皮到了大教室。第一个人谁也不认识，汇报的内容大家也不关心。第二个人进来，往台上刚坐下，又站了起来，跑到乔东山的面前，给乔东山敬了一个礼，眼泪就出来了，原来是乔东山的老部下，他手下的参谋。

到了第四个，汇报不到十分钟，大家都愣住了。原来这个人是穿山甲部队的，在三条山战斗之前，被团长凌云峰命令留守，保护何子非副团长和伤病员先期离开部队，才躲过三条山一劫。这个人说他没有参加倪家营子战斗，因为部队西进的时候，何子非把他和另一个同志张有田留在古莲城，交给当地的地下党了，直到前不久得到消息，红军在陕北成立援西军，这才千里迢迢来找组织了。

易水寒在台下坐不住了，两只手十个手指在胸前交叉着互相挤压，竭力地控制着情绪，闭上眼睛，心里涌起一个声音——我信仰三民主义，攘外必先安内，军人以服从命令为天职……他意识到脑子有点浑浊，默念的次序有点乱，但是似乎并没有影响这个“法器”发挥作用，就在这几秒钟的工夫，他捡到了一根救命稻草——这个人讲，三条山战斗之前，何子非等人留守，后来何副团长把他和张有田交给古莲城的地下组织，而在苑安“研究战术”的时候，易水寒对三条山战斗中参战的特务团营以上干部的行踪，都做过认真的研究，战例表明，张有田是跟凌云峰战斗到最后，被乱枪打死的。

易水寒迅速判断，这又是一次试探。他的心定了下来，告诫自己，拒绝承认这个人，就算他真的是穿山甲部队的连长，也绝不承认，让他们真假难辨。

正这么想着，乔东山用胳膊肘捅捅他说，老凌，凌云峰同志，这是你的老部下啊，你不认识了？

乔东山虽然是和他嘀咕，但是声音很大，台上的那个人也听见了，站起来，惊喜地说，凌云峰同志？凌团长，凌团长也在这里吗？团长啊……说着，就喊了起来。

易水寒无动于衷，眼看这个人走到他的面前，两个人都愣住了。那个人说，凌团长，你是凌团长？你怎么会变成这个样子，我都认不出来了，你的脸……

易水寒冷冷看着对面的人问，你是穿山甲部队的吗？我怎么不认识你？

那个人说，我也不认识你啊，你真是凌团长吗？

易水寒说，笑话，我手下的连长我能不认识？你是特务还是逃兵？

那个人说，你，你不是凌团长，你才是冒牌货！

易水寒说，我问你，你说我给部队做动员，是在哪里做的？

那个人愣了一下，踌躇说，动员，哪里做的动员？时间太久了，我又负伤了，脑子不好用了，我记不得了。

易水寒说，我也负伤了，脑子也不好用了，可是我记得，我做动员，是在下午，在一个名叫扎拉的村子外面，一条河边。

教室里霎时静了下来，大家的目光齐刷刷地投向那个人，然后又投向肖南主任。那目光很复杂，不是意外，也不是幸灾乐祸，而是不满。一个学员站起来说，肖主任，这套把戏该收起来了，我们这些人出生入死，受尽折磨，历尽千辛万苦找到部队，可是一直得不到信任，组织上一直用各种方式试探我们，我们心寒啊。

肖南主任苦笑，挥挥手说，同志们，你们说得对，可是，这是组织上规定的程序，非常时期，我们不得不慎重，请同志们谅解。

说着，又把目光投向易水寒说，凌云峰同志，你能理解吗？

易水寒想了想说，我无所谓，清者自清，浊者自浊，我个人没有意见。

乔东山及时地附和了一句，也好，多考验几次，更见本色，我们也好放下包袱，轻装上阵，大家说是不是？

奇怪的事情发生了，经过几次明里暗里的测试，易水寒越来越从容了，自己好像比过去成熟了许多，他甚至觉得，陈达教官比他还了解他，知道他的潜力，知道他的聪明和智慧。他哪里想到，他过去一向自卑怯懦，怎么一下子变得如此镇定和缜密呢，真是时势造英雄吗？陈达教官教给他的那几句话，难道真的是定海神针吗？

当然，还是不敢掉以轻心，危机依然存在，除非他完成了党国赋予的使命，离开这个险象环生的地方，那才真正地排除了危险。可是，那是什么时候呢？

二月二龙抬头，学习班给大家放了半天假，每人还发了两块银元津贴，规定三人一组，分乘两辆卡车，到灵峰镇的红军合作社参观，也可以买点日用品。

走在路上，乔东山对他说，其实这也是考查，看看我们这些归队人员有没有同可疑人员接触。这个你理解吧？

易水寒说，这样挺好，学习班嘛，处处留心皆学问。

乔东山说，你这样想就对了，我担心你这样的大英雄受不了这个委屈。

易水寒说，我喜欢这样，可以提高战略战术。

乔东山惊讶地说，啊，你喜欢？连我都厌烦了。

他笑笑，心里想，真的很好，好玩。

路上，肖南反复交代，不管出现什么情况，都要保持集体行动，至少三人同行，如果发现单人行动在十分钟以上，组织上就要重新审查。这话再明白不过了，不管大家汇报得怎样详细，不管组织调查的结论如何，眼下，这个学习班的学员并没有受到完全的信任。

这一路上，易水寒的思想很活跃。他判断，除了蔺紫雨和蓝旗，灵峰镇还应该有陈达教官安插的另一条交通线，这次学习班几十号人到灵峰镇，动静不小，很有可能引起蔺紫雨的注意，也许这次能够接上头，不管做什么，痛痛快快地干一场，是死是活也算交差了。

到红军合作社，是统一整队进去的，进去之后虽然分散了，但离得都不太远，彼此可以互相监督。他饶有兴致地问这问那，有时候还假装内行，看看布匹，看看日用品，实际上他的眼睛一直在观察商贩的耳朵。在苑安出发之前，陈达教官跟他讲，同他接头的联络员“黄雀”，只有一只耳朵，跟红军打仗的时候，那只耳朵被打掉了。

从上午到中午，易水寒没有发现一只耳朵的人，也没有发现有人对他有特别的暗示。中午在红军合作社的赤心饭店吃饭，肖南跟大家讲，如果没有其他的事，吃过饭就收拢人员返回了。这个结果，让他有点失落，也有点庆幸。他买了两斤羊毛，准备给自己织一件毛衣。

赤心饭店院子里面，一溜三大筐小米南瓜饭，几十副碗筷，还有两大盆白菜萝卜豆腐，一盆羊肉粉丝。肖南主任说，这就是共产主义的生活方式，共产主义，就是不能多吃多占。

大家都很自觉，自己盛饭，井然有序，能吃多少盛多少，没有人抢饭，跟在学习班吃饭的景况差不多。易水寒心里想，要是一直这么吃饭，也挺好，人人有饭吃，都能吃得饱。

吃罢中饭，肖南数数人头，发现还有六个人，没有在一起吃饭，肖南主任的脸色有点不好看，又清了一遍人头，证明这六个人中，有四个人是先期归队的，基本上都甄别了，另外还有学习班的两个教员，肖南的脸色这才平和了一些。

一会儿人到齐了，肖南主任把队伍集合起来点名，准备返回县城学习班。易水寒突然感到一阵轻松，这次难得的机会，没有人来跟他接头，这不是他的错，陈达教官交给他的任务，到底是什么，他不清楚，做什么事都狗咬刺猬，无从下手，如此反而好了，他不用担惊受怕了，也不用心神不定了。他甚至想，也许陈达教官和蔺紫雨他们遇上了麻烦，也许这次行动已经被取消了，如果永远接不上头怎么办？他突然想，如果永远接不上头，他就干脆当一个红军，跟他们一起吃大锅饭，跟他们一起闹革命，他被自己的这个念头吓了一跳。

整队完毕，肖南主任下口令，大家走出赤心饭店，纷纷上车，司机却在下面跺脚嚷嚷，走不了啦，发动不起来。

肖南问，为什么发动不起来，你没吃饭吗?

司机哭丧着脸说，我吃饭了，可是汽车它没吃饭。天寒地冻，发动机打不上火。

肖南说，摇啊，从前遇到这种情况，不都是摇的吗?

司机说，我摇了，可是这回奇怪了，摇了半天也打不着。

肖南主任向队伍里看看说，谁是国民党，下来帮助看看。

车上的人你看看我，我看看你，没有人说话。易水寒心里一惊，拿不定主意要不要下去帮忙，因为他在“青干班”学过驾驶，汽车常见的毛病也会修理。正犹豫着，肖南主任又说，大家不要误会，我的意思是说，谁当过国民党军官，会修汽车，帮一下忙。

车上跳下两个人，跑到车头，掀开盖子，几个人一阵鼓捣，司机拿起摇把，使出吃奶的力气，又摇了一阵，马达轰然响了起来。

车子刚刚起步，还没有拐弯，发生了意外，不知道从哪里突然奔出一匹惊马，向街面冲去，并踢倒了一个摊位，街面的商贩惊叫着向两边避让。

车上顿时一阵惊呼，大家还没有来得及做出反应，从斜刺里又冲上来一匹马,差点和车头相撞。肖南大喊,不好,要伤人,谁帮一下……

说时迟那时快，易水寒连想也没想，纵身从车厢飞出，扑在后面那匹马的背上，趔趄了一下上身，差点儿被甩下来，却又很快稳住身体，抓住马前鬃，腾出手来，扯过缰绳，两腿夹紧，嗖的一声，那马直奔前面那匹惊马。

这一幕，车上的人都看见了。乔东山大声说，好样的，老凌，凌团长，没想到有这么好的功夫。

肖南说，凌团长是特务团长，当然身手不凡。

说话间，易水寒和两匹马已经冲到前方百步开外，易水寒抓住身下这匹马的缰绳，突然跃起，跳到那匹惊马的马背上，双手并用，惊马腾空而起，身后的马就地打了一个滚，两匹马都被制服了。

肖南招呼汽车停下，让大家下车，众人便向易水寒奔来。

易水寒四面看看，看见一个披着长发的男人从后面追了上来，他估计这个人是马的主人，可能是马贩子，刚要训斥，这个人气喘吁吁地说，好了，成了，客从何处来？

易水寒莫名其妙，瞪着眼睛说，你这马怎么管的？差点儿闹出人命。还问我从哪里来，你管得着吗？

那个人眨着眼睛说，身上有现钱吗？

易水寒气不打一处来，吼了一声，什么现钱，老子没钱买你的马，赶快把你的马弄走。

那个人愣住了，看着易水寒，突然一甩脑袋，把左耳边的长发撩起来。易水寒这下看明白了，这个人的左耳朵有点奇怪，耳朵不像耳朵，好像被什么东西包着。要说没有耳朵吧，那个地方又鼓鼓囊囊的。

易水寒心里打了一个激灵，想起陈达教官交代的接头暗号，可是心里一着急，那几句话竟想不起来了，急赤白脸地说，你说什么，你再说一遍。

那个人说，客从何处来？

易水寒抓耳挠腮，想了半天才说，老子记不得了，老子是从山那边来……有什么交代的，你快说。

那个人说，身上有现钱吗？

易水寒急出一头汗，还是没有想起暗号，咬牙切齿地说，老子是“蜻蜓”。

那人急得直跺脚，索性豁出去了，连连提示，山西，杏花村，有钱出钱……

易水寒还是一脸茫然，稀里糊涂地问，你给我说清楚，你的耳朵怎么回事？

那个人说，我他妈的说不清楚，我是冒充的，我的耳朵它……

易水寒说，啊，你是冒充的，你想干什么……

这两个人讲话死活不在一个层面上，就像鸡对鸭讲，越讲岔得越远。就在这时候，肖南带人冲了过来。肖南说，老凌，凌云峰同志，怎么样，你没事吧？

易水寒稳稳神，说了一声，我没事。又向那家伙一努嘴，还不快滚？

八

当天晚上，在悬壶药行后院的密室里，单耳人——马可禄向陈达和蔺紫雨汇报同易水寒接头的情况，讲得很细。原来，马可禄不是“黄雀”，他是第二行动小组唯一活下来的特务，被陈达调来充实第三行动小组。他的耳朵是好的，易水寒潜入红军之前，陈达告诉他“黄雀”的外部特征是没有左耳，为了引起易水寒的注意，陈达才出了个主意，让马可禄用黑布把左耳捆起来。

马可禄说，按照陈达长官的指示，他这几天一直在灵峰镇侦察，有好几个红军干部要买他的马，都被他故意抬高价格拒绝了。他以卖马的名义在灵峰镇各个地方转悠，并且还同红军合作社的一名经理交上了朋友，今天上午终于打探到“西路军归队人员学习班”要到灵峰镇红军合作社参观，他一路跟踪观察，隐约听到些队伍里的谈笑，估计“蜻蜓”就在其中。因为学习班的人始终都是集体行动，苦于没法接近，就设计了一个“惊马事件”。本来只想在混乱中接近“蜻蜓”，没想到这个人马术非常高超，制造了一个两人单独相处的机会，足足有一分钟的时间，如果正常的话，就可以接上头，并且把新的接头方式传达过去，可是，关键时刻，这个人把接头暗号忘记了，没能对接上……

陈达阴沉着脸，问马可禄，你确认他是“蜻蜓”？

马可禄说，我确认，他把马制服之后，我追上去跟他对暗号，他亲口对我讲他是“蜻蜓”。

陈达盯着马可禄痛心疾首地说，功亏一篑，这么好的机会，让你给搞砸了。

马可禄说，不是我啊，关键时候是他忘记了接头暗号，我还给他提示了，他就是想不起来，我不敢再往下提示了。

陈达说，胡说，为什么他忘记了接头暗号，因为你的耳朵失去了他的信任，我让你把耳朵露出来，你为什么不提前露出来？

马可禄说，长官，我这只耳朵，它是用黑布捆着的，我要是提前把它露出来，别人就会觉得奇怪，就会怀疑我，所以我要等见到“蜻蜓”之后才露出来。奇怪的是，他竟然把接头暗号忘记了……这个人，他不适合做秘密工作啊。

陈达更不高兴了，你怎么知道他不适合做秘密工作？我告诉你，他没有跟你接头，表明他最适合做秘密工作。这件事情，是坏事，更是好事。首先，它让我们知道，“蜻蜓”已经成功地打入红军内部，并且受到了他们的信任，这就为下一步执行任务奠定了基础。第二，“蜻蜓”没有轻易同你接头，表明他的警惕性非常高，更加证明，执行特殊任务，选择这个人选择对了。

马可禄眨着眼睛，不说话了。

陈达对蔺紫雨和马可禄说，现在“借尸还魂”计划，只剩下第三行动小组了，老板命令，“青干班”的“战术研究”，重心放在西北，无论如何，要干一件大事，一件石破天惊的大事，把红军同东北军、西北军建立三位一体的计划打乱打破。

这个石破天惊的事情到底是什么事情，陈达没有说，只是宣布，从即日起，成立“西北特别行动站”，由他担任少将站长，蔺紫雨等人为成员。当然，他在幕后指挥，具体行动，由蔺紫雨负责，对于“蜻蜓”和蓝旗，尽量封锁他在灵峰镇的消息。

蔺紫雨回到牛二客栈，蓝旗正在啃一只烧饼，蔺紫雨问，哪里来的烧饼？

蓝旗说，权苏正送的，这个人，看来真的对我有意思了。

蔺紫雨惊恐地说，权苏正来了，没有问我到哪里去了吗？没有问我们两个为什么没有在一起吗？

蓝旗大大咧咧地说，当然问了，我说你去看医生去了，妇科，可能怀孕了。

蔺紫雨失口叫道，你怎么能这么说，我一个黄花闺女，再说，我和你的红军哥哥几年没有见面了，我从哪里怀孕的？

蓝旗嘿嘿一笑说，我不这样说，他不更怀疑吗？你一个外地人，偷偷摸摸地看医生，才是正常的。至于怀孕，咱们住在牛二客栈，天南海北的人都有，什么时候怀孕，怀谁的，咱们也不知道。你说是不是？再说，我只说可能怀孕了。你确实怀孕了吗？

蔺紫雨说，别胡说了，权苏正真的来了吗？

蓝旗这才放下烧饼说，真的来了，我听见他在旁边屋子里盘问新来的人，我担心他一会儿到咱们房间，就主动找过去，跟他说话，我说你患了妇科病，在屋里洗澡。

蔺紫雨说，小戏子你撒什么谎不好，总是咒我生病，还妇科病。

蓝旗说，怎么样，跟“蜻蜓”接上头了吗？

蔺紫雨说，不该你知道的，不要问。

蓝旗说，我听说红军的学习班今天到灵峰镇了，“蜻蜓”是不是露面了？

蔺紫雨说，你听谁说的？

蓝旗说，权苏正啊。权苏正说，学习班里有个名叫凌云峰的人，功夫非常了得。学习班快要离开的时候，汽车发动惊了两匹马，这个凌云峰一个跟头翻过去，几分钟就把两匹马制服了，不然，可能会伤到人。

蔺紫雨说，哦，看来这件事情是真的。权苏正还说了什么？

蓝旗说，还说，最近两天，还会有失散人员归队，他已经给他们上级请示了，把我们安排在红军合作社里卖布匹。如果再有失散人员过来参观，我们就有可能认出我们的男人。

蔺紫雨沉吟一会儿说，哦，这倒是个机会……他有没有说，我们什么时候去上班？

蓝旗说，明天，先去布匹组搬货，管吃管喝。

躺在铺上，蔺紫雨心情很不平静。尽管蓝旗已经把陈达的底交给她了，仍然没有动摇她对陈达教官的信赖，反而让她觉得陈达教官是一个恪尽职守的男人，这让她格外敬佩。她第一次走近“西训团”大门口的时候，那副对联让她热血沸腾，“升官发财请往他处，贪生畏死勿入斯门，革命者来”，听说这是当年孙中山先生亲手书写的，也是中山先生亲自贴在广州黄埔军校大门口的，以后国军在各地建立分校，都把这副对联复制在大门口。那时候她不懂革命是什么，她投考军校的最初动因是报仇，家仇。然后，她读了三民主义，知道这个国家要建立新的秩序，要让老百姓过上好日子。可是很快她就发现，中山先生去世之后，国民党并没有遵循中山先生的遗训。在她供职的国军里面，表面上都在喊革命和三民主义，无非是沽名钓誉谋求升官发财，她接触的男性军官，不少人表面道貌岸然，背后男盗女娼。恰好在这个时候，陈达教官的出现让她耳目一新。这个人不好色不贪财，做事锲而不舍，生活作风严谨，她觉得这就是革命，这就是革命的希望。

躺下之后，照例睡不着。蓝旗说，最近全国各地都在喊联合抗日，灵峰镇红军合作社里外贴了不少标语，停止内战，一致对外，组长你说说，联合抗战，这是什么意思？

蔺紫雨说，目前国内形势发生很大的变化，日本鬼子占领东三省，又在上海制造了“一・二八事变”，抗日成了民心所向。

蓝旗说，我听说红军同东北军和西北军联络，也是为了抗战。我们为什么要搞破坏？

蔺紫雨警觉起来，严厉地说，攘外必先安内，内部一团糟，怎么抗日啊？你要注意，不要被赤化了，做了党国的叛徒。

蓝旗说，可是，我们要是做了破坏抗日的事，岂不是做了国家的叛徒？

蔺紫雨吓了一跳，想了一会儿，坐起来，点着油灯，盯着蓝旗的脸，郑重其事地说，蓝旗，你知道你在说什么吗？你已经中毒了，那个权苏正可能正在把你引向歧途。我跟你讲，国家大事，不是你我想的那么简单，不能只被口号迷惑。我们是军人，而且是执行特殊任务的军人，忠于党国是我们唯一的选择。如果我再发现你有赤化言行，不要怪我不讲姐妹情谊。

蓝旗一脸懵懂，坐起来说，我只是说说个人的看法，你干什么这么急赤白脸的？

蔺紫雨说，作为党国军人，我们只有服从命令，没有个人看法。

蓝旗说，那我就不讲个人看法了。我睡觉。国家大事，天下大事，关我屁事。

蔺紫雨说，你说一遍，行动誓词。

蓝旗说，一，我信仰三民主义，但是我不懂。二，军人以服从命令为天职，我懂，但是我不能服从错误的命令。三，攘外必先安内，我还是不懂，有人跟我讲，这句话还有一个解释，叫作“让外必先按内”。四，不成功，便成仁，长官带头我跟着，长官做不到，我也做不到。我……我……蓝旗的呼噜声骤然响起。

吹灭了灯，重新躺下，蔺紫雨再也睡不着了。扪心自问，蓝旗的话并没有错，而且很有分量，她不知道这个貌似混混儿的女贼如何会有这样的见识，显然是来到灵峰之后发生的变化。她不得不承认，红军的赤化宣传太厉害了，简直无处不在无时不在。她进一步想到，像蓝旗这样没心没肺的人都能被赤化，易水寒会不会被赤化呢？这个人一旦被赤化，那就太可怕了。还有，她能保证自己不被赤化吗？她已经接触到真正的红军了，过去埋在心里的魔鬼形象已经从她的心里隐去了，她觉得他们比国军里的长官们更像正人君子。他们受了那么多的苦，他们那么贫穷，可是他们从来没有丧失信仰和信心，如果真的实现联合抗战，把他们的牺牲精神和战斗意志用在抗日的战场上，那是怎样的景况啊？远的不说，单凭她研究过的那几个"尸体"，特别是那个穿山甲凌云峰，就连谎话连篇的国军报纸，也不得不承认那个人是个战神，是个奇迹。她认识的国军军官里没有一个人比他更会打仗、更能打仗、更敢打仗，这是为什么？她说不清楚，但是她能感觉到，这这些人的身上，有一种她所不知的力量，如果跟他们近距离相处，处久了……她不敢想下去了，最后只能一遍一遍地默念，敌人，不共戴天的敌人，他们是敌人，对敌人只能以牙还牙，攘外必先安内……这样默念下去，她终于进入梦乡。

第二天是个好天，权苏正果然来了，说帮助姑嫂二人搬家，其实没有什么值得搬的，就几件旧衣裳。

路上权苏正告诉她们，上级首长对她们姑嫂二人很同情，既然是红军眷属，理应照顾，希望她们努力工作。

蔺紫雨还没有表态，蓝旗就说，为红军服务，就是为自家男人服务，一定会尽心尽力。

蔺紫雨觉得蓝旗这话哪里不对劲，可是又说不清楚哪里不对劲，她嘴上没有多说，心里在打鼓，到红军合作社工作，是好事还是坏事？以后再同陈达教官接头，是更方便了，还是更不方便了？

九

易水寒没有想到，到灵峰镇参观一下，给他带来一场重大危机。

第三天的下午，肖南主任兴冲冲地告诉他，总部一位首长已经得到凌云峰还活着的消息，亲自为他做了证明，证明他所有的“汇报”都是真实的，都是准确无误的，因为那位首长就是凌云峰的老上级赵禹主任。赵主任打来电话，要凌云峰尽快去总部见他。肖南主任说，正好明天有一辆卡车到总部送物资，他可以乘坐这辆卡车。

易水寒本来还为身份被“证明”而高兴，结果脸上的惊喜还没有消失，恐惧就涌上心头。凌云峰的老上级？赵禹？不就是当年“西训团”一分团的副主任吗，那个人不仅认识凌云峰，也认识他易水寒，一旦见面，他立马就现形了。

这天下午，易水寒的内心像一锅开水，不停地翻花冒泡。怎么办？装病？这是老办法，可是，即便是装病，躲得过初一，也躲不过十五。

到了吃晚饭的时候，他再次涌上了那个念头，去见赵禹主任，向他坦白一切，他不是天生的国民党特务，他同样是冲着“西训团”门口的那副对联来的，他还没有做过任何有损红军的事情，把这一切都坦白了，要杀要剐，那就只能听天由命了。

吃罢晚饭，乔东山约易水寒到学习班后面的涂山散步。自从灵峰镇参观回来，学习班的首长对学员宽松多了，已经陆续有人领到甄别证明，到部队任职了。乔东山说，如今红军干部奇缺，部队也缩编得厉害，我们这些团级干部，大部分只能担任营连级指挥员。

易水寒笑笑说，只要发枪打仗，干什么都行。

相处数日，易水寒发现这些红军干部有一个共同的特点，好像不怎么怕死，闲聊当中，讲了很多战斗故事，讲爬雪山过草地，讲祁连山同马家军血战。有个副团长讲，掉头南下的时候，几天几夜没有饭吃，遇到一个水洼子，从里面找虫子吃，想把自己毒死，哪知道不仅没被毒死，从此竟不生病了。后来在千尺关打仗，把肠子都打出来了，自己又长好了，全身伤了六处，不用止血药，在医院里躺了几天，全都好了，医生惊呼这个人吃了长生不老药。

新归队的一个团长讲倪家营子战斗，他们那个军的政委姓陈，才二十多岁，最后一场战斗，陈政委身中数弹，胸膛被打成了筛子，仍然站着不倒。马家军上前想看个究竟，结果他突然从背后拔出大刀，平着扔了出去，就像割韭菜一样，砍掉了三颗马家军的脑袋。

大家讲这些故事的时候，易水寒只是微笑，不接茬。

有人说，我们这些故事都算不了什么，凌团长打仗最多，故事最多。

他搓着手指说，都汇报过了，没啥可说的。

乔东山说，老凌，你脸上这个伤神奇啊，往下一点就是喉管，往上一点就是脑袋，不偏不倚地，给你打出了一个酒窝。

他一惊，他想起了那次负伤的时候，他还是国军“青干班”的上尉，那一枪是从哪个方向来的，连他自己都没有搞清楚。

尽管乔东山对他十分友善，他还是觉得哪里不对劲。乔东山常常跟他探讨三条山战斗，一次又一次，表面上看，对他的三次穿插特别感兴趣，可是，乔东山会在不经意间问起当时团里其他干部的战斗位置。尽管他把三条山战斗的战例背得滚瓜烂熟，每一次讲述都不会自相矛盾，可是讲多了，就难免出问题。他一再提醒自己，跟乔东山在一起，要特别小心。

那晚散步，讲的是另外的话题。乔东山说，老凌，你听说没有，我党和民主人士正在积极奔走，呼吁一致对外，联合抗战，你知道这是什么意思吗？

易水寒说，我是个军人，不懂政治，只知道服从命令。

乔东山意外地看了他一眼，不会吧，你是特务团的团长兼政治委员，我们都知道，你这个人文武兼备，形势发生这么大的变化，你没有自己的看法？

易水寒怔住了，乔东山的话让他后背一阵发凉，他不知道他的话哪里出了问题。在学习班生活了这么多天，跟别人说话都很自如，但是自从跟乔东山住在一起，他感觉越来越危险。灵机一动，他给自己找了一个台阶，调动了自己歪嘴的功能，含含糊糊地说，自从古莲战役之后，一直脱离队伍，外面的情况关注不多，我想，我是很落后了。

乔东山还是盯着他的眼睛，好在没有就这个问题深入下去。乔东山说，也是，我们这些人啊，三天不学习，脑子就生锈。不过，很快就要到部队去了，我相信，你很快就能找回感觉，不久的将来，到了抗日战场，你还是那个智勇双全的凌云峰。

这天晚上，易水寒再次陷入恐慌之中，他一遍一遍地回味他和乔东山的对话，哪句说错了呢？就是那句“我是个军人，不懂政治，只知道服从命令”，问题可能就出在这里，红军不这么说话，一个红军的团长兼政委，怎么能说不懂政治呢，红军的干部，言必谈国家人民，言必谈理想信念。军人以服从命令为天职，这是国军军官的口头禅和挡箭牌。

想到这里，易水寒不禁一身冷汗。他越发意识到，这里到处都是危机，到处都是陷阱。最要命的是，肖南主任已经安排他明天去见赵禹主任，那将是什么结局？不用想他也清楚，鸡飞蛋打，前功尽弃，身败名裂，人头不保。

这时候，他还不怎么在乎自己的性命和名誉，他想得更多的是他的“特殊任务”。

他给自己设计了两条路，一条是铤而走险，继续编造谎言。过去虽然在训导处当过勤务兵，赵禹未必对他有太深的印象，几年过去，物是人非，赵禹未必就能马上认出他。至于凌云峰，虽然在赵禹手下，但是隔着几层，万一赵禹也不是很熟，蒙混过关还是有可能的。但是他很快就否定了这种可能性，以他对红军的了解，赵禹这么大的长官，一定是心细如发明察秋毫，这条路断然走不通。那就剩下第二条路了，既然他身负党国重任，那么，刺探情报是为党国尽忠，如果能够刺杀赵禹这样的红军要人，同样是为党国尽忠。

这么一想，他的血又沸腾起来了，与其坐以待毙，不如拼死一搏，干掉一个红军首长，也不枉党国给了他一身上尉的军装。

好了，可以睡觉了，明天的事明天再说，谋事在人，成事在天。在乔东山的呼噜还没有进入高潮之前，易水寒已经睡着了。

翌日清晨，一辆运送物资的卡车向东进发，易水寒和陪同的红军干部一起坐进了驾驶室。红军干部名叫张秋生，基本上不说话，只是微笑，这表情让易水寒很不舒服。司机倒是个饶舌的人，路上聊了几句，很快就知道，司机原本也是被俘的国民党兵。易水寒问司机，当红军比当国民党军舒服吗？

司机说，舒服，当国军日子过得好一点，只要打仗，就能吃到好的。可是当国军最大的坏处，就是把人不当人，大鱼吃小鱼，小鱼吃小虾。当兵的动不动就挨打。当红军就不一样了，上下平等，官兵一致，把人当人，虽然苦一点，心情舒畅。再说，红军是穷人的队伍，守规矩，这样的队伍打了天下坐了江山，老百姓有好日子过。

易水寒说，哦，你很有见识。

这一路，望着窗外光秃秃的山岭，易水寒想起了自己的家乡，那也是山区，但是那里风景同这里很不一样，那里不仅有山，还有水。现在是初春季节了，如果在家乡，很快就能看见大片大片的映山红，人一走进山里，就像针掉进大海，他不出来你就找不到。这里有什么呢？只能钻进土里，住窑洞也是在土里钻着。他突然想起了他的另一个身份，穿山甲，是的，穿山甲，凌云峰就是个穿山甲，万一见到赵禹主任露馅了，他能不能一头钻进窑洞后面的山壁里，遁土一般逃脱？

很快就到了，下车之后，张秋生领着他，走向山坡的一排窑洞。他迈着铁一样沉重的步伐，麻木地跟着张秋生走。一百多米的距离，他很快就把地形熟悉了。窑洞前面一排土垒的小平房，他估计那是警卫室，小平房的左边有一条不宽的河汊，基本上没有水。如果他下手后能够从窑洞里冲出来，从左边冲到土岗上，再从那里进入山梁，有一半的把握可以逃脱。

在小平房的前面，张秋生让他稍等。他走近土垒的小平房，果然发现这里是警卫室。按要求，他填写了身份，等待首长接见，同时他也观察了，警卫室只有两个士兵，身上背的是马枪。他知道，这种枪射程不远。

没过多久，张秋生出来，把他领进去。从警卫室到窑洞，只有十几步，他走起来，却像越过千山万水。这一去，是个什么光景，他不知道。

后来走进一孔窑洞，张秋生示意他可以进去了，他在门外检查了军容风纪，学习班发给他的红军服装很合体，草鞋是他自己打的，并且加了一点羊毛——他从照片上研究凌云峰的草鞋，发现编织草鞋的并不全是稻草，还有其他材料，但是他不知道那是柞蚕丝，加一点羊毛的草鞋也算是独一无二了。

检查了军容风纪，他又下意识地捏了捏袖口，袖口硬邦邦的，里面的刀片还在，那是昨天夜里他在肚皮上垫了一块石头，用一块炮弹皮磨的，一旦情况不妙，这个小小的刀片就能帮助他完成效忠党国的壮举。

一切准备就绪，他运了一口气，挺直脊梁，喊了一声，报告！

里面传来一个声音，请进。

他迟疑了一下，心里默默念起一二三四……也许，这是最后一次用这个法宝了，管不管用，他管不着了。

他伸手摸了一把脸，把脸上的晦气一把抹去，换上一副从容的表情，健步走进窑洞。一个大约三十多岁的红军首长站起来，笑呵呵地迎着他伸出双手，凌云峰同志，欢迎你啊。学习班的同志向我汇报了，你归队之后，学习勤奋，适应新的形势很快。

他愣住了，赵禹主任没有认出他是易水寒，没有认出他不是凌云峰。这一瞬间，他反而不知所措了，局促不安，结结巴巴地说，赵……主任，我不是在梦里吧？

红军首长一愣，明白了，挥挥手说，哦，他们没有跟你说清楚，赵禹同志接到通知，今天一早到延安去了，委托我和你谈话。我是总部三局的局长，文中戈。

哗的一下，易水寒觉得眼前一黑，差点儿晕了过去。文中戈说，凌云峰同志，你怎么啦？

易水寒回过神来，激动地说，文……局长，见到您，我太高兴了，我激动啊。

文中戈有点诧异，啊，这么激动？哦，我明白了，你们这些归队的失散人员，回到了红军的队伍，就像丢失的孩子见到了娘，难免激动。你要是见到你的老首长赵副局长，可能会更激动。

易水寒说，是的，我希望早日见到赵副局长，我的赵禹主任。

文中戈说，暂时还不行，我们三局是做统战工作的，赵副局长分管兵运，这几天有点忙，说好了见你，这不，临时又出去了……我们长话短说，叫你来，不仅是为了见面。我们有一项重要活动，正在选调经验丰富的干部。你在学习班的种种表现，我们都已了解，所以我和赵副局长决定把你调到三局工作。

易水寒本来已经放回肚子里的心，呼哧一下又提了上来——这么说，他同赵禹主任打照面还是迟早的事。他十指交叉，在胸前微微颤抖，稳住阵脚，表情僵硬地说，谢谢首长信任，我还是希望到战斗部队去。

文中戈说，也好，好钢用在刀刃上，我们当然会让你发挥更大的作用。我代表组织正式通知你，你已经从学习班毕业了，随时准备迎接新的战斗。

离开文中戈的窑洞，在返回学习班的路上，易水寒才发觉他衬衣的背部已经被汗湿透了。坐在驾驶室里，心情好多了，看着飞速后退的荒山野岭，觉得别有洞天。

黄土高原经常起风，起风的日子漫天风沙。这天却是一个晴朗的日子，蓝蓝的天上白云飘，远远地，能够看见山坡上放羊的老汉。他的耳边忽然响起歌声，断断续续地，悠扬绵长，有点苦腔，却又有滋有味——放羊放到山那边，山那边有片蓝蓝的天，蓝天下站着俏妹子，妹子招手我下山，下了这山上那山，妹子俏得俄不敢看……

这歌易水寒只听过一遍就记住了，记住了就忘不掉，不知不觉就唱出来了，把张秋生吓了一跳。张秋生说，原来凌团长还会唱歌，唱得这么好。

易水寒一愣神，问张秋生，我唱歌了吗？

张秋生笑笑说，你唱歌自己还不知道？你们这些归队人员，有好几个忘性大，前面讲的话后头忘。

易水寒笑笑说，哦，是的，枪炮炸的，把脑子炸坏了。

回到学习班，易水寒做的第一件事，就是找个稳妥的地方把那枚刀片扔了。随便扔不行，在这样一个高度警觉的地方，一枚小小的刀片，万一被发现，就能引起轩然大波。他琢磨一番，想到了伙房，那里有斧头，可以把刀片砸成碎片。

到了伙房，他假装帮厨，找到一把斧头，刚要动手取出刀片，身边冷不丁出现了一个人，抬头一看，是乔东山。

易水寒的脸色顿时变了，好在刀片还没有取出来。

乔东山奇怪地看着他说，老凌你干什么？他支吾着说，试试斧头，刃口有点钝了。

乔东山还是奇怪，盯着他问，好好的怎么想起磨斧头了，莫非以后打仗不背大刀了，背斧头了？

他干笑一声说，哪里，很快就要发枪了，我高兴，我手痒，我帮伙房磨磨斧头也算是革命吧。

乔东山突然一笑说，知道了，这叫打仗病，有一阵子没打仗了，憋的。怎么样，见到老首长了吗？

易水寒老老实实地说，别提了，老首长临时到延安去了，不过，另一个首长接见我了，要我随时准备迎接新的战斗。

乔东山说，祝贺你啊，你彻底从学习班毕业了，我们……我们都快了，重返战场，大干一场。

这话是中午说的，到了下午，肖南主任把易水寒和乔东山一起叫到学习班的办公室，郑重宣布，凌云峰和乔东山同志收拾背包，立即到曲岗村红军宣传队报到。

易水寒感到很奇怪，红军的宣传队是干什么的，他知道，吹拉弹唱，搞宣传鼓动的，可是他一不会唱戏，二不会跳舞，让他到宣传队呢干什么？路上问乔东山，乔东山说，我也纳闷，可能是临时的吧。

宣传队的队长是个女的，叫韦芷秋，笑眯眯的，见到乔东山和易水寒，很高兴的样子，给他们安顿好了住处，又带他们去看话剧《松花江上》的排练。韦芷秋说，准备到东北军的部队演出，激发他们收复家园、打回东北的抗战热情。

坐在院子里的柴草堆上，易水寒渐渐地看明白了，第一幕是妹妹出嫁，送亲的队伍在江边的大堤上敲锣打鼓行进，突然一队日本鬼子从堤下的高粱地里冲出来，抢走了新娘，送亲的队伍同鬼子兵搏斗，纷纷倒地。东北抗日联军赶来，将鬼子消灭……哥哥追寻被抢走的妹妹，在高粱地挥舞一双铜镲，偷袭欲行强奸的鬼子，救出妹妹。第二幕是兄妹披麻戴孝，在父母的坟前问天问地，是谁把人变成了禽兽？为什么人间如此多灾多难？苦难的日子何时是个尽头？旁边的东北抗日联军军官说，没有国就没有家，只有打走了日本鬼子，日子才有盼头……

易水寒此前并没有见过日本人，只是道听途说，日本兵在东北烧杀抢掠，无恶不作。如今看到台上演戏，很容易就入情入境了，坐在下面直喘粗气，几个手指头不停地搓来搓去，眼睛老是往后台上睃巡，看看那几个日本鬼子在哪里。

乔东山隐约感觉到有些不对，转脸看看，易水寒的脸色都变了，黑里透紫，呼哧呼哧地直喘粗气，脚下的柴草已经被他的脚底板搓成了碎末。乔东山刚要讲话，就见易水寒腾的一下站了起来，从柴草堆里找出一个木棒，大步流星地往后台走。

乔东山反应过来，冲上去一把抱住他的腰说，老凌，老凌，你冷静一点，这是演戏，不是真的，那几个鬼子，他们是演员啊。

易水寒站住了，愣了一会儿，把棒子扔了，转身说，这戏我不看了。

乔东山问，怎么啦？

易水寒说，我受不了。

乔东山说，看戏抹眼泪，替古人担忧，这个道理你不懂啊。坐下来，好好看戏，攒足劲咱们跟日本鬼子干。

他懵懵懂懂地四下看看，低下头，看看脚下的草末，又坐下了，一直到把戏看完，一句话再也没说，也不动，像个石头。某个时刻，那个挥舞铜镲左冲右突的哥哥不是别人，而是他易水寒，他手里挥舞的不是铜镲，而是大刀，大刀在太阳底下银光闪烁，就像旋转的闪电，鬼子的脑袋像西瓜一样在高粱地里翻滚，有的还瞪着眼睛……

排练结束后，队长让大家收拾家伙，回驻地吃饭。易水寒跟在乔东山的后面，却不时回头张望。韦芷秋从后面追上来说，你们二位等等，我给你们介绍一下。

韦芷秋叫过来几个演员，介绍说，这二位是西路军回来的，凌团长和乔科长，临时加强咱们宣传队。

演哥哥的演员郭河上前握住易水寒的手说，早就听说了，凌团长是大英雄，百战不死穿山甲。

他的心里一动，支支吾吾地说，夸大了，夸大了。没有百战，最多就……打了九十九仗。

说完这话，连他自己都惊讶，什么时候学会吹牛了？

第　四　章

一

在红军合作社上了一天班，蔺紫雨就发现，在这里并不比牛二客栈安逸。

首先是活重，她们被分配在弹花组，学弹棉花。这活谁也没有干过，背上一张大弓，举着一只木槌在牛皮筋上弹来弹去，牛皮筋在生花堆里蹦来蹦去，将棉絮挂出来，把棉籽剔出去。刚开始，蓝旗还觉得挺好玩，看别人熟练地弹，就像弹琴。可是轮到自己操作，怎么都不像，还差点儿把手砸肿了。

弹花组的组长名字叫胡琴，原先是红军被服厂的工人，人倒是很和气，一遍一遍地教。教了几遍，还是不会，胡琴就有点生气，怀疑地看着她们说，你们是庄户人家出身吗，不像啊。

蔺紫雨赶紧说，我们是庄户人家出身，可是没有弹过棉花啊，我们那里，都是男人弹棉花。

胡琴说，我们红军的合作社，女人当男人用，男人不当人用。学不了弹棉花，那就只能扛麻包了。胡琴向弹花房外面一指，蓝旗差点儿叫了起来，那里堆放着山一样的麻包。胡琴说，咱们组十个女人，每天要处理一千斤生花，做二百床军被，剔出来的棉籽还要榨油，任务很重，大家都得吃苦耐劳。

蓝旗不说话，只好继续背起大弓，老老实实跟胡琴学，渐渐摸到门路，到了下午，终于像点样子了。

忙里偷闲，蓝旗跟蔺紫雨嘀咕，他妈的咱们成了棉花匠，这一天下来，鼻子里面都是棉絮，要多吃多少东西才不饿啊。

蔺紫雨说，坚持，这里有个好处，戴着口罩，埋在棉花堆里，不容易引人注意。

蓝旗说，可是，怎么跟陈达教官接头呢，连尿尿都要报告，我感觉像被监视起来了。

蔺紫雨说，别胡说，先干两天再说。

蓝旗说，我一天都坚持不下来，我想找组长换个工作。

蔺紫雨说，你想干什么，你偷偷摸摸的贼名已经出去了，但凡能吃到嘴的工作都不会让你干。

蓝旗说，我上茅房的时候偷看左边那间房子，一溜十几台机器，你知道那是什么吗？缝纫机，我要是能学缝纫机就好了，学会裁缝，我就不当特务了。

蔺紫雨吃了一惊，瞪眼道，你再胡说，我就要对你进行纪律制裁了。

蓝旗说，狗屁，你自己都两腿发软，你还制裁我？

晚上吃饭，红军合作社一百多人吃大锅饭，院子里放着几口大锅，里面装着能照见人影的稀饭，还有几盆汤汤水水的豆腐白菜，每个人发一个三两重的杂面饼子。

蓝旗拿起饼子啃了一口，嘴巴嚅动几下不动了。

蔺紫雨说，赶紧吃啊，免得夜里挨饿。

蓝旗说，吃不下去，中午吃这个，晚上还吃这个。

没想到还有更窝心的事情，吃了饭，胡琴让蓝旗把铺盖卷搬到副组长的住处，从此就和蔺紫雨分开住了。

蓝旗说，为什么，为什么要把我们分开？

胡琴说，给你们各自找了师傅，白天教动作，夜里教思想。

蔺紫雨没有说话，感觉这件事情不是小事，让她们单独同合作社的人住在一起，会不会带来危险？正忐忑着，蓝旗哼了一声，两只手一上一下做弹棉花状，嘴里还嘟嘟囔囔。

胡琴盯着她问，你干什么？

蓝旗说，我学弹棉花啊。然后朝蔺紫雨神秘一笑，趁胡琴不注意，伸出两个指头。蔺紫雨明白了，蓝旗用的是二二密码，跟她讲，被怀疑了。

蔺紫雨心里一喜，蓝旗能够发出这个密码，说明蓝旗并不是二百五，蓝旗其实是个很有心计的人，要不陈达教官也不会把她派过来。这样一想，蔺紫雨就安心多了。

晚上回到合作社的集体宿舍，蔺紫雨正琢磨怎么把行踪报告给陈达教官，胡琴陪着权苏正来了。权苏正告诉蔺紫雨，西路军又回来了几个人，这可能是最后一批了，接待这几个人之后，“西路军归队人员学习班”就解散了，以后再有归队人员，只能直接找部队了，她们姑嫂二人能不能找到自己的丈夫，确实没有把握。

权苏正问蔺紫雨，是继续留在红军合作社等自己的丈夫，还是回老家，请她们自己拿主意。

蔺紫雨想了想说，这得明天跟小姑子商量。

蔺紫雨注意观察了一下，权苏正同胡琴虽然没有多说话，但是好像两个人并不陌生，一个眼神，一个动作，都能显示出他们之间的默契。临走的时候，权苏正对胡琴说，明天我还来，带她们两个去见那几个归队的同志，看看有没有她们的丈夫。如果没有，她们还想留在红军合作社的话，以后就归你照顾了。

胡琴说，好，只要她们愿意留下来，我就像姐妹一样待她们。

半夜，蔺紫雨上茅房，故意把动作搞得很大，然后听听胡琴的呼噜声，回来之后，胡琴仍旧打着呼噜。蔺紫雨索性把棉裤也穿上了，坐在铺上等了几分钟，果然胡琴的呼噜声停止了，胡琴一骨碌翻起来，黑暗里问了一声，你要干什么？

蔺紫雨说，我没干什么。

胡琴说，你上茅房不穿棉裤，回来倒把棉裤穿上了，奇怪。

蔺紫雨说，太冷了，我穿上棉裤睡。

胡琴说，那就赶紧睡吧，明天还要弹棉花。

再睡，就睡不着了。蔺紫雨基本上确定了，从她和蓝旗到了灵峰镇，就一直在受怀疑。权苏正故意装着相信她们的样子，故意给她们很多方便，放她们去悬壶药行，应该是红军特别公安局在放长线钓大鱼。好在，到目前为止，连她们自己也不明确任务是什么，红军特别公安局肯定也不知道，所以才没有打草惊蛇。那么，说明天去见归队人员，是不是引蛇出洞呢？这太可怕了。她想把这些情况尽快通知陈达教官，可是怎么才能脱身呢？

第二天上午，蔺紫雨和蓝旗没有弹棉花，胡琴让她们各自在宿舍里等。不多一会儿，权苏正来了，带来一辆马车。

路上权苏正对她们说，组织上考虑她们是红军家属，给予特别的照顾，能帮助的都会帮助，这次如果再找不到她们的丈夫，是走是留，组织上尊重她们个人的意见。

权苏正讲话的时候，蔺紫雨观察他的表情，感觉和第一次见面没有什么两样。蔺紫雨心里冷笑，估计权苏正也是“特殊人才”，戏演得滴水不漏。

蔺紫雨说，我们姑嫂二人商量了，没有见到亲人，不到黄河心不死，估计家里的老人也等不及了。我们既然来了，干脆再等些日子，如果能够参加红军，那就更好了。

权苏正说，你们想参加红军？那太好了，可是，你们会打仗吗？

蔺紫雨心里一惊，他知道权苏正这是突然袭击，还没有想好怎么说，蓝旗就接上说，我们当然会打仗，我还是神枪手，我嫂子更是百发百中。

蔺紫雨吓得脸都白了，连连摆手说，权同志你别听她瞎说，她那是偷东西吓唬失主的，什么百发百中，我连鸡都不敢杀。

权苏正笑笑，笑得意味深长，这么说来，二位真的不会打仗了？

蔺紫雨心乱如麻，她摸不准权苏正的意图，总觉得权苏正话里有话，半明半暗地敲打她，但是她不能退却，不能回避，她必须正面回答。她镇定下来说，是的，我们妇道人家，哪里懂枪啊炮的。不过，如果让我们参加红军，真的跟日本鬼子干，我们也不会当缩头乌龟，国难当头，匹夫有责，古有花木兰，今有女红军啊。

权苏正说，哦，你这样说很对，看来你们二位都是读过书的，有见识。

蔺紫雨说，哪里哪里，自幼读过几天私塾，粗通文墨而已，而已。

这一路上，蔺紫雨的心里七上八下，回忆自从认识权苏正之后的每一次交道，感觉这个人的每一句话、做的每一件事情都是陷阱。红军特别公安局已经布下了天罗地网，只是没有收网而已。什么时候收网？也许，他们在等最后那条鱼浮出水面，钻进网里。那条鱼是谁，是陈达教官吗？不是，那条最后的鱼应该是“蜻蜓”。

马车紧走慢走，走了一个多小时，到了“西路军归队人员学习班”，有个红军干部出面接待他们，权苏正介绍这个人是学习班的主任肖南同志。肖主任跟她们讲，学习班的人都在这里上课，她们可以挨个看自己的丈夫在不在这里。

蔺紫雨心怀鬼胎地看了一遍，当然没有什么所谓的丈夫，让她震惊的是，她也没有看见“蜻蜓”。她想问问，是不是所有的归队人员都在这里，话到嘴边又咽下去了，她知道，她的每一句话都可能暴露马脚。

尽管她没有问，肖主任却像看出了她的疑问，主动说，有两位同志，凌云峰和乔东山，已经提前通过考核，分配到部队了。这两位同志明确表示，他们都还没有成家，不可能有妻子找来。

她不动声色地点点头说，谢谢肖主任。

接下来是到新来的失散人员住处，在第一间屋子里，她们见到了一个瘦弱的男人，肖南主任说，这位同志叫何子非，曾经在红某军特务团当副团长，是在祁连山战役中失散的。

何子非？蔺紫雨的心陡然悬了起来，她最担心的就是这个人。此前在苑安“研究战术”的时候，她就怀疑凌云峰特务团的人没有全部死掉。她还向陈达教官指出来，在三条山战斗中，凌云峰的特务团并没有全部投入穿插战斗，可能有一百多人提前转移了，这些人只要有一个活着，就会给“蜻蜓”带来极大的危险，特务团的人谁不认识他们的团长呢？可是陈达教官对此不以为然，仍然坚持让易水寒冒充凌云峰，他的理由是，首先，即便特务团有一部分人没有参加三条山战斗，他们所属的红军也已全部过了黄河，全部在西路军编制内，后来在祁连山遭受灭顶之灾，几乎全军覆灭。其次，就算这些人中有一两个活着，他们也很难到陕北。再次，就算有一两个人能够活着到陕北，也不见得能够马上见到易水寒。再说，那时候易水寒早已完成党国赋予的使命，回到国军主力部队，没准正在接受老板颁发的嘉勉勋章呢。一句话说到底，有人认出易水寒的概率接近于零，充其量只有万分之一。

可是，就是这个万分之一，成了一分之万。

蔺紫雨无法形容自己此刻的心情，她麻木地向何子非点点头说，何同志辛苦了，九死一生啊。

何子非疑惑地看着她说，你是谁？

蔺紫雨说，我们是红军家属，男人也是你们部队的，听说在甘肃打了恶仗，老人弥留之际留下话，要见到儿子，我们姑嫂二人是来找红军丈夫的。

何子非苍白的脸上浮出一丝笑容说，啊，西路军的，我说一句你们不爱听的话，倪家营子一战，血流成河，尸骨成堆，我们的同志，能够活下来的，屈指可数啊。

蔺紫雨说，这个我们也知道，可是，可是，总还有一线希望。

何子非说，这个我理解，再找找吧，也许，马克思会帮助你们。隔壁还有三个同志，我们一起回来的，可是据我所知，他们都是单身汉，没有听说有家室。

权苏正说，既然来了，都见见吧。

蔺紫雨略一沉吟，突然说，既然知道他们没有家室，就不必见了，见得越多，心里越难受。

权苏正说，啊，也是，不过，来了一趟……

蔺紫雨坐着没动，说，何同志，我再向你打听一件事情，我们的男人也是葱茏山部队的，他们最后一仗是在哪里打的？是个什么光景？

何子非看着蔺紫雨，张张嘴说，啊，你说的那个部队啊，让我想想，我们是在左冲镇接到命令的，让我们配合某师从右翼穿插，你说的那个部队，后来——

何子非吃力却又认真地回忆着，蔺紫雨却连一句也没有听进去，她的脑子高度旋转，正在急速地酝酿一个阴险的计划。请何子非回忆“那支部队”的所谓最后行动，只不过是她用的缓兵之计。

蔺紫雨此前还知道，何子非原是国军军官，是在山涧峰战斗中被红军俘虏、后来又主动参加红军的，这个人也曾在“西训团”高级生队深造过，大约同谢谷是一期的，幸亏这个人学的是筑城专业，据说是桥梁专家，同蔺紫雨和蓝旗不在一个分团，但是也不能完全排除他在“西训团”见过她本人和蓝旗，因为各个分团之间离得并不远，偶尔有重大活动，都会集中在一起搞仪式……当然，现在蔺紫雨考虑的不是自己的安危，而是易水寒，一旦让何子非同易水寒打照面，那么，易水寒必然暴露，陈达教官的“借尸还魂”计划就会灰飞烟灭，所有参加这项活动的人只有死路一条……

怎么办？蔺紫雨在一瞬间反而冷静下来了，她迅速做出决定，为了党国的事业，舍卒保车，她决定牺牲自己和蓝旗，保护易水寒，纵然自己粉身碎骨，那么，就让易水寒替她为党国效忠吧。

在一个很短的时间内，蔺紫雨的脑子里就冒出两个方案，第一个方案是夺枪杀人。这间屋子里，只有五个人，只有肖南和权苏正身上有枪。权苏正和肖南没有防备，如果她给蓝旗发出信号，两人同时行动，出其不意，就有可能将这两个人制服，夺枪之后首先击毙何子非，然后再杀权苏正和肖南。第二个方案是，突然出手，直接扼住何子非的脖子，以她在“青干班”培训的手段，只要给她五秒钟，就能拧住何子非的脖子，咔嚓一下就能把何子非送上西天。那么，剩下的事情，就看造化了。

这一刻，蔺紫雨表现得异常冷静，她假装倾听的样子，上身向何子非倾斜，嘴里说着话，右手手指却向蓝旗发出了信号，“动手，你负责左边”。

蓝旗看见她的指语了，脸皮一僵，用指语回复“危险，不能”。

蔺紫雨又发出“履行誓词”的信号，蓝旗没有马上回复，紧张地看着她，同时瞟了一眼身边的肖南。

蓝旗的这个动作被蔺紫雨领会为她接受了，并且做好了准备，她面带微笑转脸看看自己身后的权苏正，嘴里说了一句，谢谢你何同志，我听明白了。一边说着，一边缓缓地站了起来，暗中发力。说时迟那时快，就在她两腿微微弯曲，蓄势待发的时候，她看见蓝旗摇晃了一下，接着惨叫一声，倒下去了，并且倒在肖南的怀里，口吐白沫。

她明白了，蓝旗抵制了她，蓝旗用她一贯的伎俩把她的计划搞砸了。她的心恨得都快碎了，如果能活着出去，也许她会抓住蓝旗把她撕成碎片。这一刹那，她决定放弃蓝旗，单独行动，直取何子非。可是为时已晚，权苏正关切地问蓝旗，怎么啦，是不是病了？一边说一边向前迈了一步，不仅挡在她和何子非之间，还顺手甩了一下驳壳枪的背带。

蔺紫雨的视线被权苏正的脊背挡住了，权苏正那个调整驳壳枪背带的动作，让她明白了，这个人任何时候都没有放松警惕。她也调整了一下自己，假装关切地跨到蓝旗的身边，手按在蓝旗的脑门上，一连声地问，你这是怎么啦，发羊角风了？……让我来。说着，就捏住蓝旗的下巴，另一只手使劲地掐住蓝旗的人中。掐了不到三秒钟，蓝旗怪叫一声，一骨碌坐起来，瞪着她说，你想掐死我啊！

旁边的肖南和权苏正松了一口气。权苏正说，怎么回事，你好好的怎么就犯病了，挺吓人的。

蓝旗说，老毛病了，找不到男人，一着急就犯病了。好了，没事了。

从“西路军归队人员学习班”回到合作社，蔺紫雨狠劲地弹棉花，一言不发。中午吃饭的时候，蔺紫雨凑在蓝旗的耳边，咬牙切齿地说，我已经向教官发电报了，枪毙你。

蓝旗一笑说，我也接到教官的电报了，要我掐死你。

蔺紫雨说，知道吗，何子非，知道何子非是谁吗？一旦他见到“蜻蜓”，全都玩完。

蓝旗说，我当然知道何子非是谁，但是那个何子非是假的。

蔺紫雨一惊，问道，你怎么知道他是假的？

蓝旗说，我会看相啊，我掐指一算，就知道他是假的。

蔺紫雨，别胡扯了，讲真话。

蓝旗说，进门之后我就发现那家伙神色不对，说话的时候老是察言观色，主要是看那个肖南主任的眼色。何子非是什么人啊，在苑安“研究战术”的时候，我重点研究过这个人，何子非是“西训团”土木科的高才生，恃才傲物，刚愎自用，不可能说话老是看别人的眼色。

蓝旗这么一说，蔺紫雨觉得似乎有些道理，仍然不甘心地说，他刚刚作为一个失散人员归队，对学习班的干部心怀敬畏，也在情理之中，凭他的眼神你就断定他是假的，这也太轻率了吧。

蓝旗说，就算他是真的，也不能下手。你把何子非弄死了，人家就要琢磨，何子非对谁威胁最大，何子非会暴露谁的真相？这个人是谁，就是咱们的“蜻蜓”啊。

蔺紫雨愣了一下，一拍大腿说，他妈的，还真是这么回事，我只想为“蜻蜓”解除后顾之忧，没有想到这一层。好，我向教官报告，你比我有脑子，你来当组长。

蓝旗说，狗屁，那都是虚的，眼见得咱们已经暴露了，人家没有把咱们剥光，还留了一件内衣，算是留了面子。赶紧想办法溜吧，不要等他们收网。

蔺紫雨说，溜？怎么溜，任务还没有完成，跟教官接不上头，我们往哪里逃？

蓝旗神秘地眨着眼睛说，我掐指一算，三天之内他们不会下手。你等着，三天之内我一定会找到逃脱的办法。

蔺紫雨木着脸想了一会儿，长叹一声，这事闹的，我们现在只能靠你掐指一算过日子了。

二

陈达以后回忆，在灵峰镇的那段时间，算是他一生中度过的比较灰暗的日子。从理论上讲，他的计划是周密的，该想到的想到了，别人想不到的他也想到了。但是有一条，红军的肃奸保密工作效率，是他此前不曾料想的。

蔺紫雨分析得没错，自从她和蓝旗出现在灵峰镇，就引起了红军特别公安局的注意。柏庄集市行窃，行窃归来得意忘形地“沐浴”，以及同悬壶药行的联系，这一切都没有逃过特别公安局的视线。

也正如蔺紫雨分析的，特别公安局不动声色，是为了放长线钓大鱼。事实上，这个大鱼已经露出了脊背，蔺紫雨到悬壶药行同陈达教官接头，很快就被特别公安局掌握，只是，公安局目前还不清楚那个“老中医”是国民党西北特别行动站的站长陈达。

红军情报部门分析，这次行动的大致方向，很有可能是针对“联合抗战”，但是具体是什么动作，还有待继续侦察。正是在这样的背景下，特别公安局才没有收网，甚至还故意给蔺紫雨和蓝旗制造一些机会。

还有一个情况蔺紫雨没有想到，陈达来到灵峰镇之后，只同蔺紫雨接了两次头，就判断出来，蔺紫雨已经暴露了，已经在红军特别公安局的掌控之中。

陈达当机立断，采取的对策是，放弃蔺紫雨和蓝旗，放弃悬壶药行这个联络站，甚至连刚刚起用的马可禄也被放弃了，任凭他们像没头的苍蝇一样乱冲乱撞，随他们像没娘的孩子一样东奔西跑。陈达神不知鬼不觉地另外开辟了一条交通线，他本人也从灵峰镇消失了。

陈达的这一招出乎所有人的意料，也把红军特别公安局蒙蔽过去了。特别公安局锁定的目标是悬壶药行和蔺紫雨、蓝旗和马可禄，只要这三个人还在活动，特别公安局的注意力就会集中在他们的身上。陈达就是用这一招转移了特别公安局的视线，从而金蝉脱壳，瞒天过海。

陈达并没有走远，而是潜入距离灵峰镇不远的马集，住在一个名叫盛储祥的兽医家里，并发电给老板，把“杜鹃”派过来了。

盛储祥是国民党特务机构皇岗特别站的站长。之所以被称为“特别站”，是因为皇岗同时驻扎着西北军和东北军的部队，而马集距离皇岗只有十几公里，他的这个“特别站”，可以说是皇岗的体温表。

就在蔺紫雨和蓝旗“认亲”的当天上午，通过盛储祥，陈达已经掌握了两条重要的消息，第一条是易水寒已经从学习班结业，并被安排到红军宣传队做保卫工作。起先他感到很失望，但是随着第二条情报到手，他预感到易水寒现在的位置，简直就是老天爷赐给他的。第二条情报是，红军同西北军、东北军密谋的“联合抗战三位一体”格局正在紧锣密鼓，前不久出现一个情况，驻扎在皇岗的东北军一部因为粮食问题，同西北军一部发生纠纷，造成僵持，影响上层的联合决策，红军拟于近期派遣一名要员前往皇岗调解，促进三位一体早日结盟。这份情报表明，前往皇岗的红军要员将带领一支篮球队和一支宣传队。

陈达稍微一琢磨就明白了，红军某部宣传队最近一直在排练一个名叫《松花江上》的话剧，意图显然就是到东北军去“煽动”军心的。陈达在前往灵峰镇之前，老板亲自召见了他，交给他的任务是不惜一切代价，破坏“三位一体”，至于刺探情报，完全用不着了。怎么破坏？陈达把各方情报综合起来研究，很快就形成了方案，在皇岗刺杀中共调解代表，不管是嫁祸于东北军，还是嫁祸于西北军，都能造成“三位一体”互相猜疑，这个任务就可以完美收官了。

如此看来，真是天时地利人和。陈达决定铤而走险，起用“杜鹃”。陈达的手下有不少“特殊人才”，而这个“杜鹃”是特殊人才里面的特殊人才，枪法好，腿脚快，并且精通易容术，是陈达最信任的助手。

“杜鹃”几乎同易水寒前后脚潜入红军宣传队，顺利得不可思议。因为这段时间宣传队在驻地招兵买马，吹拉弹唱的人才都要，而这个“杜鹃”，会敲锣，也会打鼓，简单地改变一下面相，编了一套来历，跑到宣传队应试。第一次没有被接受，因为宣传队最紧缺的是吹拉弹唱人员。“杜鹃”没有放弃，给韦芷秋表演了一场敲锣打鼓的把戏，手脚并用，一个人把大锣小锣大鼓铜镲玩得整台都是戏，韦芷秋就把他收下了。他暂时还不算宣传队的正式队员，只是在后台帮忙，待忙完最近的工作，进一步考察之后再说。

易水寒并不认识“杜鹃”，也没有见到“杜鹃”本人。有一天观看排练，是个讲抗战的新节目，他看得聚精会神，根本没有感觉到任何异常，不经意间松开拳头，手指重新攥上时，里面多了一张纸条。后来蹲在茅房里，易水寒把这张纸条打开，里面是一组密码——杜鹃引路，送老大回家。

易水寒怎么也想不起来，在他观看排练的时候，什么人在什么时候接近过他，并且能把密令塞进他的拳头里，这个人简直是神。这么说，他的一举一动，也在这个人的监视之中，想到这里，不寒而栗。

第二天上午突然接到通知，宣传队连以上干部开会。易水寒和乔东山都是团级干部身份，自然也参加了会议。

一进会场易水寒就发现不对劲，宣传队的会议不是宣传队的人主持，而是“西路军归队人员学习班”的主任肖南主持。肖南在会上布置，宣传队做好一切准备，半夜出发，前往东北军钟俊旅进行抗日动员宣传。并且宣布，因为这次行动关系重大，敌情复杂，上级命令成立特别警卫队，由他本人担任警卫队的队长，凌云峰和乔东山同志分别担任副队长和副指导员。

会开完了，就让大家做准备。

肖南把易水寒和乔东山留下说，经过组织考查，你们两位同志是最先分配工作的，参与这项重要的活动，是对你们二位的高度信任。希望你们继续发扬战斗精神，完成好保卫首长的任务。

两个人异口同声地回答，谢谢组织信任，一定保护首长的安全。

肖南满意地笑笑，让他们到伙房领枪。易水寒和乔东山都领到了一支驳壳枪。乔东山说，这下好了，总算把我们当同志看了，发枪就是标志。

易水寒说，可是，让我们保护首长，谁是首长，难道是肖南主任？

乔东山嘿嘿一笑说，不可能，肖南主任也是个团级干部，还总是在机关待着，他算什么首长？我断定，会有一个大干部，至少也是个军首长。

易水寒心里咯噔了一下，他一下子就联想到赵禹，赵禹是军政治部主任，凌云峰的老上级。不知道为什么，最近这段时间，易水寒老是觉得他会随时撞见赵禹主任。这次到宣传队担任保卫工作并参与重大活动，都有可能是赵禹主任安排的，这是好事还是坏事，他不知道。

从驻地到皇岗，三十多里的路程，吃罢中饭，来了两辆卡车、三辆马车。宣传队十几个人乘坐第一辆卡车，先去装台。警卫人员一个班，由肖南亲自率领，乘坐第二辆卡车。

战士们都上车了，肖南还在车下等。一会儿来了几个红军干部，簇拥一位戴着墨镜的首长，向第二辆卡车走去。隔着五十多米的距离，易水寒看不清楚，但是从首长的侧影看，他觉得面熟，再仔细看看，很像是他见过的总部三局文中戈局长。

首长上车之后，车就启动了，易水寒带一个班乘坐第一辆马车，乔东山带一个班乘坐后面的马车，整个行军过程中，二人是隔离的。关于这次任务，首长到底是谁，易水寒还是不清楚。但是有一条他明白，这位首长就是陈达教官要他“送回家”的“老大”，至于在哪里下手，谁配合他，谁接应他，那个神秘的指令没说，只有“杜鹃引路”一句，这个密语的意思他懂，就是要听“杜鹃”的指挥，由“杜鹃”组织，自己配合接应。

三

当天晚上，宣传队在皇岗钟俊旅演出《松花江上》，因为事先疏通了，一河之隔的西北军董锵团长也带着两个营的部队过来看戏。易水寒的任务是担任外围警戒，很快他就发现这个任务是象征性的，因为东北军画了一个警戒圈，所有别的部队人员必须在指定位置就座，他这个警卫队的副队长，也只能在距离主席台五十米开外的很小的范围巡逻，这是事前规定的任务划分。

韦芷秋上台讲了几句话，宣传队就开始演戏。那出话剧易水寒早已看过，没有太多的感觉。演着演着，东北军喊起了口号，打回东北去，把日本鬼子赶出去！

起先是一个人带头，其他人跟着喊，秩序还好。可是喊了几声，西北军董锵的部队也站起来一个人喊口号，支持东北军收复东北失地，东北军不要在西北吃羊肉，东北军回家吃马哈鱼……这样一喊，就有针锋相对的意思了。不知道是谁向东北军的队伍里扔了一块砖头，东北军的队伍大喊，他妈的西北军打人了，伤人了……顿时，东北军全站了起来，呼呼啦啦潮水般向西北军的位置涌去。

形势大乱，时机很好。可是，“杜鹃”在哪里？接应人员在哪里，易水寒已经顾不上那么多了，他觉得这个突如其来的混乱场面就是天赐良机。

他伸手摸摸袖口，里面的刀片还在，就在这一片混乱当中，他踮起脚向主席台瞭望，这回他看清楚了，坐在主席台中央的正是他见过的文中戈，文中戈端坐不动，好像什么事情也没有发生。他暗暗惊诧，这个人真是有大将风度，山崩于前不惊。

他分析了一下形势，在这样乱哄哄的当口，他离开岗位，冲到主席台附近，有一千个理由，只要他靠近文中戈，那么，这枚小小的刀片就能帮助他完成党国大业。

他开始行动了，一边观察，一边在心里默默念叨，一，信仰三民主义。二,军人以服从命令为天职。三,攘外必先安内……不知不觉中，他离主席台只有二十几步了，只要一个冲刺就能接近核心。这时候他看清楚了，文中戈正在同东北军和西北军的长官站着说话，看样子一点也没有着急，仍然和颜悦色……好，机会来了，他把驳壳枪子弹压上膛，打开机头，拎着枪，暗暗捏着小小的刀片，拨开人群，向前冲去。

意外发生了，易水寒刚刚往前走了不到十步，突然听见一个奇怪的声音，嚓嚓，嚓嚓嚓，嚓嚓嚓嚓，嚓嚓，嚓嚓，嚓嚓嚓嚓……那声音，节奏分明，穿透力强，从头顶划过，落在黑压压的人群里。

台上不知道从哪里跳出一个男人，手脚并用，两只腿迈着马步，踢踢踏踏就像罗圈腿跳舞，样子滑稽，手里的铜镲在汽灯下面金光闪闪，像两只蝴蝶，时而分开，时而碰撞。声音就是从那里发出来的，铜镲的声音。

这铜镲的声音让易水寒心里一动，他数着节奏，好像有一种熟悉的东西浮现在他的眼前，可那是什么呢？他的脑子好像一下子被一种东西塞满了，眼前直冒金星。

喧闹的部队在顷刻之间安静下来，大家都奇怪地看着这个大戏里小丑一样的男人进行铜镲独奏表演，谁也没有见过这样莫名其妙的节目。这个男人越演越来劲，两只手举着铜镲，好像古战争里的双锤将军，舞得花团锦簇，电闪雷鸣，忽急忽缓，到了最后，两只铜镲边缘相撞，镲声由高而低，似乎两只小鸟低语。

舞镲人弯腰一个鞠躬，起身走向后台。

大家的视线还没有从戏台上移开，又看见戏台左边的灯光一亮，走出来一个女子，提着一把二胡，走到台前，深深地鞠了一躬，抬起头来已是泪光闪闪。

女子开口说道，各位老总，俺是东北人，来到大西北，为啥要来，听俺道来。

台下顿时安静下来了，虽然两边的人都还站着，目光却齐刷刷投到台上。

女子坐下，掠掠齐耳短发，伴着低沉的二胡声，那女子运运气，唱了起来——我的家在东北松花江上，那里有森林煤矿，还有那漫山遍野的大豆高粱……九一八,九一八，从那个悲惨的时候，脱离了我的家乡，抛弃了那无尽的宝藏……

易水寒惊呆了，除了在“西训团”必唱的那些节奏分明的歌，他从来没有认真地听过一首别的歌。这歌声,凄凉,悲切,哀怨,苦痛……

女子自拉自唱，唱一段，拉一段，歌声和琴声一样凄婉，就像一泓清澈的泉水，一点一滴地沁入他的心扉。

他站住了，在离主席台还有七八米的地方，他看见两边的部队就像树桩一样。西北军的团长董锵黑着脸，朝他的部队吼了一声，都给我坐下!

钟俊旅长眉头紧锁，对董锵说，对不起董团长，钟某带兵无方，下去之后钟某一定严加管教。

董锵啪地一个敬礼，钟旅长，本部同贵军发生冲突，主要责任在我方，仗势欺人，我将如实向上峰禀报，自请处分。

二人你一句我一句地自责，坐在中间的文中戈始终笑眯眯地看着他们，见部队都坐了下来，文中戈说，二位不说了，看戏，看戏。

易水寒知道，一个绝好的机会错过了，趁没有人注意，赶紧退回到原先的位置。

台上还在唱，宣传队的演员纷纷从两侧走上来合唱——流浪，流浪，流浪……哪年哪月，才能够回到我那可爱的故乡？哪年哪月，才能够收回我那无尽的宝藏？爹娘啊，爹娘啊，什么时候才能欢聚一堂？

这一次，东北军不喊口号了，下面稀里哗啦哭成一片。西北军也不喊口号了，前面那个带头喊口号的人，突然冲到台上说，对不起东北军兄弟，兄弟不对，兄弟知道，你们心里苦啊!

接着又有一个西北军的军官登台说，东北军弟兄们，我们联合起来吧，我们支持你们打回老家去，我们也请缨到东北抗日，东北也是我们的家，东北是我们中国人的啊……

西北军也哭成一片。

肖南见局势稳定下来了，请文中戈上台讲话。文中戈没有推辞，满面春风地上台，挥挥手说，兄弟们，本来我有好多话要讲，可是，刚才发生的一幕，又让我知道了，不必多说，所以我就简单地说几句……

从易水寒站立的位置到戏台，直线距离不到四十米，以他的射击精度和速度，这个距离击毙文中戈，成功的概率是百分之九十九以上。他向周边看看，前方的东北军部队一片黑压压的后脑勺。旁边零星站岗的几个战士，归他指挥，此刻也是全神贯注看着戏台，支棱着耳朵听文中戈的演讲。这个时候，从出枪、瞄准到射击，再到收枪，他只需要两秒钟的工夫，然后一切都结束了……

他在心里数着，一、二、三、四……他伸出了手臂，从缺口到准星，再到文中戈的眉心，已经成了一条直线，三点一线……他屏住呼吸，食指挨紧扳机，轻轻往后一拉，然后他看见一颗弹丸在夜空中旋转，撕裂寒冷的空气，直奔文中戈的眉心而去，并绽放出一朵盛开的花朵……

他不知道过了多久，睁开眼睛，他又看见了那个人，在台上，挥舞着手臂，大声说——西北军，东北军，还有我们红军，都是中国的军队。兄弟阋于墙，那是我们自己的事……是谁，让东北军兄弟有家不能回，是谁，让西北军兄弟有仇不能报……覆巢之下，安有完卵，只有打走了日本帝国主义，我们中国才有同心同德民族复兴的一天啊……我们团结起来，一致对外，联合抗日……

他糊涂了，那个人没有被他击毙吗？那个人，陈达教官指定要他送回老家的“老大”，他为什么还在讲话，器宇轩昂，声音洪亮。他分明扣动扳机了，他分明听见枪响了，可是……抬起头来，他看见乔东山站在身边，正奇怪地看着他，问他，老凌，你怎么啦，怎么突然倒在地上了？

他茫然四顾，果然发现他是坐在地上。他明白了，他并没有真的开那一枪，那一枪是别人开的，在别的地方开的，是那个名叫易水寒的国民党特务在他自己心里开的。而在那一瞬间，他是凌云峰，是前红军穿山甲部队的团长，是文中戈的警卫队副队长，他怎么能向他的长官开枪呢？

可当这一切都过去之后，他又恨不得掴自己两个耳光，你以为你是谁，你以为你真的是红军团长啊，你以为你真的是凌云峰啊，他们在学习班反复考查试探你，即便是给你发枪当了警卫队的副队长，可是执行任务你的位置还是在最外一层，你从来就没有受到真正的信任，你永远也不可能受到真正的信任，你就是一个十足的蠢货，你连蠢货都不如，蠢货也不会找死，而你居然一次又一次地找死，等死。你是个什么人呐?

四

红军宣传队在皇岗的宣传攻势取得了圆满的成功。当天晚上，钟俊旅长设宴招待宣传队，文中戈和董锵分别在主宾和次宾位置上就座。

担任警卫的人员没有参加宴会，院子里有几大盆萝卜炖羊肉、白菜豆腐汤，还有两筐烧饼。肖南招呼乔东山和易水寒，每人盛了一大碗，三口两口扒拉完，接着巡视警戒。

从窗户往里看，十几个将校，众星捧月一般，给文中戈敬酒。文中戈好酒量，端着酒碗，谈笑风生。

吃完了饭，几个警卫干部凑在院内一棵树下聊天。乔东山拿出一包烟卷，递给易水寒一支，易水寒摆摆手说不会吸烟。乔东山说，哪有红军指挥员不会吸烟的？吸烟没有会不会，往里吸就行了。

易水寒就点了一支，吸进去又喷出来。

乔东山说，吸烟又叫吃烟，得吞到肚子里。

易水寒说，我们老家那里，吃水烟，我不喜欢那东西。

乔东山说，那是因为没有洋烟。这是钟俊旅长送给我们的，你往肚子里咽下去试试，很有味道的。

易水寒深深地吸了一口，一直吸到肠子里，感觉没啥味道。他很奇怪，第一次吸烟，居然没有被呛着。

乔东山说，晚上宣传队给他们演出，你怎么晕过去了？

易水寒说，可能是激动吧，首长讲得太好了，以后我们是不是不会跟他们打仗了？

乔东山说，是啊，现在国内联合抗战的呼声很高，特别是东北军，“九·一八事变”中不仅没有抵抗，还被老蒋弄到西北，二十多万人，拖儿带女。晚上东北军一个营长跟我讲，东北军惨得很，男人跟我们打仗，家眷在营房外面住草棚。男人能回来，女人还有盼头。男人要是死了，女人就没有着落了，有的要饭，还有的当了妓女。你想啊，日子过成这样，他有心思打仗吗？所以老吃败仗。听说一些军官联名给张学良写信，要求打回东北老家去，跟鬼子干。

易水寒说，感觉西北军不想跟我们打仗，但也不欢迎东北军住在西北。

乔东山说，那是，西北是西北军的地盘，你东北军家都没了，你不跟鬼子打，你跑到西北来，还吃不惯羊肉泡馍，还要吃大米，西北哪有那么多大米啊？底下部队经常闹摩擦。我们红军看得明白，摩擦啥啊，啥事都不是事，一起打鬼子才是正经事。听说现在西北军、东北军都很倚重咱们红军，一旦联合起来，老蒋他再搞攘外必先安内，就不得人心，引起众怒。也许，以后咱们就联手了，一起跟日本鬼子干。

易水寒木着脸想了一会儿说，这么说，咱们以后也不跟国民党打仗了？

乔东山深深地吸了一口烟，向易水寒意味深长一笑，也许吧，我听王副参谋长讲，高层正在同国民党交涉，要求停止内战一致对外。现在全国呼声都很高，老蒋要是再不顺从民意，他的日子就更不好过。

两个人有一搭没一搭聊了很长时间，那边宴会已经进入尾声了。中间钟俊旅长出来，看见几个警卫干部，就走过来说，红军弟兄辛苦了，招待不周，请多包涵。

乔东山说，很好了，很好了，我们红军很少吃到这些东西。

钟俊说，我们客居他乡，也是捉襟见肘，不过，比你们的日子还是好过一些。往后，我们几家就是兄弟了，可以经常走动。

乔东山说，那是，只要我们中国人都能团结起来，啥事都不是事，日本鬼子算个鸟毛。

钟俊说，你是凌云峰团长吗？

乔东山说，我不是，他是。

钟俊说，哦，凌团长，我就是来看你的。听文长官说，你是一个战术专家，红军穿山甲部队的团长，兄弟佩服，佩服。在下有个不情之请，能不能给我的部队上一堂战术课，哪怕讲讲你们红军的战例。

易水寒一时不知该怎么回答。乔东山说，这个，恐怕要跟我们的组织请示，我们红军是有纪律的。

钟俊说，那是自然，我会正式向文长官提出来的，如果你本人同意的话。

易水寒的脑子动了一下，马上想到了他的使命，他不知道东北军的一个旅长为何会对红军穿山甲部队感兴趣，他突然觉得，他已经成了一个骗子，而且是高级骗子。

他看看乔东山，对钟俊说，我服从组织安排。

宴会结束了，钟俊旅长给他们安排了住处，警卫分队住在东北军一个连队的营房里，那个连队在外面住帐篷。没有人通知易水寒还要担任夜间保卫，乔东山没有跟他们住在一起。他琢磨，也许乔东山另有任务，这让他有些许不安。

夜里睡不着，又不敢随便走动，坐在床上，点了一支烟，回忆晚上发生的事情和乔东山的话，内心突然涌起一阵燥热。如果红军同东北军和西北军联合了，再实行国共合作，那么，陈达教官赋予他的使命，还有意义吗？昨天晚上，机会确实很好，但是“杜鹃”没有出现，没有人指挥他，没有人配合，也没有人接应，他完全是孤军作战，他没有动手，并不是他的错，陈达教官不会因此追究他的责任。

他想，是不是因为形势发生了变化，这项任务取消了？

五

第二天上午，任务转移，工作队到西北军董锵的部队继续做工作，宣传队又演了一场。这回演的是活报剧《闸北的钟声》，主要是讲上海“一·二八事变”之后十九路军蒋光鼐部队在闸北抗战的故事，也侧面讲了东北义勇军和抗日群众的英勇事迹，其中还有几个女大学生，也穿着军装同日军巷战。

易水寒是第一次看到中国军队同日本鬼子作战，感觉热血沸腾。红军的宣传队能够上演十九路军抗战的故事，这说明什么？台上的十九路军官兵形象并不差，不像过去，红军宣传队扮演的国民党官兵都是小丑，烧杀抢掠无恶不作，打起仗一触即溃。从这个戏里，看得出红军把国民党军也当作人而不是当作小丑来演，看来，国共关系确实发生了很大的变化。当然，这个戏的主角是十九路军和东北义勇军。他寻思，这个戏有一个良苦用心，旨在让西北军了解东北军的处境和心情，博得西北军官兵的同情，促进两支军队的团结。

短短的几天，易水寒发觉他增长了很多见识。

宣传队演完节目，肖南主任过来交代，让乔东山和易水寒带领警卫分队，配合宣传队卸台，然后一起到球场看篮球赛，这是工作队的最后一项活动。

战士们帮助卸台，乔东山和易水寒在戏台一侧溜达。乔东山递给他一支烟卷，这回他没有拒绝，他觉得跟乔东山在一起，嘴里有一支烟卷，心里要踏实一些。

红军的戏台很简单，无非就是一些木板和纸糊的背景道具，很快就卸完了。

前往篮球场的路上，他看见韦芷秋的身边跟着一个人，抱着一个琴盒，就是昨晚自拉自唱《松花江上》的那个女子。两个人一边走一边争吵，易水寒和乔东山都感觉奇怪，停住步子，等她们走近。

韦芷秋也看见了他们，走近了说，两位大英雄，辛苦你们了，一直做幕后工作。

乔东山看着那女子说，这不是昨晚唱歌的同志吗，你唱得太好了，你的歌声就像一瓢凉水，把东北军和西北军的火气都浇灭了。

韦芷秋笑说，有这么夸人的吗?

那个女子并不在意，冲着乔东山和易水寒说，你们红军到处招兵买马，为什么就不能收下我呢?我真心实意要当红军啊。

易水寒吃了一惊，原来这个女子还不是红军，难怪此前从来没有见过她。

乔东山也很奇怪，问韦芷秋，你们不是让大家一起留心，遇到文艺人才就介绍过来吗?人家歌子唱得那么好，你为什么不收啊?

韦芷秋说，你们不了解情况，这个桑叶，她是东北军郑师长的外甥女，这个郑师长呢，眼下……这个情况太复杂，我不能跟二位英雄多说，咱们以后再说吧。

乔东山说，明白了，我们不多问了。

易水寒这才看清楚，这个名叫桑叶的女子，长得并不漂亮，有点单薄，年龄也不大，好像只有十六七岁的样子。

桑叶说，韦队长，我跟你说过了，那只是我的远房表舅，我的双亲都死在日本鬼子的枪口下面，我是铁了心投奔红军抗日的啊，你就收下我吧，我在教会学校学过弹钢琴，我会唱歌，我会下棋，我会……

易水寒觉得这个女孩确实是诚心当红军的，想帮她说情，马上意识到，这个情不应该由他来说，便改口说，这个女孩，会唱歌，唱得真好，让人心里不是滋味。

韦芷秋说，她也算东北流亡学生，家破人亡，可是，年龄太小，她的表舅又是东北军的师长，万一郑师长不同意，对统战工作不利。

桑叶说，那这样，我尽快到西安，找我表舅给我写个信，我就能参加红军了吧？

韦芷秋想想说，要是有郑师长的亲笔信，我就向组织报告。

桑叶高兴了，拍手道，我表舅一定会同意的。

乔东山说，韦队长，你们宣传队厉害，难怪首长说，一个宣传队抵得上两个团。

韦芷秋说，说实话，我本人非常希望多收几个桑叶这样的专业人才。我们的宣传队，目前还是土包子，会识谱、会弹琴的没有几个人。

桑叶打量着乔东山，又看看易水寒说，同志，韦队长说你们是英雄，你是神枪手吗？

易水寒说，不是，但是……我的枪法还好吧。

桑叶又问，那你是刀枪不入吗？

他愣了一下，笑笑说，刀枪不入做不到，不然我的嘴怎么会歪呢？

说完他向桑叶指指自己的脸。

桑叶笑了，很天真的样子，又问，你打仗怕死吗？

易水寒说，那要看跟谁打。说完这句话他就后悔了，觉得这话有毛病。好在桑叶没有在意，桑叶说，跟日本鬼子打。

易水寒说，你希望我跟日本鬼子怎么打？

桑叶说，我希望你像杀猪那样，日本鬼子都是牲口。

易水寒笑了，笑得非常开心，他说，桑叶，我希望你能参加红军，你就等着看吧，看我是怎么杀牲口的。

六

按照计划，下午由红军篮球队同东西联队——东北军和西北军联合球队打，这样安排，也是为了让两支军队加强沟通。

上半场，联队打得很顽强，开场不到十分钟，联队就以 20 比 6

遥遥领先。

红军队叫暂停，6号队员把红军队员叫到一边，讲了一阵，再开打，红军队还是落后。

联队配合得越来越协调，东北军的球员善于防守，西北军的球员善于进攻，带球速度很快，命中率很高。那天，两支部队至少有五百人观看，每进一次球，一片叫好。东北军喊的助威口号是，向西北军老大哥学习，西北军的助威口号是，东北军老大哥好样的。

场面热烈异常，其乐融融。

易水寒和乔东山还是担任警戒，密切地观察球场内外的情况。只是，易水寒有些走神，他经常会被球场上精彩的竞技迷住，跟着场上的惊险场面暗暗使劲，身体不自觉地扭来扭去。

一个声音突然在他耳边响起，别回头，听着，枪响为号，目标6号。

易水寒像被雷击一样，呆若木鸡，没有回头，僵硬地说，客从何处来？后面的声音，山西杏花村。易水寒问，身上有现钱吗？后面的声音答，有钱出钱，没钱出力。

易水寒在这一瞬间，像中了符咒一样，纹丝不动。他想回头看看身后这个人，但是他的脖子像被铁箍撑住了，一点也动不了。不知道过了多久，他才盯着前方，吐出了两个字，明白。

身后的声音说，我在右侧接应，做好准备吧。

说完，这个声音消失了，直到几秒钟后，易水寒回过头来，转过身子，除了归他指挥的警戒的战士，他没有看见异常的迹象。

幽灵，他明白了，幽灵始终盘旋在他的身边。最后的时刻到来了，一切都将结束，他的一生都将重写，他的红军经历，他的凌云峰面具，他的种种困惑茫然，都将结束。

他伸出双手抹了一把脸，两只手交叉在一起拧了一会儿，竭力平静下来，一一检查了他管辖的九个警戒点。

尽管球场风起云涌，但是战士们的警惕性都很高，密切地观察着风吹草动。这时候，他看见在球场的一侧，出现了三个人影，穿着红军军装，大声叫着好，向球场接近。他知道，那是他的同伙，已经做好了接应他的准备。

一声凄厉的哨音响起，他下意识地掏出驳壳枪，却发现是上半场时间到，东西联队以 72 比 34，领先红军队。

联队休息场地，钟俊旅长和董锵团长互相赞扬对方的球员，球员们大碗喝水，举着拳头不停地摇晃。按照这个比分差距，下半场只要防守得当，不用进攻，把时间消耗掉，就能稳操胜券。

红军那边，没有出现预料的沮丧，没有人埋怨。那个 6 号队员，坐在长凳上，几个球员坐在他的前面，好像什么事情也没有发生。

这个时机，不能下手。易水寒仔细地观察球场右侧，那几个人影消失了，他们及时地隐退了，等待新的时机，那就是他的枪声。

哨音重新响起，双方队员上场。红军队发球，联队阻挡，情况好像不知不觉地发生了变化，红军队边锋一个假动作，绕过联队的防线，带球过线，向队友传球。联队队员左挡又拦，上蹿下跳，可是篮球就像一条喂熟了的狗，只往红军队队员的手里跑，跑着跑着，唰地就进了联队的球篮。

再打，联队发球，还没有过线，红军队边锋斜刺里冲出，篮球不翼而飞，稳稳当当地落在红军队的手里，一个远距离传球，唰，球在圈上嘎嘎碰了两下，落在篮筐内。

易水寒看呆了，他的脑子再一次短路，不管是联队抓住球，还是红军队抓住球，他都跟着紧张，手在胸前揉搓，脚在地上用力。

联队队员沉不住气了，一会儿叫停，一会儿换人。红军队只是在场上偶尔交流，看得出是 6 号在发号施令，没有人知道他们说的是什么。

易水寒在外围，突然听到东北军观众里有人喊，红军队讲的是英语，他们的领队讲，要控制节奏，不要追得太快。

下半场的比分很快拉近了，联队和红军队的比分是 84 比 78，再进三个球就拉平了。

红军队进攻的步伐慢了下来，场内场外，除了球在地面碰撞，几乎听不见别的声音。

很快，红军队和东西联队以 86 比 86 出现平局，红军队好像不知道该怎么打了，联队拼死进攻，红军队只是拦截，尽管动作很慢，但是拦截非常成功，联队连续组织三次进攻，才进了一个球。

红军队发球之后，慢吞吞又攻到联队篮下，眼看是最佳投球角度和距离，可是边锋 2 号却不慌不忙地带球，并不急于投篮，把联队球员绕得团团转，6 号嘀咕了一句，2 号球员这才一跃而起，将球投入球筐。

易水寒问身边那个东北军军官，他们讲的是什么，东北军军官翻译说，2 号问 6 号，怎么打，赢还是输？6 号回答，不要赢得太多，尽量打平。

易水寒并没有忘记任务，可是，一个强烈的欲望在他的心里燃烧，他要看完这场球，一切都要等球赛结束。

脑子里又隐隐约约浮现一双幽灵般的眼睛——军人以服从命令为天职……不成功，便成仁。

他挥挥手，像是驱赶什么，他对自己说，不理他，就是天塌下来，老子也得看完这场球。

脑子里的幽灵消失了，球赛在继续……终于，结束了，102 比 100，红军队小胜。

球场欢声雷动，双方队员在场上握手拥抱，然后全体站成一排，由 6 号队员讲话。

又是一个绝佳的机会。6 号队员独自站在队员的前面，热情洋溢地讲话，比赛不是目的，团结才是目的，相互学习，取长补短……

易水寒看清楚了，那几个人影出现了，在右侧，距离球场中心不到二十米。那个角度，易水寒一眼就看出来了，那是射击死角。他们似乎正用期待的眼睛看着他，呼唤着他，“蜻蜓”，就看你的了，该你上场了。

是的，是该我上场了。易水寒把驳壳枪的机头扳了下来，提在手上，大踏步走向球场。这时候，不管乔东山和肖南在哪里，不管他手下那些战士怎么惊诧，他都管不了了。他就这么如入无人之境，健步如飞，直接奔向球场。可是，就在他距离 6 号还有十几步远的时候，枪响了。

枪声就像炸弹，将整个球场炸成一锅开水，随着一声呐喊，董锵大喊，有刺客！

部队呼呼啦啦动起来了，但是不知道刺客在哪里。

易水寒看得明白，一片混乱中，右侧那三个人端着枪向球场中央冲去。易水寒突然纵身而起，用后背挡住 6 号，一串子弹从他身边飞过，其中一颗打进他的右胸，另一颗打进了他的腹部。

易水寒踉跄一下站住了，举起驳壳枪，连续几发子弹打出去……

七

等了一夜，又等了半天，陈达就知道事情搞砸了。

第二天下午，盛储祥带回来的情报证实，红军的工作队确实到皇岗了，他们的宣传队演了一出活报剧，篮球队同东北军和西北军联合队打了一场篮球，篮球结束之后，发生枪战，约有十人伤亡。

这个消息并没有驱除陈达的担忧，他最关心的是，那个红军要员是不是在死伤之列，是死了还是仅仅负伤。还有，东北军和西北军的部队有没有发生火并？

盛储祥说，死伤人员身份不详，西北军和东北军没有发生火并，据说两家成立联合调查组，正在追查这件事情的真相。

陈达听了，半天不语，然后长叹一声，我的“蜻蜓”在哪里？我的“杜鹃”在哪里？

盛储祥说，这个更不清楚，也许他们趁混乱逃脱了，只是目前不敢露面，陈长官安心等待两天。

盛储祥说对了一半。

就在这天傍晚，一个瘸子牵着一匹瘦马，声称配种，来到马集盛储祥家，此人正是“杜鹃”。“杜鹃”一见到陈达，话没说两句，扑通一声跪下了，泣不成声，断断续续地说，长官，不是卑职无能，天不助我啊。

陈达站着没动，冷冷地说，哭有什么用，到底是怎么回事，你好好说。

“杜鹃”抽搭了一阵，站了起来，挥了一把眼泪说，万事俱备，只欠东风，可是，等到东风来了，谁知道突然它突然又……又转向了。

陈达不耐烦地说，好好说话，别咬文嚼字了。

“杜鹃”这才把皇岗行动的前前后后说了一遍。“杜鹃”说，我亲口跟“蜻蜓”对的暗号，他完全清楚任务。在球赛结束的时候，红军那个大官在台上讲话，天赐良机，“蜻蜓”把握的时机百分之百准确，我亲眼看见他拎着驳壳枪从看球人群的后面向前运动。那时候我已经干掉了西北军的一个马弁，夺了一匹马，准备在他开枪的同时冲过去，拉他上马，趁乱逃出……长官，就那么一点点时间，我们把什么都准备好了，就差一分钟，不，也许只差一秒钟了，不知道从哪里响了一枪，他妈的，打草惊蛇啊，队伍大乱啊……

陈达盯着“杜鹃”问，“蜻蜓”开枪了没有？

“杜鹃”顿了一下，出了一口气说，开了啊。

陈达脸色一变，他到底开枪没有，你亲眼看见了吗？

“杜鹃”一怔，支支吾吾说，开了，我亲眼看见的。

啪的一声，“杜鹃”的脸上挨了一耳光。“杜鹃”捂着脸，怔怔地看着陈达，突然垂下脑袋，然后号啕一声，长官，我说谎了，我没有亲眼看见他开枪，要紧时分，我高度紧张……我抢的那匹马，它被那一枪惊了，我从马背上摔下来了，还隔着三十多米远，后来听见连续几声枪响，再往后，我就找不到“蜻蜓”了，我不得不撤啊，我钻进人堆里，后来……

陈达勃然大怒，跳起来，飞起一脚，将“杜鹃”踢翻在地，接着，从腰里摸出手枪，对准“杜鹃”。

“杜鹃”闭上了眼睛，喃喃地说，我该死，都是我无能，可是……那一枪，那一枪……

陈达的手在颤抖，指着“杜鹃”，手越抖越厉害。

盛储祥说，长官，此事确实蹊跷。不过事已至此，“杜鹃”他确实没有想到……再说，情况还没有搞清楚，也许我们的目标已经死了，“蜻蜓”在哪里，都是未知数，长官……

陈达这才收起手枪，余怒未消，背起手，踱着步，抬头看着房顶，自言自语，那一枪，活见鬼，那一枪到底是怎么回事，是谁帮这个倒忙，难道真的是老天爷？

“杜鹃”哆哆嗦嗦地嘟囔，老天爷，他……为啥这么做啊……

陈达踱两圈停下来，看看盛储祥，再看看“杜鹃”，厌恶地挥挥手说，别说老天爷了，想一想，下一步该怎么办。

一整天，蔺紫雨和蓝旗累得要死，胡琴给她们分配的任务，除了弹棉花，晚饭后还让她们扛麻包，每人二十包，从被服车间扛到院子外面，装上马车。蓝旗抗议说，我们是红军家属，不是牛马，你不能这么对待我们。

胡琴说，红军几万人的部队，过冬只有单衣，你们这些红军家属不心疼？我们在这里累一点，就能让我们的红军兄弟早日穿上棉衣，这个道理你不懂？

蓝旗说，这是男人干的事情，你让我们两个女人干，一点都不怜香惜玉。

胡琴没听懂，你说什么？

蓝旗没好气地说，怜香惜玉，就是……就是不让女人太累的意思。

蔺紫雨说，别说了，军人以服从命令为天职。

说完这话，蔺紫雨马上后悔了，她觉得她这话有问题。果然，胡琴瞪着眼睛问她，你说什么？

蔺紫雨说，我啥也没说，我说我服从你的命令。

胡琴眨着眼睛说，那还差不多。

一个人扛不动，扛起来摇摇晃晃，蓝旗对胡琴说，我们两个人抬行不行？反正就这么多活。

胡琴说，那就抬吧，不要讲怪话，这是为革命。

两个人抬起麻包，就有单独说话的机会了。蓝旗说，这个傻娘儿们怎么这么狠，原来还挺客气的。是不是怀疑我们了，把我们累得精疲力竭，防止我们逃跑啊。

蔺紫雨说，不排除这种可能。不过这里的活儿确实重了，听说缝纫组那边，夜里也干活。

蓝旗说，他妈的到底是什么任务啊，一个下午都在忙活。教官那边也没有消息，是不是“蜻蜓”得手了，是不是他们早撤了，咱们赶快逃吧。

蔺紫雨说，做梦，我们什么事情都没有做，“蜻蜓”一个人靠什么得手？

蓝旗说，没准，教官就是让我们在这里什么都不做，让红军怀疑我们，分散他们的注意力，掩护“蜻蜓”。

蔺紫雨停住步子，想了一下说，啊，你说得也有道理啊，教官做事，一石二鸟，还真像……可是，他总不能把我们扔到这里不管吧。

正说着，胡琴风风火火跑过来，催促说，快点干，限你们半个小时之内装完。我马上叫人过来帮忙。

蓝旗说，真让我们当牛做马啊！

胡琴说，我跟你们讲，考验你们的时候到了，如果你们对红军有感情，那就拿出行动吧。

胡琴说完，又大步流星地走到二组，指挥那边加快速度。

蓝旗说，奇怪啊，这个人今天怎么啦，像吃了枪药。

蔺紫雨没有说话，走了两步，蔺紫雨说，你松手。

蓝旗不解地问，干什么？

蔺紫雨不说话，深深呼出一口气，突然伸出两只胳膊，揪住麻包两角，甩到自己的后背上。

蓝旗惊叫，你干什么，真要给他们当模范啊。

蔺紫雨说，你听着，看样子要打仗了，我们的机会来了。

蓝旗说，打仗？跟谁打仗？

蔺紫雨说，你别管跟谁打仗，只要有机会，我们就离开。

蓝旗说，任务怎么办？

蔺紫雨说，逃跑就是任务，我们不能不明不白死在这里。

蓝旗说，好，老子远走高飞，大不了再回玉州当司令。

蔺紫雨的预感被证实了，天刚擦黑，远处传来隆隆的枪炮声，不知道从哪里过来一支红军部队，同合作社的人一起，以排山倒海的气势将全部物资装上汽车和马车。院子里人来人往，还来了一百多个民工，推着小车。

这当口，胡琴顾不上她们了，她忙得像个陀螺，指挥清点物资登记造册，同时给民工队训话，交代注意事项。

蔺紫雨渐渐听出名堂了，原来是胡宗南的部队进攻根据地，首取红军的物资集散地灵峰镇。这次是中央军亲自动手，并裹挟东北军钟俊和西北军董锵的部队参战。

二人一边干活，一边观察。蓝旗发出指语信号，机不可失，现在就可以跑。

蔺紫雨回复信号，再等等，听我指挥。

蔺紫雨抱着一堆散乱的布匹，送到一个马车上，刚要转身，忽然听到一个瓮声瓮气的男声，客从何处来。

蔺紫雨一震，爬到车上假装捆绑布匹，嘴里答道，山西杏花村……

车把式低头道，杏花峪峡谷，“杜鹃”出笼，笛声为号。

蔺紫雨一听，心里一热。“杜鹃”是谁，她知道，这说明老板为了营救她们，下血本了。蔺紫雨说，明白。

这下心里有数了，再干活脚下生风，两只手也多了力气。

忙乱了大约一个小时，枪声越来越近，眼看东西装得差不多了，来了一个红军干部和几个兵，组织一部分人先走。胡琴站在马车边上，威风凛凛地指挥，你们两个，跟后面那辆马车，赶快上去！

蔺紫雨和蓝旗递了一个眼色，会心一笑，这正是她们希望的结果。

夜幕渐渐落下，半个月亮爬上来。一路上，物资队马不停蹄，枪炮声渐渐稀疏。走到一个山口，车队慢了下来。

蔺紫雨问驾车的民工，这是什么地方？

驾车的民工说，前方就是杏花峪峡谷，只有走这里才安全，另外两条路都有国民党的部队。

蔺紫雨朝身后看了看，大约有一个班的武装红军，担任殿后任务，此刻被马车拉开了一段距离，正在跑步向这边追赶。蔺紫雨寻思，这是最好的时机，她和蓝旗对付驾车的民工轻而易举，夺过马车，调转车头，迎面向那个警卫班冲击，造成措手不及，完全有可能逃脱。但是这样做有个缺陷，没有见到“杜鹃”。

再往前走，道路越来越窄，速度更加缓慢了。担任警卫的红军连长指挥一个排离开队伍，占领两边的制高点，防止出现意外情况，同时命令车队，加快速度。

庞大的车队像蚯蚓一样，又被拉长了身躯，挣扎着爬行。蔺紫雨暗暗叫苦，眼看只有一百多米就到峡口了，还没有听到笛声。她影影绰绰看见路边有一条被山洪冲刷出来的沟渠，看看蓝旗，蓝旗也在看着她，就在这时候，靠山的一侧，响起了激烈的枪声。

二人几乎同时行动，从马车上跳下，钻进了沟渠，借着夜色和沟沿的遮挡，反身向来路狂奔。

八

以后知道，这次偷袭灵峰镇，是胡宗南亲自部署的一场战斗，并协调西北军配合作战。但是西北军行动不力，故意拖延时间，并向红军暗示了情报。红军于两天前就做好了应急准备，调动兵力，在皇岗和马集之间进行顽强的阻击，导致胡部进攻缓慢。在久攻未遂的情况下，团长张银调整部署，临时决定用一个连的兵力穿插至杏花峪，伏击红军物资转移部队。但是，从皇岗进攻阵地出发，到杏花峪，要经过西北军董锵的部队，张银向董锵交涉，董锵表示要请示，一请示就过去了半个小时，从而为红军争取了时间。

董锵的阻挠，不仅使红军的损失减小到最低限度，同时还有一个后果，便是打破了陈达的计划。

张银部队偷袭灵峰镇，事实上也是陈达向胡宗南提议的，他还参与制订作战计划。刺杀中共要员未遂的结果他后来知道了，“蜻蜓”生死不明，“借尸还魂”计划鸡飞蛋打，他的西北之行充满了悲情。他手里还有两张牌，蔺紫雨和蓝旗，如果他一个人都没有带回去，那他也不用回去了，直接把脑袋割下来交给“杜鹃”送给老板算了。

当然，对于陈达来说，营救蔺紫雨和蓝旗不是最主要的，他给“杜鹃”交代得很清楚，能够把她们二人救出来更好，如果困难太大，就在乱中将二人击毙。“借尸还魂”计划关系到中央同东北军、西北军的关系，一旦暴露于世，将陷中央于被动，所有知情人员只有两条路，一是完成任务返回，再有一条就是杀身成仁，断没有留在对方阵营苟且偷生的道理。

张银的部队在西北军的防区，滞留了半个小时，未能在最佳时机到达最佳伏击位置，只打了红军的一个尾巴。而且，由于红军有所提防，前面冲出峡口的两个排同张银的那个连队交火，差不多打成了遭遇战，张银伏击的目的基本上泡汤了，若不是跑得快，被赶来增援的红军主力包饺子都有可能，那个地方，毕竟是红军根据地的边缘。

“杜鹃”带领的三人小组是跟随张银连队进入杏花峪的，他还没有侦察出蔺紫雨和蓝旗的位置，战斗就打响了。“杜鹃”凭借一身好功夫，单人从绝壁攀岩而下，混到红军物资队伍里，倒也方便，来来回回走了两趟，但是没有见到蔺紫雨和蓝旗。这两个人他都认识，还算他的同学。

红军的队伍最终冲出了峡口，继续前行，“杜鹃”也跟在后面。好在刚刚经过一场混战，队伍里民工多，互相不认识的多。渐渐走上一条大路，前面眼看就是根据地红东防区了，天色也渐渐亮了，“杜鹃”这才决定离队。

在一个路口的树下，“杜鹃”望着远去的红军队伍，自己问自己，是回到马集让陈达枪毙呢，还是干脆回老家算了。想了一会儿，还是决定回马集。

蔺紫雨和蓝旗没敢跑远，因为天黑，路不熟，她们怕再同红军相遇。蔺紫雨说，先躲起来，等到天亮，也许“杜鹃”还在这里。

蓝旗冻得瑟瑟发抖，说，好啊，只能这样了，能不能弄点吃的？蔺紫雨说，还想吃，路上有死人，你去割一块好肉烤着吃。

蓝旗说，好啊，刚死的，还新鲜。可是，哪里弄火呢？

蔺紫雨说，他妈的你当真啊，有火也不敢生啊，你忍着吧，见到“杜鹃”，什么问题都没有了。

两个人躲在一块岩石下面，又累又饿，还惊魂不定，拥在一起不合适，就背靠背坐着。

蔺紫雨说，说话，老是不说话，一会儿就没气了。

蓝旗说，你要是个男人就好了。

蔺紫雨说，我比男人差吗？

蓝旗说，可你不是男人啊，你要是男人，我就能躺在你的怀里了。

蔺紫雨说，你躺过几个男人的怀里啊？

蓝旗说，我从来没有在男人怀里躺过。蔺紫雨说，撒谎，你不是说你跟好几个男人有一腿吗？

蓝旗说，有一腿是啥意思，有一腿就是他们摸我的腿，摸了要给东西。我离开玉州蜀侯街的前一年，老虎摸我的屁股，摸一下三块洋钱。

蔺紫雨吃了一惊，啊，你把生意做到老虎头上了，你太厉害了，你敢摸老虎屁股吗？

蓝旗说，我不敢摸老虎屁股，可是我敢踢老虎屁股。

蔺紫雨笑了，你这个女贼，撒谎……你可真是天下头号牛皮大王……蔺紫雨正说着，突然不说了。

天大亮了，霞光落在对面的山顶上，把褐色的岩石涂抹了一层玫瑰般的光晕，看得蓝旗心花怒放。蔺紫雨说，别看山顶，看那里……

顺着蔺紫雨手指的方向，蓝旗渐渐看清楚了，在昨天走过的路上，驶过来一辆马车，马车后面跟着几个人，其中有三个像是女的，被反绑着。

蔺紫雨说，我的天哪，是“杜鹃”，我就知道他不会走远，他一定是来寻我们的，一定是……

蓝旗呼啦往上一蹿，高叫一声，我们过去！

蔺紫雨一把没有拉住，蓝旗已经露出了大半个身子。蔺紫雨说，干什么你，看清楚再说。

蓝旗重新蹲下来，嘀咕一声，你不是说是“杜鹃”吗？

蔺紫雨按住蓝旗，眼睛看着土路，马车边上那几个人贼眉鼠眼，为首的一个，脸上有两道伤疤，一看就是打斗场上混过的人。

蔺紫雨定定神，对蓝旗说，你别动，见机行事。

说完，蔺紫雨弓起腰，探出脑袋说，我们是打散的红军女工，你们是谁？

刀疤脸一怔，把腰挺直了，哈哈，这回发大财了，又有两个娘儿们。然后对蔺紫雨说，你们出来，把东西留下，留你们活路。

蔺紫雨暗暗叫苦，遇到土匪了。蔺紫雨说，这里还有一个人，负伤了，拖不动。

刀疤脸在前，身后两人端着枪，排成队形，警惕地向前又走了几步，停下。刀疤脸向后挥挥手，叫过一个喽啰说，你先去看看。

那个喽啰显然不情愿，犹豫着往前走了两步，又回头张望。突然，就像地下裂开一道缝隙，这个喽啰不见了。

刀疤脸一声惊叫，举起驳壳枪，刚刚打开机头，蔺紫雨一个闪身，纵身一跳，扑到刀疤脸的面前，飞起一脚，将刀疤脸踢翻在地。

蔺紫雨踩在刀疤脸的腰上，举着从刚才那个喽啰手中夺来的枪，一声断喝，都别动！说，干什么的？

刀疤脸这才抬起头来，看了一会儿，哭丧着脸说，干什么的，还能干什么的，打家劫舍呗。

蔺紫雨说，就这点本事，还打家劫舍，当毛贼差不多。

刀疤脸说，实不相瞒，弟兄们都是刚刚入行的，头一遭就遇到高手，出师不利啊。

蔺紫雨说，说，你们干什么来了？

刀疤脸说，这不，昨夜听到枪响，知道杏花峪又有故事了，想来捡点剩货，哪想遇到大……老大，你们，莫非也是此道中人？

蔺紫雨说，岂有此理，老子是堂堂国军，看看那个人，要当土匪，得跟她那儿学，喏，蓝司令。

刀疤脸抬起头来，看看蓝旗。蓝旗不知道从哪里弄到一把大枣，把嘴都塞满了，嘴巴嚅动几下，把枣核啐在刀疤脸的脑门上，冲刀疤脸一笑说，手艺太差了，给老子提鞋都不配，还当土匪？

蔺紫雨说，让你的手下把手里家伙给我扔了。

刀疤脸想了想，还在犹豫，蔺紫雨狠劲一踩，刀疤脸嚎了一声，嚷道，都他妈的把家伙扔了。

九

从蔺紫雨和蓝旗现身，到土匪被制服，马车旁边被反绑的几个人一直看得清楚，中间还挣扎着想互相松绑，绳子还没有解开，蔺紫雨和蓝旗就押着一干土匪过来了。

走近一看，蓝旗笑了，这不是胡组长吗？胡琴，你怎么落到这步田地？

胡琴挣扎着说，你们到底是什么人？

蓝旗用枪一点刀疤脸的脸，你跟她说。

刀疤脸眨着眼睛说，可是，咱们也不知道你们是什么人，江湖老大吧。

蓝旗说，什么，你把老子看成什么人了！老子是什么人，说出来吓死你。

蔺紫雨连忙制止蓝旗，别胡说。又转向胡琴道，我跟你讲，我们是红军家属，可是你们一直怀疑我们，还虐待我们。既然你不认我们这两个红军家属，如今又落到我们手里，咋办呢，你自己说。

胡琴悲愤地说，我明白了，你们果然是国民党狗特务，混进红军合作社。都怨我警惕性不高，让你们钻了空子。

蔺紫雨说，你说我们是国民党特务，有什么证据？

胡琴说，我没有证据，权科长说，你们搞破坏活动，一定有接头的，让我监视你们，顺藤摸瓜。可是，我的警惕性不高，经验不足，不仅没有摸到瓜，还让你们这两个藤跑了，我就是回来找你们的。

蔺紫雨说，哈哈，还挺忠于职守的。蓝司令，你说怎么办？

蓝旗说，带走啊，带回去邀功请赏啊，虽然是个破民工，可她们也是红军的人，再说，还有这一车布，总不能空手回去吧。

蔺紫雨想了想，对刀疤脸说，按江湖规矩，我本不能留活口，看你们这三脚猫功夫，确实不像正经土匪。这么着，大路朝天各走一边，你们滚蛋，把这几个人和这辆马车留下，老子有用。

刀疤脸说，可是，可是，弟兄们忙乎大半夜，脑袋掖在裤腰上，你就这么一点……你就把这些布当作零头，赏给咱们吧，山不转水转，没准以后……

蔺紫雨冷笑一声，把手中的枪拉开栓，刀疤脸还没有看清楚，枪栓就从枪膛里被卸了下来。只听咔嚓一声，枪管在蔺紫雨的膝盖上离开了木柄。拆完这一支，蔺紫雨掂掂另一支土枪，看看枪管，在石头上戳了几下，枪管变成了一个麻花。

蔺紫雨说，看清楚了吗，老子是干这个的。

刀疤脸说，咱这枪都是吓唬人的……

蔺紫雨脸一板说，干什么不好，当土匪，还是小土匪。要当就当大土匪，跟共产党干，提两个人头找国军，我保你们吃香喝辣的。

刀疤脸抬起头，疑惑地说，提两个人头，找国军？可是，咱们盗亦有道，咱们从来都是谋财不害命，你说得太吓人了。

蔺紫雨怒喝，滚，一人扛一匹布，给我滚得远远的！

刀疤脸见蔺紫雨发怒，不敢多言，向手下的三个弟兄一努嘴。几个人小心翼翼地绕过蔺紫雨的身边，爬山马车，一人抱起一匹棉布，跳下车，风一样跑了。

打发了土匪，蔺紫雨转过身，对胡琴一笑，现在，该我们谈谈了。

胡琴说，要杀要剐，随你的便。

蔺紫雨说，哪有那么简单啊，我得搞清楚，你们是怎么怀疑上我们的，又是怎样监视我们的，还有，你们侦察到了什么。蓝司令，上车，往灵峰方向走，我们慢慢聊。

蓝旗说，为什么去灵峰镇，那不是自投罗网吗？

蔺紫雨说，从昨夜的枪声判断，灵峰镇已经是国军的天下了，听我指挥。

蓝旗把胡琴和另外两个女工强行推上车。那两个女工一个红着眼睛，一个哭哭啼啼，其中一个腿还瘸了，可能是不久前被土匪打的。瘸腿女工说，你们凭什么抓我们，我们啥也不知道。

蔺紫雨说，是我们抓你的吗？是我们把你们从土匪手里救出来的。

瘸腿女工说，可是，我们还绑着。

蔺紫雨一声冷笑，一会儿就好了，给不给你们松绑，要不要你们的命，就看胡琴组长了。

胡琴怒视着蔺紫雨，大声说，你想要我们投降？我跟你讲，要命一条，要我们投降，你想都别想。你们这些万恶的国民党特务，丧尽天良，欺压百姓，破坏革命……

蓝旗渐渐地掌握了驾车要领，兴高采烈地驾着马车沿昨夜来路狂奔，一边跑还一边嚷嚷，这回好了，大事没做成，抓了几个弹棉花的，嘿嘿，老子这回也让她们扛麻包。

胡琴一路骂不绝口，蔺紫雨不理她，用主要精力指导蓝旗赶马车。被胡琴吵烦了，回手给了她一耳光子，骂道，你个破民工，还满嘴革命，革命关你什么事？老实点，留你一条命，好好给国军弹棉花！

胡琴的嘴角流出了血，朝蔺紫雨吐了一口血沫，仍然骂不绝口。胡琴说，看不起民工？跟你讲，老子是红军战士，编外情报员。老子早就把你们看透了，要不是有命令，哪里等到今天啊。

蔺紫雨对蓝旗说，看看，我说对了吧。

胡琴说，有种把我松了，一人一把枪，你先开枪，看看老子的枪法！

蔺紫雨说，哈哈，想法不错，等到了国军队伍，我来跟你比试比试。

胡琴看着蔺紫雨，突然挺起上身，想用脑袋撞蔺紫雨，一边挣扎一边嚷嚷，妈的老子大意失荆州，昨夜只顾忙布了，忘记还有两个内鬼，你们这些破坏抗日的反动派……

蔺紫雨火了，瞅了几眼，弯腰把胡琴的布鞋脱下来，再扯掉她的一只袜子，把袜子塞进胡琴的嘴里。

另外两个女工一看这阵势，好汉不吃眼前亏，一个半睁着眼睛，一个干脆闭上眼睛。

蔺紫雨问那个瘸腿女工，你们不是突围了吗，为什么又回到杏花峪？

瘸腿女工看了胡琴一眼，怯怯地说，天亮后发现丢了一车布，组长非要逼着我们来找，说这是革命的布，一寸都不能丢，没想到遇到土匪了……

胡琴嘴里呜呜着，出其不意地伸出腿，在下面踢了一脚，正好踢在瘸腿女工的伤处。瘸腿女工大叫，都是你害的，俺们来帮工，啥也没做，可是这个娘儿们，她就像老总那样待俺们……妹子，放了俺们吧，俺们上有老下有小，要抓，你就把组长抓走……

蔺紫雨问，你家有人当红军没有？

瘸腿女工说，没有，俺一家都是种地的。

蔺紫雨又问，她呢？

瘸腿女工看了那个女工一眼说，俺……俺不知道……

说话间早已过了杏花峪，蓝旗突然喊了一声，不对啊，前面有队伍，不像是咱们的。

蔺紫雨吃了一惊，嚷道，赶快停下！

蓝旗一勒缰绳，吁——马车停下了。

蔺紫雨手搭凉棚观察片刻，脸色变了，嘀咕道，奇怪，怎么还挂着红旗，莫非红军杀了回马枪？

蓝旗说，怎么办，再回头？

蔺紫雨果断地命令蓝旗，把马解开，马车扔了。

蓝旗问，这几个人怎么办？

蔺紫雨想了想，突然掏出驳壳枪，拉开枪栓，把子弹压上了，对准胡琴的脑门。

胡琴闭上了眼睛，呜呜地喊叫，一句也没有喊出来。

蓝旗惊叫，你要干什么？

蔺紫雨不说话，手有点抖。

蓝旗说，一条命啊，咱们无冤无仇的。

蔺紫雨说，记住你的誓言，效忠党国，以服从命令为天职。

蓝旗说，她一个小老百姓，跟效忠党国八竿子扯不上，杀她没必要啊。

蔺紫雨说，没有听见吗？她说她是红军的情报员。

蓝旗说，她吹牛，就是情报员，也是编外的，她就是一个民工。

蔺紫雨的手不抖了，咬牙切齿地说，就算是民工，她也是铁杆共匪婆娘，是党国的死敌，留下她要坏大事的。

蔺紫雨转向胡琴说，对不起了胡组长，你的组长当到头了，不是我不留你，因为你我不是一条路。你不是要革命吗，那我就送你革命到底，如果有来世，你再为革命弹棉花吧……

说着，蔺紫雨也闭上了眼睛，枪口在胡琴的眼前晃动。

胡琴也闭上了眼睛，闭上了又睁开，瞪着蔺紫雨的枪口。

先是一个清脆的声音响起，接着传来枪声，蔺紫雨只觉得手腕断裂般的疼痛，还没有明白发生了什么事情，就被蓝旗拦腰抱起，摔在马上。

蔺紫雨明白了，她被蓝旗抽了一马鞭。

蔺紫雨大叫，小戏子，你干什么？

蓝旗不理她，抱着她的腰，飞身上马，调转马头，对胡琴抱拳，老胡，后会有期，以后战场上遇见，你可得记住今天啊……

马蹄飞扬，一马两人绝尘而去。

第五章

一

现在，该讲讲我的故事了。

就像你知道的，在那个时代，在那群人当中，我是个微不足道的角色。可是，我后来成了这个故事的主角，准确地说，是别人帮我成了主角，这个我以后再讲。

我出生在长洲，红军在葱茏山地区建立根据地的时候，我的父亲是当地地下党负责人，因为给红军送情报，被国民党抓进监狱。同他一起被捕的还有两个人，都被国民党杀害了。国民党造谣说，他们是向“党国”自首，被红军“锄奸”除掉的。我在二十岁以前，一直信以为真，所以对红军恨得要死。

十七岁那年，我考上了国民党军“西训团”，在那里我勤奋学习，体能和技能成绩都很优秀，毕业之后，跟随一分团的郭涵主任和谢谷师兄到了地方军部队，从排长当到营长。

我们那支部队，跟红军作战并不卖力。上面有约定俗成的默契，把红军撵出去，随便他到哪里都行，但是不能跟他硬拼，不能消耗实力，因为地方军阀，不管是哪一派，最担心的还是中央军趁机占领地盘。

一九三三年，国民党在西峰搞了“西峰干训团”，目的是通过这个“西训团”，把嫡系骨干安插到地方军，当时有个说法叫掺沙子。

可是这些学员，多数是那块土地上的人，掺进去的沙子很快又被化成了泥，端地方军的碗，归地方军管。再说，这些地方佬并不服气中央军，我们部队有个说法，真打起来，还是我们地方军的锤子硬。郭涵主任和谢谷师兄后来都成了地方军的骨干，就是这个原因。

我为什么有三个母亲呢，除了我的亲妈，还有两个，是我父亲的同志的妻子。

我的家境比较好，有祖上留下的丝绸厂，我父亲生前搞地下工作的时候，我们家就是据点，这两个叔叔和他们的家人也经常到我家，跟我母亲一起望风做饭。他们死了之后，我母亲东奔西走，把她们都安顿在我们家过活。我的大妈是个半瞎，有一个残疾女儿。我的三妈，有两个孩子，一男一女，我的兄弟叫于禁，妹妹叫刘海，当时都在上学，以后陆续走上抗战和革命的道路。因为他们同我要讲的故事关系不大，所以我就不多说了。

有年年底，接到二妈——就是生身母亲的电报，说我三妈重病，将不久于世，老是念叨我。我请了假，那是我从军之后第一次探亲。回家第二天，三妈在病榻上拉着我的手说，你的三个父亲，不是被红军锄奸的，而是被国民党杀害的。因为当时长洲支持红军的士绅很多，国民党玩弄两面派手法，用血腥的手段震慑那些同情红军的人，经常在报纸上造谣，红军如何无情，如何过河拆桥，如何斩草除根……

三妈说，当年我父亲他们被抓之后，三妈曾经托人进入国民党监狱看望过他们，后来还弄到了他们被杀的材料和照片。国民党特务给了我三妈十块银元和一句话，要她守口如瓶，报纸上怎么说就怎么说，否则就杀掉她的两个孩子。三妈担心殃及大妈和我们家，一直没敢说出真相，直到那次我回去探亲。

我在家里住了十几天，奇迹发生了，三妈的病情居然好转了。回部队的前一天，三妈送给我一块怀表，是我三爸的遗物，三妈跟我讲，还有一块，在刘海妹妹的手里。我寻思，三妈把这块怀表送给我，可能是希望我和刘海能够成为一家人，但是刘海告诉我，她喜欢上了她的老师，而以后我才知道，那个老师是共产党。我知道这个情况，心情很复杂，倒不是因为刘海过早地有了情人，而是因为那个很有可能成为我妹夫的人当红军去了。

三个父亲的死因真相大白，我没跟任何人说，它像一根刺扎在我的心上。我表面上不动声色，暗地里却发誓，这个仇早晚要报。

在葱北追剿红军的时候，有好几次我都动了念头，脱离国民党军队，到红军队伍去，接过我父亲的事业，同国民党干。可是，一直没有找到合适的机会。为了避免同红军作战，避免手上沾上红军的鲜血，我放弃了战斗部队直线晋升的机会，托关系调到军部，在供给处当了一名副处长。

当时在郭涵的部队，有两个人被看成胸无大志，见利忘义，一个是我，另一个是我的同学贺之发。贺之发见利忘义是真的，我的所谓见利忘义是假的。我声称我家有三个母亲要赡养，省吃俭用，绝不赌博，但凡有占便宜的事，我就会冲在前面。

当然，我占的便宜是小便宜，无伤大雅，一般不会犯法。贺之发就不一样了，这小子从“西训团”毕业之后不久，就到旅部当军需官，什么生意都敢做，当年还同其中坪做过买卖。红军在长洲搞物资贸易的时候，他跑到长洲敲诈其中坪的药行，被红军特务营长凌云峰抓住了，打断了他的一条腿。

有一次喝酒，老贺喝醉了，红着眼睛跟我讲，当年在“西训团”的时候，他就开始做生意了。

我很惊讶，我说，那时候你一个学员，学校管得那么严，你怎么做生意啊？

贺之发摇头晃脑，得意地说，你还记得楚兰教官吗，她给女生发的那些武装甲，知道是谁做的吗？

我说，是灵峰镇的裁缝啊。

他又问我，你知道那些柞绸是哪里买的吗？

我说，这个我不知道。

贺之发嘿嘿一笑说，最早的武装甲，是灵峰镇的裁缝做的，可是后来，我另外找了一个裁缝，用低价把灵峰镇的裁缝生意抢了，然后从其中坪帮办的手里买来柞绸，不光女生的武装甲，后来整个“西训团”男生用的枪口帽，再后来，整个谢谷部队用的枪口帽，都是我的裁缝我的材料。前前后后算算有多少，总得有一万条吧，哈哈，每一条我抽五分。

我惊呆了，没想到老贺这么能做生意，简直无孔不入。

我问他，要那么多钱干什么？他说，兵荒马乱的，靠谁都靠不住，国民党不可能养我一辈子，我也不可能当一辈子国民党，攒足了钱，老子赶紧滚蛋，免得吃枪子，死得不明不白。

我那天试探他，要是去当红军干不干？他的头摇得拨浪鼓似的，说，当红军干什么，当叫花子啊。我这一生就几十年光景，我不吃不喝穿草鞋，我傻啊。

我说，老贺你就不能有点抱负，国家有难匹夫有责啊。

老贺说，国家有难，国家是谁的，是你的还是我的？国家从前是爱新觉罗的，后来是袁世凯的，现在是蒋委员长的。可是，蒋委员长他，他能把国家交给我吗？我吃了上顿想下顿……

我听他越讲越不像话，生怕隔墙有耳，赶紧把他搀回宿舍睡觉去了。

第二天酒醒了，贺之发问我，昨天晚上我说了什么？我说，你昨天什么都没说，就是说了武装甲和枪口帽。贺之发抠着眼屎，不相信地看着我说，哦，是了，是说枪口帽和武装甲了，我是怎么说的？

我说，你跟我讲，你后来不用枪口帽了，直接对准目标射击，你说你有那么多钱，不缺女人。

贺之发眼睛瞪得老大，啊，连这个都说了，他妈的，喝酒真是乱性啊……我说了我的女人是谁吗？

我说，你好像说了名字了，可是我当时也喝多了，记不清了。不过，你说你有十个女人。

贺之发抠完眼屎，放在拇指上一弹，掰着指头算了算说，我的天哪，那是吹牛啊，我哪有十个女人，前后也不过七八个，你可别当真啊。

我说，你都搞了七八个，我连女人是什么样都不知道，这太不公平了。有机会我就跟长官说，贺之发生活糜烂，为了搞女人，什么生意都做，这种人不能留在军队。

贺之发不笑了，看着我说，不会吧，咱俩，咱俩在一起，讲的都是私房话，你要是出卖我，那你就再也不会有朋友了。

二

还记得一九三六年春天的那件事情吧，在苑安城西的朵尔镇，谢谷的部队同红军进行了一次交易，就是贺之发策划的。红军穿山甲的团长凌云峰亲自带人到朵尔镇接货，不料被陈达教官的“战术研究室”研究出来了，以此要挟谢谷。谢谷玩了一个花招，一方面安排凌云峰好吃好喝，还同安南先生和安屏小姐秘密会面，另一方面，安排心腹灌醉了凌云峰的下属张有田，拆开货物包装，把原先许诺的十挺机关枪撤掉，枪支弹药一律不许放行。这是做给陈达手下的特务看的，倘若郭涵军长知道了，责任会小一些。

就是那次，我也做了一个手脚，当我得知谢谷偷梁换柱之后，我半夜里派人送去十支步枪和一千发子弹。虽然杯水车薪，但是我的心情好多了，我以这点冒险的努力告慰我父亲的在天之灵。以后我想，可能就是那一次，我向凌云峰伸出了我的灵魂之手。在后来的抗日战争中，他接替我成为楚大楚，早就有了渊源。

郭涵军长是知道朵尔镇交易的，但是没有深究，睁一只眼闭一只眼。大约他也知道，谢谷并没有给红军像样的武器。那时候，反共是上面的事情，我们这些底层官兵，互相来往的情况比较普遍。

听说有一对表兄弟，表哥是红军的团副，表弟是地方军的营长。有一次两兄弟在一个战场打仗，表弟派个兵跟表哥联络，夜里两个人还下馆子喝了一顿酒。表哥说，国民党反动，现在日本鬼子占领了东三省，国民党还天天追着我们红军打。我们要北上抗日，你跟着走吧。表弟说，红军的枪太破，伙食也差。表哥说，把你的枪给我，我的枪不就好了吗？表弟真把枪给了表哥。

我被降职，是朵尔镇交易以后的事情了。红某军回师之后，有个大官跟他们的中央搞分裂，红某方面军和中央红军一部，又掉头南下，他们的首长提出要打回葱茏山，再创根据地。这一下，地方军不干了，几路军阀联合起来，要在千尺关阻击红军。

那时候我在军部，得到的消息早，心情很复杂，这场恶仗，红军肯定要吃亏。恰在这时候，郭涵军长点名要我下到谢谷部队当团长，虽说升官了，可是这个官弄得我很难受。作战部队的团长，一定是第一线的，面对红军，面对我父亲的同志，我怎么打啊，里外不是人。

我琢磨了半夜，第二天想了一招，跟谢谷部队的军需科长贺之发商量，弄点粮食卖给红军，我得到三根金条，又把其中的两根送给了郭涵的副官长。贺之发弄到五根金条，一根也没送给长官，独吞了。后来我让手下的一个少校军需举报我，这个少校因此立功，替我去当了那个团长。这个人其实也是我的好兄弟，可是他升官发财的心思太重，从一个营级军官直接升为团长，高兴得请我喝了一顿酒，然后耀武扬威地去当团长。没过一个月，在千尺关战役中被红军打死了——兄弟九泉之下请原谅，我不是故意让你送死的。

贺之发也很惨，这伙计吃独食，没有人帮他。郭涵军长一个命令下来，不仅把他革除了军职，还送交地方坐了半年牢，那几根金条也被没收了。

那一次，我被降了一级，军需处混不下去了，让我到军部直属营当营长。不到一年，我又犯了一个错误，那年春天，突然听说部队要北上，当时保密保得好，不知道北上干什么，以为又是到陕北配合胡宗南跟红军打仗。我寻思，到了陕北，跟红军打仗，我父亲九泉之下有知，他不得跳出来扇我耳光啊，我不能去。再说，背井离乡，我的三个母亲和残疾妹妹，他们怎么办？要是跟日本鬼子打仗被打死了，家属脸上有光，民族英雄的家属，政府还会补贴，可是跟中国人打仗被打死了，那算什么玩意儿？所以我不能去。

这一次，没有粮食可卖了，我卖驴。我们直属营只有两匹马，是作战用的，我没法卖，但是有三头驴，我让驴夫在草料里加了一点东西，另外两头驴没事，有一头受不了了，两腿之间成天坠着一根黑乎乎的棒槌，眼睛盯着母驴叫唤。弄到最后，不光追母驴，公驴它也追，见到母狗它都蠢蠢欲动，就像当年我们在“西训团”一样，老是“擦枪走火”。我让人把它牵到集市上，高价卖给配种场，一共四十块大洋，二十块充公，另外二十块被我装进了腰包。过了几天，那头驴死了，配种场到军部告状，军需处来调查，我供认不讳。我说没办法，我每个月只有二十块大洋的薪金，我要养三个母亲，三个弟弟妹妹，不捞点外快日子没法过。

就这样，我被解职了。

宣布解职那天，我高兴得眼泪都快出来了，打电话向谢谷告别。谢谷在电话里把我骂了一顿。谢谷说，克扣军粮，吃空饷，在咱们部队不算什么，习以为常，你干点什么不好，偏偏盗卖军驴，太蠢了。

我说，我没有经验，别人把牛马牵走了都没事，我口袋里装了个小耗子，都能被查出来，人倒霉喝口凉水都塞牙。

谢谷说，你要是不想回原籍，那就先等几天，我找郭涵军长再讲讲情，到我部队来当营长。

我一听，那不行，那不是跳出虎口又进狼窝了吗？我假装仗义，对谢谷说，大哥，我名声不好，就不给大哥抹黑了，我还是回家吧，我要养我的三个母亲和一堆弟弟妹妹。

就这样，我卸下一身包袱，回到长洲城，本来想做个小生意养家糊口，没想到遇到贺之发，情况又发生了变化。

贺之发在长洲地面有不少狐朋狗友，帮他凑钱打点，提前从牢里出来，到其中坪当帮办。贺之发当帮办，实在是再合适不过了，一方面他帮助其中坪向军队和政府部门推销药材和柞绸，另一方面，他的一帮黑道朋友用黑吃黑的手段，保护其中坪尽量少受敲诈勒索。其中坪的当家人安南先生并不喜欢贺之发，但是需要他，给他的报酬也很丰厚。

在此之前，安南先生刚刚经历了一场变故，他在送女儿到西安的路上，遭到土匪巴根打劫，后来被红军营长凌云峰救了出来。安屏小姐因为某种原因，最终没有出国，后来当了红军。安南先生回到其中坪之后，旧时同盟会的老友找上门来，策划推动国民政府联合抗日，所以生意上的事情管得少了。

贺之发把我介绍给安南先生，我如实讲了我在军队贪赃枉法的经历，我说，我的人品本来没有这么差，如果跟日本鬼子作战，我一定是个廉洁奉公身先士卒的好军人。安南先生没有当面夸奖我，但是很高兴，把贸易保护这一摊子交给我，每个月给我底薪五十块银元，特殊贡献特殊奖励。

我在其中坪当了将近一年的帮办，这期间形势发生了很大的变化，张学良和杨虎城在西安实行兵谏，促使国民党调整政策，停止内战。我离开之后，郭涵部队并没有北上追赶红军，那以后地方军就没怎么同红军打仗了。这时候我又有点后悔，不该放下枪，万一国民党真的同共产党实行合作抗日，我拿什么打鬼子呢？

三

说话间到了夏天，突然传来日本人进攻北平的消息，不久又传来红军被改编为国民革命军第十八集团军和新编第四军的消息。国共合作终于形成，联合抗战了。

我得到这个消息，百感交集。鹬蚌相争渔翁得利，家不和，被邻欺，这些道理我们小老百姓也懂。其实过去我们在同红军打仗的时候，红军喊的那些口号，穷苦兄弟是一家，中国人不打中国人，我们底层官兵是非常同情的。

我今天这样说，并不是吹嘘我有先见之明，能够预测到今天，因为停止内战，是我们老百姓普遍的愿望。我们的队伍里，一个村里出来的，有的当了红军，有的当了地方军，多数沾亲带故，我们是兄弟，为什么要自相残杀？现在好了，一致对外了，我们中国人看见希望了。

到了夏天，长洲城里到处都是抗战的呼声。我从报纸上看到，我们地方的老长官向中央和全国通电请缨抗战："和平果已绝望，除全民抗战外，别无自存之道，要求当局早决大计，某愿率地方军供驱遣抗敌！"

那段时间，安南先生基本上不在其中坪待，而是住在长洲城内其中坪的福音药行，担任长洲救国商会的会长。我和他的干儿子巴根既是保镖，又是助手。

安南先生是个坚定的爱国者，有次集会，他冒着大雨发表演讲，"我们长洲人民勤劳淳朴，物产丰富，可是一旦国家被灭，我们还有日子过吗？国难当头，匹夫有责，我葱茏儿女以国家为重，有钱出钱，没钱出人。国家是我们的国家，不是朝廷的，不是大帅的，救这个国家，只能靠我们各界联合起来，只能靠我们全体人民团结起来……我们的军队很快就要开到抗日前线了，可是我们的军队还很穷，我们的官兵只能穿着短裤和草鞋，我们能让我们的子弟忍饥挨饿吗？我们能让我们的士兵连饭都吃不饱还同日本鬼子作战吗？不能啊……"

安南先生越说越激动，眼泪和雨水一起流过他的脸颊，连我和巴根都被他感动了，我们也是热泪滚滚。

那是一次募捐集会，前后有两千多人参加，大部分人都是送钱送物的。十天之内，长洲抗日商会募捐的财物，折合十万块银元，其中安南先生一个人就捐了一万元，其中坪商会捐了一万元，全都送到了郭涵部队。据说郭涵也很激动，对安南先生说，他已经向上峰请缨，部队可能很快就要北上。

事实上，那几乎是安南先生最后的财产。巴根告诉我，他曾经劝过老爷子，多少给安屏小姐留一点，安南先生训了他一顿，说，覆巢之下安有完卵，国将不国，何以为家。我没有儿子，我要是有儿子，马上送到队伍上。当时巴根说，我就是你的儿子啊，我这就回部队，去替你抗日。

现在，我得讲讲巴根的故事了，这个人，就是当年打劫安南父女的土匪头目。不过这个土匪还算仗义，坚持一条原则，谋财不害命。当初他把安南父女劫持到旺宣，并没有虐待他们，而是以礼相待。后来红军特务营长凌云峰带领一支小分队，智取巴根，救出安南父女，并将巴根等人抓获。凌云峰的手下张有田坚持要把巴根杀掉，凌云峰于心不忍，二人还吵了起来。张有田批评凌云峰心慈手软，凌云峰索性离开了现场，可是就在匕首刺进巴根喉咙之前的一瞬间，凌云峰鬼使神差又返回那间小屋，把巴根拦截在阎王府前。

后来，巴根在跟我回忆这段往事的时候还心有余悸，说，就差一点点啊，就差一根眉毛那么一点点啊，想来我这条命都是捡来的，不，是安南先生给我的。我要是稍微亏待安南先生一点，安南先生要是稍微诉一点苦，那个姓凌的就不会饶我。听说这个姓凌的，后来还因为放了我这个土匪，坐过他们的班房，差点儿就一命呜呼了。我怎么能再当土匪呢，我得脱胎换骨啊，所以我后来就到了其中坪，洗心革面，我甘愿给安南先生当牛做马，赎回我的罪恶。

安南先生不仅宽恕了巴根，还把他介绍到谢谷部队，让他跟着谢谷好好学学本事，七搞八搞，混了个上尉军衔。当初在朵尔镇同红军搞贸易，巴根还起了作用。后来谢谷部队回撤，住在长洲，巴根就成了谢谷同安南先生的联络员。

听说过一个父亲送子参军的故事吗？长洲百涧镇有个青年王金童，串联一百多个朋友，向县政府请命杀敌，后来由安南先生介绍加入郭涵部队。就在他们开拔前，郭涵部队收到了王金童父亲寄来的一面出征旗，与祝愿亲人平安远征相反，这面由一块宽大的白布制成的大旗，居中写着一个大大的“死”字！出征旗的右上方写着：“我不愿你在我近前尽孝，只愿你在民族分上尽忠！”左上方写着：“国难当头，日寇狰狞。国家兴亡，匹夫有分。本欲服役，奈过年龄。幸吾有子，自觉请缨。赐旗一面，时刻随身。伤时拭血，死后裹身。勇往直前，勿忘本分！”

那段时间，参军抗日成了长洲百姓的共同心愿，出现了很多让人感动的事情，还有一些根本想不到的事情。长洲葱茏监狱是省立监狱，有一千多名犯人，监狱里面有个砖瓦厂，犯人在里面烧砖，每年要给政府挣很多银子。他们得知要抗战的消息，派出犯人代表跟狱长请愿，要求出狱参战，打走日本鬼子再回去坐牢。

郭涵部队开拔之前，需要补充兵力，安南先生为此专门跑到郭涵师部，请他派人到监狱征兵。郭涵军长真的派人去监狱了解情况，发现那些犯人很多都是冤枉的，有的根本不算罪犯，因为砖瓦厂需要劳力，打架斗殴的，小偷小摸的，都抓来坐牢，有钱的可以保释，家穷的继续烧砖。郭涵军长得到这个情况，下了一道命令，从一年以下徒刑的犯人中选拔士兵，当兵之日即刑满之日，同时，有特殊本事的，一年以上徒刑的，也可以酌情减刑，以取保候审的名义参加军队，视战斗表现减刑，立功者可以在战场上宣布将功折罪，成为正式士兵，继而可以提升为军官。

这一下，长洲监狱轰动了，至少有七百多人要求参军，有的找保人，有的写血书，还有一个人写了一首诗，“再大的罪，罪在有国不能救，再小的功，无非戴罪立功，昨日犯罪只因有家无国，明日立功缘于先国后家”。

我是从安南先生的嘴里听到这首诗的。安南先生当时说，我们中国的老百姓不是一盘散沙，一盘散沙皆因有家无国。你看共产党领导的红军，那么穷，那么苦，却是那么团结，为什么呢，因为有信仰，有了信仰，就有盼头，有了盼头，就有了力量。我问安南先生，信仰是什么？安南先生说，国富民强，就是我的信仰，只有救这个国家，才能造福子孙，国家破碎，万劫不复。

犯人都可以参军抗日，你想想，我这个曾经的国军军官怎么能无动于衷？我跟安南先生说，让我回部队吧，哪怕只当一个士兵。

安南先生当时没有答应我，我以为他不同意，没想到第二天他就通知我到郭涵部队报到。我的天哪，郭涵军长不仅重新接纳了我，还让我以营级军官的身份，当了补充连的连长，挂少校军衔，拿营长薪水。

我的那个补充连，就是由监狱里挑选出来的犯人——当时统称为补充兵——组成的。我一看花名册，心里就乐开了花，好啊，小偷小摸，欺男霸女，打家劫舍，什么人都有，还有亡命徒。好在这些人没有人命案，其实不比巴根更坏，跟我这个贪赃枉法的前国军军官相比，也差不多。

除了这些前犯人，军部给我派来一个名叫苏佐的上尉当连副，我分析他可能负有监督我的使命，管他呢。

四

补充连成立的时候，郭涵军长特意请安南先生到场讲话。安南先生的话我只听了一遍，就大致记下了，一百个胆小的人里面，总有一个胆子最大的；一千个孬种里面，总有一个会成为好汉；一万个平庸者里面，总会锻造出一个英雄。中国有四万万人，至少可以提炼出四万个英雄。一个胆小的人，一生中总会有一次胆大的时候；一个傻子，一生中总会做一件聪明的事。我们既是胆小鬼、懦夫、傻子，我们又是好汉、英雄、聪明人。孩子们，过去的一切都不是你们的错，以后的一切，就看你们了，老百姓在看着你们，你们就是岳飞、于谦、文天祥！

你想象不出来当时是个什么情景，七十多个人，把胳膊举得老高，举过了头顶，誓师出征——马革裹尸，在所不辞，男儿何不带吴钩，不破楼兰誓不还！

补充连被编入军部直属营，第一个任务就是训练。说实话，我的那些部下，散开了是乌合之众，聚起来就是一个拳头。兵员都是百里挑一的，年轻力壮，各有绝技。射击、格斗、刺杀、投弹，这些基本的技术，对于他们并不是难事，几天下来，大家就找到了感觉。有一个叫王铁索的士兵，能把手榴弹投到七十多米，而且指哪打哪。军部组织篮球赛，这伙计只学了一天，抢到篮球，根本不用运球，转过身来，直接跳起来往对方的球篮里扔，一投一个准。

那段时间，我的心情好极了。

说真的，过去，不论是在“西训团”，还是在郭涵部队，虽然也是当兵吃粮，可是兵当得不明不白，吃粮也是混饭吃，不知道为什么要打仗，不知道为什么要跟红军打仗，上面讲得再清楚，我们也不明白。

我们这些山里人，读书不多，道理还是知道一二。我们就觉得，好好的日子要好好地过，今天这个“大帅”来了，明天那个“老总”来了，他们打天下坐江山，跟我们有什么关系？可是抗日就不一样了，就像安南先生说的，这是为自己打仗，为了自己的国家，也是为了自己的百姓，还是为了自己的将来。为自己做事，能不上心吗？

出征前夕，安南先生到驻地慰问，给补充连每个士兵发了二十块洋钱。我知道安南先生也快成穷光蛋了，表示这个钱不能收。安南先生郑重地说，这不是军饷，也不是买命钱，这是一个中国普通百姓的心意。我已经没有家了，这个国就是我的家。安南先生给我本人一百块，让我送回家里。

我羞愧难当，跟安南先生说了实话，其实，我家并没有穷到揭不开锅的地步。我三妈的女儿、刘海妹妹已经谋到了一份教书的差事，三个母亲和弟妹们也都能做点活计，穷日子还能过得去。过去我贪点小便宜，那不是真的因为穷，而是因为我不想跟红军打仗。

我这样讲，安南先生显得有点意外，也很高兴。安南先生说，哦，原来是这样，你不想跟红军打仗，说明你是有头脑的。

我说，我没有想那么多，我就觉得，我们应该跟真正的敌人打，我们的敌人不是红军，红军和我们都是中国人。

安南先生点点头说，我接触过红军，我知道他们是什么人，有信仰，能吃苦，会打仗。我研究过他们，他们提倡的官兵一致，就是把一盘散沙凝聚起来的黏合剂，非常管用。

我说是的，我们过去跟红军打仗，吃了很多败仗，首先就是因为他们有信仰，有目标。而我们的部队，当官的欺负士兵，士兵当然不愿卖命。

安南先生说，还有他们的战术。你们要向红军学习，特别是他们灵活机动的游击战术。他们为什么能够以少胜多，以弱胜强，除了士气以外，还有战术。

安南先生说完，从兜里掏出一个小本子《论游击战术》，递给我说，我没有见过日本鬼子是怎么打仗的，但是我知道，任何敌人都有弱点，打仗要动脑子，找到敌人的弱点。红军的这个游击战术，是很高明的，希望对你有用。

我接过小本子，向安南先生鞠了一躬，我说，安南先生请您放心，我记住了。

安南先生的一番话和他送给我的小本子，让我首先明白了一个道理，打仗靠的是人，只有把人心凝聚起来，才能无往而不胜。我从那本《论游击战术》里面背下了这么一段话，“共产党员要像和尚念阿弥陀佛那样，时刻叨念争取群众，密切联系群众，一刻也不能脱离群众”。这段话让我茅塞顿开，人心齐，泰山移啊，可是我过去的那些长官，都是自作聪明，高高在上，欺压百姓，还经常发生克扣军饷、打骂士兵的现象。军官把士兵当奴仆，士兵把军官当作阎王，打起仗来别说奋勇当先，背后打黑枪的事情都经常发生。

那段话是谁说的呢，是中共领袖毛泽东。你可能想不到，一个国军军官怎么会把中共领袖的话奉为金科玉律，我跟你说，在那个时候，读中共领袖文章的，不只我一个人，我们的郭涵军长和谢谷旅长的公文包里，都藏着中共领袖的著作和红军的战术教材。可以说，我们部队后来在抗日战场中大显神威，同共产党的思想工作方法和战术，有很大的关系。不过，长官们做得很隐蔽，他们在背后读，读了也不讲，不像我大张旗鼓地宣讲。

现在我可以公开说了，我就是用共产党和红军的办法带兵打仗的。我们补充连组建之后，我坚持同士兵住在一起，吃在一起。我跟他们讲，打仗的时候，你们跟在我的后面，我怎么打你们就怎么打，我打到哪里你们就打到哪里。后来有个八路军的干部总结了一句话，我前进你跟着，我站住你看着，我后退你枪毙我——其实，这个意思我也对补充连的官兵表达过，我们和红军、八路军的军官，都是炎黄子孙，我们的心是相通的啊！

就连打草鞋，我们也学习了红军的方法。安南先生慰问我们的时候，除了送来布匹、粮食和银元，还有一捆柞绸丝，他跟我讲，当年红军小分队到其中坪，第二天，带队的军官凌云峰就用废弃的柞绸丝掺在稻草里打了一双草鞋，给他留下很深的印象。掺了柞绸丝的草鞋，穿在脚上，既柔软又坚韧，一双可以当三双用。我首先学会了打草鞋，然后教给部队，三天后，全连七十八人，每个人都有三双柞绸丝草鞋，连副苏佐把它取名为“抗战鞋”。

就这样，我们补充连完成了思想动员和战术训练，一个月后，乘坐火车北上了。穿着“抗战鞋”，每个人的心里都很踏实，都装着满腔的激情。

五

我们补充连参加的第一场战斗，是在沧山外围的灵风打伏击。同日本鬼子面对面地战斗，要说一点不紧张，那是瞎话。因为此前我们谁也没有见过日本鬼子，不知道他们长得什么样，更不知道他们的套路。我们埋伏在灵风河东岸的初雨峡谷，焦急地等鬼子出现。

埋伏到后半夜才知道，那场战斗主要是八路军打，我们地方军敲边鼓，派出几个新组建的连队掺和一下，跟在八路军的后面，摸摸鬼子的情况。

那是一个清晨，北方的冈峦植被稀少，虽然是秋天，但是那天很冷。我们穿着单衣，在地上趴久了，胳膊腿都麻了。按照敌情通报，八路军在灵风打响后，鬼子的辎重部队很有可能绕道，而初雨峡谷是他们迂回的最佳路线。我们的任务是，打得赢就打，打不赢就跑，反正是锻炼部队，不会跟他们硬拼。

可是，等了一个多小时，我发现不对了，鬼子一直没有来。而两翼始终很平静，没有听见枪炮声。我心想，这是怎么回事啊，难道敌情是假的，把我们派出来是为了试试我们的胆量？或者是，做做样子给八路军看？我的心里有点不高兴，为我的连队，也为我本人，有一种被歧视和被冷落的感觉。

就在我胡思乱想的当口，左翼啪的一声枪响，把我吓了一跳，接着，从三连防守的方向传来激烈的枪声。我察看地形，三连那个方向，相对平缓，确实也是通道。可是敌情通报上说，鬼子是辎重部队，有车辆马匹，那个地方显然不是最佳路线。况且，我们一直没有听到汽车的声音，难道他们的汽车是传说中的无声汽车？不可能。

回到自己的阵地，我看到补充连的士兵有好几个人站起来了，到处张望，有的离开了壕沟，端着枪哈着腰，就像猫一样瞪着两眼准备捕捉老鼠。

我挥枪高喊，都给我趴下，谁也不许离开阵地。

左边的枪声越来越激烈，还有隐隐的炮声，就在这炮声中，我的耳朵里传来了隐隐的雷声。我趴在地上，把耳朵贴在泥土里，又招呼苏佐也趴下。

苏佐听了一会儿，抬起头来，看着我，小眼睛骤然放光，汽车，连长，是汽车。

我心里高兴啊，没想到我们捡了个大便宜，本来我们是敲边鼓的，可是鬼子的辎重真的到了这个方向，情况就不一样了。我准备把事情搞大。

我们是第一次打日本人，日本人跟我们这支部队打仗，也是第一次，彼此摸不准脾气，他也不知道我们是什么套路，但是，利用地形，这是常识。不管左翼打得多么激烈，我这个阵地，一定是这场战斗最核心的战场，鬼子要想通过初雨峡谷，他就必须先过我这道鬼门关。

我跟苏佐商量，以两个班占领制高点，配备重火力。另一两个班前出到山坡，构成一道防线。并以一个班为预备队，随时穿插敌人的进攻队形。

苏佐有点迟疑，好像不太同意我的意见，跟我讲，你这样摆开阵势，好像是要打大仗。

我说，你说对了，我就是要往大里打，打一个真正的伏击战。

苏佐说，上面说得很清楚，我们是补充连，拉上来练练，跟他打游击战，打得赢就打，打不赢就跑，免得把鬼子都引到我们这里了。

硬骨头还是要留给八路军。

我说，那不行，我好不容易等到真鬼子，我得甩开膀子打，我就是要把他吆喝过来。就算他攻上来了，我也不跑。这么好的地形，我得跟他好好玩玩。

见我态度坚决，苏佐不再坚持，如此这般部署去了。

可就在这时候，通信兵传来营长的命令，要我火速派出一个排增援左翼。我当然不乐意，我知道左翼的地形，不会有大仗，我这个地方才有可能把鬼子吸引过来，怎么能分我的兵呢？

可是，第一次参加抗日战斗，我又不能不执行营长的命令。怎么办呢，我召集几个军官一合计，决定派出号称“飞毛腿”的三排长王铁索，带领两个班，向北快速运动，从四号高地向三号高地穿插，那里应该是敌人进攻左翼的路线。我特意交代王铁索，一旦发现敌人，以突击火力袭击，随时做好回援的准备。

后来果然证明我的这个权宜之计是一个妙招。王铁索带领的两个班在混战中插向三号高地，在距离三十米的地方即同敌人进攻队形相遇，拦腰打了敌人一个出其不意。随着主阵地战斗打响，王铁索率领分队快速回援，不仅没有减弱主阵地的力量，反而因为在正面以外投入兵力，同样出乎鬼子意料。

终于，鬼子被我引来了。

主阵地上，出现两股鬼子，左右两翼齐头并进。看来鬼子对这一带的地形相当熟悉。事后知道，当年土肥原到山西做客，沿途绘制了山西地图，搞得比阎锡山还要清楚。

敌人前锋同我交火之后，士兵们哇哇乱叫，说看到真鬼子了，小矮子。刚开始很大意，啪啪乱放枪。很快就发现，那些快乐的子弹并没有挡住敌人的步伐，鬼子战术十分灵活，呈蛇形弧线运动，很快就出现在前方不到三十米的地方。

一看这阵势，我明白了，我们的火力不行，士兵们还是缺乏训练。

怎么办呢，我当机立断，决定近战，用大刀和刺刀，这是我们的强项。

我交代苏佐，悄悄撤出阵地，隐蔽接近敌人。鬼子眼看就要冲到壕沟前面了，突然听见枪声停止了，有些莫名其妙，正东张西望，我们从侧翼突然杀出，鬼子来不及做出反应，反应过来后忙着退子弹，我们的大刀就砍下去了。

我是第一次参加肉搏，简直被士兵们的动作惊呆了。四十多个人，唰唰地挥舞大刀，没命地乱砍。场面有些混乱，血肉横飞，日月无光。鬼子指挥官见势不妙，一声呼哨，我们还没有明白是怎么回事，转眼之间他们就全都撤出了战斗。

这时候我看见一个士兵，还在抡着大刀挥舞。我让苏佐把他拉下来，问他，鬼子都撤了，你还乱砍什么？

这伙计虽然不乱砍了，但是浑身颤抖，牙帮骨哆哆嗦嗦打着磕巴说，他妈的，我害怕，鬼子好难砍……我怕我停下来，他就捅我一刀……

苏佐说，看你那熊样，吓成这样！

我说，不要训他了，吓成这样还砍死几个鬼子，要是不吓，那还不把鬼子都砍了？

鬼子的第一轮进攻被打退之后，我就把班长和排长们叫到一起，模仿红军的做法，召开诸葛亮会。班排长们，多数都还在亢奋之中，说鬼子并不可怕，他们也害怕大刀。

我说不要掉以轻心，下一轮进攻，他们一定会接受教训，估计会用火力突击我们，所以要赶紧修筑工事。

这时候王铁索也带着两个班回来了，王铁索蹲在地上说，既然是火力突击，原先的工事一定不能用了，咱们给他打游击战怎么样？

我说，我的任务是坚守，扼制鬼子的通道，我怎么打游击啊？

王铁索说，连长你忘了，你讲的三条山战例，红军那个穿山甲团长，也是放弃阵地，在马家军的肚子里穿插，这叫以攻为守。

苏佐说，别搞什么游击战了，鬼子本来是过路的，打他一下就行了，再往大里打，灵风战斗就变成初雨峡谷战斗了，八路军还以为我们抢功呢。

苏佐的话当然是错误的，不过也有一点道理。因为指挥部给我们的任务是防御，如果我在阵地上防御，哪怕跟鬼子同归于尽，也算壮烈殉国了。如果我离开阵地，让鬼子乘虚而入，我的防御搞砸了，那是要上军事法庭的。

可是，如果单纯地防御，仅仅把我们这个阵地守住，敌人照样可以从其他地方迂回，到那时候，我就只能干瞪眼了。放着鬼子不认真地打，我能甘心吗？不能。看看班排长们，好像也有点意犹未尽，刚刚尝到甜头啊。

大家商量了一阵，最后还是我拍板，留下三分之一兵力固守阵地，另三分之二兵力前出到通向我阵地的必经之路，集中在两个洼地待机。为什么要在洼地待机呢？因为阵地所在的山头，光秃秃的，不便隐蔽。洼地的有利因素是，这里属于敌人的射击死角，不过缺点也有，战斗打响后，要从洼地投入战斗，有一段距离。几个人七嘴八舌，渐渐想明白了，这样反过来又是有利因素，就在这段时间内，可以躲过鬼子的炮火，鬼子从正面火力压制我主阵地，我们则从侧翼接敌。

战斗打响后，果然证明我们的战术行动是正确的，鬼子终于被我牵来了，初雨峡谷的战斗越打越大。鬼子发起第二轮进攻，士兵们沉着多了，外面的枪炮响成一片，我们就是按兵不动。等他炮火不打了，步兵往上冲的时候，我们从三个方向突然冲出去，边冲边打，效果非常明显。

我们坚持了一个上午，每一轮交战，我们都变换战术，鬼子一直没能通过初雨峡谷。打到中午，鬼子调整兵力，汽车向北边隆隆开去。

指挥部担心鬼子杀回马枪，命令我们就地休整，并构筑工事。直到傍晚，指挥部确认鬼子绕道了，才下命令让我们打扫战场。

这一仗，我们这个方向，一共拖回了六十多具尸体，其中有九个鬼子，其余的都是“皇协军”，我们自己伤亡二十多个人。虽然消灭鬼子不多，但是大家还是很振奋，因为这是第一次跟鬼子打，战果不凡啊。重要的是，大家见到了真鬼子，感觉并不可怕，一样能打。

我心里明白，我这一支乌合之众组成的新连队，能有这样的战绩，一是战术灵活，不打死仗，这个得益于红军游击战术给我们的启发。二是士气旺盛。战斗发起后，要说一点不紧张，那不是真话，最初鬼子出现的时候，我亲眼看见有几个兵抱着脑袋在壕沟里筛糠，排长还上去踢了他们几脚，哪想到踢上去之后，这几个家伙像疯了，把大刀抡得像水车一样。

六

休整期间，上峰传达敌情通报，我们前面打的那场战斗，其实是个毛毛雨。山西境内当时最大的战场在晋北，在中央军和阎锡山部队的配合下，八路军一一五师在大同平型关地区打了日军一个伏击战，歼灭日军一千余人，这是八路军参加抗战后的首次亮相，出手不凡。我记得郭涵军长跟我们讲，我们同日本人的战斗，主要是防御，他进攻，我们伏击，所以大家要学会打伏击战。

后来我们被调到沧山，准备跟敌人打持久战。部队分成三个层次构筑防线，同时组织十几个连队，专门训练伏击战的打法，把沧山以北以南的地形摸了个滚瓜烂熟，演练各种情况下的伏击战，以期在日军大举进攻的时候，以游击、伏击战术打乱敌人的进攻部署。我深入地研究这个战法，感觉我们的长官比过去聪明多了，在重视阵地战的同时，也开始了游击战。

沧山第一道防御阵地是谢谷部队。有一次我带领几个人前出勘察伏击位置，正好遇到谢谷检查防务，听说是我来了，他让驻守在歌山的朱智团长把我们留下，吃了一顿饭。谢谷说，初雨峡谷战斗我听说了，我们部队跟鬼子打的第一仗，没想到是你们军直的零散部队，把一场小规模的防御战打成了一场阻击战，把一个战斗变成了两个战斗，打得很好。

我说，那是我捡了一个便宜，当时你们的主力部队都准备打大仗，剩下边边角角让我们站岗，哪里想到鬼子会首先撞到边边角角呢。

谢谷点点头说，你是我的老部下，说起来还是我的校友，我为你高兴。可是，给一群犯人当连长，你甘心吗？

我有点不高兴，虽然他是旅长，我只是个小连长，毕竟还有校友这层关系，所以说话就没有遮拦。我说，谢旅长你不要看不起我的连队，拿你一个连队跟我的连队相比，真跟鬼子打起来，谁厉害还不一定。

谢谷倒也没有生气，笑笑说，我不是看不起你的连队，你当那个连长，确实屈才了。我跟军座说说，你回我的部队当个营长怎么样？

我说，屈才谈不上，不过，在军直确实有点跑龙套的感觉。旅座要是为兄弟着想，索性向军座进言，把我的连队整建制划到你的麾下好了，这样我们可以更好地发挥。至于当不当营长，我并不看重。

谢谷想了一会儿，对朱智说，看看，我跟你讲过，楚大楚这个人特别重感情，他居然要养三个母亲，现在，他后面还跟着一堆……

我估计他本来想讲“犯人”两个字的，看见我脸色不好，话到嘴边他又改口了，说，还有一堆穷兄弟，这个人重情重义。从长计议吧。

我说好，谢谢长官还惦记我。

谢谷说，咱俩是校友，现在你不是我直接下属，没有必要喊我长官啊旅座啊什么的，我们私下在一起，喊我大哥好了。

他这么一说，我又有点感动，我说，谢谢大哥。

分手的时候，谢谷让人拿了一个红包，打开一看，是二十块洋钱。我说，大哥，我空着手到你部队，管吃管喝，钱我就不拿了吧。

谢谷说，我知道你手头拮据，让人捎回长洲老家，孝敬你的三个母亲。

我说不用了，我现在不需要钱，干吗老是把我当叫花子啊。

谢谷不悦地说，那也拿回去，这是惯例，你是友军连长，到我的防地算是做客，做客嘛，总得有点小意思。

见他认真，我就不好说什么了。我说好，恭敬不如从命，那就多谢大哥了。

那次勘察，到了一个村庄，我让苏佐拿这二十块洋钱，买了两头猪，回去杀了一头，全连美美地吃上一顿。还有一头，先养着，准备下次战斗前夕再杀，给连队摆壮行酒。

没想到过了几天，真的来了一道命令，我和我的连队划归谢谷部队，虽然我还是连长，但是，这以后，遇到打仗的机会可能就更多了，我的心里很感激谢谷。

到了谢谷部队不久，有一天下午他派了一名副官，接我到旅部吃晚饭。到了之后才知道，原来是陈达教官来了，还有蔺紫雨和蓝旗，另一个人的名字不知道，大家都喊他“杜鹃”，名字女里女气，其实是一个精瘦的男人。几个人都没穿军装，也不知道官阶。没有见到易水寒，我还暗暗纳闷，凭我的经验，陈达教官出现，易水寒一般都是跟着的。在此之前，我并不知道陈达教官的“借尸还魂”计划泡汤了，也不知道“借尸还魂”计划的具体内容，易水寒在哪里，更不知道。

当然，我最注意的还是蓝旗。其实我跟蓝旗没有什么交往，见面讲过的话加起来也不到二十个字。可是不知道为什么，我就是觉得我跟这个人有某种联系，她的一颦一笑，好像里面都包含着某种意思。当然，这只是我单方面的自作多情，像这样一个当过戏子，又是“特殊人才”的人，跟我有什么关系呢？

酒席开始后，谢谷介绍说，陈达教官现在身份是战地少将督察官，主要负责我们这个战区的纪律检查。

陈达问我，你一届的同学，至少都是团副了，你怎么现在还在当连长？

我有点尴尬，谢谷替我解围说，他早就是副团级军官了，因为要养三个母亲，脱离部队两年，如今受抗战形势感召，重返部队，主动要求到作战一线当连长，不过，还是营级职别，少校军衔。

陈达拿出教官的派头说，也好，放眼长远，先下后上。初雨峡谷战斗的情况我听说了，主动作为，干得好。

酒过三巡，就开始敬酒，按照官阶，我先给陈达教官敬，再敬蔺紫雨，敬到蓝旗的面前，蓝旗眨着眼睛说，咱俩是不是在哪里见过，面熟啊。

我一听，差点儿晕了过去。我长了这么大，除了我的三个母亲和弟弟妹妹，我唯一有点惦记的女人就是这个人，我还因为她老是在夜梦里“擦枪走火”，她还说过我的火力很猛……难道，她真的认不出来我了？难道，我就这么容易让人忘记？

我强打精神，端着酒杯，跟她碰了一下，突然一股不平之气涌上心头。我假装喝酒，嘴巴在酒杯沿上吧嗒两下，用酒杯挡住嘴说，不认识我了？我的手枪，正在寻找靶心。

蓝旗看着我，突然哈哈大笑，仰起脖子，一饮而尽，然后低声说，手枪，我想起来了，手和枪，擦枪走火……真是他乡遇故知啊。来，再来一杯。

我向酒桌上看了一眼说，算了，长官都在看着我们。

她却不依不饶，从勤务兵的手里抓过酒瓶，拎在手上，摇摇晃晃地先给自己倒满，然后又把我的杯子倒满，看着我，不怀好意地说，老子早就认出你了，蠢货，来，擦枪，走火。

我愣住了，不知道自己怎么就成了蠢货。这时候，陈达教官和谢谷也注意到我们，谢谷不知道擦枪走火是什么意思，看看蔺紫雨，蔺紫雨马上站起来说，这个人，最近情绪不好，一喝就多。说着，过来把蓝旗按在座位上。

吃过饭，谢谷把我单独留下，跟我讲，陈达这次来，有一个具体的任务，就是锄奸。我们当面之敌，有一个“皇协军”师，是晋北最早投靠日本人的汉奸，老板对这些汉奸恨之入骨，决定先拿他们开刀，杀一儆百。我的补充连特殊人才多，有的会飞檐走壁，有的会溜门撬锁，谢谷让我挑选十个人，组成特勤队，由我亲自指挥，配合他们行动。

我当时并不乐意，因为我还是想和日本鬼子面对面地干，杀汉奸没有意思。可是谢谷说了，我不能讨价还价。再说，刚才蓝旗说我是蠢货，我得搞清楚为什么。不管我是不是蠢货，能在这个烽火连天的地方，跟这个奇怪的女人过过擦枪走火的嘴瘾，也不是坏事。

我爽快地接受了这个特殊的任务，成了一个特务分队的小头目。

有了单独相处的机会，我问蓝旗，为什么说我是蠢货?

蓝旗装糊涂说，啊，我说过吗?

我说，你当然说过，我估计长官都听到了。你贬低了我。

蓝旗想了想说，哦，我想起来了，听说你为了逃避抗战，盗卖军驴，自请处分，回家当缩头乌龟了。你不是蠢货，是孬种。

啊，原来是因为这个啊，我的心头刚刚还乌云翻滚，瞬间就烟消云散了。我真想跟她说，我是因为不愿意跟红军作战，而不是因为逃避抗日。一听说要抗日，我这不是回来了吗?

可是，我没有跟她说这些。从她的话里可以听出来，她是一个爱国者，很看重军人气节。那么，我什么都不用说了，很快我就会让她知道，我是不是孬种，是不是缩头乌龟。

我的心情好多了。多说了几句话，我觉得我跟她终于又近了，很想问问她，当初陈达教官在苑安搞的“战术研究”实施得怎么样了，为什么不见了易水寒，到底发生了什么事情?

话到嘴边，我又把它咽下去了，不仅因为有纪律，还因为有距离。

七

这年的八月初七，八路军在沧山以东偷袭了日军的磨店据点，打死三十多个鬼子，消灭了“皇协军”一百多人。后来得到消息，鬼子准备在芙蓉镇据点搞了一个仪式，焚烧阵亡的鬼子兵尸体，然后将骨灰装进坛子里，送回国内。

没想到，这个仪式引起一场风波。

鬼子要搞仪式，少不了要让“皇协军”配合。“皇协军”的部队，成分复杂，多数是军阀余孽，有的后来成为地方军。过去打仗，活着能挣几个军饷养家糊口，一旦战死，哪里死了哪里埋，走运的，家里会落几个抚恤金，更多的人根本不知道死在哪里，命比草还贱，大家习以为常。可是自从当了“皇协军”，给日本人当了一段时间狗腿子，发现日本人很注重安置亡者和伤者。伤者住进医院，有医有药。亡者要搞超度仪式，要请和尚念经，还要把骨灰运回国内。然而，同样死在磨店战斗中被打死的一百多号“皇协军”官兵，除了拖回几具尸体就地掩埋以外，多数抛尸荒野，或为野狗果腹，或腐烂生蛆，恶臭于道。两相比较，活着的“皇协军”军官很受启发，也很受刺激。几个军官一合计，登门向“皇协军”师长孙长顺请愿，请求一视同仁，把阵亡的“皇协军”官兵装棺入殓，否则“皇协军”心寒，不愿意打仗。

孙长顺怕事情闹大，答应了这几个人的请求，决定从沧东民间征购一百副薄皮棺材，收殓“皇协军”阵亡士兵。

好，这下我们的机会来了。

八月十五那天，陈达教官指挥我们特勤队，通过汉奸政权里的关系户，混入送棺材的队伍，将蔺紫雨的三人小组装进棺材里抬到芙蓉镇“皇协军”一团团部。“皇协军”两名军官过来点数，抽查了几副，然后让我们把棺材卸下来，摆在操场一角。蔺紫雨他们藏身的棺材都做了记号，按照事前计划，我们七绕八绕，把那三副棺材抬到前排，猛然间我还听到一个棺材里传来蔺紫雨的声音，她说，把我抬到第二排，其余分开放置。

我吃了一惊，很快就明白她的意思了，她是组长，由她确定目标，枪声为号，蓝旗和“杜鹃”在各自的位置上射击，这样可以形成交叉火力。

把棺材安置好之后，“皇协军”的巡逻队就过来驱赶，让我们滚蛋，快滚！我们假装要买粮食，就到街上闲逛，察看地形和路线。拉棺材的三辆马车车轴下面藏着武器，一旦蔺紫雨他们得手，一辆马车接应蔺紫雨，我带几个人在另外两辆马车上实行阻击。

这是我第一次离开阵地执行这样的特殊任务，有点忐忑，也有点兴奋。过去，我从来没有见过“青干班”的人执行特殊任务，想必很刺激。一百多口棺材啊，摆在那里，多么壮观。我记得我离开的时候，还对着蔺紫雨的棺材说了一句，万一不便下手，就待在棺材里别动，等我们回来再把你和棺材一起搬走。蔺紫雨当时还回了一句，老鸹嘴。

我把特勤队分成三组在街上闲逛了两个多小时，还是没有动静，难免着急，一是担心蔺紫雨他们失手，二是担心他们完成任务之后从另外的路线跑了，把我们撇在这里。

就在我胡思乱想的时候，从“皇协军”举行入殓仪式的学校操场上，传来枪声和喊声。我估计是蔺紫雨他们动手了，可是等了好大一会儿，还是没有见到他们的身影，远远地看见操场上的“皇协军”乱成一团，还传来“抓刺客”的喊声。看来，他们确实动手了，却没有跑出来，怎么办呢，我正琢磨要不要指挥三辆马车冲进去，没想到对面的巷子里奔过来两个“皇协军”，我还没有来得及掏枪，来人把帽檐往上推了推，对我喊了一声，快走！

我看清了，是蔺紫雨，后面跟着蓝旗。

我打了一个手势，特勤队的士兵呼啦一下收拢了。我跳上马车，又觉得不对劲，那个“杜鹃”哪里去了?

蔺紫雨说，我们也没有看见，不能等了，说好了在这里会合的，他应该有办法逃脱。

我说，那怎么行，来的是三个人，少一个我要承担责任。

蔺紫雨火了，他妈的少啰嗦，我是组长，有责任我承担。

没有办法，我只好下令启程。三驾马车，一会儿就调整好了队形，风驰电掣般从街心掠过，惊得两边的行人纷纷闪避，货物挑子和小推车东倒西歪，在身后散了一地。我们走了好远，操场那边还在不停地放枪。

因为早就做了安排，关卡有我们的人，一看马车抵近，铁丝栅栏就打开了。眼看我们就要冲出关卡了，突然从旁边的岗亭里跑出三个人，为首的挥舞着两只短粗的胳膊，哇啦哇啦地冲着我们咆哮。后面的两个兵，一个端着机枪，一个端着步枪，把枪口对准了我们。

蔺紫雨惊呼，是鬼子，给我打！说完，举枪就打。

因为马车颠簸，一枪没打准，再一扣扳机，她的枪里没有子弹了。对面的鬼子开火了，子弹嗖嗖从耳边飞过。我让马车放慢速度，跪在车板上，双手举枪，竭力找到平衡。就在这时候，我感觉有一只手托住了我的胳膊，扭头一看，是蓝旗，她跪在我的身边，还向我笑了一下。我心里一热，屏住呼吸，瞄准鬼子军官，连发三枪，从鬼子官的脑门、嘴巴到脖子，枪枪致命。

蓝旗在一旁说，好枪法，再也不会擦枪走火了。

我冲她咧嘴一笑说，还会的。

鬼子官儿一倒下，两个士兵有点慌神。第二辆车上的王铁索指挥士兵众枪齐发，不仅消灭了这两个鬼子，也压制了岗亭两边的“皇协军”。我吆喝马车快速通过，不到二十分钟，就跑出了敌占区。

路上我问蔺紫雨，为什么不等“杜鹃”一起走，蔺紫雨看向蓝旗，你跟他说。

蓝旗说，我说什么，我都吓死了，我第一次杀人，还杀了那么多，阿弥陀佛，赶快走吧。

蔺紫雨说，瞧你那出息样，害怕你还开枪，我亲眼看见你打倒好几个。

直到彻底脱离了敌占区，眼看前面就是谢谷部队的防区了，蔺紫雨和蓝旗才你一句我一句地讲了事情的来龙去脉——我们离开操场之后，过了十几分钟才开过来两辆汽车，蔺紫雨从棺材侧壁的观察孔里看见几个上了年纪的军官下车，然后鱼贯走向主席台。落座之后，一个“皇协军”军官宣布祭礼开始，台下几个和尚敲起木鱼念经。蔺紫雨突然掀开棺盖，跳下来以前面的棺材为掩体，连续射击，当场将居于中心位置的几个人打倒，接着，左翼传来枪声，蔺紫雨和蓝旗在两个方向数枪并发，台上台下一片混乱。一个“皇协军”军官指挥士兵抓刺客，士兵一进入棺材阵，就乱了队形，官见不到兵，兵找不到官，反而给蔺紫雨和蓝旗带来方便，在棺材阵里兜了一个圈子，瞅准旁边的一个街角，闪了出来。

事后才知道，“杜鹃”之所以没有及时撤回，是因为他的棺材出了问题。听见枪声，他本应该掀起棺盖出来策应，可是他在那一会儿工夫，怎么也推不开棺材盖，不知道是给他抬棺材的士兵把暗闩插错了还是别的原因。棺材里面空间小，施展不开，等他好不容易把棺材盖顶开，已经一分多钟过去了，“皇协军”已经钻进了棺材阵，他索性又把棺材盖盖上了。等“皇协军”安静下来，正准备搜索的时候，他才突然掀开棺盖跳出来，抱着棺盖左冲右突，手里的枪东一晃西一亮，被打死的不知道是被谁打死的，打死人的不知道打死的是谁。“皇协军”群龙无首，有人大叫，诈尸了诈尸了！两个军官回过神来，一个指挥向东，一个指挥向西，士兵晕头转向，生怕棺材里再跳出个诈尸的家伙，猫着腰推推搡搡不敢乱动。

“杜鹃”选择的撤退位置也是蔺紫雨和蓝旗撤退的街角,这个街角,连它自己都没有搞清楚，它稀里糊涂地为抗战做出了很大的贡献。

我是四天之后才见到“杜鹃”的。他的逃脱过程一波三折，因为他负伤了,身上有血,不敢硬闯,先是潜伏在芙蓉镇一家农民的磨坊里,一天只吃了几把麦麸，从菜园的沟渠里捧了几把雨水，又把肚子喝坏了。直到半夜了，才敲开这家农民的门，跟他们明说了，他是国军特工，已经发电报告诉上峰，他藏身在这个家里，如果他们不救他，将来国军收复芙蓉镇，那就会满门抄斩。这个农民可能被他吓住了，也可能是同情抗日，把他藏起来养了几天，才想法送到沧山我军防地。

“杜鹃”返回之后，陈达教官把行动小组召集到一起，总结锄奸经验，我也参加了。蔺紫雨汇报了整个行动过程，行云流水，美中不足的就是“杜鹃”没能参加整体行动。

“杜鹃”当时脸就白了,争辩说,组长你认为我在关键时刻筛糠了?我跟你讲，我没有筛糠，我确实是打不开棺材盖，我比你多在棺材里待了一分钟，我还在棺材阵里跟汉奸打游击。不是我再给他们制造一轮混乱，你们撤退得就没有那么顺利。

陈达教官说，我们并不怀疑你对党国的忠诚，只是奇怪，棺材盖为什么打不开。以后行动之前还是要细致一点。

然后就让蓝旗发言，蓝旗说，我看都很好，就是吓人。我当了半天死人，出来之后，一看满眼都是棺材，黑压压的，差点儿晕了过去。不是汉奸打我，我都忘了开枪。

蔺紫雨一听蓝旗说得不像话，赶紧打岔说，你表现很好啊，没有一点害怕的样子。

蓝旗说，我害怕也不能表现出来啊，我得保命啊。

陈达教官说，境界不高，如果遇到记者，一点拖泥带水的话都不能说。要说就说，从头到尾，都是视死如归，明白了吗?

蓝旗眨着眼睛说，明白了，从头到底，都是视死如归，从一开始就睡进棺材了。下次再有这样的行动，我干脆穿上寿衣算了。

陈达苦笑，挥挥手说，你这个人，读书太少。

不久，我们就得到消息，蔺紫雨的行动小组在芙蓉镇一共造成“皇协军”死伤二十三人，死者当中最大的官是孙长顺派去参加祭礼的代表——“皇协军”师参谋长宋江，还有一团团长冯裕和、鬼子顾问多条少佐和两名尉官，加上我们在突击关卡时干掉的三名鬼子，此次行动虽然没有干掉罪大恶极的孙长顺，仍然功德圆满。长官部致电陈达教官和谢谷旅长，给予我们通令嘉奖，谢谷又给了我三十块洋钱。

八

芙蓉镇锄奸行动，给敌伪很大震慑。这期间，沧山东麓的八路军也不断派出特工人员，进入敌伪占据的城市和据点，主要目标就是“皇协军”和伪政权头目，并且张贴布告，“汉奸首办，反正不究”。在武力和政治双重攻势之下，伪职人员和“皇协军”人心惶惶，畏惧情绪弥漫。在这样的背景下，敌人“拿下沧山，进入晋西北”的计划被迟滞了，秋天的仗被推到了冬天。

有一次谢谷召集几个心腹分析局势，谢谷说，我们部队到山西之后，没有受到重视，不仅地方军长官不重视我们，连鬼子也不重视我们，有的部队连鬼子长得什么样都没有见过，零星打了几仗。敌人的兵力是一比七，什么意思呢，就是说，我们主要跟“皇协军”打，七个“皇协军”的连队出击，后面只有一个鬼子中队，还主要起督战作用，感觉鬼子看不起我们。

我当时提出来，我们现在天天构筑工事，等鬼子进攻沧山，表面上说得冠冕堂皇，厉兵秣马，但实际上是消极防御，不妨学学沧东那边的八路军，虽然只有一个营，但是打得非常积极。日军采取步步为营的办法，八路军则采取硬碰硬的态度，哪里最先出现鬼子的据点，哪里就有拔点战斗。我觉得不如趁鬼子立足未稳，派出小部队袭扰，这样就可以同山那边的八路军形成呼应之势。

谢谷没有正面回答我的话，只是意味深长地看看我，不知道他是什么意思。

也就是在这个时期，我和几名特工人员有了比较多的接触。因为特勤队第一次配合特工人员锄奸，干得比较漂亮，谢谷就把行动小组放在补充连，交代我，照顾好，服务好。

连部住在隐贤村的一个大户人家里，有五间窑洞，还有三间平房，平房有玻璃窗，我就让蔺紫雨和蓝旗住在平房里，“杜鹃”跟我一起住在连部。

打了几个小仗，得到不少奖励，手里有些钱，再加上当地老百姓踊跃支援抗战，省吃俭用把东西送到部队，我们补充连总是近水楼台，一时间好像发了大财，吃喝不愁。

我交代伙房，每天给行动小组杀一只鸡——我们住的那个地方，老百姓只吃鸡蛋，不怎么吃鸡。过去我听人说过，蓝旗这个人特别贪吃，总是嘴巴不停，可是不知道为什么，在补充连搭伙，她好像斯文了许多，有一次甚至还对我讲，别吃那么多，省着点，打鬼子日子还长着呢。

这话不像蓝旗说的，但确实是她说的。我感觉这个人的性情有了很大变化，是什么原因，也许是因为抗战吧。我在琢磨蓝旗的变化的时候，总会想起安南先生的话，灾难和战争，教育了中国人；灾难和战争，难不倒中国人。我们中国人，一旦觉醒，那就是雄狮猛虎……也许，是战争让我们觉醒了？

是的，觉醒的不仅是我和蓝旗，还有谢谷和蔺紫雨，甚至包括陈达教官，当然，也应该包括易水寒，可是，易水寒他在哪里呢？

在隐贤村休整的日子，我很想写一首连歌，找了两个粗通文墨的兵，写了两稿，怎么看怎么不像。连歌要讲连队的历史，我这个连队，是从监狱里的犯人挑选出来的，历史并不光彩，虽然到了抗战前线之后打了几个鬼子，离青史留名还有十万八千里的距离。后来我打消了写连歌的念头，让人把王老先生送给儿子的那段话抄在纸上，全连每人发了一张，既当文化教材，又当训词，一天三顿饭，开饭之前，由值星排长领诵——国难当头，日寇猙狞。国家兴亡，匹夫有份。本欲服役，奈过年龄。幸吾有子，自觉请缨。赐旗一面，时刻随身。伤时拭血，死后裹身。勇往直前，勿忘本分！

起先连队集合的时候，他们行动小组在一边看，后来也自觉列队，跟着一起吟诵，态度虔诚，表情严肃。

蓝旗有一次对我讲，这个办法好，比讲大道理管用，每次吟诵的时候，她的脑子里都会出现一些东西，能够看到一些场面，浑身都是劲。

从蓝旗的嘴里，我断断续续地知道了“借尸还魂”的前因后果。就在蔺紫雨和蓝旗撤出灵峰镇不久，国共合作实现了，红军被改编成八路军，和国军并肩作战。陈达教官接到紧急命令，终止“借尸还魂”计划，调转方向，迅速投入到对日寇的作战。至于易水寒现在的情况，蓝旗说她也不清楚。

“杜鹃”这个人不怎么说话，要说也只说一些吃喝玩乐方面的话题，哪怕喝醉了也不讲他们的特别行动。

有一次我在旅部得到一个消息，沧东那边，八路军的营长名字叫凌云峰，那个部队对外号称穿山甲支队。我依稀记得，两年前我们部队还在苑安城驻扎的时候，就听说凌云峰和他的部队在古莲战役三条山战斗中全军覆没，莫非此人诈尸了？

回到连队，我把这件事情跟“杜鹃”说了，“杜鹃”怔了一下，很快就笑笑说，不可能，也许是同名同姓吧。

我说，他那支部队号称穿山甲部队，过去凌云峰的部队也是号称穿山甲部队。

“杜鹃”木着脸不说话，突然抬起头来，看了我一眼。我感觉他的眼神很尖利，有点吓人。当天晚上，谢谷就把我叫去，问我，行动小组的人住在你那里，知道为什么吗?

我说，因为我们认识吧，再说，我的特勤队就是配合他们行动的。

谢谷点点头说，是的，因为你们认识，也因为只有你知道他们的特殊身份和特殊任务。知道什么叫特殊吗?

我说，知道了，就是不该问的不问，不该说的不说。

谢谷见我脸色不好看，又说，当然，现在我们整个任务都变了，他们的任务也变了。但是，有些任务，今天变了，不等于明天还变，这里变了，不等于那边变了。

我前面说过，陈达搞的“借尸还魂”计划，我是死了之后才全部搞清楚的。在沧山战役之前，我还活着，所以并不清楚细节。但是从谢谷的话里我还是琢磨出味道来了，也就是说，沧东那边的凌云峰，应该同陈达的特殊任务有关。可是，那个凌云峰，带领他的部队，自从进入沧山以来，一直主动出击，而且主要是跟纯种的日本鬼子打，打得山南山北两边名气都很大，这难道也是陈达计划的一部分?

九

隐贤村在沧山西边，有两百多人口。此地雨水少，植被稀疏。村民用水，要到几里外的宵风河肩挑手提。我察看了地形，决定打一口井，地点选择在村东的独立房后，因为那一片树木稍微多一些，还有一棵枝丫漫天的大枣树。我估计那里应该有水源。

第一天我亲自组织施工，把地表的土挖掉之后，不到半米就是石头，我让士兵打钎凿眼，埋上炸药。

爆炸声惊动了当地的一位风水大师，这老先生拈着山羊胡子，慢吞吞地走过来一看，摇摇头说，这里哪里有水啊，你们不要胡闹，惊动了土地爷，那是要遭殃的。

我当然不听他胡言乱语，第二天照样爆破，我正好趁这个机会训练一下我的三名爆破手。到了第三天，没有人来观看了，村民都以为国军是在搞训练，根本不指望我能打出水来。

到了中午，没有看见蓝旗来吃饭，一问蔺紫雨，也说不知道，好像到村里给人看相去了。我一听，这才是胡闹呢，她会看什么相啊。正要派人找，突然一个人跑进院子里，正是蓝旗，见到我大呼小叫，我的天哪，快去看看吧，大事不好了。

我一惊，不知道出了什么事情，三步并作两步，跟着蓝旗一路小跑。跑到我们打井的地方，果然出大事了，只见眼前的岩石缝里，汩汩地冒着水，热气腾腾。我伸手小心翼翼地撩了一把，烫手。

地下冒上来的热水，很快就蔓延开来，差点儿把大枣树淹了。我让士兵赶紧掘开一个口子，把水引到低洼处，这才保住了大枣树。

这时候，村民也听说地下冒出热水，来了许多人看热闹，大家不知是凶是吉，议论纷纷。那个风水大师也来了，煞有介事地说，看吧，我说风水不能动吧，你们不信邪。你们这个部队，到现在也没有把鬼子打走，反而把鬼引来了。

按照我过去的脾气，恐怕要把他捆起来打一顿。可如今是全民抗战，我不能随便打老百姓。我派王铁索骑了一头毛驴，到十里外的旅部向谢谷报告，说我们在隐贤村遇到鬼了，地下冒热水，恐怕不是好兆头。

谢谷很快就赶到现场，看了一会儿，突然哈哈大笑，拍着我的肩膀说，好啊，你们走运了，探出了温泉，这可是好东西。

在此之前，我从来没有听说过温泉是什么东西。谢谷说，亏你还读过书，知道杨贵妃吧，西安骊山有个华清池，就是唐朝李隆基给杨贵妃建造的，温泉入浴不仅可以滋润皮肤，还可以治病。

我对杨贵妃没有兴趣，我只关心这水能不能当井水用。谢谷说，这就是最好的井水。

谢谷想了想，又回头对新上任的参谋长朱智说，传我命令，马上调工兵连来，开一条沟渠，在那里——谢谷伸手一指，指向那片树林——挖一个池塘，就叫——“抗战池”吧。这里，给我填上石块，留一个小渠，作为饮用水源。

工兵很快就调来了，动作很快，当晚天还没黑就在水源处砌了一个井台，又用青砖和水泥铺了一条引水渠，在稀疏的树林里挖了一个一人多深的水塘，四周垒上石头，我们的抗战池就这样建起来了。

没想到还是惹出了麻烦。半夜里，我听见哨兵问口令，就披衣起床，拎起马灯出门看，原来是蓝旗。我问她干什么，她向我神秘一笑，伸出手，向我比画了一下，我反应过来了，她比画的是手枪。我板起脸说，干什么，老是拿这件事情挤对我。

蓝旗说，不是挤对你，是请你帮忙，让我出去一趟。

我说，三更半夜的，你到哪里去?

蓝旗扬扬手里的铁皮桶说，我想去沐浴。

我以为听错了，问了一句，沐浴，还是木鱼，难道你想念经?

蓝旗嘿嘿一笑说，住在你这个破连队，洗屁股都鬼鬼祟祟的，浑身恶臭。有了温泉，我再也睡不着了。

我的天哪，这种话只有这个人能够说出来。我说不行，引水渠的水泥还没有干，抗战池里都是石头，下去沐浴，会伤人的。

蓝旗掂掂手里的铁皮桶说，我在井台洗，你要是不放心，可以……在树林里看着我。

我说，我怎么看着你啊，男女授受不亲，你想让我擦枪走火吗?

蓝旗眨着眼睛，嬉皮笑脸地说，啊，擦枪走火?没关系，你擦你的，我洗我的。

我一听这话不是话，不敢跟她开玩笑了，提高嗓门说，回屋休息，你们住在我的连队，我不管你军衔有多高，必须服从我的规矩。

说完这话，我对哨兵说，坚守岗位，任何人离开连部，都要向我报告。

蓝旗见我态度坚决，终于不再胡搅蛮缠了，把铁皮桶举起来，似乎想把它砸到地上，举了两下，又放下了，把桶换到左手，右手伸出食指，弯下中指，指着我，嘴里啪啪两声，然后一声冷笑，转身走了。

这天夜里，我睡得很不踏实，觉得蓝旗这个人好奇怪，越是奇怪就越让人惦记。回想前前后后我和她接触的几次，一次比一次奇怪。她为什么变成这样，莫非她有什么心思，莫非她对我有意思？不可能啊，她一个特殊人才，听说有一个高官的公子看上她了，托陈达教官说项，被她婉言谢绝了。这个人其实眼光很高的，她干吗老是对我没个正经？

想不通，我不能不承认，这个没个正经的小女子已经像虫子一样钻进我的心里了。我担心这天夜里我会擦枪走火，特意找了一条干净的枪口帽穿上，然后才心猿意马地入睡了。出乎意料，后半夜我并没有擦枪走火，渐渐地睡着了，还做了一个梦，梦里也没有出现蓝旗，而是在巡逻途中遇上了鬼子。当时我的身边只有三个人，一个是贺之发，一个是苏佐，还有一个人我不认识，依稀记得他叫凌云峰。贺之发最先看见鬼子的钢盔，拔腿就跑。凌云峰命令我撤退，我举枪向贺之发瞄准，猛地记起他是我的同学，然后，大叫一声，我醒了。

睁开眼睛，看见王铁索提着马灯站在我的床前，我一惊，知道出事了，一骨碌翻起来，怎么回事？

王铁索哭丧着脸说，她们把哨兵捆起来了。

我问，谁，他们是谁？

王铁索说，还能有谁？那两个女长官，哨兵打瞌睡，我查岗离开不到五分钟，她们就下手了，把哨兵捆起来，嘴巴也堵上了。

我咆哮，还愣着干什么，把你的一班给我集合起来！

王铁索应了一声，尖厉的哨音响了起来。

这时天已经蒙蒙亮了，我满腔怒火，大步流星，一马当先，率领我的一个班离开连部，走向山根，走向刚刚诞生的抗战池。越是接近，我的决心就越是强硬，无论如何，今天就要向谢谷旅长报告，让这两个娘儿们滚蛋。她们住在我的连队里，本身就是地雷，而她们居然违抗我的命令，捆绑我的哨兵，不顾羞耻，光着屁股洗澡，简直就是扰乱军心破坏抗战……

我怒气冲冲只顾往前走，一回头，看见兵们好像放慢了脚步。我猛然醒悟，我这是干什么？我的两个军校女同学清晨在这里沐浴，享受温泉，我来干什么？我这么兴师动众的，让我的部下一饱眼福？这简直太蠢了。

我站住了，悄悄地向小树林里看去，只看了一眼，我的眼睛就花了——眼前升腾起薄薄的氤氲，渐渐涌上来的朝霞在小树林里洒下斑驳的光晕，两个赤裸着的女体舒展着玫瑰般的肢体，除掉了武装甲的前胸跳跃着两座微型的金山，泉水从这金山上倾斜而下，瀑布一般进入一片丛林……

我终于感觉不对劲了，感觉枪口帽控制下的枪口蠢蠢欲动，好像有一种强大的力量正在枪膛里奔涌。就在这个紧要关头，耳边传来一声断喝，什么人，不许动！

我的天哪，是她们，她们并不在抗战池里。这回我看清楚了，抗战池里堆放着凌乱的石头，一滴水也没有。而我身边这两个人，不仅没有光着，还武装整齐，蔺紫雨的手里举着真手枪。

我疑惑是在梦里，揉揉眼睛，眼前明明白白站着两个人，一个女少校，一个女上尉。我说，你们搞什么名堂？

蔺紫雨板着脸说，你这个连长是怎么当的，半夜被人摸了岗。如果是鬼子偷袭，贵部早就做了刀下之鬼。我跟你讲，我们作为战地督察组，负有检验部队防务的责任。

我渐渐地明白了，我被她们耍了。一股怨气冲上来，我伸手从腰里摸出手枪，咔嚓一下上了膛。我说，来人哪，把这两个女匪捆起来，送到旅部。

奇怪的是，没有人响应我，原来这句话只是在我心里说的，我的嘴里说的是，姑奶奶，你们饶了我吧，我伺候不起你们，你们还是赶快滚蛋吧。

回去的路上，我一言不发。蓝旗快走两步，跟我并肩，用胳膊肘拐拐我说，往后，我们沐浴不许偷看哦。

我说，去你妈的。

这句话还是在心里说的。

我嘴里说的是，往后，没有往后了，我今天就让部队把那个该死的泉眼堵上。

蓝旗不理我，还是嬉皮笑脸地说，想偷看也可以，不要带部队哦。

我说……我什么也没有说，我仰起头，对着已经升起来的太阳，看了一会儿，一连打了几个喷嚏。

我当然不能把那个该死的泉眼堵上，我让士兵在井台插了一块牌子，大字写了四个字：民用井水，下面有一行小字，只能汲取，不得洗浴。另外，就地取材，利用小树林，围了一个近三亩地的“军事要地”，入口处插上一块牌子，上面写着“抗战池”三个字，规定每个周一清晨派出一个班在警戒线以外，背靠抗战池担任警戒，保障蔺紫雨和蓝旗沐浴，周二换水，其余时间为补充连官兵轮流沐浴日。

陈达教官也听说我们有个温泉，有一天，谢谷旅长亲自陪同他来沐浴，陈达教官在温泉里泡得腿都软了，拍着肚子说，这是个创举，革命军人，就是要干干净净地打仗。泡温泉，想楚兰，大家知道吗，楚兰教官到陕北了，现在是抗大的教员，我就纳闷了，国军怎么就留不住人呢？

当晚，谢谷旅长因为要到二团公干，交代我照顾好陈达教官，然后就骑马走了。

那时候老百姓慰问的东西多，我让伙房杀了一只鸡，又煮了两斤腊肉。蔺紫雨和蓝旗陪陈达教官喝酒，我也在一边伺候。

喝着喝着就多了，陈达教官号啕大哭。不过，就算喝多了，陈达教官也不讲他们的特别行动，只是一遍一遍地念叨我们的“西训团”，念叨他当年监视的赵禹，念叨楚兰教官和武装甲。

自从到了山西，我有个发现，好多人都变了，就连陈达教官这样的冷血动物，似乎都多愁善感起来了，是不是被日本鬼子给气的呢？

变化比较明显的还有蓝旗。以后跟蓝旗接触多了，发现这个人虽然嘴上大大咧咧，心里并不糊涂。说她会掐指一算，那是笑话，但她对有些问题的看法，确实高人一筹。

有一次我检查防务，回来的路上，看见蓝旗一个人在连部外面发呆。我们聊了一阵，她问我，你知道陈达教官为什么心情不好吗？我说我不知道，可能因为楚兰教官当了八路军吧。

蓝旗说，楚兰教官当了八路军算不上什么稀罕，让陈达教官最痛苦的，是易水寒当了八路军，而且可能永远不会回来了。

我那时候并不知道“借尸还魂”的核心内容，也不知道易水寒最后搞成了假戏真做，只是从那句“可能永远不会回来了”的话里，琢磨出蛛丝马迹，这件事情局中有局，套里有套。不过，一个星期以后，我在沧山战役的最后阶段殉国，成为一个幽灵，从那以后，所有的事情都瞒不住我了。

第 六 章

一

易水寒的转折，要从皇岗篮球场那场枪战讲起。

前面我说过，易水寒冒充凌云峰潜入红军根据地，最初的任务是刺探三位一体的情报，后来改为刺杀中共要员。陈达的计划非常周密，易水寒的行动也很稳妥，他已经取得了红军的信任，贴近到中共要员文中戈的身边，不出意外的话，陈达的计划很快就实现了。

然而，意外还是发生了。所有的意外都不是意外，最大的意外来自易水寒本人。在该开枪的时候，他没有开枪；在不该开枪的时候，他开枪了。他打死了陈达派去接应他的特务，并且用自己的身体挡住了6号球员——文中戈，从而成了保护首长的英雄。

事件发生后，红军和东北军、西北军组织了联合调查组，一共找到了七具尸体，其中有三具已被证明是国民党中央军的特务，这几个人一死，易水寒的秘密也就保住了。

易水寒为什么要干掉这几个特务，一方面可以解释是为了保护文中戈，另一方面，有没有杀人灭口的意图，不要说别人不知道，连他自己都不清楚。

易水寒被送到红军医院，有一枪打入他的肺叶，导致出血过多，一直处于昏迷状态。文中戈交代医生，一定要把凌云峰救活，这是我们红军的战术专家，穿山甲的团长，也是保护首长的英雄。医生用尽了浑身解数，把他从死亡线上拉了回来，十几天后，就能喝稀饭了。

这期间传来消息，张学良和杨虎城在西安向蒋介石发动兵谏，要求停止内战一致抗日，目前中共和各界民主人士正在四处奔走，全民抗战的局面即将形成。

逐渐康复的易水寒回想在皇岗球场的一幕，百感交集。他不知道，在他执行任务的前一秒钟，响起的那一枪是谁开的，也不知道自己当时为什么会调转枪口，更不知道他的行为意味着什么，还不知道，他现在到底是易水寒还是凌云峰。陈达教官交给他的任务，他是没有办法完成了，以后怎么办呢？是逃回陈达教官的麾下，还是继续留在红军队伍里把戏演到底？他一时无法抉择。

住院的日子，医生发现了这个英雄出现了问题，怕光，怕风，怕声音。有一个夜晚，护士给他换药，提了一盏马灯，他立即抓过被子蒙住了脑袋，还嘟嘟囔囔地嚷嚷，不，不，那一枪不是我开的，我不想开枪。还有一次，一个新来的伤员给他送来一个烧饼，他抓起烧饼就扔到院子里，瞪着那个伤员大喊，你想毒死我？没那么容易！

医生把这些情况向文中戈局长做了汇报。文中戈也很奇怪，觉得这个身经百战的红军团长，不应该有这样的表现。

文中戈亲自到医院来看望，出人意料的是，易水寒表现得很正常。关于皇岗枪战的每一个细节都讲得滴水不漏，他说他本来的任务是外围警戒，可是他发现球场右侧有三个人影鬼鬼祟祟，直觉告诉他，有可疑情况，所以他当机立断，冲上前去，保护首长，并且将那几个正往前冲的可疑人击毙，不知道他有没有杀错人。

文中戈跟他讲，他那天的处置是非常正确的，被他击毙的，确实是国民党特务。这些特务怎样潜入现场，有没有内应，已经死无对证了。

易水寒说，就在他开枪的前一到两秒钟，他听到了枪声，所以他冲到了首长的身边，不知道是不是因为他高度紧张出现了幻觉。

文中戈说，不是幻觉，你的精神没有问题，在你开枪之前，确实出现了一声枪响，那是西北军巡逻队长开的。球赛当中，特务趁乱夺走了一匹马，用刀子杀害了马弁，那个巡逻队长发现了马弁的尸体，认为情况紧急，开枪报警，恰巧这时候特务行动了，而你抢在他们之前挡住了我。如果你的动作迟两秒钟，我可能就见马克思了。

易水寒说，也许，这正是老天爷让我做的，首长命大，要为革命做很多事。

文中戈临走之前，还跟他讲了一件事情，他的老首长赵禹主任，也是在做东北军和西北军工作的时候，被特务杀害的，国民党反动派，最怕看到红军和东北军、西北军结成同盟，势必还要施展破坏阴谋，我们时刻不能放松警惕。

文中戈这次探望，给易水寒吃了一个定心丸，他不仅没有受到怀疑，而且更受信任了。一个挺身而出，以自己的生命保护首长的英雄，怎么会受到怀疑呢？怀疑谁也不能怀疑他啊。

可是，这种信任也给他带来另外一个问题，我到底是谁？易水寒突然发现，他越来越像凌云峰了。在白天，他甚至就是凌云峰，当凌云峰从他的脑子里站出来的时候，他充满了自信，无所畏惧，从容不迫，思路清晰，他可以坦然面对一切。而当夜深人静的时候，脑子里就钻出一个怯懦的易晓岚，或者是那个行为乖戾的易水寒，易晓岚和易水寒的脸叠在一起，面孔就变得模糊不清，脑子里就像有各种金属碰撞，让他眼花缭乱，噩梦连连。

夜里，他是孤独的，他不属于红军，也不属于国军。陈达是他的恩人，现在也可能是他的仇人。文中戈是他救下的人，可是一旦文中戈知道了他的真实身份，也会把他送上断头台。他悲哀地想，为什么命运如此捉弄他，把他变成了一个无家可归的人。

他不喜欢黑夜，他最初抵御黑夜的武器就是一床薄薄的棉被，以至于睡觉的时候常常把脚露在外面。后来他自己又发明了一个武器，每次入睡之前，对着墙壁织毛衣，一边织一边默默念叨，“从哪里来，到哪里去”……

这个魔咒好像真的管用，试了几次，噩梦就减少了很多，为此他织了好几副手套，织了拆，拆了织。

后来很少做噩梦了，还做了一些美梦。有一次，他梦见自己上了抗日前线，在一场战斗中飞马奔驰，突入敌阵，大刀闪烁，取鬼子首级如探囊取物。战斗结束后，他从马上跳下来，走向一座山坡，那里挤满了人群，人们手捧鲜花，向他迎来，为首的文中戈张着两只手，把他拥入怀抱，文中戈的身后，是那个笑盈盈的小女子……

梦里，文中戈他是看清楚了，可是，文中戈身后那个小女子，想来想去忆不起是谁了。他猜测，应该是那个叫桑叶的东北女孩，那个女孩曾经跟他说过，她很想看看他杀日本鬼子的样子，那一定很威风。想到这里，他突然愣住了，一骨碌坐起来，对着漆黑的夜空发呆。不，他不是无家可归的人，他不是孤独的人，他终于发现他的用武之地，他不仅找到了栖身的地方，他也找到了安放灵魂的地方，跟鬼子干吧，死在哪里，埋在哪里，那就是最好的下场。

皇岗事件的真相，最终没能瞒过陈达，他从另外的渠道搜集到事件现场的细节，易水寒不仅没有向文中戈开枪，而且把接应他的几个同伙打死了。这个情况让陈达五内俱焚，他精心谋划的“借尸还魂”计划，就这样鸡飞蛋打，真是赔了夫人又折兵。

陈达在马集焦虑不安地待了七八天，他在等他最后的队伍——蔺紫雨和蓝旗，果然他等到了。皇岗事件第十天，蔺紫雨和蓝旗来到马集，在盛储祥联络点向陈达汇报了逃离灵峰镇的经历。因为红军重新收复了灵峰镇，她们绕道至凤羽县，途经杨虎城的防地，一路辗转，历尽艰苦。

陈达听完，半天不语。当天吃罢晚饭，陈达问蔺紫雨，对易水寒，你打算怎么办？

蔺紫雨说，这个，教官不用问我吧。

陈达说，易水寒跟你，不是一般的关系，我当然要听听你的意见。

蔺紫雨说，我明白教官的意思，可是，这件事情最好不要由我来做。

陈达说，为什么，你下不了手？

蔺紫雨说，不是，因为我和蓝旗刚刚逃离灵峰镇，那里至今还有很多人能认出我，风险太大。

陈达点点头说，确实风险很大，可是，现在我的手里，除了你和蓝旗，就再也抽不出人手了。

蔺紫雨说，让我想想。

陈达说，这件事情，你单独完成，不要跟任何人说起，尤其是不要对蓝旗讲，这个小戏子，政治上幼稚。

半个月后，易水寒能下地走路了。乔东山来看他，告诉他一个消息，红军总部决定成立抗日先遣支队，渡过黄河，到华北抗击日军。

他清醒了，知道这是新生的机会来了，他对乔东山说，我的伤已经好了，请组织派我到华北去，带兵打仗，哪怕当个普通一兵。

乔东山说，我这次来看你，就是受组织委托，看看你的态度，我回去就向组织汇报。

中午饭后，易水寒想迷糊一会儿，来了一个护士，说今天天气好，扶他到山坡晒太阳。坐在医院后面的坡地上，阳光落在身上，暖洋洋的。手搭凉棚看看远处，山坳里放羊的农民吼着听不懂的民歌。他想起了第一次见文中戈后回到学习班的路上，车窗外面的太阳也是这么亮这么暖，那首歌在他的心里回旋了很长时间——放羊放到山那边，山那边有片蓝蓝的天，蓝天下站着俏妹子，妹子招手俄下山，下了这山上那山，妹子俏得俄不敢看……

心里唱起这首歌的时候，他知道他又回到了人间，就像放羊老汉那样，日子过得清苦，却有滋有味，那才是人的生活啊。那种生活，他什么时候才能过得上呢？快了，也许，到了另外的地方，他彻底成了凌云峰，那他就是一个快乐的放羊老汉了……

在这快乐的想象中，他睡着了，嘴角还挂着幸福的口水……隐隐约约，他感觉身边有动静，睁开眼睛，他看见一个护士正在为他擦拭嘴角的口水，一双寒冷的眼睛注视着他，他一惊，有点不知所措，坐了起来，迎着那双眼睛，你？

护士把口罩往下拉了拉，是我，蔺紫雨。

易水寒清醒过来了，平静地说，你是……你怎么会在这里？

蔺紫雨笑笑说，猜猜我来干什么？

易水寒抬头看看远处说，不用猜。

蔺紫雨说，我没想到，你会背叛党国，陈达教官派我来杀你，明年的今天就是你的忌日。

易水寒注意到蔺紫雨的一只手在袖口里摸索，他的袖口里也有一把自制的刀片，他捏了捏，刀片还在。他把刀片取出来，向蔺紫雨摊开手掌，闭上眼睛，喃喃地说，那就下手吧，事不宜迟，一会儿就会有人过来。

蔺紫雨向四周看了看说，不着急，我得问你几句话。

易水寒把刀片递到蔺紫雨的手上，你问吧。

蔺紫雨说，告诉我，你为什么这样？

易水寒说，我也不清楚，只是我的手不听脑袋指挥了。

蔺紫雨说，你的内心有一匹野马，你被赤化了。

易水寒说，我不知道我是不是被赤化了，我的内心确实有个东西，我好像已经不是人了，好像我是一棵树，只要刮风，我就会摇摆。

蔺紫雨说，你有没有想想，即便我不杀你，你留在红军，他们会相信你吗？他们一旦知道你的真实身份，你还是死路一条。

易水寒说，我想过，我早晚会死的。

蔺紫雨说，你有没有想过回到陈达教官的身边？

易水寒说，我想过，可是我不想回去。

蔺紫雨说，你是不是真的把自己当成凌云峰了？

易水寒说，是的，我喜欢成为凌云峰，我已经是了。动手吧，如果你再不动手，也许就没有机会了，无论是凌云峰还是易水寒，你都不是对手。

蔺紫雨看着易水寒，易水寒迎着蔺紫雨的目光，躲闪了一下，低下脑袋，又猛地抬起头来，说，我不想成为国家的罪人，宁可成为死人。

蔺紫雨点点头，叹了一口气，把刀片收起来，又从衣兜里掏出一个指头大小葫芦状的小药瓶，交到易水寒的手里说，大路朝天，各走一边。可是，我对陈达教官得有一个交代。这个东西你认识，怎么用你知道。我走了，你自己看着办。

蔺紫雨说完，吃力地起身，向易水寒一拱手说，就此一别，各自珍重。

易水寒说，不，我不能下手，我不能杀死一个已经觉醒的抗日战士，我不能犯两次罪，除非你要我这样，除非你给我下命令。

蔺紫雨站住了，转过身来，突然笑了，你想让我背这个罪名，好超脱你自己的灵魂？那好，我成全你——易水寒接受命令，打开药瓶，把里面的东西吃了。

易水寒松开手掌，将药瓶举到眼前看了看，然后拧开瓶盖，从里面倒出一粒人丹大小的白色药丸。这东西他认识，是“索米二号”，同“索米一号”有点区别，后者是红色糖衣，为速效毒药，吞下后不到七秒钟，即七窍流血而亡；前者是缓释型，吞下后十分钟进入血液，自然窒息而亡，不留痕迹。也就是说，他吞下药丸之后，还可以正常地活十分钟，蔺紫雨可以在这十分钟内顺利脱身。

易水寒把药丸放到眼前，手有点抖，对蔺紫雨惨然一笑，好吧，我希望我的死能够让你活命，让你重新活一次，让你跟我一样醒过来，停止罪恶的特务活动。如果你还能活下去，那就跟鬼子干吧，替我杀几个日本鬼子。小姐，组长，蔺紫雨，就此一别。

说完，易水寒把药丸抛进嘴里，迅速吞咽下去，并抓过身边的水壶，喝了几口，然后对蔺紫雨说，回去向陈达教官报告，我易水寒，不，我易晓岚，没有做损害国家的事，我的死，不是我的耻辱。

蔺紫雨的眼睛涌出了泪水，从脸颊流过，在阳光里，像一串珍珠。她向前走了两步，走到易水寒的面前，弯下腰，捧起易水寒的脸，把自己的脸贴上去，喃喃地说，对不起我的兄弟，我不该把你带出来，我不该让你走上这条路……我走了。

说完，蔺紫雨直起腰，挥了一把泪，转身走了。

二

直到蔺紫雨的身影消失在小路尽头，易水寒才想起来，他的生命还有不到十分钟，这几分钟里，他还有重要的事情要做。看看身边，有护士用的记录本和铅笔，他从中间撕了两页，把纸放在膝盖上，想了一会儿，唰唰地写了起来——八路军长官见字如晤，鄙人易晓岚，又名易水寒，本是贫家子弟，误入国军部队，后成为特殊人才，奉命潜入贵部，图谋刺杀文中戈长官。一念之变，反戈一击，幸未铸成弥天大罪。本已决心洗心革面脱胎换骨，希冀奔赴抗日战场，以死报国，尽雪前耻，奈时不我待，特务相逼甚急……

写到这里，写不下去了。相逼甚急？是谁相逼甚急，是国民党特务，我这是干什么，跟国民党特务讲义气，讲“不成功，便成仁”？我为什么要当殉葬品，我本来可以在抗日战场大显身手的，可以用自己的血洗刷耻辱的，可是，我居然就这么一死了之，简直太荒唐了，这不是亲痛仇快又是什么？我跟组织说这些干什么？

他停住手，两眼直直地看着蔺紫雨消失的地方，他想伸出手来，从喉咙里、从肠胃里抠出那粒小小的药丸，可是他知道，这样做是徒劳的。他后悔极了，恨不得扇自己两个耳光子，如果他不当着蔺紫雨的面把药丸吞下，他伸手就能把蔺紫雨制服，然后向八路军首长交代。以他对八路军的了解，像他这样的人，一旦主动坦白自首，八路军会宽大处理的，让他当一个士兵，让他到抗日战场戴罪立功，完全是有可能的。还有蔺紫雨，同样可以反戈一击，成为八路军团结争取的对象，抗日统一战线快要建立了，我们已经不是敌人了……可是，这个该死的可是啊，一切都晚了。

凌团长，你在想什么？身边突然响起一个清澈的声音，他一惊，发现是一个熟悉的面孔，桑叶。

他赶紧把那两页纸折叠起来，装进病号服口袋里，对桑叶一笑说，没什么，我在看风景。

桑叶奇怪地看着他，可是，你的脸上有眼泪，你哭了吗？

他说，哦，我哭了吗？我没有哭，我在想，也许你很快就见不到我了，谢谢你来看我，也许这是最后一次了。

桑叶扑闪着睫毛说，怎么会呢？凌团长难道你不知道，我们已经成立了第二抗日先遣支队，你是武装队的队长，以后，我们就可以经常在一起了。

他愣住了，啊，第二抗日先遣支队，我是武装队的队长？我怎么一点消息都没有得到？

桑叶说，是真的，刚刚宣布的，我们宣传队和武装队共同组成抗日先遣支队，这几天就要过黄河了，到那里发动群众，建立地方武装。

他打量着桑叶，小姑娘已经穿上红军的军装了，显得很精神，脸色红扑扑的，小雀斑似乎都淡了。他说，你被批准当红军了？

桑叶说，是啊，我已经是红军宣传队的一员了，队长交代我们尽快创作一台话剧，让我多向你请教，你是穿山甲的团长啊。

他久久地看着桑叶，突然一笑，悲从中来，两行热泪滚滚而下。他说，多么好啊，要抗日了，可是，可是我等不到那一天了。

桑叶说，凌团长你怎么啦？医生说你的伤很快就痊愈了，明天就可以出院了，可以带伤工作。你怎么等不到那一天呢？

他说……他什么也没有说，突然怔住了——从蔺紫雨离开，到现在，至少半个小时过去了，我的天哪，我还活着，难道……他把脸转向桑叶说，桑叶，你掐我一下。

桑叶说，我掐你干什么？

他大声说，掐我，我命令你掐我，狠狠地掐。

桑叶怯怯地看着他，伸出小手，在他的手背上轻轻地捏了一下，又捏了一下。他呼啦一下站了起来，搂过桑叶，把她拥在怀里。桑叶有点紧张，挣扎了一下，抬头看看他的满脸的泪水，又重新把头埋在他的胸膛。

他说，别怕桑叶，老子又活过来了，老子新生了。

桑叶不明白他的意思，傻傻地看着他说，凌团长，难道你死过一回？

他说，何止死过一回！让我算算，一回，两回，啊，我至少死过两回，不过，这一回我真的回来了，凌云峰的魂回到了我的身上，知道吗？红军穿山甲团长。

桑叶扑闪着眼睛说，明白了。

其实是半明不白。

易水寒那时候也有很多不明白的事，最大的疑惑就是，蔺紫雨为什么没有杀他？他在感激蔺紫雨的同时，也为她担心——他还活着，这个事实陈达很快就会知道，他会怎么处置蔺紫雨呢？他知道，国军特殊机构的纪律是非常严格的，一旦发现反叛行为，或者执行命令不坚决，遭到怀疑，有的连审讯都不需要，直接就杀掉了。

我们后来知道的情况是，蔺紫雨并没有隐瞒她的行为，回去向陈达教官坦白，她把药换了，把“索米二号”换成了云南白药。

陈达说了一句话，是她万万没有想到的。陈达说，蔺紫雨不杀易水寒，没有出乎他的意料。

蔺紫雨说，教官，我给你添麻烦了，我也背叛了党国，你可以把我当作叛徒处决。

陈达说，我已经丢了一个易水寒，我还要把蔺紫雨丢了吗？我不杀你，你自己将功折罪吧。

后来陈达给老板写了一个报告，声称“借尸还魂”计划成功了一半，我们一名特殊人才顺利打入红军内部并受到高度信任，可以长期潜伏，以备将来发挥更大的作用。

老板是怎么批复的，我们当时不得而知，只是“将来发挥更大的作用”，这句话耐人寻味。反正这件事情不了了之。

这以后，所谓的“借尸还魂”计划寿终正寝，陈达带着仅有的几个干将，从陕北到山西，基本上没有大的作为，直到在沧山地区进入谢谷部队，在我们补充连的配合下，搞了一个棺材阵，大闹芙蓉镇，杀了几个汉奸，这才恢复一点元气。

三

红军第二抗日先遣支队组建之后，并没有很快渡河，而是针对日军战术进行演练。宣传队还编了一个扩红抗日的节目，声势造得很大。

蔺紫雨出现的那天，易水寒用铅笔写的那封信，自然没有交给组织，他本想把它销毁，不知道动了哪根脑筋，不仅没有销毁，反而用自来水笔抄了一份，装在贴身的衬衣口袋里。

两个月后，国民政府正式宣布西北的中国工农红军改编为国民革命军第八路军，第二先遣支队更名为灵峰支队。文中戈亲自到灵峰支队宣布，凌云峰同志任一营营长，乔东山为副营长，行使营政治委员职责，部队立即开赴山西前线。

会议结束后，文中戈走到他的面前，用欣赏的目光打量他，他有点不好意思。文中戈拍拍他的肩膀说，凌营长，祝贺你，你这个英雄，又有了用武之地。

他挺挺腰杆说，谢谢首长对我的信任。

文中戈说，你在红军时期打过很多仗，有一定的战术水平，我希望你的过去成为你的动力，而不是包袱。

他心里一紧，不知道首长这是什么意思，好像有点弦外之音。

文中戈说，一个指挥员的成长，至少要经历三个阶段，一是技术，二是战术，三是艺术。从技术到战术，再到艺术，有些人用一辈子也摸不到头脑，而有些人悟性高，打一仗总结一次，提高一次。据我观察，你应该是一个悟性很高的人。

文中戈这么一说，他才安下心来，他说，首长厚爱了，我这个人，其实连我自己也拿不准我是一个什么样的人。有些事情我很明白，有些事情我很迟钝，有些时候我的反应很快，有些时候我的反应又很慢。

文中戈笑笑说，你讲的这个情况，是个普遍情况，但并不是所有的人都能认识到。你能够对自己有这么清醒的认识，说明什么呢？说明你不仅是一个善于动脑子的人，也是一个善于反思自己的人。反思，这是一个人成长和成熟的重要武器。好好干吧年轻人，我会密切关注你的成长。

那天夜里，易水寒再也没有用被子蒙住脑袋了，黑暗中他的眼睛瞪得老大，他在展望一种全新的生活。文中戈的那句话被他印在了心里。凌营长——凌营长？是的，他不再是易水寒了，他是八路军的凌营长啊。

他把自己被任命为八路军营长的那一天看成是他的生日，看成是他由低级动物到高级动物的转化日，从此之后，那个易水寒就离他而去，凌云峰的魂魄已经注入他的生命。

灵峰支队没有赶上平型关战役，而是在此十天之后赶上了城固阻击战，一营奉命于黄桥地区阻击日军增援部队，那是易水寒正式成为凌营长之后的第一仗。

他没有想到，第一仗他就同乔东山吵了一架。

支队司令员杨焕给他交代得很清楚，这一仗是围点打援，黄桥阻击阵地只需扼住谷太公路，如果敌人攻势很猛，不必死守，可以退至凤凰山第二道防线，在那里摆开阵势跟鬼子打。这叫作诱敌深入，是红军的常用战术。

勘察地形的时候，凌营长把黄桥公路两边的地形都看了，决定以两个连的兵力前移到距离主阵地一公里以外的马蜂岭，先在那里进行阻击，他把这个部署命名为“倒三角形”配置。

乔东山提出异议，因为马蜂岭一带地形相对平缓，易攻难守。

凌营长的理由是，一旦城固主阵地打响，敌人的援兵主要来自左翼，马蜂岭是必经之路，我们认为那里易攻难守，鬼子也会认为那里易攻难守，所以很有可能分兵绕道，他想打我一个出其不意，我就打他一个将计就计。

乔东山当过红军师一级的作战科长，对于作战指挥并不外行，仔细研究了敌情通报和地形条件，认为这个“倒三角形”很危险，如果敌人援兵超过一个中队，再配属“皇协军”部队，我军以两个连的兵力阻击显然力不从心，万一被敌人打一个反伏击，那就成了夹生饭。

这时候的凌营长，已经铁了心要打一场硬仗，很难改变。诸葛亮会开了很久，一连连长张秋生也提出来，还是固守黄桥阵地比较妥当，进退自如。

凌营长火了，一拍桌子说，我打过这么多年仗，还不知道仗该怎么打？我是营长，不要干扰我的决心。

乔东山说，我们红军，政治委员有最后的决定权。我建议我们把作战计划报给支队，由支队决策。

凌营长更不高兴了，对乔东山说，老乔，我跟你讲，第一，我们现在是八路军，军事行动由军事主官最后拍板。第二，如果我这个营长不能决定我这个营的行动，凡事都要向支队报告，要我这个营长干什么，由支队杨司令兼任这个营长好了。

乔东山吃惊地看着凌营长说，老凌，你怎么这样说？

凌营长瞪着眼睛说，我为什么不能这样说？

乔东山一看情况不对，缓和了口气说，这样，既然意见不统一，我建议不必马上决定，还有一天一夜的准备时间，大家可以回去征求一下班排长的意见。同日本鬼子第一次作战，我们要把方方面面的情况想得细一点。老凌你说这样行不行？

凌营长脸色很不好看，隐忍地说，那就听你的，大家再琢磨琢磨。

休会之后，乔东山把凌营长约到一个僻静处，两人单独相处，乔东山说话就不客气了。乔东山说，我听说你过去很民主的，跟你的副团长何子非一直配合得很好，连那个整过你的政治处主任马苏的意见，你都很尊重，你今天是怎么啦？

凌营长愣住了，想了想说，老乔，你是何子非吗？

乔东山也火了，粗声大气地说，我不是何子非，可我也不是没有打过仗，我还当过师里的作战科长，你怎么一点都不尊重同志们的意见？你这个作风有点霸道，不像凌云峰同志的风格啊，简直像国民党。

凌营长心里一震，半天没有说话。

乔东山说，我理解你，自从古莲战役之后，我们一样，都没有打过像样的仗。眼下，跟鬼子开战，又是第一仗，你是憋足劲了要大干一场。可是，打仗不是赌气，打仗得讲科学，我们不能用感情代替理智，拿战士们的生命当赌注。

凌营长黑着脸，好长时间才说，老乔，我承认我有点独断专行，但是，我的部署也是有道理的，我把一线放到马蜂岭，黄桥主阵地实际上就是第二道防线，我是把一场战斗变成两场战斗来打，这样可以减轻支队的压力啊。

乔东山说，这个我想到了，也分析了战斗的前景。我担心的是，如果马蜂岭防线压力过大，敌人的援兵迂回包抄，回不到黄桥主阵地，这个仗就危险了。所以我建议，不搞“倒三角”配置，而在马蜂岭以少量兵力进行阻击，另一两个连队进行侧翼保障，这样，进可以进，退可以退。

凌营长这才发现，乔东山不愧曾为作战科长，想得周到，既没有全盘否定他的打法，又对他的打法进行了弥补。他的心里有些感动，也有一些不安。虽然他已经在心里把自己看成是红军的一员了，看成是彻头彻尾的凌云峰了，可是，他还不是，他还差一把火候。

想了一会儿，他说，老乔，你这么一补充，更像穿山甲的打法了。马蜂岭能坚持下去，就是一个支撑点，一旦支撑不下去，那一个排的兵力可以穿插到敌人的战斗队形中，从中间开花。我向你检讨，我不该一意孤行。

乔东山说，检讨没有必要，第一次跟日本鬼子打仗，我们都没有经验，在战争中学习战争吧。

这次会后的第三天夜里，黄桥阻击战打响。战斗过程表明，凌营长把一道防线推到马蜂岭，确有高明之处，这也是争取主动的打法，以攻为守，先攻后守。战斗打响后，马蜂岭方向仅以一个排的兵力，钳制了大量的日军。后来日军发现了八路军的企图，不在马蜂岭方向死缠烂打，直冲黄桥主阵地，凌营长部署在两翼的兵力夹击敌人，又纠缠了一个多小时，最后主力在黄桥上打了一个上午，完成了指定的阻击任务。

一夜半天下来，一营伤亡五十余人，日伪伤亡逾百，其中纯种鬼子被打死的就有四十余人。

按说，整个过程，还算完美，唯一不完美的是，在战斗第三阶段，也就是第二天中午最后一轮反攻中，凌营长突然脑袋发热，不顾乔东山的坚决反对，带领张秋生连队的一个排，从主阵地东侧出击，穿插日军进攻队形。

凌营长交代张秋生，务必要活捉一个鬼子军官，他要进一步掌握日军战术。结果是短兵相接一场混战，凌营长三处负伤，要不是乔东山带领部队接应得快，这个排就只能同鬼子同归于尽了。张秋生指挥一个班，费了九牛二虎之力，抓了一个鬼子中尉，不料在仓促途中，这个鬼子一头撞在石头上，当场毙命。

城固阻击战以八路军守城成功、日军绕道而告结束。战后进行评功评奖，灵峰支队司令员杨焕亲自到一营主持座谈会，就战斗细节进行调查，基层指挥员们虽然前期对凌营长的作风有看法，对凌营长在战斗后期的蛮干不满，因为总体是个胜利的战斗，大家还是避重就轻，只是批评了凌营长后期的行为，没有提到前面的战术失误。

杨焕司令员明察秋毫，把凌营长的问题看得明明白白，私下里对乔东山说，我听说凌云峰同志是战术专家，穿山甲部队的团长，跟国民党和地方军作战，很讲战术的，可是这一仗，犯的错误有点低级啊，简直不像个打过大仗的。难道，三条山一仗下来，凌云峰同志的魂丢了？

乔东山说，其实，他提出的“倒三角”配置，是为了减轻支队的压力，想把压力扛在自己的肩上。

杨焕说，这个可以理解，“倒三角”也是一种打法，可是，为什么最后还要搞一次穿插，一个排啊，差点儿被鬼子包了饺子。

乔东山说，这个同志打穿插习惯了，再说，第一次跟鬼子作战，心里有一股狠劲，脑子一热，匹夫之勇就占了上风。战场指挥方面我也有责任。

杨焕说，这个同志，他是不是精神方面有问题啊，比如说，受过什么刺激。

乔东山没有马上回答，想了一会儿说，我也发现他有点不对劲，或许，从西路军过来的同志，九死一生，心里可能会有一些刺激。不过，总体看，还算正常。

杨焕点点头说，哦，抗日战争，对于我们的干部来说，都是新的考验。你承担政委的职责，肩上的担子不轻。最重要的就是帮助凌云峰同志，要让他从过去的战争经验当中解脱出来，要研究新问题，形成新思想。

乔东山说，首长的话我记住了，我会同凌营长很好地配合。

这次评功评奖的结果是，灵峰支队一营实现了战役目标，对进攻之敌予以沉重打击，为支队成立以来战果首例，全营荣立大功一次，副营长乔东山通报嘉奖。营长凌云峰战斗前期指挥得当，后期逞匹夫之勇，精神可嘉，行为不当，将功抵过，免予处分。

表彰大会，凌营长没有参加，当时他还在医院里治伤。他的左胸和腹部各有一颗子弹，另一颗子弹打在左脸上。乔东山去医院看望，把组织的决定通报给他，还担心他背上思想包袱，不料他听了之后，哈哈大笑说，好啊，给我一个不是处分的处分，我双手接着。跟鬼子打第一仗，我就成了"匹夫之勇"，无上光荣。

四

乔东山离开之后，凌营长把通报又看了一遍，然后让人把张秋生叫来，就黄桥阻击战进行分析，对日军的进攻战术有了很多新的发现。

当天下午，他又写了一封信，同第一封信比较，口气变化很大——乔东山同志并转组织，如果你看见了这封信，说明我已经牺牲了。我为什么要写这封信呢，因为我要向组织讲实话。也许你们会吃惊，我不是凌云峰，而是一个国民党特务，半年前奉特务头子陈达教官的命令，潜入红军进行破坏活动。只是，抗战爆发，民族大义使我幡然醒悟，国家成为我的信仰，所以我没有开出那罪恶的一枪。我以凌云峰同志的名义接受了组织赋予的荣誉和职务。黄桥一战，我决心重现凌云峰之魂，奋勇杀敌，以死雪耻。不料求死不成，反而给部队造成不必要的损失。我向组织坦白并深刻检讨。如果你们没有看到这封信，说明我仍然活着并同日寇殊死搏斗，直到最后一息。

信写好了，可是怎么保管，成了问题。上次那封信，装在衬衣口袋里，后来负伤送到医院，护士首先就把衬衣剪掉了，幸亏他苏醒得早，嚷嚷要衬衣，才没有人发现衬衣里面的秘密。

他很清楚，他不会再逞匹夫之勇了，但是这并不等于他不会再次负伤，如果正好死了，装在衬衣里的信就能把他的心声传递给组织，那就遂愿了。可是如果仅仅是负伤，在死之前，组织上看到这封信，会是什么结果，他想象不出来。

想来想去，他突然想到一个人，桑叶，这个萍水相逢的女子，跟他一见如故，把他当作英雄，当作依靠，就像信任大哥那样信任他。她有一个琴盒，宣传队毕竟不是作战部队，牺牲的可能性要小得多，把这些信装在琴盒里，应该是比较稳妥的。

直到这个时候，他才发现他仍然是孤独的，桑叶成了他唯一的知己，虽然有点冒险，他还是决定这么做。

主意定下来之后，他跟护士讲，他希望见到宣传队的桑叶，想听她拉琴。

英雄的这点小小的要求很快就得到了满足，桑叶来了，果然带着她的琴盒。桑叶说，凌营长，你要听我拉琴，我太高兴了，我的琴声能让你减轻伤痛吗？

他笑了，对桑叶说，你的琴声不仅能让我减轻伤痛，还能减轻我的心痛。

桑叶瞪着乌黑的眸子，天真地看着他说，那太好了，我拉个什么呢，还拉《松花江上》？

他说，好啊，那个曲子我百听不厌。

桑叶歪起脑袋，想了想说，这样，我给你拉个新曲子吧，刚学的。

他说，你拉什么我都爱听。

桑叶向他笑笑，坐下来，调整好姿势，试了试音，深深地吸了一口气，手腕一抖，琴声好像从很远很远的地方流了出来。

凌营长心里一颤，觉得这琴声很熟悉——明月几时有？把酒问青天。不知天上宫阙，今夕是何年……但愿人长久，千里共婵娟……

桑叶边拉边唱，进入一个忘我的境地，琴声就像一支画笔，在天上画了一轮圆月，在地上画了一座城郭，在他心里画了一个似曾相识的世界。

一曲终了，桑叶收起琴弓，眼里泪花闪烁。

他看着桑叶，桑叶看着他。

他说，桑叶，这是你谱的曲子吗？

桑叶说，不是，这是我父亲生前谱的。我很喜欢这首《明月几时有》，也很喜欢这个曲子。

他说，我明白了，我们都是孤儿。

桑叶说，我没有家了，没有亲人了。

他沉默，然后说，不，我们还有家，国家。我们还有亲人，我们就是彼此的亲人。

桑叶说，是的，我又有家了。

他点点头，整理了一下思绪说，桑叶，你能帮我一个忙吗？

桑叶说，我？我能帮上你吗？

他说，是的，每次打完仗，我都要做一个战例分析，战例分析你懂吗？

桑叶看着他，点点头又摇摇头。

他说，战例分析，就是分析敌人的战术，还有针对这个战术的设想，这是绝密的。我想把我个人的战例分析藏在你的琴盒里，如果有一天我牺牲了，你就把它交给乔东山同志。

桑叶的笑容收敛了，吃惊地说，凌营长，凌大哥，你怎么这样说，你怎么会牺牲呢？你是个大英雄啊。

他苦笑，大英雄也不能长生不老啊，战争是无情的，什么事情都有可能发生。

桑叶说，可是，这么重要的事情，怎么能交给我呢，万一……

他说，听我说，我们都是无家可归的人，我们都是以国为家的人，所以说，你是我最信任的人，也是最安全的人。帮帮我，我这样做是有道理的，总有一天你会明白。

他在说这话的时候，表情凝重，语气肯定。桑叶受到感染，不自觉地挺了挺腰杆。

桑叶说，好吧，我听你的。

他笑了，你应该说，保证完成任务，像个真正的战士。

桑叶站了起来，立正说，是，首长同志，保证完成任务！

他走过去，拍拍桑叶的脑袋说，那好，我们就开始吧。

他从枕头下面找出两个用油纸缝制的信封，打开桑叶的琴盒，起开一端的丝绒垫布，将油纸信封放进去，铺张平整，然后从针线包里取出针线，缝了几道。

桑叶惊叫，凌大哥，你真是心灵手巧啊，还会做针线活。

他咬断线头，抬头看着桑叶说，当然，我不仅会做针线活，我还会织毛衣呢。我给你织一副手套吧。

桑叶惊喜地说，啊，那我太幸运了。可是，我不能让你织手套，我还是想看你打鬼子。

凌营长说，织手套和打鬼子两不误，你等着。

桑叶把二胡放进琴盒，关上，扣好，然后背在肩膀上，抖了两下肩膀说，啊，怎么这么沉啊，好像里面有个机关枪。

他说，记住，比机关枪重要得多。

五

这年夏天，灵峰支队挺进到沧山以北沧东地区，更名为沧山支队，为了巩固根据地，派出小部队袭扰日伪据点。

八月初七夜里，凌营长和乔东山率部佯攻贺村鬼子据点，并于增援必经之路河汉口设伏，击毙大汉奸孙长顺的“皇协军”增援部队一百多人。接着，又命一个排的士兵穿上“皇协军”的服装，由俘虏的“皇协军”营长引路，诱骗贺村据点的鬼子打开城门，里应外合，一举拿下贺村据点，全歼日军一个小队。这一仗打得干净利索，为沧东根据地建立以来首例。

沧山支队司令员杨焕亲自到一营总结经验，发现凌营长不仅把地形条件用得出神入化，而且能够掌握日军和“皇协军”心理，调动敌人，讲究谋略，这就不是一般的战术水平了。杨司令很高兴，拍着凌营长的肩膀说，实践证明，你是很会打仗的，只要不逞匹夫之勇，你还是穿山甲。

这次战斗，不仅给八路军根据地带来了声誉，还产生另外一个效果。一个小队被整建制歼灭，对于日军来说，是一个不小的损失。唐库城驻屯军联队长山河大佐十分震惊，秘密调整了战术，一方面减少了占领区据点，由长线分布改为集中配置，以中队为单位扼守，每个据点构筑三座碉堡，可以实施交叉火力。

日军很重视阵亡士兵的抚恤，将阵亡官兵的尸骨焚化后，搞了一个仪式，请一群老和尚念经超度亡灵。

这个仪式，在“皇协军”内部引起反响，因为“皇协军”过去是杂牌部队，下级官兵待遇很低，死了就死了，没谁当回事。日本人这么一搞，“皇协军”士兵很眼气，几个军官向师长孙长顺建议，也给自己的弟兄搞个安葬仪式。孙长顺尽管心里一百个不情愿，也不得不做出样子，同意一团买了一百多副棺材，收殓死去的官兵，并且在“皇协军”一团驻地芙蓉镇，搞了个超度仪式。这在“皇协军”内部，是开天辟地的第一次，没想到，惹出一个天大的麻烦，这就是芙蓉镇棺材阵大战。这次行动的经过，我前面已经讲过，不再细讲，我简要讲讲这件事情引发的另一件事。

蔺紫雨行动小组得手之后，得到长官部的表彰，并且大做文章，在报纸上宣扬，难免有些溢美之词。八路军那边，自然也得到了消息。就是在这样一个背景下，两个特殊人物来到了凌营长所在的部队——权苏正和胡琴。

早在灵峰学习班时期，红军保卫部门就破获了陈达派出的两个行动小组，并且掌握了还有一个“蜻蜓”潜伏的情报。不久，红军特别公安局在灵峰镇发现了两个可疑的女人，判断出这两个女人是“蜻蜓”的外围。特别公安局的科长权苏正得到指令，监视并调查这两个女人，但是不急于逮捕，目的是通过她们的行动找到“蜻蜓”。胡琴名义上是红军合作社的工人，实际上是红军侦察员。这两个人里应外合，给蔺紫雨和蓝旗制造了很多便利条件，但是由于陈达始终没有给“蜻蜓”明确任务，蔺紫雨和蓝旗一直没有同“蜻蜓”接上头。

后来情况突然发生变化，胡宗南的部队突袭红军物资基地灵峰镇，红军合作社转移，在杏花峪峡谷突围的时候，蔺紫雨和蓝旗趁乱逃脱。胡琴立即派人向权苏正报告，同时自作主张，带领两个女工，回到杏花峪峡谷寻找二人，意外地遭到土匪劫持，反而被蔺紫雨和蓝旗所救，并留下她一条性命。后来胡琴正式参军，发愤图强，在权苏正的培养下，正式成为一名红军特工人员。

权苏正和胡琴来到沧东，并不是冲着蔺紫雨和蓝旗来的，也不是冲着“蜻蜓”来的。芙蓉镇锄奸行动后，孙长顺不仅没有被打死，而且调防唐库城，兼任汉奸市长，大搞恐怖活动，残害抗日分子。八路军领导决心除害，派遣一支精锐的特工分队，计划在春节前后，干掉孙长顺。权苏正带领胡琴作为先遣，暂住沧山支队一营，了解当面之敌的情况。

凌营长第一次同这两个人打照面，乍一听说这两个人是特工，还有点警惕，后来知道他们的任务是进入沧山以东的唐库城，这才放下心来。

几个人坐下来分析唐库城日伪军的部署情况，深感行动艰难。话题聊到前不久的芙蓉镇棺材阵大战，权苏正说，如果我的分析不错的话，那两个国军特工，应该就是蔺湘语和蓝静兰。当初她们在灵峰镇活动了十多天，奇怪的是，一直没有同她们的“蜻蜓”接头，所以我们才没有逮捕她们，没想到殊途同归，又在抗日战场上遇到了。

胡琴说，我也觉得像她们，这两个人身手不凡，当初在杏花峡谷制服土匪，看得我眼花缭乱。

直到这时候，凌营长才知道，他在灵峰学习班潜伏的时候，蔺紫雨和蓝旗一直就在他的附近。幸亏当时没有接头，否则，后果不堪设想。

尽管已经知道权苏正和胡琴的任务是锄奸，凌营长的心里还是不太踏实，隐隐觉得，二人在谈到蔺紫雨和蓝旗的时候，话里有话，“蜻蜓”一直没有浮出水面，八路军的反特机构难道会不了了之？恐怕不会那么简单。他们这次来，会不会同时担负另一个秘密使命，继续调查“蜻蜓”的去向？

权苏正和胡琴在一营待了四天。第五天清晨，凌营长率领一个排，护送二人至茨镇，他们将在那里由地下组织接应，潜入唐库城。

从沧东根据地到茨镇，绕道要走九十多公里。凌营长选择的是南线，从国统区借路，可以走近道，只有二十多公里。那个时期，是国共合作的蜜月期，郭涵部队和八路军相继来到沧山，山南山北各自建立了根据地，经常召开联合抗战军事会议。国军在沧山东侧的赵庄建立了一个联络处，接待双方人员，同时这里也是通向敌占区的中转站。

路上，胡琴兴致很高，讲起了她和蔺、蓝二人打交道的故事，说，那两个女特务自以为很聪明，通过弹棉花来发信号，以为我不知道。她们没有想到，我也是学过报务的。我一看她们的节奏，就知道她们在耍花招。

权苏正说，可是，后来还是让她们跑掉了。

胡琴得意地说，我有一百次机会动手，可是你不让啊，你要放长线钓大鱼，结果大鱼没有钓上来，两个小鱼也跑了。也许是天意。不过，这两个人还是有爱国之心的，后来她们把我和两名女工抓住，那个叫蔺湘语想把我杀了，幸亏蓝静兰阻止，才留下我一条命，没想到现在一起抗日了。

凌营长很想问问，如果将来在抗日战场上同蔺紫雨和蓝旗相遇，她该怎么对待她们。可是，话到嘴边又咽下了。作为曾经的特工，他知道，言多必失，他的每一句话都有可能被嗅出异常的味道。

晌午时分，凌营长一行抵达赵庄，同恭候在这里的国军会合，一个上尉老远就迎上来，敬礼报告，国军上尉参谋巴根奉谢谷旅长之命迎接凌云峰营长和八路军弟兄，并听从凌营长调遣。

凌营长昂首挺胸，还礼道，弟兄们辛苦了，谢谢谢旅长关照。

双方礼毕，激动地走向对方，走近了，巴根愣住了，凌云峰他认识，那个人打过他，也救过他。在巴根的记忆里，凌云峰是一个文质彬彬、长相清秀的红军干部，而眼前这个穿着八路军军服的营长，脸上有几道伤疤，嘴巴还有点歪，跟他记忆中的凌云峰差别很大。

巴根一紧张，突然说了一句，凌营长，你是那个凌营长吗？我是巴根啊，还记得旺宣城那个巴根吗？

凌营长似乎也有点诧异，表情在倏忽间僵硬起来，眼神空洞了几秒钟，好像明白了什么，依稀记得，在苑安“研究战术”的时候，见过一段资料，一九三四年夏天，凌云峰曾经在旺宣城营救安南父女，智取巴根。后来在长征路上，凌云峰还因为释放巴根被指责对敌人心慈手软，进了管教队。凌营长估计，眼前这个巴根，可能就是那个巴根，而这个巴根，可能已经认出他不是凌云峰了。怎么办，他没有退路，他只能继续演戏，走一步看一步。

凌营长很快就镇定下来了，突然展开双臂，迎着巴根说，巴根兄弟，你就是那个巴根吗？就是那个在旺宣城里被我释放的巴根吗？我差点儿没有认出你啊。

说着，就像磁铁一样，把巴根揽入怀中。

凌营长热情地拍打着巴根的后背，附在他的耳边说，巴根兄弟，自旺宣一别，四年多了，没想到在这里见面了，没想到我们又走到一起了。

巴根疑惑自己身在梦中，他松开凌营长，后退两步，揉揉眼睛，再仔细地看着凌营长，这副模样似曾相识，让他一时回不过神来。

凌营长居高临下，笑眯眯地说，巴根兄弟，你变化好大啊，这一身国军军服穿在身上，再也不是当年的巴根了……来，权科长、胡琴同志，我来给你们介绍一下，这位国军上尉，是前几年在一次……意外事件中结识的朋友，如今我们在沧山抗日战场重逢了，山不转水转啊。

权苏正观察着巴根，哦，意外事件？

巴根说，嘿嘿，那时候我不走正道，干了一件伤天害理的事情，被凌营长……听说凌营长后来因为我吃了很多苦头——

凌营长挥手打断巴根的话头，反客为主地说，巴根兄弟，任务紧急，我们必须在天黑之前返回部队，长话短说吧。

巴根心里有点乱，犹豫不定地说，凌营长，我们已经准备了午饭，弟兄们歇歇脚，吃点东西，一会儿，谢谷旅长和陈达教官就到了，见个面。

凌营长一怔，啊，谢谷旅长和陈达教官，他们……这是干什么，惊动太大了。

巴根说，是这样的，我们的补充连在隐贤村发现了一个温泉，谢谷旅长想把医院安在那里，说好了今天去视察，顺便陪陈达长官泡个温泉澡，路过这里。

凌营长思忖片刻，毅然道，不了，我们的行动，保密性质很强，我看还是抓紧赶路。权科长，你说呢？

从见到巴根的第一眼起，权苏正就觉得哪里不对劲，只是他此刻还不知道凌营长和巴根这次见面之前的故事。权苏正想了想说，既然友军已经备了饭菜，吃了再走不迟，磨刀不误砍柴工。

凌营长不再坚持了，改口道，也好，同志们抓紧。

谢谷部队给八路军准备的饭菜很好，一筐杂粮大饼，萝卜羊肉，还有两盆青菜豆腐汤。

吃饭的当口，巴根凑在凌营长的身边说，凌营长，你的变化实在太大了，我差点儿都没有认出你。

凌营长端着饭碗，大口喝汤，喝一口，啃一口大饼，满嘴的大饼渣子，含混不清地说，变化……当然变化很大，战争年代，鬼变成人都是可能的，你不就是从土匪变成国军上尉了吗？

巴根察言观色，鬼鬼祟祟地说，那个，张有田，他还好吗？

凌营长说，张有田，你是说，那个差点儿把你杀了的张有田，他很好啊，他现在是我手下的连长，就是他，断定你狗改不了吃屎，他说如果将来还能见到你，他一定会杀了你。

巴根的脸色变了，干笑着说，凌营长，你慢慢吃，我去看看警戒。

吃饭的当口，凌营长的脑子一刻也没有停，一旦谢谷旅长和陈达教官出现在这里，他的戏还能不能演下去，他想象不出来。陈达教官当然没有问题，万一谢谷旅长不知道“借尸还魂”的内幕，一句话，一个动作，就会引起权苏正和胡琴他们的怀疑。巴根是暂时被稳住了，可是，这并不等于巴根就彻底相信了，巴根绝不可能知道“借尸还魂”的真相，这个土匪头子随时都有可能给他制造麻烦。

凌营长预想了各种结果，当然也想到了最后的结果，想到最后，就坦然了。也好，也许这是一个好机会，如果谢谷旅长和陈达教官在此时此地出现，他的身份暴露，那么就干脆撕下伪装，当着权苏正和胡琴，还有乔东山和部队的面，坦白他过去的历史，向谢谷和陈达摊牌。他不再伪装了，不再冒凌云峰之名了，索性干干脆脆地恢复易晓岚的身份，以易晓岚的名义，正式参加八路军，哪怕从普通一兵当起。

有了这个思想准备，凌营长反而不急了，吃了一块饼子，又吃了一块。权苏正看他吃得很香，走过来说，凌营长，这顿饭，我们吃了半个小时，大家都吃好了。

凌营长说，可是，巴根上尉说谢旅长要来，我们吃了就走，是不是不礼貌啊。

权苏正向巴根招手，巴根走近了，权苏正问，上尉先生，你们长官确实要到赵庄吗?

巴根看看怀表说，是啊，长官要到隐贤村，赵庄是必经之路，可是……要不，你们先执行任务，我向长官报告，来日方长，后会有期。

权苏正说，那好，我们有任务，不便久留，凌营长，我们还是走吧。

赵庄之行，有惊无险，再往前走，凌营长脚下生风，心里却涌上复杂的感情。回头看看，赵庄已隐没在灰蒙蒙的山坳里，他知道，那里有很多同他有关的人，陈达教官，蔺紫雨，蓝旗，尤其是对后面两个人，他的感情很复杂。

很小的时候，他就跟随蔺紫雨在城里上学，虽然是仆人，但是小姐对他尚好，教他读书写字，高兴了还让他上桌子吃饭，给他夹菜。有一年夏天，小姐和一个男同学闹翻了，第一次喝了酒。中午他在楼梯下练字，突然听到楼上传来呻吟，当时丫鬟翠屏不知道跑哪里去了，他蹑手蹑脚地上楼，吓得心惊肉跳。小姐的裙子和肚兜扔在地上，上身完全赤裸，只穿了一件紧身短裤，两只金蛋一样的小乳房晃得他一阵眩晕。他刚要转身下楼，小姐一声呼喊把他定住了，小姐醉眼迷蒙，让他过去，到她身边去。他全身都僵硬了，像木头一样挨到床边。小姐一把扯过他，把他拥在怀里，紧紧地勒住他的脖子，揉搓他的耳朵，差点儿把他闷死。后来楼下传来脚步声，他挣脱小姐，像狗一样连滚带爬跑到楼下，跑到院子里，跑到后花园的井台旁边，打了一桶水，把自己淋个透湿。

当天晚上，小姐醒过来了，把他叫到楼上，问他中午看见了什么，做了什么。他说，什么也没有看见，什么也没有做。小姐说，那就好，如果对人说出半个字，我就扒了你的皮。

他低下头，什么也没说，而且永远都没有说，所以他的皮一直都是好好的。

他对小姐的感情是复杂的。后来到“西训团”，小姐把翠屏打发回老家了，仍然把他留在身边。凭感觉，他知道小姐对他的感情也是复杂的。后来发生了很多事情，直到在陕北灵峰镇，小姐把“索米二号”换成了云南白药，留了他一条命。小姐是怎么想的，他不知道。

还有蓝旗，那个没心没肺的小戏子，曾经给他当陪练的女子，身上有种说不清的味道，那是女性的味道，让他难以忘怀。如果让他在蔺紫雨和蓝旗之间选一个当老婆，他宁可选择蓝旗。可是，她们现在在哪里呢？他真想找个机会，到山那边看看，毕竟，他和她们，有过生死相依的交往。

六

巴根没有说假话，就在那一天，谢谷和陈达确实到了赵庄，只不过比预计的时间晚了半个小时。

在赵庄歇脚的时候，谢谷问巴根，见到凌云峰了吗？

巴根说，见到了，因为他们急着赶路，吃了饭就走了。

谢谷说，哦，是啊，这个人，是个急性子。当初在其中坪第一次见面，我就有预感，以后我们还会见面的，没想到化敌为友了。

同谢谷单独在一起的时候，巴根说，旅座，我发现不对，这个凌云峰，不像我认识的凌云峰。

然后，就把中午见面时发现的疑点一五一十地禀报了。谢谷说，为什么不是你认识的凌云峰，难道是同名同姓？

巴根说，也不是，他分明知道旺宣城里发生的事，如果不是我看走眼了，那他就是冒名顶替的。

谢谷说，奇怪啊，他为什么要冒名顶替？难道八路军也搞了空城计？凌云峰是个战术专家不错，可是还没有到诸葛亮的份上。

巴根说，我也觉得奇怪。

谢谷想了想，看看手表说，这样，我和陈达教官到隐贤村，也就是两三个小时的事，我让楚大楚把陈达教官留在隐贤村吃饭，见见他的两个女部下。你这边安排一下，等八路军返回的时候，在赵庄，我请他们吃饭。记住，这件事情对谁都不要说，尤其是不能让陈达教官知道。

这件事情，巴根从头到尾参与了，后来的故事，就是巴根跟我讲的。当然，在我尚且活着的时候，巴根不可能把凌云峰的真相说出来，有些细节，我还是在死了之后才知道的。

前面我说过，陈达教官到隐贤村泡了一次温泉，还在我的连部喝了一顿酒，并且哭了一场。就是那天晚上，凌营长完成了护送任务，返回途中，又经过赵庄。

凌营长做梦也想不到，谢谷旅长会在赵庄等他。

在赵庄村口，巴根向凌营长说明，谢谷旅长听说八路军的大英雄要路过赵庄，重新安排了军务，一定要亲自会会这位老朋友。

凌营长好像并不感到意外，只是笑笑说，惊动谢旅长大驾，实在不敢当。

在赵庄国军联络站，凌营长同谢谷见面了，双方敬礼，还礼，寒暄，都很正常，外人看不出一点破绽。谢谷不动声色地看着凌营长说，老朋友了，没想到我们以这样的方式见面。

凌营长说，也许是老天爷的安排吧。

谢谷说，其中坪一别，老弟变化很大，我们坐下来，喝杯酒，慢慢叙旧。

凌营长说，恭敬不如从命。

据巴根说，他安排的场面，有点像一九三四年夏天谢谷和凌云峰在其中坪相会时的情景。只不过，那时候更像鸿门宴，而这一次，则是真正的友军相会了。

连长张秋生带领他的那个排，在外面用餐。小餐厅里，只有谢谷、凌营长和巴根。酒菜上来之前，谢谷说，果然是你，“西训团”训导处的勤务兵，成了威震沧东的八路军营长。

凌营长说，谢旅长，你这样做，是违反国军特殊行动规则的。

谢谷一怔，哈哈笑道，规则？你们的特殊行动，已经是明日黄花了，而且陈达从来就没有向我通报你们特殊行动的目标。作为一个军事长官，我只能按照我自己掌握的情况来保障你们的特殊行动。

凌营长淡淡一笑，没有说话。

谢谷说，在“西训团”，我就听说你是一个特殊人才，这半年，果然领略了你的风采，瞒天过海，以假乱真，而且在抗战中屡建功勋，请允许我纵容一下自己的好奇心。

凌营长笑笑说，国难当头，我首先想到的是，我是一个中国人。

谢谷说，这一点，我和你是一致的，我关心的是，你打算就这么假戏真做，一直做到底？

凌营长说，实不相瞒，我现在感觉不是假戏真做，这一切好像都是上天的安排，好像我生来就是一个八路军的指挥员。

谢谷说，你有没有想到将来？

凌营长说，想到过，如果我能为抗战捐躯，那就是我最好的将来。

谢谷沉吟片刻说，好，我支持你。可我担心的是，你们特殊机构的长官恐怕不能容忍你的背叛。

凌营长说，我没有背叛我的国家。

谢谷说，如果陈达教官让你脱离八路军，回到国军，你怎么办？

凌营长说，不可能了，我已经是凌云峰了。

谢谷说，抗战结束呢？

凌营长说，自从投身抗战，我就找到了人生的目标，知道了应该为谁扛枪，为谁打仗。我不想成为陈达教官的敌人，不想成为内战的炮灰。不过，如果有人不能容我，以我为敌，那么，我也只能以牙还牙。我已经有了准备，随时向上级组织坦白我的过去，重新做人。

谢谷看着凌营长，好久才长叹一声说，你觉得，他们会原谅你的过去吗？

凌营长说，我过去并没有做过有损国家和人民的事情，我所做的一切,都是这个国家希望我做的事情。即便我不被理解,我也死而无憾。

谢谷说，假如——我说的是假如，现在就是一个机会，假如，我们制造一个假象，让你手下的那个排神秘地失踪，作为你回到国军的见面礼——

谢谷的话还没有说完，只听一声冷笑，那么，请你把我一起杀掉好了，否则我会揭露这个阴谋，国民党反动派破坏抗战的又一罪行很快就会公布于天下。

凌营长说完，站了起来，拔出手枪，放在桌上说，下手吧，我以我的牺牲，唤起民众的觉悟。我们这个国家，就是被你们这些反动派葬送的。

谢谷愣住了，半天才苦笑一声说，老弟，易晓岚老弟，不，易水寒兄弟，我这只是假设，你急什么，不必当真啊。

凌营长说，这个假设，不是空穴来风，它一直就是国民党反动派心里的声音，这也是我铁了心要当八路军的理由。

谢谷不说话了，看着凌营长，又看看巴根，然后站了起来，慢条斯理地说，我没看错，也没想错。就在刚才，易晓岚兄弟这一番话，让我想起了一个人。你们知道是谁吗？

凌营长没有接茬，巴根挠挠头皮说，莫非是岳飞？

谢谷说，岳飞倒不是，我想起了凌云峰——我说的是那个真正的凌云峰，当初我和他在其中坪相识，那个人表现的气度和胆识，就是今天易晓岚这个样子。

凌营长说，多谢谢旅长的抬举，本人深感荣幸。

谢谷说，人各有志，不能强求，今天我们把话说清楚了，我也知道了你的志向，我尊重你的选择。作为一个学长，我会力所能及地保护你。

凌营长说，抗战不是我们八路军一家的事情，也是全体中国人的事情。我希望我们和谢旅长的部队能够在抗日的战场上真正成为兄弟。

谢谷说，会的，一定会的。今天我们相见的事情，只有我们三个人知道，我们一起来保守这个秘密。

以后巴根跟我讲，他是第一次见识凌营长和谢旅长的酒量，当天晚上，他们三人一共喝了一坛子酒，总共有三斤多。巴根这个陪酒和倒酒的都摇晃了，谢谷旅长和凌营长还有说不完的话，而且喝酒之后，凌营长还能清醒地带着他的队伍返回沧东八路军驻地。

七

故事很快就回到我的身上。

我们在沧山以南守株待兔半个月之后，传来消息，日军又从北线调来一个联队。长官部通报，当面之敌共有日军纯种部队两个联队，总兵力四千多人，配属“皇协军”一个师八千多人。种种迹象表明，鬼子要发起新一轮攻势。

沧山是一个战略要地，长官部决心要在这里同日军决战，要像八路军的平型关大捷那样鼓舞士气，我琢磨我这个补充连驻扎的地方不像前线，就向谢谷提出来，尽快把我调到防御一线去，没想到，非但没被批准，反而被他明确安排去搞保障工作。谢谷把旅部医院也调到隐贤村，因为这里有温泉，温泉水可以消毒，有些伤员泡温泉可以加快痊愈。那几天，我们简直就成了看澡堂子的，白天帮助照料伤员洗澡，晚上还得给女医生和女护士站岗。

开始两天，我高度紧张，一想到晚上有女人在抗战池洗温泉，而我的那些骚乎乎的兵在外面警戒，我的心就七上八下，生怕他们做些不得体的事情，到现场巡查的次数也增加了。还好，没有发现士兵偷看，就像蓝旗说的，习惯了就好了。倒是我自己，远远听见医院的女人们在温泉里叽叽喳喳笑闹，有点心猿意马。

就在旅部医院迁到隐贤村的第三天夜里，突然听到远处炮声隆隆，我以为是沧山防御战打响了，让苏佐给连队下了预先号令，随时准备拉上去，可是等了半夜，也没有得到命令。

第二天才知道，原来是八路军凌云峰的部队穿插到日军的驻屯据点，袭击了敌人的弹药库。战斗打响后，敌人以两个大队的日军和两个团的“皇协军”对凌云峰部队实行围追堵截。打了半夜，凌云峰部队损失很大，但主力还是突围出去了。后来听到消息，八路军在行动之前，曾经派人同谢谷部队联系，要求配合作战，要我部从侧翼接应，重创敌人以削弱其进攻实力。这本来是一件好事，谢谷也很积极，向长官部请示，得到的命令是，不要把战火引向沧山，不能松懈沧山的防守。这样一来，八路军又是孤军作战，虽然迟滞了日军进攻沧山的行动，但是由于我们坐山观虎斗，联合作战的默契拉开了缝隙，八路军以后还会不会信任我们，谢谷部队的军官都很担心。

凌云峰袭击敌人弹药库的第三天，沧山战役爆发，后来有人说，是八路军激怒了日军，嫁祸于人，把战火引到了沧山，这当然是鬼话。因为沧山是日军向西推进的重要关口，在日军高级指挥机关制订的作战计划中，沧山志在必得。

战役第一阶段，谢谷部队在东线首当其冲，前一个小时打得还算顽强，战斗进行两个多小时，前沿阵地遭受猛烈炮火袭击，部分阵地失守，士气就有些动摇。

当天夜里，第一批伤员由巴根送到隐贤村，医院紧急抢救。我托巴根向谢谷旅长传话，赶快把我调到一线，如果不放心我的连队，可以把我本人调到作战连队，不能让我在这里伺候伤兵。

巴根皮笑肉不笑地说，你是得了便宜卖乖，前线的连长，以分秒的速度阵亡。你在这里，不仅要伺候伤兵，还伺候女人洗澡，艳福不浅啊。

我说，王八蛋想在这里伺候女人洗澡。你跟旅座转告，如果明天再不让我到一线去，我就自己带着队伍冲上去，我学凌云峰三条山战斗，钻到鬼子窝里打。

巴根说，好吧，看在咱俩都曾跟着安南先生的分上，我可以转告。不过，谢谷旅长一直在前沿阵地上，今天夜里我不一定能见到他。

这一夜，枪炮声时断时续，我分析日军夜里不可能大举进攻。第二天上午，枪炮又激烈了，隔着一座山，我在隐贤村也能听出战况，感觉很揪心。我决定等到中午，如果再没有动静，我就擅自行动了，万一沧山失守，我连一仗都没有打，那我就太丢脸了。

上午，不断送来伤兵，也不断传来新的消息，一会儿说沧山防御阵地快撑不住了，一会儿又传来消息，南侧八路军的穿山甲部队穿插到甘冈阵地，从敌后包抄，打乱了日军进攻队形，谢谷部队趁机反击，收复了两个重要阵地，主阵地又有了支撑。

我再也坐不住了，这天中午我让伙房煮了几块腊肉，二十多斤，全连大吃一顿。然后我瞒着苏佐，让王铁索挑选了十个士兵带到抗战池，以洗澡的名义悄悄做战斗部署。

我对补充连的士兵说，前面打得血肉横飞，我们再也不能袖手旁观了，我得上去，不让上也得上。大家好好洗个澡，然后跟我上去，死了一块白布包上，咱们当个干干净净的抗日战士。如果有人害怕，现在还来得及，我同意你回去，只是不要向苏连副告发，等我们离开一个小时，随便你跟谁说。

王铁素挑选的这十个士兵都是好样的，对这次行动的目的和前景，大家心知肚明，一边洗澡一边说，连长，谢谷旅长看不起我们，我们自己要看得起自己，不让我们打，我们偏要打，只要还有一口气，我们就跟着你往前冲。

从始至终，没有一个士兵表示退缩，只有一个名叫张阔的士兵，用手托着他的“枪”说，伙计，对不起你了，你还没有派上用场，可能就报废了，抗日抗日，先抗你吧。

我说，话不能这么说，我们抱着必死的决心，但不一定找死。老话说，向死而生，大家跟着我，如果一仗下来我们中间还有活着的人，我允许你们……我向医院那边看了一眼，接着说，如果今天女人们再到抗战池，我允许你们看一眼……不过，不能擦枪走火。

张阔说，你要是死了，我们说是你同意我们看的，谁相信呢？

我说，要不一会儿我给你立个字据？

张阔说，有你这句话就行了，谁还当真啊，打完这一仗，也许我的枪就不会走火了，我把子弹送给鬼子了。

八

整个洗澡的过程，没有一丝临死之前的悲伤，好像我们洗这个澡是为了娶亲，而不是为了送死。

换上衣服，我就让王铁索整队，准备从隐贤村小庙东侧迂回，然后翻越村后的山包，径直插到阵地。路线是我提前勘察好的，连攀登的绳子都准备好了。

大家依计而行。我们离开抗战池，穿过小树林，刚刚踏上通往小庙的羊肠小道，一抬头，我愣住了，前面站着蓝旗，正笑盈盈地看着我。

我有点回不过神，避开她的目光问，你怎么来了？

蓝旗说，让你的手下到庙里等一会儿，我有话要跟你说。

我说，你开什么玩笑，我接到命令要去一线阵地执行任务，你不要捣乱。

蓝旗说，我掐指一算，你在蛮干。命令是有，但是在路上，还没有送到你的手上。现在你去，是擅自行动，两个小时以后你再出发，那才是奉命行动。

我将信将疑，看着蓝旗。

蓝旗说，跟我说实话，你接到命令没有？

我知道瞒不住了，如实相告，我确实没有接到命令，可是我自己命令我，必须行动了。无论沧山战役结果如何，我都不能等下去了，我宁肯死在阵地上。

蓝旗说，何必，何必背个擅自行动的罪名？跟我走，我来告诉你，什么时候行动最合适。

我有些犹豫，看看王铁索他们，他们朝我挤眉弄眼。我说好吧，我就相信你一次，两个小时之内我接不到命令，那我就夜袭。然后我又对王铁索说，也好，你们到庙里可以磕几个头，让菩萨往家里捎几句话。

说完这话，我就跟着蓝旗走了。我不知道她什么时候把隐贤村的地形搞得这么熟，先是走过了小树林，然后上了一个小山坡，路过一棵枣树，再往前走，我不敢走了，我感觉不对，这个特殊人才，她在这时候把我单独叫上山坡，到底要干什么，我心里没底。

蓝旗说，过来呀，我又不是老虎，我不会把你吃了。

我犹豫着又往前走了几步。蓝旗说，昨夜我做了一个梦，梦见你的连队要开拔了，去当敢死队，你跟我告别说，此去生死未卜，我再也不能擦枪走火了，我当时就哭了……后来，后来不知道为什么，我和蔺紫雨都把衣服脱了，连武装甲都解了，我们挺着胸脯从队列前面走过，让每个弟兄都摸了一下……

我的血一下热了，眼前直冒金星，我说，蓝旗，别说了，别吓唬我。

蓝旗说，不是吓唬你。今天中午，伙房煮了二十斤腊肉，我就知道你要干什么了。

我说……我什么也没有说出来，这时候我看见蓝旗伸手拉开路边的一根树枝，接着把一个草捆推到一边。这回我看清了，是一个桌面大小的山洞。蓝旗看着我说，这是我和蔺紫雨追小松鼠的时候发现的，现在它就是我们的洞房。

我的天哪，我的预感被证实了，可是，可是……我像梦游一样，几乎说不出话。我说，这是为什么，为什么，你为什么要这样？

蓝旗说，我也不知道为什么，我就想做这件事，来吧……我掐指一算，调你到一线的命令还有一个半小时才能到达，这一个半小时，让我们忘了一切，忘记鬼子，忘记战争，让我们像男人和女人那样。

我说，不，不能，万一我死了，你可怎么办啊？

蓝旗说，没有什么怎么办，一切都很好办，我也会死的，让我们在死之前，把这件事情做了……说着，她已经把军装脱了，衬衣脱了，然后她解开了武装甲。

我的眼前一片迷茫，我摇晃着，差点儿转身就跑。可是我的腿就像被绑了铁块一样，根本挪不动，一步也挪不动，眼睁睁地看着她把军装和衬衣放在洞口里面。

刚刚过了中午，阳光照在山洞里面，落在她的军装上面，反溅出一片银色。她先是坐下，然后半躺着，胸前的两座小小的金山微微颤抖，金山的顶上，挂着两枚熟透了的樱桃，在强烈的阳光里，刺得我睁不开眼睛。

这时候我听到一个声音，看过吗？

我听到我的嗓子眼里传出一个干涩的声音，没有，没有看过这么好的东西。

我又听到一个声音，摸过吗？

我咽了一口，使劲地说，摸过，梦里。

那你还等什么？

这一刻，我的脑门传来轰轰烈烈的炮声——不是幻觉，而是真真切切的炮声。我睁开眼睛，我看到山洞里面已经铺满阳光，黑色的天空涌动着雪白的云朵。我竭力平静下来，迅速解除了全部武装，摘下了胸前的怀表……然后，我登上了一座高山，越过了溪流丛林，我走进了白云深处……我再也听不见枪炮声了，我只听到耳边响起一阵歌声，我和我的蓝旗一起歌唱，在这歌声里，我完成了一个男人第一次实弹射击——

直到很久，我耳边的歌声才消失，我想拔腿就跑，可是，我没有跑脱。蓝旗低头察看我们刚才交战的战场，红着脸说，不对，打错了地方。

我一愣，很快明白了她的意思，我说，就这样吧，别种上了。

蓝旗说，不，我就是要种上，我要让楚大楚留在我的血液中。

我没有多想，我豁出去了，我的年轻的手枪突然举起，枪膛里的火药已经点燃，发出了嗤嗤的响声。我突然想起来了，那次在芙蓉镇锄奸，过鬼子关卡的时候，她跟我说过的那句话，好枪法，再也不会擦枪走火了。

这一次，我没有走火，我的手枪准确地找到了目标，那一朵金色丛林里绽放的玫瑰——我闭上眼睛冲了进去，我听到一声压抑的惊呼，可是，我已经没有办法停下了，先头部队已经长驱直入，驰骋的马蹄在广袤的原野掀起雷鸣般的轰响……

这是做梦吗，不是。当隆隆的马蹄声消失之后，阳光拨弄我的耳朵，有点痒。我坐了起来，看见蓝旗泪流满面，身下的衬衣像是绣上了几片揉碎了的枫叶，红得让人心痛。我说，为什么？

蓝旗抱着我，一言不发。

我又问了一声，你不怕吗？

蓝旗说，我怕。

我说，可是，万一留下什么，万一我回不来……

蓝旗一把捂住我的嘴说，不要说了，老天爷在看。

我不说了，我知道，这个时候说什么都不重要。蓝旗的目光从我的脖子滑到我的胸前，直到我的小腹。她似乎有点意外，坐起来说，真好，你身上没有一块伤疤。我一怔，不知道这话是褒奖还是不屑。我说，是的，我身上是没有伤疤，因为过去跟红军打仗，每次我都溜掉了。

蓝旗说，哦，我已经猜到了，你不想跟红军打仗。

我说，我为什么要跟红军打仗，红军里面有我的兄弟。我的父亲，当年也是红军，你意外吗？

蓝旗说，你说你本人是共产党，我都不会意外。我见过红军，我也不想跟他们打仗。

我说，安南先生说，一百个胆小的人里面，总有一个胆子最大的；一个傻子，一生中总会做一件聪明的事。我们该聪明起来了。

穿好衣服，我们牵着手下山。路上我们都没有说话，我的耳边一直回荡着蓝旗的那句话，老天爷在看。是的，老天爷在看，天上的白云在看，林子里的小鸟在看，还有纵横交错的大山沟壑，它们都看到了这一幕，那么美好，那么奇妙。老天爷为什么对我如此厚爱，在这烽火连天的战场，在异地他乡的树林里，给了我两个小时，给了我一个山坡洞房，给了我一个突如其来的爱情。脱掉了军装，我们是两个敞亮的世界，两个世界拥抱在一起，我中有你，你中有我，我不再是我，你不再是你，从此，我们不再是孤身一人了。

放眼望去，太阳已经偏西，远处的山脊线在天穹下蜿蜒起伏，依稀可见层层叠叠的陡壁，像是远古的城堡，似乎还有人走动。那是古人吗，还是外国人？这个隐贤村，从此储存在我生命的角落，就像飞机上的黑匣子。

快到山根的时候，我突然想起了什么，我从脖子上摘下怀表，把它挂在树枝上。蓝旗奇怪地看着我说，这是什么？我说，我和你萍水相逢，你对我天高地厚，可是，我不能这么草率地对待你，我们补办一个婚礼吧。这是我的三妈送给我的护身符，让它代表我们的高堂，接受我们三拜。

蓝旗怔怔地看着我，想笑，可是没笑，表情突然凝重起来。我们对视一眼，心有灵犀，一起跪在小路上，对着挂在树枝上的怀表，磕了三个响头。

然后，我取下怀表，郑重地递到蓝旗的手上说，我不在身边的时候，它就是我，要是遇到不顺心的事，就把它放在耳边，也许，它会给你出出主意。

蓝旗接过怀表，没有说话，看着我，眼里泪光闪闪，突然又把怀表放到我的手里说，不，等打完这一仗，再交给我不迟。

我说，打完这一仗，万一——

蓝旗打断了我的话，没有万一，只有一万，你必须活着回来，我等着你把勋章和怀表一起交给我。

我明白了，喃喃地说，我必须活着，我争取。

九

蓝旗说得没错，就在我和她在山洞里“舍生忘死”的时候，谢谷派来的传令兵已经过了唐山河。我和蓝旗分手之后，正要往小庙方向去，苏佐火急火燎地从抗战池方向跑过来，手里举着谢谷的手令。跑到跟前，苏佐上气不接下气地说，连长，紧急情况，谢谷旅长要你率领全连，立即到剑光岭旅指挥部报到。

我精神一振，好，老子这把钝刀，总算派上用场了。

两个小时后，我带着补充连七十多号官兵，跑步到达剑光岭。谢谷的脑袋和左胳膊上缠着绷带，正在眺望战场，一见到我，就放下望远镜，把我招呼到掩蔽部前面，把望远镜递给我说，看见没有，前方断裂沟，向右六指幅，三号高地下面，那是什么？

我按照谢谷的指引调整视角，我说，看见了，是开阔地，纵横有四十米。

谢谷说，对，四号高地、三号高地相继失守，日军正在构筑工事，打算蚕食我二号高地和六号高地。摆在这里硬打不行，得想办法。

我说，旅座，我明白了，借鉴当年凌云峰在三条山战斗中的打法，穿插到敌后，打乱他的整个部署。

谢谷没有马上回答，看看我才说，凌云峰那是飞蛾扑火，有去无回啊。

我说，我们也没有打算回来，我已经洗过温泉了。

不知道为什么，这时候我非常想跟谢谷说，我不仅洗过温泉了，我还完成了一件人生的大事，我已经有了女人。可是话到嘴边，我又咽下了，因为我不知道蓝旗同意不同意我公开这件事情。

谢谷说，我把你们调来，有这个意思，打算让你们穿插到六号高地和五号高地之间的麻雀岭，在那里隐蔽，只要敌人发起进攻，你们就在他的中心开花，配合主阵地防御。

我说，我知道了，下一轮防御请加大炮火掩护，我在战斗间隙插进去。

谢谷看着我，深情地看着我，用只有我们两个人才能听清的语调说，我已经让巴根给你们准备粮食了，至少坚持一天半。

我说，旅座放心，只要还有一口气，我们就不会停止战斗。

谢谷说，好的，你们能够站住脚，就大大减轻了主阵地的压力。你一个连队，至少相当于一个团的作用。不过记住，尽最大努力减轻伤亡，尤其是你本人，要始终记住指挥职责，能不牺牲，尽量不牺牲，你还有三个母亲要赡养，还有妻子儿女。

那句话又冲到我的嘴边，我想跟他说，我本来没有妻子儿女，今天我有了女人，可能还有了儿女。

我还是没把这句话说出来，只是说，请旅座放心，我们一定战斗到最后一息。

谢谷握着我的手说，孤军作战，没有通讯联络，一切都靠你们自己了。

下午三点左右，日军发起了攻势，先用炮火覆盖我阵地表面。我们的士兵有了经验，在火力突袭的时候全部进入堑壕，同时向指挥部报告敌人炮兵的炸点，协助指挥部判断敌人的炮兵阵地。

半个小时后，我方炮兵开始射击，有限的炮火从敌人炮兵阵地转到敌人进攻前沿。就在这一片狼烟之中，补充连打了二十多分钟，协助防御连队将日军第一轮进攻打退，然后前往二号高地。

当天晚上，补充连——现在它的名称叫敢死队，从二号阵地出发，钻进山根下断裂沟，快速运动到达六号高地和五号高地之间的河谷，从那里攀岩上去，在距离日军进攻路线最近的麻雀岭部署了十个火力点，趁朦胧月色，构筑工事，只待明天的鏖战。

这天夜里，出奇的平静，枪炮声就在不远处时疏时密，但是我们补充连栖身的这个山头，仿佛置身世外桃源，天上半轮月亮，照在嶙峋的山顶，流水一样泻在士兵的脸上。士兵们很安详，他们已经有了几次小规模战斗的经历，也做好了殊死一搏的心理准备，多数人已经进入梦乡。这很奇特，就在日军大部队的心脏位置，能够听到山峦的呼吸，在时断时续的枪炮声里，似乎也能听到日军的说话声。这些异国军队的士兵在想什么呢？难道他们不想家吗？难道他们生下来就是为了侵略别的国家吗？就是为了掠夺，为了加害邻邦吗？

没有人吸烟，一点火星都有可能暴露目标。也没有人大声说话，这些曾经的“犯人”，其实都是底层的百姓，现在他们明白了，他们不是犯人，而是中国人。七十多个人，就像冬眠的动物，等待春暖花开，等待觉醒，等待一跃而起，把自己变成凶猛的狮子，扑向敌人。

我采取匍匐与猫腰相结合的姿势，从南向北，逐个检查各个警戒点和火力点的防务。到了后半夜，回到王铁索给我垒好的工事里，将挎包垫在头下，眯起眼睛假寐。现在唯一需要做的，就是等待，等待反攻，等待出击，等待死亡。

可是，我不能像王铁索那样打着香甜的呼噜，在那颗致命的弹丸抵达我的脑门之前，我有很多事情要做。我的三个母亲，她们是否安好，她们是否知道她们的儿子此刻在干什么？如果她们知道我的行为，一定会悲伤，也一定会感到欣慰。她们都是深明大义的人。

在长洲，王金童之父送子参军的故事家喻户晓，成为很多家庭效仿的楷模。记得队伍开拔之前，我回家向三个母亲告别，大妈和三妈哭成一团，怕我死在外面。我的生身母亲跟我说，自古忠孝难两全，去吧孩子，像你父亲那样，为了这个国家，为了你的母亲和孩子，给我好好干，把日本鬼子打走了，再回来尽孝。

我睁开眼睛，看见了天上的月亮，它好像也在看着我。从山坡往下看去，沟壑纵横交错，隐隐升腾着半明半暗的氤氲。这块异乡的土地，就是我明天的葬身之地吗？朦胧中，我甚至产生一丝冲动，很想下山去看看，选择一块风水之地，然后明天就守在那里，把腿埋在那里，只留下半个身体在地面上同鬼子作战。这样的话，即使他们把我拦腰斩断，我的根仍然在泥土里，我的血会流入地球的血管，回到长洲，回到母亲的脚下……

当然，我想得最多的还是蓝旗，这个刚刚认识不久的女子，这个曾经被我们看成是狐妖的女子，此刻在我的心中，却像传说中的女神，洁白无瑕。她为什么要这样？

我突然想起小时候母亲指着天上的星星，跟我讲，这是北斗星，那是牛郎织女星，牛郎的担子里挑着他们的一双儿女，他们隔着一条天河，只有每年的七月初七才能相会。此时此刻，我觉得我就是牛郎，只不过，我们的孩子不在我的身边，也许，一年后，我的蓝旗也会带着我的一双儿女，到某一条河边，和我隔河相望，那条河在哪里呢？也许，那是一条生死河……想到这里，我不禁泪流满面。

“你必须活着”，蓝旗的话敲打着我的耳膜，我必须活着，我不能死，我死不起啊。可是，我怎么才能活着呢，难道，我要丢下这七十二个兄弟，丢掉我的军装，丢掉我的脸吗？一个可耻的火星，刚刚闪了一下就熄灭了。如果我真的当了逃兵，就算我活下来了，就算我和蓝旗真的有了一双儿女，她会带着他们找我吗？就算她带着我们的儿女来找我，他们还有颜面吗？

我没有退路，我和我的七十二名兄弟都没有退路，上前一步，未必青史留名，而后退一步，一定是臭不可闻。国家有难，匹夫有责，这是我的宿命……

就在我这么胡思乱想的时候，堑壕里有了动静，最东头的警戒哨摸到我的跟前，趴在我的耳朵边上说，连座，有情况。我一个激灵坐了起来，抓起枪，跟他一路猫腰小跑，跑到最东边。渐渐地我看清楚了，月光下有一团黑影向北方运动，再往两边看，似乎平地长出了几排庄稼，黑乎乎的庄稼在夜幕的掩护下，蛇一样向沧山主阵地运动。

我按捺住心跳，估算着距离，从麻雀岭到敌人的队列，只有一百多米，这个距离，不是最佳射击距离。如果我打响了，可以挫败敌人的偷袭阴谋，但是不能达到有效杀伤的效果。怎么办？我再次想起了关于三条山战斗的战例，我的脑子里快速跳出一个方案，以一个排的兵力固守麻雀岭，另以两个排的兵力出击，尾随敌人，接近敌人。

手里的怀表沙沙作响，兵力调整，用了不到五分钟的时间。从麻雀岭到四号高地下方，只用了二十分钟不到，我就在两处制高点上部署了机枪火力点。鬼子没有察觉我们的行动，仍然埋头前行，一寸一寸地向我主阵地靠近。看来这次鬼子改变了打法，完全撇开了炮火，而决心用步兵解决战斗。我的机会来了。

当一切都部署完毕后，先头鬼子大约一个小队，三十多人，进入了我的伏击圈，我一声令下，几挺机关枪一齐倾泻。

霎时，夜空被撕裂了，弹道飞舞如流萤，沉睡的山谷喧嚣起来，好像戏台上鼓乐齐鸣。鬼子军官反应过来，指挥部队边行进边向我还击，但是并没有停步，大部队以更快的速度向我主阵地冲击。

这个情景是我不曾预料的，当然不是鬼子看不起我，而是因为他有更大的战术企图。我这么打了一下，虽然打死他们十几个人，并没有伤筋动骨，所以他干脆不理我们。我依稀看见，鬼子的前锋距离主阵地不到一百米了，而后续部队以冲刺的速度向前集结。这是非常危险的态势，如果他有一个大队，有三四百人进入到距离我主阵地一百米以内，在这样的能见度里，我们防御的杀伤力十分有限，鬼子很有可能一举拿下四号高地，那主阵地的压力就更大了。

我的火力还是弱了，没有别的办法，只有一条路，那就是继续冲进去，冲到鬼子堆里，跟他死缠烂打，迟滞他的行动。我在路边跟苏佐和王铁索等几个军官简单交换意见，约好半个小时时限，然后就各带一股兵力，拦腰冲入敌人队形。

这一招，敌人也没有想到，我们真的是飞蛾扑火了，在主阵地前面约三百米处，我们五十多个人，分成三股冲击，一百多颗手榴弹在敌人中间爆炸，打得敌人首尾不能相顾，并且出现了互相残杀的局面。

这时候主峰的反击也开始了，迫击炮弹稀稀落落地落入敌阵。鬼子这回重视起来了，终于停止进攻，集结兵力，开始分割包围我的小分队。

我见目的已经达到，赶紧收拢部队，苏佐和王铁索早有准备，带领分队从敌人的缝隙里钻了出来，等鬼子赶到，我们已经回到了麻雀岭，居高临下地打阻击战，比穿插战斗要从容得多。

天亮了，鬼子调集了大口径火炮，向麻雀岭狂轰滥炸，不知道有多少钢铁打进了这个方圆不过三百米的山头，而在敌人炮火最猛的时候，我们已经放弃了麻雀岭，进入到二号高地和六号高地之间的断裂沟，鬼子的炮火基本上对我们构不成威胁。

这场战斗，从拂晓一直打到上午十点多。我们的东侧，是八路军的防御阵地，从战役开始，打了两天，那里始终坚如磐石。鬼子啃不动东线，就把主要力量全部集中到西线，西线也奇迹般地坚持了两天。

十

麻雀岭真是一个好地方，进退自如。渐渐地我们掌握规律了，敌人炮击的时候，我们就退到断裂沟，敌人炮火一停，我们就快速抢占制高点。我们在麻雀岭山上山下跟鬼子打了半夜半天麻雀战，产生的效果，不仅改变了主阵地的被动局面，而且在战斗第二阶段，谢谷指挥一个加强营，在八路军的配合下，收复了三号高地。

战斗间隙，我们收拢殉国兄弟的尸体，就地掩埋。我交代部下，我什么时候倒下,在哪里倒下,就把我埋在哪里。我知道我的脸很难看，那上面有三处枪伤，有一枪差点打在我的喉咙上。我的胸膛和腹部终于布满了弹坑，我担心蓝旗再见到我的时候，恐怕会被我吓坏。可是我知道，这副模样是她喜欢看见的。

第二天上午，东侧的八路军副营长乔东山带领一个排，从断裂沟运动到麻雀岭，给我们送来了粮食和水，还有两千多发子弹，并且告诉我，他们的部队已经前出到松树岗，同麻雀岭形成掎角之势，我们两家的防御阵地，其实又向前推进了一公里多，如果我们能够再坚持一天一夜，敌人消耗不起，那么，沧山防御战基本上就算胜利了。

可是，我们还是高兴得太早了。

沧山战役中，国军一共投入四个师外加三个旅的兵力，但是，并不是所有的部队都像谢谷部队这样死打硬拼。我们在东北方同鬼子死缠烂打，死守沧山主阵地两天，迫使鬼子改变了计划，以进攻旅团大部、配属两个联队和“皇协军”一个师，迂回到沧山西线以西，强攻中央军霍荼师防线。只打了一个上午，就突破霍荼师两道防线。

霍荼师长向长官部报告说，整个沧山战役只有西线在打，他们伤亡三千有余。事实上，这是谎报军情，实为保存实力。长官部让霍荼酌情而定，霍荼暗示部队，不得死打硬拼。这天中午之后，日军只发起一轮联队规模的进攻，霍荼就下令后撤。结果，沧山主峰右侧完全暴露在敌人的火力之下，东边的八路军侧翼失去屏障，谢谷部队孤掌难鸣，西边也丢了两个高地，战况急转直下，沧山防区岌岌可危。

到了第二天下午，谢谷通过八路军东线阵地给我送信，长官部已决定放弃沧山，让敌人继续西进，以空间换取时间。旅部正在组织交替掩护，要我率敢死队在麻雀岭至少再坚持到傍晚，钳制敌人，直至主力全部安全脱离战场之后，再撤到三十里铺集结。

撤退的命令虽然是绝密的，可是，一旦下达了，立即就像瘟疫一样蔓延开来，本来提起来的一股气，骤然松懈，那天下午的仗就打得不像样子了。敌人在西线不费吹灰之力就突破了霍荼的防线，同时又加大了东线的进攻火力，谢谷部队受到两面夹击，很快就失去了支撑。

为了掩护谢谷部队撤退，八路军在腹背受敌的情况下，集中兵力突击四号高地，堵住了鬼子一个大队。另在三号高地，双方也是反复争夺。

整个沧山战役，到了这个时候，只有东线八路军和谢谷部队的两个营在打，剩下的，就是我的敢死队了。我的七十二名兄弟，死伤已经过半。

敌人大约察觉到我们的防御动摇了，又一轮进攻开始了，士气更加高涨，士兵们直起腰来冲锋。

三号高地反击的枪声越来越稀薄，远远看去，主阵地上的旗帜已经拔下了，基本上听不到枪声了。如果这个时候我下令撤退，完全有理由，而且撤退的路线十分安全。可是，我不能走，一旦三号高地被敌人占领，刚刚占领了四号高地的八路军就会腹背受敌。更严重的是，这两个高地失守，沧山的门户就会大开，谢谷部队即便撤退了，也会被鬼子很快追上，兵败如山倒，全军覆灭的可能都有。

我把尚能战斗的人员集合起来，我说，最后的时刻来到了，王铁索！

王铁索应了一声，到！

我说，领诵咱们的训词，大点声，让鬼子听听。

在王铁索的带领下，寂静了一阵的麻雀岭，突然响起雷鸣般的喊声——国难当头，日寇猙狞。国家兴亡，匹夫有份。本欲服役，奈过年龄。幸吾有子，自觉请缨。赐旗一面，时刻随身。伤时拭血，死后裹身。勇往直前，勿忘本分！

我往下看了看，感觉整个山谷像昨夜一样安静，连偏西的太阳好像都停止了转动，侧着耳朵听我们的喊声。

宣誓完毕，我把王铁索叫到一边，从怀里掏出怀表，交到他手上说，如果我阵亡了，请把这个东西交给蓝旗，她已经是我的女人了。

王铁索眼睛瞪得老大看着我说，连长，这样做，合适吗？

我说，怎么不合适，你难道不相信蓝旗是我的女人？

王铁索说，我相信她是你的女人，可是你想想，你要是阵亡了，我还能活下来吗？

我一想，也是这个道理，一般情况下，排长总是死在连长的前面。

当然，也有例外。我对王铁索说，你先拿着，万一你也阵亡了，我派人找到你的尸体，再把它取出来。

王铁索还是怔怔地看着我，说，连长，你这样讲还是有问题，你已经准备阵亡了，你怎么派人找我的尸体啊。

我说，他妈的简直是胡言乱语，不说这些了，咱们谁活着谁把它交给蓝旗，如果大家都死了，那就算屎了，免得蓝旗看见这个东西伤心。

王铁索咧嘴一笑说，连长，你总算明白了。

我说，我一直都是明白的，愣着干什么，站到队列里去。

王铁索咔嚓一个立正，转身跑步入列。

我站在队前，举起手臂问大家，知道我们要干什么吗？

队列一声回应，勇往直前，勿忘本分！

我大喝一声，目标，三号高地，冲啊！

三十多个人，不算多，但是在那个下午，在那一片喊声中，三十多个人掀起的风暴足以让沧山战栗，让沧山悸动。三十多个人，就像猛虎一样扑下山去，又向抬头的龙一样向三号高地游去。大刀在阳光下像旗帜一样招展，画出欢快的闪电。

一向反应灵敏的日本鬼子，在那天却好像有点迟钝，他们已经冲上了半山腰，速度惊人，没想到更惊人的事情发生了，我的三十几个兄弟，就像猿猴一样，上蹿下跳，左闪右挡，转眼之间，短兵相接，有趣的是，没有人开枪，没有人喊叫，只有吭吭哧哧的出气声，只有刀刃与骨头碰撞的声音。到了那个时候，已经不用指挥了，每个人既是指挥员，又是战斗员，我的大刀已经没有刀刃了，就像牛腿一样笨重，即便这样，我还是用这个牛腿挥舞了十多分钟，击碎了三个鬼子和五个“皇协军”的脑袋。

肉搏持续了将近二十分钟，我看看身边，自己的人越来越少，敌人越来越多，我估计生还的希望基本上没有，而且在这个时候，一旦结束战斗，我可能一步也走不动了。实际上我已经是个死人了，我的头脑、我的心脏、我的血管，都已经死了，只是我的腿还在动，我的胳膊还在动，我以一个死人的身份在做最后的斗争。

我终于倒下了，不知道倒在什么时候，也不知道倒在哪里。我依稀记得，三号高地的东侧传来枪声和喊声，等我再次睁开眼睛，已经在隐贤村旅部的医院里了。

据说，我在隐贤村又活了四个多小时。这四个小时里，我说了很多话，谢谷让护士做了记录，谢谷看了记录之后吓了一跳，说这个人疯了。其实我不是疯了，而是睡着了，先是我的左腿睡着了，然后是右腿，接着是胳膊，就这么一点一点地、一块一块地失去知觉，然后是脑袋。我的全部生命最后都退却在我的脑袋里，就像退下来的部队集中在仅有的一块阵地上，挤成一团。

他们在我身上捆满了绷带，我的身体冰凉冰凉的，就像隐贤村抗战池里的水流过了覆盖白雪的沟渠，冰冷集中到了脑子里最里边的角落。

那个名叫医生的人说，这样可以把角落以外的世界封闭起来，把那个角落冷冻起来，这样我就可以拥有一个活着的角落，我的记忆、感情和思想就储存在角落里，从此以后，楚大楚就消失了，而“角落”仍然留在人间。

说不清过了多久，帐篷外面来了几个人，我认识的有谢谷和巴根，还有一个人我不认识。谢谷跟那个人讲了我的情况，然后问他，愿意不愿意接替我继续当楚大楚，替我赡养我的三个母亲。那个人起先不是很乐意，后来说，他在头天下午看到沧山三号高地的战斗，他佩服我是一条汉子，他愿意成为楚大楚。

我这才知道，他就是那个红军穿山甲团长凌先生，他才是真正的凌云峰。一年前他在古莲战役中被马家军打死了，跟我不同的是他不是真死，他后来被他的下属张有田救活了，在古莲城开了一家“婆娘饭店”。再后来听说抗战爆发，一路颠沛流离赶到山西，就在我们进行沧山防御战役的时候，找到了他的老对头谢谷。

谢谷跟他讲，现在是国共联合抗战，让他留下，接替我，继续跟鬼子战斗。他同意了，他握着我的手，手指在我的手心里写了一个字，这个字是什么，我现在不能讲。

经常听人说，活着太难了，这是外行话，其实死也很不容易。在旅部医院的那四个小时，可以说人生的酸甜苦辣我都经历了，我被遗憾折磨得恨不得不死了。我有多少遗憾啊，我的三个母亲，我的妻子和儿女——过去我跟谢谷讲我有妻子和一儿一女，那是骗他的，那是为了给自己找借口。而现在，我真的有妻子了，我的蓝旗啊，也许她真的怀了我的孩子——遗憾就像潮水一样包围了“角落”，也让我明白了，我不能再活下去了，我已经成了抗战英雄，成了母亲的骄傲，成了蓝旗的安慰。如果我再活一次，我还能有这样的气节吗，我还能当一个英雄吗？不，我不能确定。所以，我还是死了好，死得其所，重于泰山。这是老天爷给我的运气。

还是在那四个小时里，我看到了蓝旗，我唯一的爱人，我唯一的女人。我庆幸我成为一个角落，也庆幸这个角落能够代表我，走进茫茫天宇，走进广袤原野，走进任何别人不能到达的地方，看见任何人看不见的东西，听到任何人听不到的东西。

这样讲你明白了吧，“角落”实际上就是我灵魂的结晶，在我的身体里它是一个角落，而自从我攥住了凌云峰的手，把我的命交给他之后，一撒手，我的灵魂就离开了我的肉体，飞出帐篷，就像蝴蝶一样，在阳光下，在春天的花丛里翩翩起舞。

从此，我以“角落”的形式存在。从此，我拥有了整个世界。

第 七 章

一

告别了隐贤村，蓝旗踏上了另一条路线。

沧山战役开始不久，长官部就发现一个秘密，日军在沧山投入的实际兵力，在各个阶段都不同，他们取借用过路部队的办法虚张声势，所以前后出现某某旅团甚至某某师团的番号，主战兵力其实只有一个联队。而自始至终参战的，是“皇协军”孙长顺的一个师。八路军获悉这一情报后，派出权苏正潜入日伪后方基地唐库城，计划不惜一切代价干掉为虎作伥的孙长顺。八路军的行动，刺激了国军特别机关，老板给我们战区的特工首领陈达下了死命令，一定要抢在八路军之前下手。老板亲口对陈达讲，再不杀掉孙长顺，我就让孙长顺杀你。

那天我们从隐贤村出发之前，蔺紫雨已经接到命令，要她率领蓝旗和“杜鹃”组成行动小组，于当夜混入“皇协军”伤兵车队，潜入唐库城。

唐库城是华北平原上一座古城，物产丰富，交通便利。周边有当时华北最大的纱厂，城中有隋朝时期修建的文昌塔。北边有一条汲汲河，河道宽约五百米，丰水期河宽公里有余，可以航运。西边平汉铁路贴城而过，再往南，就是黄河。此处历来为兵家必争之地，也是北平达官显贵隐居的风水宝地。日军占领唐库城之后，建立了伪政府，委任“皇协军”师长孙长顺为伪政府市长。

这个孙长顺，也是华北最早倒戈投敌的汉奸，沧山战役中，替日本人卖命的就是他。我到谢谷部队任职之后，曾经奉命配合蔺紫雨小组潜入孙长顺的一团，在芙蓉镇利用棺材阵刺杀他，那次他没有出现，他的参谋长当了替死鬼。这个人不仅是国共双方共同的刺杀目标，也是唐库城民间抗日组织的眼中钉。在他就任伪市长的那天，茨镇的一支抗日义勇队混进城内，炸翻了他的汽车，可惜他乘坐的是另一辆车。

孙长顺自知罪孽深重，周围全是要杀他的人，他已经没有退路了，只能一条道走到黑，在唐库城里大搞特务活动。凡是外地口音的，先抓起来再说，稍有疑点而无法证实的，秘密处决。

孙长顺平时深居简出，一旦外出活动，都是跟鬼子联队长一起，很难下手。对付这样一个多疑的铁杆汉奸，显然需要付出很大的精力。

陈达对这次行动高度重视，亲自潜入唐库城，通过国军唐库特别行动组的组长白迁，住进安运大街 26 号。这是一个赌馆，同时兼营鸦片生意，里面有暗道机关。

孙长顺的“皇协军”移驻唐库城之后，八路军和国军的抗日地下组织大都被破获，安运大街 26 号，是硕果仅存的据点。白迁的行动小组，实际上只剩下两个人了，可见这个人也是身手不凡。

很快，陈达就得到一个重要情报，据说是八路军截获的，通过长官部的情报机关，到了陈达的手上——豫北最大的汉奸、孙长顺的干爹冯德山，得了一种奇怪的软骨病，秘密返回唐库城，住在德国人开的百灵医院。冯德山是唐库城本地人，也是孙长顺当初走上汉奸道路的领路人。冯德山在百灵医院住了一个月有余，孙长顺多次秘密到医院探望。据可靠消息，孙长顺除夕夜将到百灵医院陪干爹冯德山过年。

陈达大喜过望，带领白迁到百灵医院附近侦察。白迁通过黑道朋友，又摸到一个细节，冯德山早年在唐库城当警察局长，吃喝玩乐花样百出，尤其喜欢到明月楼吃花酒。明月楼号称卖艺不卖身，除了提供歌伎舞女，还经营餐饮，以“龙凤水席”最为著名。冯德山回到唐库城养病，同这个“龙凤水席”有很大关系。据说每隔三四天，明月楼就要派出两名“鸽子”——也就是歌女，用特制的菜屉送菜，陪冯德山进餐，很多时候，孙长顺都在场。当然，防范措施是很严格的。

白迁的朋友画了一张简明示意图，图上显示，冯德山的六号病房是一个单独的院落，进医院大门往右约四十步，再进一个圆门，内外皆有便衣巡逻。

陈达召集蔺紫雨小组研究行动方案，第一步，由白迁负责，买通明月楼管事的，由蔺紫雨和蓝旗替换送菜的“鸽子”，暗藏利器，进入六号病房，手刃孙长顺。

蓝旗问，“鸽子”是什么？

陈达说，“鸽子”就是……就是歌女。

蓝旗说，哦，让我们当妓女？

陈达说，不是妓女，明月楼的艺伎，卖艺不卖身。

蔺紫雨说，如果那个老头子要我们陪睡怎么办？

蓝旗说，当“鸽子”，还要陪那个糟老头子吃饭，太恶心了，这件事情我干不了。

陈达一拍桌子嚷道，你说不干就不干了？这是抗日，别说陪吃，别说卖艺，就是卖身，也是为了抗日。

白迁说，我听说老汉奸招“鸽子”不为别的，就是助兴，吟诗作赋，以文下酒。

蔺紫雨说，可是，还有孙长顺和他的狗腿子，那种场合，什么不堪的事情都有可能。再说，琴棋书画，我们也不会。

陈达脸一沉说，没吃过猪肉，还没有见过猪跑？你们的主要任务就是送菜，送进去了，手起刀落，任务就完成了。你想那么多干什么，难道你是守身如玉？

蔺紫雨嘟囔了一句，我当然守身如玉，我还没有成家啊。

陈达气愤地说，成家？这是什么时候，你还想成家，你想当官太太啊？

蔺紫雨说，什么时候也不能不让我成家啊，我都二十五岁了。

陈达低沉地吼道，我都三十五岁了！革命尚未成功，你们却儿女情长，这是谈这种事的时候吗？我这个教官失察啊，放松了思想管教……陈达痛心疾首，唉声叹气。

蓝旗说，教官你为什么要这样啊，我们虽然儿女情长，可是并没有影响抗战啊。

陈达一怔，吧嗒两下嘴巴，好像在琢磨蓝旗的话，接着冷冷地问，怎么，你还真有儿女情长？

蓝旗想了想，抬起头来说，我有男人了。

不仅陈达，所有的人都吃了一惊。陈达红着眼睛问蓝旗，你有男人了？你什么时候有男人了？

蓝旗说，在隐贤村，我遇到一个值得我爱的男人。

陈达傻眼了，看看蓝旗，又看看蔺紫雨，这件事情你知道吗？

蔺紫雨说，知道一点点，她和那个楚大楚有过约会。

陈达说，楚大楚，就是那个屡教不改的贪污犯，那个犯人连的连长？

蓝旗说，他不是贪污犯，他也不是犯人连的连长，他是一个抗日英雄。

陈达瞪大了眼睛，像看一只猴子一样看着蓝旗，抗日英雄？好大的口气。我陈达，出生入死，舍生忘死，我都不敢说是抗日英雄，就那个楚大楚？

蓝旗说，他一定是抗日英雄。

蔺紫雨见气氛不对，转换话题说，教官，我们还是研究计划吧。孙长顺活动，一向戒备森严，我们怎么带武器？难道赤手空拳进去？

白迁说，这个长官已经安排了。说着从身后摸出一个特制的菜屉，握住菜屉最下层两边的抓手，左边按一下，右边按两下，抓手就松动了。白迁稍稍用力一抽，两把雪亮的匕首就亮了出来。

蔺紫雨惊呼道，用刀？就算把孙长顺杀了，可是就凭这两把刀，我们怎么脱身啊？

陈达说，首先的问题不是脱身，而是完成任务。我已经侦察好了，届时，我和“杜鹃”、白迁，会在恰当的地方接应你们。

蔺紫雨和蓝旗对视一眼，蓝旗想说什么，又闭嘴了。蔺紫雨说，好吧，服从长官的决定。

陈达把示意图展开，在上面又做了一些标注。陈达说，看清了没有，这几天我在对面的大戏楼又详细地观察了，六号病房后面，有一片不大的竹林，中间有一棵大树，大树下面就是三角湖，已经结冰，过马车都没有问题。你们得手后，不要沿原路撤退，直接从东山墙绕到房后，上树下湖，有人在那里接应你们。

如此这般商量好了，各组员即刻分头准备。

回到房间里，蔺紫雨说，看来陈达教官不打算让我们回来了，整个就是孤注一掷。

蓝旗说，也未必，谋事在人，成事在天，看我们的造化吧。

蔺紫雨说，我总觉得，陈达教官的方案有问题，他的目的就是一个，干掉孙长顺，不顾一切。

蓝旗说，难为他了，少一条胳膊，随时都有可能暴露身份，还这么抛头露面，也是为了抗日。

蔺紫雨有点诧异，看着蓝旗说，啊，这话不像你说的啊，我发现你最近变化很大啊。你刚才说，你有男人了，什么意思，你跟楚大楚……那个了？

蓝旗一笑说，钻洞了，我们进洞房了。

蔺紫雨嘴巴半天没有合拢，还洞房，挺正式的啊。

蓝旗说，我跟你讲，出发前的那天中午，补充连煮了二十斤腊肉，饭前集合朗诵《出征词》，他们声音那么大，让人预感到要发生什么。然后楚大楚带着十个人去抗战池沐浴，我就知道这个人要干什么了。后来我把他约到我们去过的那个山洞，你能想到的，都发生了。

蔺紫雨怔怔地看着蓝旗，突然没头没脑地问了一句，小戏子，你是处女吗?

蓝旗哈哈大笑，我为什么不是处女？当然，现在不是了。

蔺紫雨点点头说，明白了，明白了，祝福你，愿你有个好结果。就为这个，我们也要争取活着，只要活下来，我就找个男人成亲。

蓝旗说，还用找吗，陈达教官，谢谷旅长，还有你表弟，都是候补生啊。

蔺紫雨叹了一口气说，都不是。陈达教官是一个冷血动物，谢谷旅长已经有了相好的，《大同报》的一个女记者，名叫启明。我表弟?嘿嘿，易水寒他已经是凌云峰了，我这一辈子恐怕都见不到他了。

蓝旗说，那你跟谁成亲啊，要不，嫁给谢谷的参谋长朱智吧，听说那个人也是“青干班”出身，跟陈达教官交往密切。要不，我来做媒?

蔺紫雨说，别扯淡了，先琢磨怎么保命吧，任务要完成，也不能轻易就死掉。

两个人就除夕行动的计划进一步推敲。蓝旗说，陈达教官的方案总体是周密的，但是有一个细节，就是六号病房后面，应该有汉奸的潜伏哨，我要是孙长顺和冯德山，绝不会让后院空虚。即便我们顺利地干掉了孙长顺，那个潜伏哨，也将是我们的鬼门关。

蔺紫雨说，蓝旗啊，我发现，你现在比我精明多了，你一眼就能看到致命处。

蓝旗笑笑说，因为我有了男人，我得活着啊。

蔺紫雨说，我们在六号病房动手，出其不意，杀掉汉奸至少有七成把握。但是，一旦有了动静，院子里的汉奸警卫，全部都会涌向病房，我们只有两把匕首，那就只能等死了，活命的可能性接近于零。

蓝旗说，必须有枪。我们来推演一下六号病房在除夕夜可能会出现的情景，如果孙长顺是穿军装去的，那么在脱下军装的时候，必然摘下手枪，挂在衣架上。如果他是穿便衣去的，那么他的手枪应该在身上。那样的话，我们就必须等待，要学会像妓女那样，和他们调情，陪他们喝酒——别担心，这个过程不会太长，由我来对付，我来摸孙长顺的手枪……你明白我的意思吗?

蔺紫雨傻呵呵地看着蓝旗，摸孙长顺的手枪?

蓝旗意味深长一笑，我跟你讲，只要有一支手枪，不仅能够干掉孙长顺，我们还有可能逃离现场。

蔺紫雨怔怔地说，我的天哪，小戏子，你太吓人了。

二

大年三十的上午，白迁带来新的情况，孙长顺到百灵医院过年的计划没变,略有变化的是,同孙长顺一起的,还有日军的顾问田边少佐。

陈达喜出望外，能够把孙长顺干掉，就是烧高香了，如果顺带再加上一个日军少佐，那简直就是搂草打着了兔子，而且是个大兔子。

当着几个人的面，陈达禁不住快活地哼了几声，过大年啊，新年新气象啊。孙长顺再大，也是一根草，田边少佐，那可是一只大兔子啊，他恐怕是属兔的。

一切都是按计划进行的。为了行动方便,蓝旗还精心设计了服装,单衣外面披一件裘皮大氅，行动开始之后，可以把大氅甩掉，在一瞬间挡住敌人视线。鞋子问题不好解决，蓝旗建议到时候穿两双袜子，一旦行动开始，就甩掉高跟鞋。

下午五点钟左右，唐库城响起鞭炮声，渐渐响成一片，特别行动开始了。从黄包车上移花接木，顶替“鸽子”，换掉菜屉，到进入医院大门，出示证件，都很顺利，前后经历了一个多小时。菜屉有两副，蔺紫雨和蓝旗每人手里一副，每一副菜屉下面有一把锋利的匕首。

进大门后，刚往六号病房方向走了两步，就有两个便衣过来挡住去路。

蔺紫雨说，我们是明月楼到六号病房送菜的。

便衣说，不懂规矩啊？

蔺紫雨说，我们是第一次来。

便衣说，每一只“鸽子”都是第一次来，知道今天是什么日子吗？

蔺紫雨说，知道，大年三十。

便衣盯着蔺紫雨，嬉皮笑脸地说，知道就好，咱们一起过年。

蔺紫雨怔住了，不知道便衣的话是什么意思。

便衣往大门口右边的一排房子一指说，去，先去体检。

蔺紫雨蒙了，没想到送菜还要体检，知道汉奸的名堂多，不知道这么多。蓝旗说，体检是不是要脱裤子啊？

便衣说，到时候你们就知道了。

两人心里有数了，估计是检查有没有携带凶器。

蔺紫雨向蓝旗微微点了一下头，不再啰唆，一前一后进了右边第二间屋子。屋里面有一个很大的火塘，上面挂着一只铜壶，屋里热气腾腾。一个戴着口罩的女人，见二人进来，往八仙桌一指，公事公办地说，菜屉放在桌上，把衣服脱了。

果然不出所料，二人对视一笑，假装扭捏，遮遮掩掩地脱自己的衣服。脱得只剩下衬衣的时候，蔺紫雨突然意识到她犯了一个致命的错误，她戴着武装甲，那可是国军女军官的标志性服饰。蔺紫雨悄悄地看了蓝旗一眼，蓝旗的衬衣里面什么也没有，脱掉衬衣，两只乳房就跳了出来。蔺紫雨暗暗叫苦，如果这个给她们“体检”的女人有过当国军的经历，或者知道武装甲的来历，那她的身份立马就暴露了。

蔺紫雨说，脱成这样还不行吗，难道要我们一丝不挂，外面还有男人。

戴口罩的女人瓮声瓮气地说，当婊子还怕脱裤子？

说着，突然提高嗓门说，都给我脱掉，还有裤头。

蔺紫雨火了，嚷嚷起来，你这么大声干什么，你是想看春宫图啊。谁是婊子？我们是明月楼的“鸽子”，卖艺不卖身的，叫谁婊子呢！

戴口罩的女人本来是坐着的，慢悠悠站了起来，走到蔺紫雨的面前，一把扯开她的衬衣，又一把扯掉她的武装甲，用右手拇指和食指捏着武装甲的带子，拎到眼前说，嗯，你们明月楼还有这个东西，洋玩意啊。

蔺紫雨说，没见过吧，日本人的洋行买的。

戴口罩的女人说，不对啊，之前来的“鸽子”，用的是她们自己做的奶罩，怎么独独你有这个洋玩意儿？

蔺紫雨一怔，眨巴两下眼睛说，那我就跟你说实话了，我这个是日本人送的，日本人送了我很多宝贝，你信不信？

戴口罩的女人把武装甲往桌上一扔，冷笑一声说，我信，日本人把枪送给你我都信。你们两个，过来，靠窗站好。

蔺紫雨和蓝旗不知道这个人要干什么，只好站到窗前，虽然屋里有一团炭火，可是一丝不挂，还是冻得瑟瑟发抖。蓝旗惊疑地发现，玻璃窗的右框有一个枣子大的小孔，正要发问，戴口罩的女人大声对外面说，看见了吧，两个美人坯子，她们还用洋奶罩。

她们听到外面的走廊传来声音，好像还有浪笑。这情景让她们感觉很奇怪，也预感到有什么不同寻常的事情要发生。蔺紫雨向蓝旗看了一眼，嘀咕道，这个女汉奸，敢情拿我们做人情啊……

正说着，她发现戴口罩的女人向她逼近了，走到她的面前，低声说，听着，你们就这么站着。不管发生什么事，都要沉住气。

二人愣住了，瞪着眼睛看着戴口罩的女人，女人伸手摘掉口罩，蔺紫雨感觉面熟，蓝旗低声惊道，胡琴？

女人点点头，是的，往下听我的。

二人目瞪口呆，一动不动。只见胡琴走到八仙桌边，麻利地把二人带来的菜屉一层层搬下，把最底层打开，里面两把雪亮的匕首被她抽出来，塞到炭篓子里，又从炭篓子里取出两个东西，三下两下安装在菜屉底层。

这一切，做得行云流水，看得蔺紫雨和蓝旗心惊肉跳。女人重新戴上口罩，对二人说，记住，不仅你们在战斗，还有我们八路军。

二人顿时明白了，百感交集，正想说什么，胡琴摆摆手说，什么都不要说了，我在六号病房东边墙角接应你们。

说着，往二人的裤腰上各塞了一个弹夹，交代说，子弹已经上膛，保险是打开的，随时可以射击。

蓝旗点点头，没有说话。蔺紫雨说，胡琴，没想到你这么帮我们。

胡琴说，抗日是我们大家的事。保重吧。

然后提高嗓门，对外面大声说，好了，检查结束，没有花柳病，身上没有虱子，可以送菜了。

二人穿好衣服，抱着菜屉，走出体检室，抬头看看，漫天雪花飞舞。双脚踏着薄雪，手在菜屉下面动作，已经握住了枪柄，心里顿时有了底气。

蓝旗说，真是个好天，瑞雪兆丰年啊。

蔺紫雨说，这雪下得真是时候，不早不晚，好像是专门来给我们洗清道路的。

蓝旗说，这雪，恐怕半个月前就在路上了，跟我们约好了在这里会面。幸亏我那一马鞭。

两个人一边说笑，一边快步走向六号病房。

便衣已经得到“放行”的指令，也不阻拦，看着这两个女人笑逐颜开，也跟着咧嘴傻笑。蔺紫雨说，刚才在窥视孔里偷看我们的，肯定有这个人。

蓝旗说，不是偷看，是监视，难怪胡琴让我们在窗前站着，原来给他们看西洋景，是转移视线。

总共不到五十米的距离，进了圆门，就听见里面传来热烈的交谈声。两个便衣迎上来说，把东西交给我们，你们走吧。

蔺紫雨一惊，啊，不是说让我们来伴宴吗，怎么又让我们回去，回去咋跟老板交代啊。

便衣说，长官改主意了，今晚不需要伴宴。

蔺紫雨一听，脑袋都大了，万事俱备，只欠东风，可是来了一阵西风，功败垂成啊，怎么办?

蓝旗突然提高嗓门说，老总，你们这不是要弄人吗，把我们弄到体检室，光着屁股检查半天，冻得要死，说是要为大人物伴宴，结果就这么让我们回去了，这大过年的，总得有个压岁钱吧……

便衣刚想说什么，六号病房出来一个人，站在走廊上说，既然来了，就进来吧，师座要发赏钱。

便衣这才闪身让道，二人心跳骤然加快，抱着菜屉，走进病房正门，又有一个便衣过来，领着进了一道门，这才眼前一亮。

一间阔大的房子里，一圈人坐在大圆桌前，一边喝茶，一边听一个日本军官讲日本的“天长节”。看见蔺紫雨和蓝旗，一个身穿长衫的人俯身向一个半死不活的老者说，干爹，你要的菜来了，新年大吉，祝您老洪福齐天寿比南山……

话音未落，枪声响起，同外面的鞭炮声交织在一起。唐库城的这个除夕夜，更像过年了。

三

下午四点钟之后，陈达就带着白迁潜入百灵医院东边的安云街大戏楼，并且带上了一挺机枪的零部件和一百发子弹。因为临近新年，大戏楼人去楼空，把那里作为狙击点，不会受到意外干扰。从大戏楼二层的窗户后面，可以看到医院六号病房的东门，同时可以控制东门至三角湖之间的一段空地，火力掩护蔺紫雨她们逃脱。

五点半左右，陈达亲眼看见两辆黄包车进入百灵医院。白迁接到来自明月楼的信号，知道蔺紫雨和蓝旗已经接替送菜的“鸽子”，顺利进入医院。陈达交代白迁，一旦六号病房东侧出现蔺紫雨二人的身影，立即开火，拦截敌人追击路线。

按陈达估算，一切都将在十分钟内解决，可是二人进去之后，半个小时了，还是没有动静，医院里面安静得让人窒息。潜伏在医院正门斜对面的“杜鹃”也沉不住气了，钻进大戏楼，请示要不要进到医院里面看看。

陈达说，再等等，也许她们已经到了六号病房，估计下手时机还不成熟。你回到你的位置，万一东边的路被堵住了，她们还是要从大门撤退，你务必做好接应。

“杜鹃”离开之后，白迁对陈达说，我感觉情况不对，她们在里面待的时间越长，暴露的危险越大，万一她们暴露了……长官是不是先撤，留下我在这里接应。

陈达说，你是担心她们被抓了，会暴露我们?

白迁说，这种可能不是没有。

陈达皱着眉头想了一会儿说，现在情况还不明朗，我们可以做最坏的打算，但是不能做最坏的行动。再说，她们并不知道我们的接应位置。

白迁说，一旦行动暴露，汉奸一定会分析出来有接应。医院方向一直没有动静，会不会她们已经被抓了？说不定汉奸已经开始布置搜索了……白迁说着，情不自禁地回头四处张望，好像汉奸的搜索队正从暗处向这个地方逼近。

陈达说，你不要疑神疑鬼的，再等十分钟。如果还没有动静，我们就换地方……说完这话，陈达突然向白迁做了个手势，听，什么声音？

白迁侧耳细听，从断断续续的鞭炮声中，终于捕捉到一阵异常的声音。白迁唰地抓起枪，站了起来，紧张地说，枪声，她们动手了！

在不到一百米的距离上，陈达和白迁都听见了，医院里响起了急促的哨子声，紧接着就看见几个方向上有几股人影向六号病房奔跑，边跑边喊，抓刺客！

从大戏楼的二层，可以看见几束火力扑向六号病房。在一片火光中，依稀看见六号病房东侧有人影奔跑，但是一直没有人出现在三角湖边，陈达判断，蔺紫雨和蓝旗没有逃出六号病房。

二人连续射击，吸引汉奸的火力，果然有十几个汉奸冲出大门，向大戏楼方向包抄过来。打了一阵，陈达琢磨，不管什么结果，大戏楼是不能待了。二人跳进大戏楼下面的三角湖，滑冰溜到对岸。蹊跷的是，汉奸并没有追赶过来，医院方向的枪声不仅没有减弱，而且越打越猛，还夹杂着手榴弹的爆炸声。

钻进三角湖岸边的树林里，白迁回头张望，心有余悸地说，蔺紫雨她们完了，也不知道孙长顺干掉了没有。

陈达铁青着脸，盯着白迁，冷笑一声说，我听见他们喊了，那几个汉奸估计见阎王了。

白迁说，我们怎么办？

陈达竖起耳朵听听，仍有枪声。陈达说，不管她们是死是活，我们不能一走了之。从东巷绕过去，看看究竟。

正说着话，突然从小树林钻出几个人，举枪大喊，什么人？

陈达一看不妙，喝了声，快走！

已经来不及了，十几个汉奸从两面包抄过来，霎时，密集的子弹向二人扑来，陈达腿部中弹，就地一滚，重新回到湖面，手脚并用，从冰面上逃出射程。白迁边打边向陈达靠近，将陈达拖到岸上，钻进水井胡同。

四

以后，关于唐库城除夕夜锄奸行动，有很多传说。第二天，街头巷尾就传出小报——“姊妹花”大闹百灵医院，汉奸鬼子命丧黄泉。也有一种说法，说是明月楼送菜的“鸽子”，在伴宴过程中，遭到鬼子和汉奸的调戏，要她们脱光衣服在酒桌上跳“金鸡独立”。“鸽子”中有一人是“皇协军”军官的情人，该军官酩酊大醉，突然开枪杀人，导致汉奸和鬼子内讧，混战一场。

这些当然都是无稽之谈，真实的情况只有我最清楚，这惊魂的一幕，我详细给你讲讲，讲讲我的蓝旗。

在胡琴等人的帮助下，蔺紫雨和蓝旗进入六号病房，并顺利到达汉奸们就餐的大厅。几个日伪要人看见两个风姿绰约的女人，眼前顿时一亮，感觉这两个“鸽子”与众不同，孙长顺刚说了几句话，枪就响了，先是菜屉下面飞出了子弹。接着，送菜的“鸽子”抽枪在手，连发数枪，亲眼看见孙长顺和田边少佐等人倒在血泊之中，这才甩掉大氅，冲出门去，一前一后向东边撤退。

这一切，不过一两分钟，干净利索。如果不出意外的话，按照陈达提前勘察的路线，三分钟后她们就可以从六号病房东边跳墙抵达三角湖，从冰上逃到对岸，陈达和白迁在此接应。可是，两个人到了东山墙，迎面遭到火力封锁，无法跳墙，只好返回原路，准备从大门夺路而逃。

这时候，六号病房前后，已经乱成一团，稍远一点的大戏楼，近一点的对面病房，还有大门口，共有三处火力向院内射击，阻击汉奸的便衣队，给蔺紫雨和蓝旗创造了十分有利的撤离条件。二人路过体检室才发现，在体检室的门后，有人一直在向追击的汉奸便衣射击，跑近了才发现是胡琴。胡琴一边射击一边对她们喊，快走，外面有我们的同志接应。二人刚刚冲到门口，听见体检室方向的枪声骤然停止，回头一看，三个便衣探头探脑，一边射击，一边向体检室冲去。

蓝旗说，胡琴没有子弹了，我们回去掩护她。

蔺紫雨说，再回去，只能一起完蛋。我们赶快走。

蓝旗说，要死一起死，不能丢下她。

蓝旗说完，回头向体检室飞奔，边跑边射击。她的备用的弹夹已经空了，枪里只剩两颗子弹了。她用这两颗子弹，击倒了两个汉奸，就在她快要接近体检室的时候，剩下的那个汉奸趴在同伙的尸体后面，向她开了一枪，正打在腹部。她一个趔趄，倒下了。倒下后她看见，一个人影从对面的病房跳下，飞脚将那个汉奸踢倒，接着开了一枪。那个人和迎面冲上来的胡琴一起，将她架起来，拖到门外。一辆人力车飞奔过来，拉上她和胡琴，像箭一样钻进了水井胡同。胡琴在车上告诉她，刚才增援她的是权苏正，人力车夫是八路军的侦察员。

后面的枪声仍在继续，间或传来手榴弹的爆炸声。蓝旗这才知道，胡琴也负伤了，两处，幸好都不致命。

路上，蓝旗伤口发作，疼痛难忍，几次晕厥。一行人左拐右拐，不知何时钻进了一个院子，蓝旗睁开眼睛，看见屋里到处都是棉花，柱子上挂着一盏马灯。胡琴跟她讲，为了这次行动，八路军的锄奸队上个月就潜入唐库城，在井水胡同租了一个弹花房，弹花房的后院，架上木梯可以攀到文昌塔，一旦发现情况，可以转移到文昌塔，从那里逃脱。

蓝旗看着胡琴说，幸亏我那一马鞭。

胡琴找出急救包，先给蓝旗止血包扎，察看蓝旗腹部的伤口，判断里面应该有弹头。胡琴说，应该早点把弹头取出来，免得它越滑越深。

蓝旗说，千万不能出去，汉奸一定在到处抓人。

胡琴说，当然不出去，这点小伤，我就能给你做手术。

蓝旗瞪着眼睛看胡琴，胡琴说，你等着。

蓝旗想阻止她，可是没有力气说话，只好闭上眼睛，任她宰割。

胡琴从急救包里找出了镊子、钳子和酒精等，把钳子和镊子烧得通红，放在一边晾。忙乎了一会儿，将蓝旗的衣裤剪开，然后把一团棉花塞到蓝旗的嘴里，两手并用，一只手扒拉她的伤口，一只手捏着钳子，小心翼翼地将钳子探入伤口处。蓝旗只觉得一阵撕心裂肺地痛，只哼了一声，就不省人事了。

再次醒来，已经是后半夜了，胡琴显然一直没睡，眼睛红红的，不知道从哪里弄来一碗稀饭，正在往她嘴里灌。见她醒了，胡琴高兴地说，我就知道，我能把你救活。要是你死了，我可咋办啊，以后会落下杀害抗日英雄的罪名。

蓝旗咽了一口稀饭，想讲话，差点儿呛住了。

胡琴告诉她，已经把她肚子里的弹头取出来了，并且为伤口消了炎，血已经止住了，静养几天，就能痊愈。

天亮之前，人力车夫带回来消息，昨晚的行动非常成功，唐库城的鬼子和汉奸一夜都在忙乎抓人，身上有伤的首先抓起来。不知道为什么，还抓了很多残疾人，凡是胳膊有毛病的，一概抓起来，拒捕则杀。

胡琴最关心的是八路军锄奸队的情况，人力车夫说，十个同志，牺牲两个，负伤三个，其他同志大都安全撤离，但是目前还没有接头。从内部获悉的汉奸抓捕名单来看，国军的“杜鹃”和蔺紫雨很可能被俘了。

蓝旗愕然问道，蔺紫雨和“杜鹃”被抓了？有陈达教官的消息没有？

人力车夫说，现在消息很少，目前看，除了蔺紫雨和“杜鹃”，其他行动人员都不在被捕的名单内，当然，也有可能化名了。

见蓝旗的精神好点，胡琴才滔滔不绝地给她讲了这次行动另外的隐情。八路军锄奸队实际上准备得更加充分，早在半个多月前，八路军的锄奸队队长权苏正就成为百灵医院的一名伙夫，胡琴也在医院体检室当了一名护士，通过“皇协军”一名副官的运作，掌握了关键的体检室。八路军锄奸队的计划，是在除夕酒宴开始后，首先控制医院内的汉奸便衣，待通道建立后再突袭六号病房。但是情况在头一天发生变化，陈达教官急于建功立业，以不安全为由，拒绝同八路军特工负责人权苏正见面，单方面决定利用送菜的机会，由“姊妹花”动手。当天下午，权苏正得到消息，紧急调整部署，八路军十名锄奸队员，全力保障“姊妹花”的行动。正是由于八路军锄奸队的暗中相助，“姊妹花”才得以顺利接近六号病房，才能由刀杀改为枪杀，才可能在行动之后多次得到火力掩护。否则，不要说“姊妹花”能否进入六号病房，就算接近了，仅靠两把匕首，能否成功刺杀孙长顺，都很难说，更不要说刺杀之后逃脱了，恐怕真的“成仁”了。

蓝旗愣了半天才说，你们八路军，有胸怀，当无名英雄。

胡琴说，那是当然，我们的目标是杀鬼子杀汉奸，不在乎名分。不过，这一次，我们对国军的特工也是刮目相看。在灵峰镇弹棉花的时候，还真看不出你们这么厉害。

蓝旗说，那是因为……我们不是敌人。遇到敌人，谁也不可能心慈手软。如果有一条恶狗咬我，我能掐住它的脖子把它掐死，你信不信？

胡琴说，我信。如果我们活着回去，你就留在我们队伍吧，我觉得你更适合当八路军。

蓝旗低下头，想了一会儿说，不，我得回到国军的队伍，那里有我的男人。

胡琴问，你成家了？

蓝旗说，嗯，我的男人在国军队伍当连长，他一定是个抗日英雄。也许，我已经怀了他的孩子。

胡琴吃了一惊，啊，你怀了他的孩子？可是，前半夜，我把钳子插到你的肚子里，费了好大的劲，才把弹头钳出来，你……我是说，你肚子里的孩子没事吧？

蓝旗也傻眼了，想了一会儿说，不知道啊，我和他，也就那么一次，还不到一个月，我不知道……

两个女人，对这件事情都是一知半解，可是问题既然提出来了，人心就不安稳了。胡琴自作主张，决定派人力车夫找个医生，最好是妇科医生。人力车夫不同意这样做，说太危险，鬼子夜里抓人，白天更不会放松，我去找医生，简直就是自投罗网。

胡琴征求蓝旗的意见，蓝旗也觉得现在找医生不妥，这件事情就算了。

可是，情况还是发生了。

大年初一，天刚放亮，一队“皇协军”士兵就包围了弹花房，日本人的军犬顺着雪路上的血迹找到了这个地方。胡琴命令人力车夫从文昌塔逃脱，蓝旗和胡琴一起被捕。

押解的路上，胡琴对蓝旗说，你会算命，你算算，结果是什么？

蓝旗说，死路一条。

胡琴说，是两个人都死，还是死一个？

蓝旗瞪着眼睛看胡琴，不说话。

胡琴说，我算了一下，两个人都死太不合算，我们两个至少可以活下来一个。我们来商量一下，死一个，保一个。

蓝旗还是不说话，她搞不清楚胡琴的意思。

胡琴说，汉奸抓的是刺客，证据是身上有伤。我在医院里已经待了几天，汉奸都认识我，百口难辩。到时候，我承认我是刺客，但不是八路军，也不是国军，我只说我是被人雇佣的，幕后是八路军还是国军，让他们去查。而你并没有暴露，我只说你是我的表妹，要生孩子了，到医院找我，碰巧遇上枪战，被误伤。

蓝旗惨淡一笑说，可是，我并没有生孩子啊，我的肚子是空的。

胡琴说，流产，反正现在已经看不出来了，先蒙哄过去，然后再想办法。

蓝旗沉默了一会儿才说，我掐指一算，你这个办法不管用。

五

这一夜，陈达和蓝旗的遭遇有点相似。在三角湖对岸脱险后，白迁背着他从水井胡同辗转进入秘密交通站顺月客栈，在顺月客栈躲了一夜。第二天，白迁同外面取得了联系，回到客栈后向陈达报告，孙长顺被打死了，日军田边少佐和大汉奸冯德山一起毙命。目前已经证实了，“杜鹃”被俘，蔺紫雨和蓝旗下落不明。另外，一伙身份不明的人介入了行动，可能是八路军的锄奸队。

陈达失血过多，脸色苍白，忍住疼痛，龇牙咧嘴地问，孙长顺是谁打死的，是我们的人还是八路军？

白迁说，详细情况还不知道。昨晚事件发生后，“皇协军”警备司令部宣布全城戒严，到处捉拿刺客，安运大街 26 号已经被搜查，地窖里的电台也被挖出来了，幸亏那是报废的电台。另外，大街小巷都贴了布告，捉拿独臂陈达，悬赏一万块银元。

白迁从兜里取出一张布告，看得陈达心惊肉跳。布告上的头像，虽然不是照片，但是同陈达脸部基本轮廓十分相似。白迁说，到他得到消息为止，汉奸已经在全城捕捉了六十多名胳膊有残疾的男人，不管左臂右臂，发现疑点，先抓起来再说。

陈达听了，半天不语，突然举起假臂，哈哈大笑说，好啊，捉拿老子，这说明什么？

白迁懵懵懂懂地看着陈达说，说明陈达教官暴露了。

陈达喜形于色，挥着手说，你说得对，老子是暴露了，可是，鬼子汉奸捉拿老子，更能说明，这是我的行动小组干的，我是这次行动的指挥者，为国军挣了天大的面子。

白迁怔怔地看着陈达，他不明白这个独臂长官，刀快架上脖子了，为什么还这么高兴。

陈达说，老子现在就算死了也可以闭眼了，汉奸拿一万块大洋买老子的脑袋，价格不低啊，他们在夸老子是抗日英雄呢。白迁，别给我治伤了，干脆把我送到汉奸警备司令部，换取一万大洋，你的联络站重新开张。

白迁说，长官说笑了。我琢磨，汉奸是怎么知道安运大街26号的，又是如何知道陈达教官是这次行动的指挥者？还有，长官的胳膊，安着假肢，平常我们都很难看出真假，汉奸是怎么知道的？

陈达怔住了，是啊，只顾高兴了，还没有来得及细想这些问题。陈达只用一秒钟就判断出来了，出了变节者，而且这变节者只会出在他的手下，蔺紫雨、蓝旗和"杜鹃"，究竟是谁呢？

唐库城锄奸行动，是全民抗战以来华北平原影响最大的一次秘密行动，日本华北驻屯军司令雷霆震怒，派出特高课专家进驻唐库城，下令务必要擒拿幕后的指挥者陈达，将抗日地下武装一网打尽。

唐库城的日伪捕捉独臂男人到了空前绝后的地步，连城里老百姓都知道了，刺杀汉奸的指挥官是一个独臂将军。后来有人夸张地说，那段时间，别说独臂人，就连一只缺爪的鸟，都飞不过唐库城的城墙。

陈达躲在顺月客栈的地下室里，吃喝拉撒都由白迁负责。有一段时间，白迁遭到跟踪，连续三天没有在顺月客栈露面，陈达几乎饿死。就在最后一口气徘徊在嗓门之际，白迁回来了，带回来最新消息。

除夕夜晚，蔺紫雨和蓝旗在行动之前，意外得到八路军锄奸队的支持，用菜屉带进去两支手枪，这两支手枪在近距离大显神威，出其不意地将孙长顺等人击毙，二人迅速离开现场。枪响的同时，"杜鹃"开枪拦住院内增援六号病房的敌人便衣，在激战中负伤被俘。蔺紫雨和蓝旗开枪后按计划从东山墙绕到房后，准备上树下湖，但是在那里遭到汉奸便衣拦截，双方激战了二十多分钟，先后被俘。

陈达问，一个都没有死？

白迁说，目前掌握的情况是，一个都没有死。而且其中至少有一个人供出了长官是行动指挥者，和其他相关情况。

陈达沉思良久，喟然叹道，这几个人，都是我精心培养的人才，每次行动之前，都要反复温习誓词，“不成功，便成仁”，杀身成仁的决心他们是有的。此次，他们出生入死，成功了，就可以不成仁了。虽然供出了我，也是出于求生的本能，我不怪他们。

白迁说，长官家国天下，胸怀大局，实乃卑职楷模。

有一个情况让陈达耿耿于怀，八路军的锄奸队提前进入唐库城，他是知道的。也正是这个原因，他才心急火燎地制订了除夕刺杀孙长顺的计划。抗战以来，八路军在前线打了不少硬仗，国内外声誉都很高，让国军很没面子。老板给战区各个行动站都发出指令，要在情报战线和锄奸方面有大的建树，以正视听。自“借尸还魂”行动泡汤后，他一直琢磨要干一件大活，没想到差点儿又让八路军捷足先登。除夕前八路军派遣联络员，约他到文昌塔见面商谈联合行动，被他拒绝了。情急之下，他决定铤而走险，不惜牺牲蔺紫雨的行动小组。八路军后退一步，由行动主力变成配合行动，而且配合得非常有力，他的内心十分复杂。

陈达说，你知道我现在最想做的事情是什么吗？

白迁说，出城治伤啊。长官伤成这样，得不到有效治疗，卑职心急如焚。可是，日军封锁严密，眼下难以出城，怎么办呢？

陈达说，个人生死无所谓，我最想知道的，第一个，那几个汉奸是不是蔺紫雨她们亲手杀的，八路军有没有插一杠子贪天之功。第二个，蔺紫雨她们现在在哪里，是否还活着。

白迁说，第一个情况，汉奸内部通报显示，行动的主体是国军特别人员，没有提到八路军。第二个情况，我打听了，被俘人员都关在城西纱厂。汉奸在那里搞了一个很大的“怀柔改造院”,关了几百个人，每天都在提审，已经打死了很多人。但是目前尚不清楚蔺紫雨他们的确切消息。

陈达黯然道，即便他们活着，也是生不如死，一想到他们在汉奸日寇的手里受尽折磨，我这个当长官的，真是心如刀绞。

白迁说，长官千万不要自责，长官冒了那么大的风险，亲自坐镇唐库城，杀了那么大的汉奸，已经是功德圆满了。眼下，唯一能做的就是安心养伤，留得青山在，不怕没柴烧啊。

到了第九天的上午，终于有了确切的消息，蔺紫雨行动小组全部被捕的消息得到证实，八路军的权苏正已经返回部队，向第二长官部呈报了唐库城除夕锄奸的成果，坦陈此次重要行动为国军特工“姊妹花”所为。

白迁给陈达带来一张《大同报》，第二长官部通过《大同报》发表文章，重点介绍国军行动小组英勇卓绝的战斗功绩，把“姊妹花”锄奸过程披露得十分详细，好像身临其境。

看了这张报纸，陈达热泪盈眶，喃喃地对白迁说，这是最好的结果，最好的结果啊！

六

现在，该回到主战场了。

从城固阻击战到沧山战役，不到两个月的时间，八路军沧山支队大大小小参加了五次战斗。在沧山战役中，一营的任务是在茨镇至沧山之间的马岗一线设伏，阻止日伪北线援军。杨司令给一营加强了一个连。

战斗发起之前，凌营长两次勘察地形，对兵力部署提出疑义，不赞成在马岗单点防守，主张派出一部分兵力进入纶掌至曲沟一线。有这三点防御体系，敌人无论从东边还是从北边增援沧山，都飞不出掌心。杨焕司令员有点犹豫，因为作战计划是国共联合抗战指挥部制订、国军的郭涵军长签署的，如果死守马岗，万一敌人不来，责任不在八路军。但是如果一个营脱离既定的防线，造成后果，国军就有可能推卸责任。配合国军作战，既是军事仗，又是政治仗，这个问题，杨焕司令员要比凌营长看得更远。

不过，杨司令没有完全否定凌营长的意见，给他交代了一句，以守为本，灵活处置。

战役第一阶段，基本上没有遇到情况。凌营长跟乔东山商量，要分一个连穿插到纶掌日伪后方，袭击日军指挥部，乔东山不同意。

到了战役第二阶段，又打了一天，马岗一带还是不见波澜。凌营长又跟乔东山商量，决定以一个连的兵力留守马岗，以两个连的兵力推进至纶掌东侧曲沟，乔东山还是不同意。

凌营长提出召开诸葛亮会，除了张秋生以外，连排长都不同意分兵。

凌营长火了，振振有词地说，杨司令让我灵活处置，什么叫灵活，就是见机行事。这个地方，我是最高军事指挥员，我说了算。

乔东山也做了一点让步，看看外面的天气，然后说，我不同意你带一个连，你可以把骑兵通信排带到纶掌侦察，天黑之前务必返回马岗阵地。

凌营长无奈，只好带上张秋生和通信排，策马向纶掌方向驰骋而去。走出不到两公里，交代一名战士，赶快回去向乔副营长报告，在前方发现敌人三四百人集结，速派二连在方顶山一带占领制高点。

张秋生勒马四处张望，疑惑地说，没有发现敌人集结啊。

凌营长说，你再看看，从南往北看，从方顶山头往下看，看桃花峡谷。

张秋生手搭凉棚又看了一阵，然后举起望远镜看，木着脸说，啥也没有啊。

战士们也紧张地观察，大家都说什么也看不见。

凌营长马鞭一指山下说，看看，那是什么？

张秋生说，那是一片开阔地。

凌营长说，是的，是开阔地，但不是平地。我反复勘察了这一带的地形，那个开阔地实际上是一座山，一座头朝下的山，外面看起来是平地，下面是断裂沟，知道什么叫断裂沟吗？

张秋生傻傻地看着凌营长说，就是，就是沟呗。

凌营长说，对了，是沟，也是堑壕，可以通行。仗打了几天，敌人不断增兵，而我们居然没有看见一个人影，难道他飞天遁土不成。我判断，必然有秘密通道。

张秋生说，可是，如果把一个连队调来，我们在这里摆开阵势，没有发现敌人怎么办？

凌营长说，那就一竿子插到底，沿断裂沟靠近纶掌，在敌人肚子里打他一家伙，配合沧山主阵地作战。

战士们一听，虽然觉得不对劲，又觉得营长的打法新奇。战士们更愿意听凌营长的指挥。

凌营长问，大家愿意在马岗死等，还是愿意主动出击，变被动防守为以攻为守？

战士们七嘴八舌说，愿意主动出击。

凌营长高兴了，大手一挥说，那好，那就跟我来。

这一次，凌营长赌对了，他率领骑兵排风驰电掣般下了断裂沟，往前不到五公里，果然发现了大队日伪，日军大约百人以上。骑兵排先在敌人的左翼占领了制高点，打了一个短暂的伏击战，接着又上马冲击敌人队形。断裂沟宽不过二十米，一场出其不意的混战下来，日伪死伤近百人，其中有很多都是自伤造成的。

断裂沟袭击战的意义不仅在于消灭了日伪援军有生力量，重要的是扰乱了敌人后援部署。先是乔东山率领一个连投入了战斗，接着，东线部队一个副团长率领四个连队，离开主阵地，在方顶山对面展开攻势。再后来，联合指挥部确认马岗防线再无敌情，郭涵军长直接指挥八路军的杨焕司令员，将沧山支队其余四个营的兵力，都集中在方顶山一带，阻击敌人一个大队和“皇协军”两个团。

从战役第二阶段中期开始，沧山战役出现了一个奇特的现象，西线的沧山主峰国军两个师、三个旅同日伪打防御战，沧山以东的八路军向增援的日伪打进攻战。东线的战场虽然是副战场，但是惨烈程度并不比主战场逊色，一共持续了三天半，击毙日军一百多人，击毙“皇协军”近千人。

此次战役虽然以中国军队退却而告结束，但是这退却是在计划之内的，敌人得到的只是一个空关，将南下西进的路线拓宽了，时间却被大大迟滞了。而沧山至唐库城和湛德州之间的大片山区，却被国共双方开辟为根据地，这个结果证明，仗打得好，不仅能够以空间换取时间，同样可以以时间换取空间，而这个空间，就是打持久战的坚强依托。

以后郭涵部队在沧山以西站稳了脚跟，形成了沧南国统区。郭涵军长还算讲良心，在总结战役的时候说，八路军放弃马岗防线，冒险抵近至方顶山打进攻战，简直是神来之笔。

谢谷向郭涵军长报告说，这个转移的战场，实际上只是八路军的一个营长牵动的。

郭涵军长对这个营长很感兴趣，想亲自接见表彰这个营长，被谢谷搪塞过去了。谢谷当然知道这个营长是谁，但是眼下，他还不能向郭涵军长挑明。

沧山战役结束后，八路军以丹龙为中心，成立了沧东军分区，授予一营穿山甲支队称号，并将沧山战役中配属的一个连队正式调拨一营指挥。全营兵力达到五百二十人，成了名副其实的加强营，这也是沧东军分区的拳头部队。

随即，部队进驻方顶山地区，营部驻扎在窑埠。这是一个比较大的村子，有六七百人口，半山腰上有一座土地庙，村中还有一个大戏台，农历逢五赶集，在方圆几十里内，窑埠的名气最大。这里距离国统区和敌占区都很近，把一营安在这里，其实也是作为沧东军分区的前哨。

春节前，八路军山丹军区来了一个名叫杜何的参谋，深入研究方顶山战例，召集凌营长和乔东山座谈，反复问一个问题，当初放弃马岗防线，把战场推到方顶山，有没有敌情依据？

乔东山回答不上来，让凌营长谈。凌营长说，没有确切的敌情依据，但是我们在马岗等了几天，敌人的援兵没到，而沧山防线敌人的力量有增无减，我只能判断他另外开辟了路线。

杜何说，这样讲缺乏说服力，感觉这个战斗有点像赌博，把宝押对了。不过，后来的事实证明，把战场推到方顶山，是正确的，这说明凌营长在下决心的时候，是有绝对把握的。

凌营长说，要说有绝对把握，那也不是，战争不是一加一等于二，战争的形势是随时变化的。我的任务是打援，这是大前提。但是，在哪里打援，什么时候打援，作为一线指挥员，我有权力灵活掌握。

杜何还是不满意，想了想说，那我们换个话题，假如说，你没有绝对的把握判断敌人不会出现在马岗防线，那么你有没有绝对把握敌人一定会在方顶山断裂沟出现？

凌营长说，我没有绝对把握，我只能说比较有把握，因为我判断敌人必然有援兵，援兵不在这里出现，必然在那里出现。

杜何在纸上记了几笔，抬起头来说，凌营长，你再想想，你当时做出决策的依据是什么？比如敌情通报，比如作战命令，哪怕有当地游击队的报告。

凌营长火了,我跟你讲,老子做出决策的依据就是,老子神机妙算。

杜何吃了一惊，乔东山也吃了一惊。杜何倒是不在乎凌营长的态度，认真地说，凌营长，你真的能神机妙算?

凌营长说，我不会神机妙算，我怎么能在方顶山等到了鬼子的援兵?我现在再算一下，你这个参谋没有打过仗，你只会纸上谈兵。

杜何苦笑一下说，你说对了，我是没有直接带过兵打过仗。不过，我来搞战例分析，每一个细节都要搞清依据。对不起了凌营长。

凌营长哼了一声，没有理他。

过了半个月，上面发下来一份油印的《战术》小册子，凌营长看了几眼，冷笑一声，扔到乔东山的面前。乔东山拿起来一看，脸色也变了。

小册子里面有杜何写的文章《作战岂能神机妙算》，里面分析了方顶山战斗的过程，认为凌营长当初把战场推到方顶山，缺乏科学依据，完全凭自己的推测，侥幸取胜，不足为训。希望我军官兵增强战术意识，研究敌情，以科学精神夺取战斗的胜利。

乔东山说，这个参谋，简直是不安好心，贬低方顶山战斗。

凌营长说，随便他怎么说，反正战斗胜利了，事实摆在那里。

乔东山说，不过，我也纳闷，你当时凭什么判断敌人的援兵必然出现在断裂沟?

凌营长想了想说，要我讲实话吗?

乔东山说，当然讲实话，我也需要学习提高啊。

凌营长说，那我告诉你，在我做出决策的时候，我已经看到了敌人，我的眼睛透过方顶山的石头，看到了断裂沟里像长蛇阵一样爬行的敌人援兵。

乔东山睁大了眼睛，似信非信地问，真的，你真的看见了?你的眼睛，能够透过石头山，看到地底下的东西?

凌营长说，如果我没有看见，你从哪里弄到敌人来打?

乔东山怔怔地，半天才说，我明白了，运用之妙，存乎一心，心诚则灵，灵则制胜。

凌营长说，你的话，我听不懂，我只知道用自己的脑子打仗，我的手脚，听我的脑袋指挥。

这件事情，后来引起不小的风波，沧东军分区的杨焕司令员也看到这篇文章了，到山丹军区开会的时候，向军区政委文中戈提了出来，认为不能用教条来约束指挥员的主观能动性。文中戈为此专门组织军区机关讨论，并做了一个报告，文中戈说，作战指挥，既是科学，也是艺术。在军事领域，指挥科学要同指挥艺术相结合。打仗，既需要科学，也需要灵感。我们不能否认，有些指挥员有丰富的作战经验，能够对并不明朗的敌情和战术状况做出符合事实的判断，采取灵活机动的战术，从而取得胜利。

这就等于为方顶山战斗定性了，战斗是胜利的战斗，战术是灵活机动的战术。

七

孙长顺等汉奸被杀，给敌伪很大震撼。由于日军主力南下，留守唐库城的日伪采取收缩战术，化多点据守为集中据守，在唐库城周边构筑碉堡群，扼守交通要道。国军这边，谢谷麾下桃花连在楚连长的率领下，破袭庄村据点，其他部队也开展拔点战斗，骚扰日伪据点，积小胜为大胜。

当然，最大的战斗还是在八路军方面。

这年的二月，郭涵军长接到长官部的指令，春节期间国共联合行动小组在唐库城刺杀大汉奸取得成功，但是双方行动人员有数人被捕，国军特别机构遭到破坏，陈达主任生死不明，长官部要郭涵军长尽快组织营救。

此时，郭涵手下并没有特别行动机构，也不知道陈达行动的详细情况。如何营救，郭涵军长一筹莫展，所以迟迟没有行动。三月初，军部侦听队截获一份敌人的电报，得知一名筑城专家即将到达纶掌，进行现地考察，旨在完善碉堡群体系。进一步的情报表明，这个名叫江浦的筑城专家，是日本军部一名高官的次子。郭涵军长觉得这是个机会，决定活捉江浦，交换国军被俘人员。

郭涵的设想是靠谱的，但是实施起来难度很大。军部作战和情报机关反复研究地形，密切跟踪江浦的行踪，发现敌人的保护措施非常严密。江浦进入唐库城之后，就再也没有消息了，此人何时转道纶掌，从何地转道纶掌，或者说，纶掌之行是不是虚晃一枪，都是未知数。活捉江浦，简直就像大海捞针。

遇到这样棘手的事情，郭涵军长自然要召开联合作战会议，先听听八路军方面的意见。杨焕司令员参加了会议，他也觉得把握不大。国军一个处长在会上说，八路军有个营长，在沧山战役中神机妙算，把战场往前推了十多公里，准确找到了敌人援兵的路线，能不能请这位营长再“算”一下江浦的行程和路线。

杨焕心想，什么叫神机妙算，方顶山战斗，凌营长转移战场，那是根据多方情况做出的判断，是经验之谈，也有心理战的成分。而这样的捕俘战斗，敌在暗处，不知道时间，不知道地点，经验已经失去了作用，怎么能靠掐指一算呢？

郭涵当然也不相信八路军的营长能够神机妙算，但是把这个任务交给八路军，也不失为一个明智的选择。

杨焕司令员再三斟酌，为了维护联合抗战的局面，毅然表示，接受这个任务。

任务是接下来了，可是郭涵军长并不放心，同时又让自己的部队也拿个方案。后来几个方案到了联合指挥部，郭涵一看就笑了，国军拿出的方案是多点设伏，凡是通往纶掌的大路小路水路都有设伏点，而且潜伏的时间从即日起，什么时候结束不能肯定，这就好比漫天撒网捕一只小虾，方向比较盲目。

八路军凌营长提出的方案只有四个字，火中取栗。

郭涵军长说，是啊，为什么不能换个思路呢，为什么只把眼睛盯在路上呢?

谢谷说，只有凌营长能够提出这样的方案，当年在朵尔镇，就是他钻进我的肚子里，搞走了我的粮食和布匹。但是，纶掌不是朵尔镇，那是仅次于唐库城的敌人据点，一是很难钻进去，二是钻进去很难展得开，三是展开后很难撤得出。

郭涵征求杨焕司令员的意见。杨司令说，凌营长既然提出来了，自然有他的想法，既然怎么做都有困难，那就让我们来克服困难吧。

郭涵点点头说，任务是活捉，就不能打草惊蛇，不能打草，还必须靠近蛇。没有更好的办法，也许这就是最好的办法。

三月七日，凌营长正式接到命令，没有带更多的兵力，只带了张秋生等六个战士，潜入纶掌。

进去之后才发现，要在鬼子窝里活捉江浦，困难远远大于他的预想，根本找不到机会下手。凌营长决定先潜伏下来再说。这一潜伏就是七天，终于摸清楚了江浦中佐的行踪，最终把设伏时间定在三月十五日，设伏地点选择在纶掌汲汲河桥头。

当日上午，江浦亲临汲汲河桥头现地考察，设计桥头堡垒。警卫部队有日军一个小队，“皇协军”一个中队，另有便衣跟随，戒备森严。

天气乍暖还寒，汲汲河水面升高，浊浪翻滚。凌营长等人在桥下潜伏了半夜，又潜伏了一个上午，饿得饥肠辘辘，冻得瑟瑟发抖，一直找不到下手的机会。

江浦勘察地形的时候，身边一直有人形影不离，前呼后拥，凌营长等人眼睁睁地失去了很多机会。直到中午，眼看江浦结束了考察，即将上汽车的刹那，车边连续爆炸了十几颗手榴弹。在这一片混乱当中，两个“皇协军”纵身扑向江浦，大叫，危险，太君跟我来！然后扶持江浦，纵身跳下汲汲河。

桥面展开激战，日军士兵和“皇协军”士兵眼花缭乱，指挥官也乱成一团，胡乱开枪，自伤数人。此时，桥下一叶扁舟如离弦之箭，顺流而下。

八

江浦中佐被抓的消息，很快就通报到日军华北最高军事机关。多山中将严令唐库城日军联队长山河大佐，不惜一切代价，务必保证江浦中佐生命安全，满足抗日军队交换特工人员的要求，尽快换回江浦中佐。

联合指挥部提供的名单，重点是陈达，化名为“樵夫”，特征是独臂，其余人员由陈达指认。郭涵军长在送交山河大佐的信函中态度强硬地表示，联合指挥部在接到陈达亲笔信之后，才会同“皇协军”代表协商交接程序。

这就给日伪出了一个很大的难题。自除夕事件发生后，日军宪兵队和“皇协军”便衣队戒严十天，搜遍了全城，前后抓了一百多个独臂男人，并让相关人员指认，始终没有发现陈达。也就是说，陈达并不在他们的手上。

日军急于换回江浦中佐，而最大的筹码不在手中，这就出现了僵局。双方各派代表在纶掌“皇协军”团部谈判。国军代表底气很足，一再抬高价码，坚持要“皇协军”将除夕夜抓捕的人全部释放，方可释放江浦中佐。日伪咽下了这口恶气，最后勉强达成一致。

交换地点和时间都是郭涵的情报处确定的，八路军没有介入。在被释放的人员中，有两名八路军的特工人员，都是跟随权苏正进入百灵医院执行任务后来被打散的。已经担任军区保卫处长的权苏正亲自到沧东军分区对这两名人员进行审查，他们陈述的事实同权苏正掌握的情况相符，得出结论，这两名同志没有变节。

权苏正反复问一个问题，他们最后见到胡琴，是在什么地方，什么时候。这两个同志说，最后看到胡琴，是在百灵医院掩护国军的两名女特工，并被“皇协军”击伤。因为左边有“皇协军”进攻，他们打了一阵，就找不到胡琴了。

权苏正问，有没有看见胡琴同志和国军特工一起撤离医院？这两个同志都说，没有看见。权苏正又问，在敌人的纱厂监狱，有没有得到胡琴同志的消息？二人皆说没有。

从这二人的口中，权苏正得到另外一个重要消息，日伪并不知道八路军的行动，把全部注意力都集中在国军特工身上，而且已经知道了这次行动的指挥者是陈达，当天夜里就开始抓独臂男人。

权苏正于是做出判断，这次行动，国军特工人员中出了变节者，此人就在除夕行动直接参与者中间。令人欣慰的是，这个变节行为没有产生太大的后果。

我知道这个变节者是谁，现在我还不能说。

还是讲讲我的蓝旗。蓝旗和胡琴被抓捕后，并没有马上送到纱厂监狱，而是被送到日军宪兵司令部，首先是严刑拷打。

胡琴一口咬定她是受人雇佣，以三根金条的代价，帮助刺客过了检查关，然后同刺客一起进入六号病房开枪杀人，至于雇佣她的是什么人，她根本就不认识。接受雇佣的理由是她需要钱，她的表妹有孕在身，医生诊断很有可能是宫外孕，弄得不好就有生命危险。事发之前，表妹腹部疼痛难忍，怀疑要大出血，到医院找正在值班的表姐，不想正好遇到枪战，被误伤了。

审讯蓝旗的时候，蓝旗一言不发，张开嘴，也说不出话。这不是她善于表演，而是在被押解的路上，她就从头上扯下一绺头发，反复咀嚼，倒了嗓子，这是早年在戏班子里学到的绝活。她是决心一死，没想到这个动作产生了意外的效果，连续几天说不出话，也就少接受了几次审讯。

日本人对整个事件的情况掌握得并不充分，就把她们交给“皇协军”控制的百灵医院，首先检查蓝旗是不是真的怀孕了，是不是真的被误伤。

蓝旗就这样躲过了第一道生死关，并且遇到了上天的眷顾。在百灵医院，一位大夫替蓝旗检查了身体，十分肯定地对“皇协军”侦缉队长说，这个女人确实怀孕了，妊娠期至少四个月。稍微有点脑子的人都知道，一个怀孕至少四个月的女人，不可能在冰天雪地里持枪杀人。就连汉奸的侦缉队长也觉得，这个女人不像刺客。

当然，仅仅这个理由还不能完全解除“皇协军”的怀疑，他们把蓝旗和胡琴押到纱厂监狱，给蓝旗治嗓子，准备继续调查蓝旗同胡琴的关系。二人虽然被关在一起，待遇却不一样，胡琴已经被确定为死刑犯，戴上了手铐和脚镣，由蓝旗照料吃喝拉撒。胡琴一走路，浑身丁零当啷地响，死到临头了，她还嘻嘻哈哈，同“皇协军”的一名看守头目套近乎，跟他讲，她有三根金条，如果他能照顾好她的表妹，将来表妹会把金条找出来，分给他一根。看守头目一开始不相信她的话，后来慢慢将信将疑，居然给二人很多方便。

正月初十过后，“皇协军”任命了新师长，名字叫李贤，原是东北军的团长。西安事变之后，张学良被软禁，东北军发生内讧，李贤的部队被国民党肢解，后来投降了日本人。这个变色龙非常害怕唐库城抗日特工人员，到任之后，再次掀起清洗抗日分子的高潮，一次就枪毙了十多个人，并扬言要挖地三尺抓住陈达。当然也正是因为没有抓住陈达，蔺紫雨等人才暂时没有被枪毙。

这年春天，日军南下西进受到重创，从华北紧急抽调兵力，唐库城兵力空虚。为了加强防务，日军派出一支技术分队，设计指挥构筑城防工事。一些年轻力壮的“犯人”也被押解到城北当劳工。蔺紫雨和“杜鹃”也在其中。因为胡琴已经被确定为死刑犯，汉奸指定蓝旗照料胡琴，二人连当劳工的机会也没有，反而因祸得福，后来由八路军地下组织营救，逃脱了魔窟，这是后话了。

日军的技术分队里面，就有江浦中佐，不久江浦中佐在纶掌被八路军抓获。为了营救这个高官的次子，“皇协军”接到命令，全部释放在押人犯。李贤不甘心放人，决定抢在前面，秘密处决蔺紫雨等人。

交换的头天夜里，李贤的手下到城北城防工地提出蔺紫雨等人，车子已经快到纱厂外面的乱葬岗了，被日军察觉，报告给山河大佐，山河大佐暴跳如雷，一个电话打过来，让李贤立即把人押到宪兵队，等候处理。

李贤无奈，只好亲自把人送到宪兵队。山河大佐劈头盖脸给了他一顿耳光。山河大佐说，一百个、一万个中国人，都抵不上江浦中佐的一条命。

李贤辩解说，抗日分子秘密行动猖獗，刺杀“皇协军”长官的人犯，就这么轻而易举地放了，会对“皇协军”长官的安危带来更大的威胁。

山河大佐说，一万个理由都不是理由，江浦中佐的生命安全是最高的理由。把他们统统放了，如果让抗日分子抓住把柄，危害江浦中佐的生命安全，你，我，全都死啦死啦的。

九

交换回来的特工人员中没有胡琴，这让权苏正非常愤怒。权苏正亲自到联合指挥部交涉，但是已经迟了，江浦中佐已经返回唐库城了。权苏正指责国军背信弃义，没有严格履行程序，导致八路军一名重要的特工人员至今仍在虎口，生死不明。

接待权苏正的国军官员阴阳怪气地说，你们八路军厉害，能够在鬼子汉奸的眼皮底下把枪带进去，你们自然还有办法救出你们的特工人员。再说，我怎么知道你们的特工人员不是变节分子，陈达将军的行踪被暴露了，也是生死不明。我们的交通站被捣毁了，这是谁给汉奸提供的情报，不能排除你们特工人员的责任。

权苏正悲愤交加，没有放弃，坚持要见到蓝旗。他已经知道，胡琴最后是和蓝旗一起被捕的，而且还保护了蓝旗。

权苏正的正当要求没有得到满足，那位国军军官告诉他，蔺紫雨等人回到国军之后，同样受到了审查。蔺紫雨和“杜鹃”一口咬定，陈达的行踪和交通站被毁，是蓝旗向汉奸提供的情报，蓝旗已经当了汉奸，拒绝回到国军队伍。

这纯粹是胡说。

下面我来讲讲真实的情况。

除夕之夜，蔺紫雨和蓝旗顺利地刺杀了孙长顺等人，转移到六号病房东侧，意外地遭到汉奸便衣的阻击，陈达和白迁栖身在大戏楼，却无法接应，因为那里是陈达的射击死角，他们亲眼看见蔺紫雨和蓝旗退回到大门口。

当时院内有几处火力交叉，那是权苏正提前布置的八路军特工人员在压制敌人。胡琴在体检室向外开枪，掩护蔺紫雨和蓝旗出门，被敌人击中。蓝旗回过头来接应胡琴，出门后在左侧由人力车夫接应，钻进水井胡同，暂时脱身。蔺紫雨同“杜鹃”会合之后，没有按照胡琴的指引从东侧退出，在横江街遭遇汉奸便衣队围攻，子弹打光后被活捉。

公正地说，蔺紫雨的表现，还是让人敬佩的。在敌人冲上来之前，她已经咬住了袖口，可是咬了两下，里面什么也没有，就在这一瞬间，汉奸拥上来把她打翻在地。后来走在押解的路上，她才恍然大悟。二十分钟前，在体检室里，胡琴让她们脱光衣服检查有没有携带武器，想必就在那个时候，胡琴把她的“索米一号”取出去了。

后来二人被押解到“皇协军”审讯室。那个审讯室，就是后来人们传说的人间地狱，各种刑具应有尽有，炉子上烧着通红的烙铁。一个独眼汉奸指着自己的一只眼罩说，看出来了吧，这只眼珠子就是你们抗日分子打的，不过，我已经把账算回来了，我亲手挑过十个人的眼珠子，你们信不信?

蔺紫雨说，那你就把我的眼珠子挑出来吧，省得让我看见你这张丑恶的汉奸嘴脸。

独眼汉奸说，你?那么漂亮的眼珠子挑出来可惜了。不用挑你的眼珠子，我可以跟你玩更刺激的。独眼汉奸说着，从炉子上拿起烧红的烙铁，狞笑着比画说，我可以用这个把你胸前的两座小山熨平，再把你下面的出口封住，你信不信?

蔺紫雨说，我信，你是畜生，畜生什么事情都能干得出来。

独眼汉奸说，哦，你既然知道我什么事情都能干得出来，那好，那就老实交代，是谁幕后指挥，名字，长相，住处，接头暗号。独眼汉奸一副稳操胜券的样子。

蔺紫雨趁其不备，突然转身，一头向墙上撞去，不料脚下被什么东西绊了一下，没有撞到墙上，却被摔了个嘴啃泥。原来汉奸早有防备，在她的脚下放了一个小凳。

独眼汉奸哈哈大笑说，想死?可以，稍微等一等，等我把你玩够了，自然送你上西天。

几个士兵把蔺紫雨架起来，一阵拳打脚踢。打得差不多了，独眼汉奸挥挥手，让士兵把她捆起来，绑在柱子上，用刀子一刀一刀割碎了她的衣服。独眼汉奸伸出一只毛茸茸的黑手，托着她的一只乳房说，割多少，你自己定，问多少说多少，就留多少。

蔺紫雨竭力地晃动上体，骂了一声汉奸，啐了一口血沫，大叫，全割了吧，你们这些汉奸，把国家都割了，活着也是亡国奴!

独眼汉奸掂了掂刀子，在蔺紫雨乳房下面画了一个半圆，一条血线立即渗出来了，看得“杜鹃”失声惊叫。

独眼汉奸说，交不交代？

蔺紫雨说，去你妈的狗汉奸。

独眼汉奸用了力，刀子向肉里扎进半寸，蔺紫雨咬紧牙关，一言不发。

独眼汉奸拔出刀子，又问，交不交代？

蔺紫雨瞪圆了眼睛，挣扎着突然往前一挺，想扑在刀子上，让刀子扎进自己的心脏。

独眼汉奸一哆嗦，后退一步，刀子掉在地上。他捡起刀子，看看蔺紫雨说，哦，还是个烈女，可敬可佩。

蔺紫雨仰起脑袋不看他，看天。

可能是觉得蔺紫雨很难突破，独眼汉奸把目标转移到“杜鹃”的身上，你呢，尿裤子了？

“杜鹃”浑身颤抖，裤腿下面果然有一摊尿迹。

独眼汉奸找到了突破口，吩咐士兵，把他的裤子脱掉。

三个士兵一拥而上，把“杜鹃”撂倒在地，按住他的脑袋，脱下了他的裤子。

独眼汉奸不屑地看看他的下身说，这么小的玩意儿，就像缩头乌龟。

然后对士兵说，不用我动手了，交给你们，他再不交代，你们就把他那个小玩意儿削了。

说完，伸手把刀子一扔，正扎在“杜鹃”的小腹上。

“杜鹃”大叫一声，我招，我招，我交代……

以后蔺紫雨本人也多次设想，假如那个晚上，独眼汉奸真的把烙铁放在她的胸前，她能不能咬紧牙关一直坚持到死，再假如，他们用更残酷的刑罚对待她，她会不会动摇，她不能确定。要说她自己一点恐惧都没有，那是假话，她同许多特工人员一样，对付恐惧的武器就是死亡，只要她还活着，这恐惧就随时可能发生。可恨的是，在她最需要“索米一号”的时候，竟然把它丢了。

让蔺紫雨庆幸的是，“杜鹃”供出了陈达教官和交通站，但是汉奸并没有抓到陈达，虽然他们捣毁了国军的交通站，却没有抓到国军情报人员，损失不大。她反而觉得“杜鹃”在关键时刻的那声喊，其实是个缓兵之计，这样一想，她又有些感激“杜鹃”了。

度过恐怖的最初时光之后，他们被关进纱厂监狱，受的折磨少了，恐惧反而增加了。连蔺紫雨自己都觉得诧异，在最初的时刻，面对酷刑和死亡，她居然还能张开嘴巴骂人，刀子插进她的乳房，她的腿居然还能在地上撑住自己的身体。假如这一切重新来一次，她会不会和上次那样？她不敢确定。

执行任务时没逃过去，如果死了倒也罢了，可是没有死，还要活下去，就没有那么简单了。在纱厂关押的日子，随着外面传来各种消息，求生的欲望越来越强烈。她不止一次想到了陈达和白迁，还有易水寒和蓝旗，她总是在幻想，他们会来救她，他们会有办法的。

有一次放风，隔着铁丝网，“杜鹃”对蔺紫雨说，如果有一天能够活着回去，我怎么见人啊，我死定了。

蔺紫雨说，你死了活该，叛徒！

“杜鹃”说，我也不全是为了自己，你一个女人，割掉了奶子，你怎么活命啊？

蔺紫雨说，我本来就没有打算活命。

“杜鹃”说，可是你现在仍然活着，身体也还是完整的。

蔺紫雨不说话，她不知道自己应不应该感谢眼前这个变节的男人。

“杜鹃”说，我看见蓝旗了，她活得好好的，她为什么没有受刑？恐怕她也招了。

蔺紫雨说，没有依据的话，不要乱说。

“杜鹃”说，那是什么场合啊，是个人，都得尿裤子，组长你难道一点就没有害怕？

蔺紫雨说，我当然害怕，可是怕也没有用啊，我就是因为害怕，我才拼命地找死。

“杜鹃”说，现在，你还害怕吗？如果，鬼子汉奸再来折磨你，甚至……强奸你……

蔺紫雨的脸色铁青，盯着他，啐了他一口，闭嘴！

“杜鹃”浑身一哆嗦，他看见蔺紫雨怒目圆睁，就像两把刀子一样，直插他的眼球。“杜鹃”讪讪地垂下脑袋说，对不起组长，我是真怕了，过去可从来没有遇到过啊！

蔺紫雨长长地叹了一口气，望着远处，隐隐地，她看见蓝旗那双晶亮的眼睛。

十

后来出现的情况，真是让人欲哭无泪。幸亏有我这个死了的人，能够从充满谎言的阳间看见真相。只是，我是一个鬼魂，而不是一个神仙。

作为一个鬼魂，我虽然可以知道一些事情，却不能改变任何事情。

交换江浦那天，日伪把“犯人”集合在一起，日军一名少佐站在队前训话，翻译说，“皇军”为了实现“大东亚共荣”，对于“犯了错误”的中国人采取怀柔政策，释放他们回到自己的部队，希望这些人不要忘记“天皇陛下”的恩惠，宣传“皇道”，配合“皇军”建设“大东亚共荣圈”，把亚洲从西方列强手中解放出来，早日从苦海中挣脱出来，过上像日本人那样幸福美满的生活……

大家当然不会相信鬼子的鬼话，他们已经得到了消息，之所以被释放，是因为一个名叫江浦的鬼子被八路军抓了，需要拿他们交换，而不是什么狗屁“皇恩浩荡”。

鬼子训话的时候，“杜鹃”骨碌着眼珠子东张西望，低声对蔺紫雨说，没有看见蓝旗。

蔺紫雨说，也没有看见胡琴。

“杜鹃”说，为什么没有她们，也许就是她们出卖了陈达长官，被鬼子和汉奸保护起来了。

蔺紫雨说，你想干什么？

“杜鹃”说，回去之后一定会被审查，咱们……咱俩可是一条绳子上的蚂蚱。既然她们没有回来，那就一定有问题。

蔺紫雨明白了，看了“杜鹃”一眼，没有说话。

这一路上，两个人都是心事重重。

后来回到国军部队，先在郭涵部队住了一个晚上，然后移交给南京派来的调查组，他们既没有见到郭涵，也没有见到谢谷。

“杜鹃”感觉到不妙，对蔺紫雨说，不对啊，我们受了那么多苦，好不容易回来了，怎么连个欢迎酒席都不给我们摆？

蔺紫雨冷笑一声，还酒席？我总算明白了，自从接受了那个任务，我们就是死路一条，不是死在鬼子汉奸的手里，就是死在自己人的手里。

“杜鹃”惊恐地说，不会吧，毕竟汉奸被杀了啊。

蔺紫雨说，等着瞧。

果然，第二天一大早，负责管理“归队人员”的军官就把他们带到一个地方，接受审查，要他们详细谈被捕经过。

“杜鹃”一口咬定，他和蔺紫雨被捕后忠贞不屈，蔺组长差点儿被汉奸割了乳房，撞在墙上自杀未遂，脑门上还有伤疤。

调查他们的上校让一名女军官把蔺紫雨带去检查，不一会儿女军官回到调查室报告，这个人乳房周边确有明显刀伤。

上校问，还有其他比较重的伤吗？

女军官回答，没有了。

上校站起来，在屋里踱了几步，看着蔺紫雨说，汉奸既然已经下刀了，为什么……你的……身体，为什么还是完整的？

就是这句话，把蔺紫雨惹火了，她浑身哆嗦，盯着上校说，你什么意思，你是幸灾乐祸还是希望鬼子把老子割了，他妈的老子出生入死，冒着生命危险完成了任务，被抓后受尽折磨，九死一生。你们这些人躲在后方，高枕无忧，吃香喝辣，如今却成了判官，居高临下地审查老子，这他妈的是什么世道。

上校傻眼了，他意识到了他的问题不妥当，可是他也自认为没有错。国军谍报机关的原则是“不成功，便成仁”，而这两个人刺杀了大汉奸，居然没有死，也没有受到酷刑，确实有疑点。他说，这是两回事，你们劳苦功高是不错，可是你们能活着回来，我们必须搞清楚理由。为什么汉奸没有杀掉你们？

蔺紫雨咬牙切齿地说，我告诉你，就是老子出卖了陈达，这个王八蛋本身就是把我们往死里送，我出卖他活该。

“杜鹃”吓得直嚷嚷，长官，不是这样的，不是这样的，我们……因为汉奸还要找陈达，所以当时并没有杀我们，只是吓唬……

蔺紫雨厉声道，闭嘴，没有什么好说的了，就是我，来吧，要杀要剐，随你的便！

上校说，你这样说，是要负责的，你知道后果吗？

蔺紫雨挥着拳头说，我当然知道后果，早知道你们这样对待我，老子就不会去干傻事了。国家又不是我一个人的，凭什么让我一个女人去承担这么大的风险，还要受你们这些官老爷的羞辱！

上校说，我能把你的话作为供词向上峰报告吗？

蔺紫雨怔了一下，伸长脖子看着上校说，供词？你是说，我的话是供词？你把我当犯人审讯？

上校说，我在调查你，你的每一句话都是供词。

蔺紫雨不说话了，用眼角向两边看了看，突然从椅子上跳起来，回身抓住椅子，奋力向上校砸去。

上校没有防备这一手，拔腿就跑，已经来不及了，蔺紫雨疯了一样，挥动椅子，砸在他的头上、背上、腿上……几个士兵冲进来按住蔺紫雨，上校已经倒在血泊之中，两条腿在地上一伸一缩地悸动。

蔺紫雨被关进了国军的战地临时监狱，连续几天不吃不喝。后来谢谷得到消息，到监狱里去看她，发现这个人已经疯了，见到谁骂谁，骂鬼子，骂陈达，骂那个上校调查员，连蒋委员长都骂。

谢谷说，蔺小姐，我是谢谷，在“西训团”跟你是朋友啊。

蔺紫雨出其不意地啐了谢谷一口说，你也是王八蛋，你们这些活着的人都是王八蛋，都是汉奸叛徒。

谢谷掏出手绢擦擦脸，把带来的一包食物交给看守，向蔺紫雨拱拱手说，蔺小姐，多保重吧。

说完这话，谢谷已是泪流满面，转身走了。

我知道，你和我一样关心一个问题，蓝旗没有被交换回来，她到底在哪里？

前面我说过，唐库城新的汉奸头目李贤接到交换特工人员的预先号令之后，如坐针毡。这个汉奸心里很清楚，如果不采取极端措施，那么，孙长顺的昨天就是他的明天。这个人已经骑在虎背上了，没有退路了，恨不得把抗日分子赶尽杀绝，所以他在前一天密令手下的特务，将城北工地已经确认的“凶手”提出来，准备拉到纱厂秘密处决，名单里有蔺紫雨和“杜鹃”。而胡琴和蓝旗却在这个过程中，被中共唐库城地下组织成功地转移了。

这件事情是几年以后才揭秘的。后来得知，交换俘虏是日本人提出来的，并不是国军高层的本意。国军高层觉得，既然孙长顺已经死了，那几个特工人员就无足轻重了。与之相反，八路军高层却一直没有放弃营救，考虑到权苏正和胡琴的伴侣关系，就没有让权苏正参与营救行动，而是启动了一直“冷冻”的地下组织，其中有“皇协军”三名军官和百灵医院两名医生。

那个夜晚，李贤派出两路人马分别到城北城防工地和监狱提人，一名“皇协军”军官向监狱长出示李贤的密令，要将蓝旗和胡琴提出监狱，拉到纱厂以北乱葬岗处决。监狱长此前已经同李贤通过电话，并且知道城北城防工地上已经有蔺紫雨等人被提走了，对此并不怀疑，顺利放行。

直到第二天，监狱长才知道，这些“重犯”不仅没有被枪毙，从监狱提走的蓝旗和胡琴也不翼而飞。李贤担心山河大佐知道这个情况后追究他的责任，秘嘱监狱长，从其他犯人里选两个女犯，告诉她们，如果有人问起，一个说名叫胡琴，一个名叫蓝旗。等离开了唐库城，她们愿意去哪里就去哪里。李贤还给每人发了十块洋钱。

这两个女人起先不明白怎么回事，后来一琢磨，不仅不用坐牢了，还挣了十块洋钱，简直喜从天降，二话不说就跪下来磕头谢恩。交换当天，并没有人盘问她们，一直到了交换地点，有几个中国军人清点人数，问来问去也没有人问到她们头上，二人欢天喜地，各回各家了。

因为这样一个插曲，再加上营救胡琴和蓝旗的信息没能及时转达，给权苏正的情报部门造成了一个谜团，导致权苏正四处寻找胡琴。

不过，这个谜团持续的时间并不长。四月初，八路军的一支小分队在汲汲河北岸接应一批粮食，山丹军区保卫处长权苏正亲自赶到赵庄迎接战利品，运粮的马车上跳下来两个女人，其中一个扑到权苏正的怀里，放声大哭。另一个，站在一边，面带微笑地看着。

权苏正放下怀里的女人，走到那个微笑的女人面前问，蓝旗小姐，还认识我吗？

第 八 章

一

一个阳光明媚的日子，山丹军区政委文中戈来到沧东，给部队做抗战形势报告。文政委说，总体看，这几年沧东根据地建设势头很好，同一山之隔的国军配合也算默契，双方交换情报，互送战利品，似乎真的成了友军。但是也有一些反动派，敌视我军，轻视我军，做了一些背离国家民族命运的事情。我们的干部战士，一方面要保持高度警惕，粉碎反动派的阴谋。另一方面，要顾全大局，不到最后关头，尽量忍让，如果发现加害我军、资助日伪的行为，坚决打击，并昭告天下。

文中戈做完报告，文工团进行慰问演出，现在不演《松花江上》了，而是一出新编的歌舞剧，穿插着当时流行的抗战歌曲。演到最后，台上台下一起合唱——风在吼，马在叫，黄河在咆哮，黄河在咆哮……保卫家乡，保卫黄河，保卫华北，保卫全中国……

凌营长站在台下，起先不会唱，但只跟着唱了一遍，就记住了歌词，唱得热血沸腾浑身冒火。

演出结束后，凌营长骨碌着眼睛，到处找桑叶。乔东山过来，通知他到分区开会。会上，文中戈宣布干部调整命令，他和乔东山分别被任命为沧东军分区独立团的团长和政治委员。

会后，在分区驻地外面的小河边，文政委和他并肩而行。文政委说，凌云峰同志，自从进入抗日前线，屡建功勋，名气很大，连中央首长都知道华北有个凌云峰。

凌团长愣住了，张张嘴说，其实，我没有做什么，仗是大家一起打的。

文政委回头看看他说，这几年，组织上一直在观察你，感觉你打仗智勇双全，比红军时期又有进步。可是，也有同志反映，你有点……怎么说呢，有时候发挥得很好，有时候……好像又有点喜怒无常。今天我也是受组织委托来和你聊聊，你心里有什么包袱吗，比如说，压力过大？

凌团长心里咯噔一下，不自觉地放慢了步子。这一刻，他突然产生冲动，真想把他的真实经历和盘托出，向组织上交代清楚，向组织上表明心迹，重新当一个八路军。

可是，话到嘴边，他又咽下去了。他觉得在这样一个中午，在这样一个秋天的河边，讲这一切，不合适。他需要时间，需要给自己做一个动员，需要鼓足很大的勇气，把后果想得再细一点。

文政委正用期待的眼神看着他。

他说，我有缺点，刚愎自用，也有……我也发现我并不是很成熟，打仗有脑子一热的毛病，爱逞匹夫之勇。

文政委笑笑说，这算不上什么大问题，一名优秀指挥员的成长和成熟，需要一个过程。你感觉自己同红军时期的凌云峰相比，是不是有了很大的变化？

他沉默了，掂量文政委的话，那个念头再一次冲上来，又再一次被他紧紧地扼住了。他说，是的，作战对象不一样了，任务不一样了。每次执行任务之前，我都做了思想准备，马革裹尸。

文政委站住了，啊，每一次？每一次都不打算回来了？可是，你是个指挥员，为什么要首先想到死呢，你首先应该想到的是，不仅要自己活着回来，还要最大限度地减少部队的伤亡。

凌团长额头上冒出大颗汗珠，他感到心跳骤然加快，突然喊了一声，首长……

文政委有些意外地看着他，见他脸色赤红，眼神迷离。文政委说，你怎么啦，生病了吗？

他说，我……我确实有一肚子话要向首长说，可是，我的心里很乱。

文政委微微眯上眼睛，看了他一眼，拍拍他的肩膀说，哦，是什么触动了你的感情，是战争吗，是那些牺牲了的战友吗……你不要回答。抽个时间，我们慢慢聊，从云华山到西路军，从古莲战役到方顶山战斗。

他说，好，我听首长招呼。

在回窑埠的路上，他和乔东山骑马同行。乔东山说，首长找你单独谈话了？什么精神，给我传达一下。

他说，没有什么精神，谈我个人的事。

乔东山奇怪地问，个人的事，你个人有什么事情？

他说，我怎么就没有个人的事情，我有家庭，有爱情，我……还有病？

乔东山笑笑说，哦，是的，我们这些人，好像都有点不太正常……哦，对了，听说没有，你的老搭档，何子非同志很快就要到沧东了。听说他现在是总部观察员，到沧东总结战术。

他说，那好啊，我们和敌人的战术都值得研究……

话还没有说完，他突然说不下去了，两眼望着远处山脊线上移动的白云，身体在马背上摇晃了一下。

乔东山喊了一声，老凌，你怎么啦？

他猛然警醒，坐正了身体。

尽管是晴朗的秋日，尽管身在热火朝天的根据地，尽管刚刚还被《黄河大合唱》燃烧得周身发烫，可是此刻，他还是感到了孤独和寒冷。阳光像雪花一样让他眼前一片迷蒙。何子非要到沧东，这个消息，就像一颗子弹，打中了他的心脏。他悔恨交加，就在一个小时之前，就在文政委的面前，他为什么不把那句话说出口呢？如果说出去了，就一了百了了。可是……

乔东山说，你没事吧，老战友即将重逢，你是激动的吗？

他咬紧牙关说，是的，我是激动的，我激动得想从这个山顶跳下去。

这个下午，他处在极度的焦躁不安当中。

独立团刚刚升格，人员上的、物资上的事情千头万绪，需要他这个团长拿主意。可是，他的脑子一团乱麻。他跟乔东山说，他的头疼病犯了，需要休息。

乔东山关切地说，我马上派人到分区找医生来。

他暴躁地挥挥手说，不要找医生，我自己能治好。

乔东山一脸困惑，离开之后，他一头钻进学校东头自己那间窑洞里，躺在炕上扯过被子蒙上脑袋。这床被子，从灵峰学习班时期就跟着他了，冬天为他御寒，夏天为他吸汗，它是他唯一的亲人和财产，它是他的盾牌，也是他的防御阵地。即便是夏天，他也常常蒙着脑袋睡觉。只有蒙在被子里，他才感到些许安全和温暖。

可是，今天蒙在被子里，他仍然心神不定。一个下午，一会儿下炕，找来纸和笔，写了几个字，写不下去了，再跳上炕，继续把脑袋蒙在被子里。警卫员已经得到命令，没有他发话，不许到这个窑洞里，所以他得以自由自在地折腾。

直到晚上，已经传来了开饭的集合哨声，他估计乔东山很快还要过来看望他，没有时间了，不能再犹豫了，他一定要抢在文政委离开沧东军分区之前，把这件事情了结。他已经做好了一切准备，承受任何后果。

决心一定，立即行动。他把胡子刮得干干净净，并且漱了口，找出一套干净的军装，对着镜子系好风纪扣，戴正军帽，喝令警卫员备马。

他的计划是首先找到桑叶，她现在也在分区，下午唱《黄河大合唱》的时候，他已经见到她了，还有她的琴盒，那里面已经保存了他写给组织的五封信。他担心自己在文政委面前说不出话，就干脆什么话也不用说，把那五封信一交，组织上全明白了。往后，他就可以了无牵挂了。

走出窑洞，刚要上马，他愣住了。他还没有去找桑叶，桑叶却出现在学校的门口，在前面领路的是乔东山，后面还跟着几个人，其中一个是他不认识的女八路。

他扔掉马缰，大步走向桑叶，激动得热泪盈眶，一边走一边喊，桑叶，桑叶，你怎么来了，难道你知道我要找你吗，难道你知道今天我要做什么吗？

桑叶对他的激动有点茫然，还有点不好意思，嚷嚷说，凌团长，祝贺你啊，看看我给你带谁来了？

他一怔，站住了。他看见了桑叶背后的那个女同志，齐耳短发，白皙的脸庞，腰里扎着牛皮武装带，还佩着一支小手枪。他再仔细地看，发现这个人有点面熟。

莫非……他想起了在苑安“研究战术”时期见到的那张照片，在其中坪，有凌云峰，有谢谷，还有……

那个女同志笑盈盈地看着他，看着看着，笑容就从她的脸上消失了。

他明白了，这个人就是他无数次揣度过的安屏。

她上上下下地打量着他，似乎在判断，眼前的这个人是谁，是她的凌云峰被战争雕刻出一副新的模样，还是战争让另外一个人成了凌云峰。

这一刻，他恨不得抽枪把自己打死，紧赶慢赶，他还是慢了一步，如果早十分钟，他就能见到文政委，他就能把那五封信交给组织，然后，再见到安屏，那就什么都不用说了。可是，这个该死的可是啊，怎么办？

就在他茫然不知所措的当口，安屏向他走来了，一步，两步，很平静，走近了，突然扑在他的怀里，把他吓了一跳。安屏依偎在他的怀里，低声说，不要紧张，不要说话，等大家走开，我们单独在一起。

他有点明白了，擦擦眼睛低声说，好。

安屏稍微提高嗓门说，我总算又见到你了，我不是在做梦吧？

这个情景，乔东山和桑叶等人都看见了，乔东山递了一个眼色，大家悄无声息地离开了。

直到所有的人走出了学校的大门，安屏才离开他的怀抱，冷冷地看着他，用命令的口吻说，把你的上衣脱掉，衬衣也脱掉。

他惊愕地问，你要干什么？

安屏从挎包里掏出一件东西，展开，在他眼前亮了一下说，三条山战斗之前，在扎拉村，我给你送了一件柞绸马甲，还穿在你身上吗？

柞绸马甲？这个细节此前他不知道，此刻，也不需要知道了……他顺从地脱下了军装，然后是衬衣。

女八路平静地看着他，缓缓走到他的面前，她的眼睛似乎被什么东西刺了一下，脸上的表情僵硬起来，小心翼翼地伸出手，抚摸他的胸前。

他不知道她为什么要这样做，但是他知道她这样做一定有她的道理。安屏温热的手掌从他的胸前滑过，就像春风掠过起伏的冈峦。他突然有些不安，他的满是伤痕的前胸，就像丑陋的树根，不会吓着她吧。

安屏的手终于停止了滑动，后退一步，突然从腰里掏出手枪，指着他说，告诉我，你是谁？

他平静地说，你认为我是谁？

安屏说，你不是凌云峰。

他说，我是一个抗日军人。放下你的枪，对面的这个人，你用勃朗宁手枪是打不死的，子弹太小。

她犹豫了一下，收起手枪说，为什么要冒充凌云峰？

他说，不是冒充，我是另一个凌云峰。

她说，可是他们告诉我，你的经历同凌云峰是一样的。

他苦笑了一下，艰难地，结结巴巴地说，这是误会，如果不是意外，今天我就会向组织说明一切，可是，就在这个时刻，你出现了。

她说，这么巧！能告诉我这一切到底是怎么回事吗？

他说，在我向组织说明之前，我不可能告诉你。

她说，那我怎么办，我怎么和你相处？

他说，什么都没有发生，尽快回到陕北，很快你就会明白一切。

她说，不，我要留在沧东，我要寻找我的凌云峰，我已经闻到他的气息了。

二

安屏没有离开沧东，她的申请被批准了，被安排在军分区电台队担任技术员，对外只字不提她和凌团长相逢的事情。

当然，这件事情并没有结束。在军区文工团离开沧东之前，话剧队队长韦芷秋带着桑叶和郭河到窑埠来采访凌团长，让他讲讲他和安屏重逢的故事，他们打算写一个话剧《烽火爱情》。

凌团长很犯难，说，这都是个人的事情，就不要写成戏了吧，怪难为情的。

韦芷秋说，我们革命军人，没有个人的事情，个人的事情也是革命事业的一部分。我们已经采访安屏同志了，她说她当初是因为受到你的引导，才参加红军的。你在古莲战役的三条山战斗中失踪，当时组织上的结论是你已经牺牲了。而安屏同志因病被组织送到了西安，在那里治好了病，并在国军长官部学习译电。去年回到陕北，得到你的消息后，辗转来到山西，失散的恋人终于重逢在抗日战场。这个故事，多么有戏剧性，战地黄花分外香啊。

韦芷秋说着，眼睛居然涌上了泪水，她显然被这个故事深深地打动了。

他看看韦芷秋，又看看一旁的桑叶，桑叶的眼睛里也闪动着泪光。他感觉有点眩晕，怔怔地说，安屏同志她是这么说的？……她有没有跟你们说点别的？

韦芷秋说，说了，她说她和你久别重逢，更加敬重你了。当初在扎拉村，她抚摸你的前胸，那时候有三处伤疤，等边三角形，可是几年之后，她已经找不到那三处伤疤了，你的胸前，已经被弹片布满了，密密麻麻，伤疤连着伤疤，至少有六处，她差点儿没有认出你来。她说，凌云峰是不会死的，因为革命还没有成功，日本鬼子还没有被消灭掉，我们红军，我们八路军，九死一生，向死而生，我们已经被钢铁炼成了钢铁……

他很长时间没有说话，看着热泪盈眶的韦芷秋，心里翻腾得厉害。他突然明白了，安屏为什么让他脱下上衣，那是对他做最后的鉴定，不仅鉴定他是不是凌云峰，也鉴定他是不是一个英勇的抗日军人。他至少通过了一半鉴定，至少，安屏暂时认可了他，接纳了他。可是，下一步该怎么办？

这一会儿工夫，他突然产生了一个想法，把那五封信交给安屏，由她来处理。这样做合适吗？他越来越觉得这是最合适不过的。他问桑叶，你的琴盒呢？

桑叶说，我本来想带来，给你拉一首《明月几时有》，可是队长说，这次来采访，不让我拉那么伤感的曲子，我就没带琴来。

说不清楚为什么，他突然有些恼火，冷冷地看了韦芷秋一眼说，怎么就成了伤感了，我喜欢听那首曲子。

韦芷秋说，你喜欢听，我们可以让桑叶随时拉给你听。这一次，我们要写个久别重逢的喜剧，请你配合。

他无语，点点头说，既然安屏同志都给你们说了，我没有更多的补充了。我还有事，总部观察员很快就要到了，我得整理战例资料。

韦芷秋等人离开后，凌团长静下心来，让参谋把进入抗战前线以来所有的战例都找出来，麻雀岭伏击战，城固阻击战，贺村拔点，方顶山战斗，纶掌设伏……几年下来，大大小小打了六十多场战斗，单独执行任务的就有二十几次。具体的战果数字不详，如果算得清楚，那是相当可观的。

这些数字能够说明什么呢？他想，只能说明自己是一个中国人，而并不意味着自己就能取代凌云峰。他早就知道，何子非是一个战术专家，非常注重战斗细节分析。可是，如果何子非这一次真的出现，他首先注重的，恐怕就不是战例了，而是他本人的来历。

还有一个让他不能释怀的事情，就是安屏同志对他的态度——难道，她真的会把他看成凌云峰再世？难道，她会对他这个冒名顶替的恋人产生感情？

这一夜，他想了很多。上半夜他想，还是等一等，他不能暴露他的特务前史，他无法面对安屏和组织，无法面对文政委。等一段时间，要是碰巧有一场恶仗，在他的身份暴露之前就牺牲在战场上，那就功德圆满了。这件事情就像战场上的一粒灰尘，转眼就消失了。他以一个抗日战士的身份死去，还有比这更好的死法吗？

可是，下半夜他又否定了这个想法，这样做不是给组织出难题吗？万一他成了烈士，可能还是个英雄，可是他的前身是国民党特务，这让组织怎么给他定性呢？

天快亮的时候，他的决心定下来了，吃过早饭就到分区去，去找桑叶，把那五封信取出来，交给安屏同志，然后，就等着组织处理。

然而，事情的发展由不得他了。

第二天早操的时候，乔东山告诉他，军区紧急通报，日军组织大规模的“春季攻势”，部队进入临战状态。联合指挥部发布命令，沧东独立团负责东南部汤原至纶掌一带阻击。

独立团刚刚成立，就面临一场恶战，凌团长既兴奋又有点失落。他还惦记着那五封信，看来短时期是没有办法交出去了，那就等反“春季攻势”结束吧。

那块地形非常奇妙，沧山由北向南伸出一条长长的腿，而到了汤原，就是一马平川。在这样的地形上打阻击，没有地理屏障，只有血肉长城，仗很难打。作为一个军事指挥员，凌团长一眼就能看出，国军主导的联合指挥部这样用兵，用心是险恶的，至少可以说是不科学。

连续几天，凌团长带着参谋人员马不停蹄地勘察地形，分析敌人从哪里来，在哪里打，从哪里进攻，从哪里撤退，预设了很多方案。这一次，他吸取了方顶山战斗的教训，上级的每一道命令和敌情通报下来，都要召开诸葛亮会，大家研究方案。

五月初四，反“春季攻势”战斗打响。打着打着，情况不对了，负责东线防御的国军二十三师只坚持了半天，就哗哗地后退，在纶掌以东留了一个缺口。鬼子一个大队，一千多人，装备先进，火力猛烈，全部砸向八路军的阵地。同时，南边的敌人也持续北上，造成独立团腹背受敌。

战役第一阶段已经出现败相，联合指挥部调整部署，准备死守第二道防线，国共双方的部队都接到命令，进行战术转移。

但是转移需要时间，国军兵败如山倒，造成八路军防线出现了很大的缺口，一千多鬼子集中在纶掌以西，紧追不舍。一旦汤原方向松懈，敌人就可以长驱直入，我方二线部署尚未完成，后果不堪设想。

当天夜里，杨焕来到独立团指挥所，问凌团长，你还能不能打下去？

凌团长说，本来不应该这么打，可是已经这么打了，开弓没有回头箭，我只能打下去。只是，我不能保证明天之后阵地上还有活人。

杨司令当然知道他对国军指挥部的部署不满，二人心照不宣。杨焕说，那好，那你就给我坚持一天，你必须最后一个死，明天天黑之前，你要是阵亡了，我就送你一个处分，放弃指挥，临阵脱逃。

凌团长笑笑说，看来这个处分我是跑不掉了，我没有办法保证自己最后一个死，我尽量坚持到最后。

夜间战斗，是八路军的强项，敌人的重火力找不到目标，减轻了独立团不少压力。

次日天刚亮，日军的进攻就开始了，一轮接着一轮。

独立团没有重火器，没有工事，仅以八百多人的兵力，不可能采取一线配置。凌团长命令，以连排为单位，采取梯次纵深防御，等于把防御前沿推到敌人的眼前，形象地说，就是变分队穿插为阵地穿插，同敌人的进攻出发阵地形成犬牙交错的状态。

这一招，果然奏效，双方防御阵地纠缠在一起，至少限制了敌人重火力的发挥。次日的防御战斗从清晨打到中午，双方反复争夺。为了争取主动权，凌团长还组织了几支小分队，在战斗间隙从侧翼出击，迟滞敌人的行动。打到最后，营连干部伤亡大半，政委乔东山亲自率领敢死队，突击日军进攻队形，直至短兵相接，进行肉搏。

战斗进行到最后，独立团只剩下三百多人了，接到分区命令，独立团已经完成防御任务，可以撤退了。但此时已经没有退路了，四面八方都是鬼子和汉奸。身负重伤的凌团长决定做最后一搏，让战士把自己捆在马背上，带领一个骑兵排，从侧翼直接冲进敌人队形，准备玉石俱焚。乔东山命令全体能够开枪的战士，打光枪里的最后一颗子弹，化整为零突围。

在汤原战斗已经到了绝望的关头，谢谷部队的团长楚大楚开枪击毁了电台，拒绝接受二十三师师长霍荼的命令，指挥部队从赵庄和纶掌西侧山，拼死阻击敌人，接应独立团幸存的力量。在黄姚峡谷北侧，凌团长和楚团长，易晓岚和凌云峰，这两个改变了身份的抗日军人终于第一次打了照面，只不过，那个时候的假凌云峰，已经血肉模糊，握住真凌云峰的手，只说了一句话，好样的，兄弟……

三

公正地说，全面抗战爆发后的前几年，沧山地区，国军和八路军总体配合得还算密切，一起打了不少硬仗，底层官兵接触较多。只是后来，国军上层发动反共摩擦，底层也持消极态度，能不正面交锋，尽量不正面交锋，情况就发生了变化。

《大同报》发表了一篇文章，宣扬了反“春季攻势”战斗中，凌云峰部队和楚大楚部队团结抗战、扭转危局的事迹，同时也揭露国军二十三师临阵脱逃、以邻为壑的丑恶行径。这两个方面的内容，都引起了国军内部一些人的仇视。就在那篇文章发表不久，国军特务组织借口抓奸细，袭击了沧东根据地外的一个八路军办事处，杀害了几名八路军干部。八路军为了抗战大局，在发表抗议声明的同时，仍然忍辱负重，坚持维护联合抗战局面。

幸好，在沧山两侧，国军郭涵部队和八路军沧东军分区，始终保持着友好的合作关系。据说，郭涵和谢谷都曾被上峰指责有赤化倾向，对此郭涵军长还专门发表过一个内部讲话。郭涵说，抗战时期，我只知有国，不知有家；对敌作战，我的眼睛只盯着日本人，不会盯着友军。在民族大义面前，谁破坏联合抗战，谁就是我的敌人。

正是因为郭涵军长有这个态度，所以沧山地区国军和八路军联合抗战的局面，才得以维持得最长。

我知道，你一直关心凌团长的生死，我跟你讲，凌团长还活着，而且是外国医生救活的。

反“春季攻势”之后，日军虽然蚕食了南边的一点地盘，但是并没有派出多少兵力守这些地盘，因为南线还需要大量的兵力。就像以往一样，参加战斗的日军，大都是过路的部队，打完了又走了，剩下少量的兵力同我们僵持。反而是八路军，牺牲越多，补充越多，越打队伍越大。到了抗战第五个年头，沧东军分区由过去的灵峰支队两个营的兵力，发展到三个团和五个县大队，总兵力四千余人，并且成立了工厂和医院，还有地方政权。

反“春季攻势”期间，八路军总部派来一个观察团，其中有一个人名叫何子非，他在红军时期曾经是凌云峰的副手。事实上，他到山西前线，还有两个秘密使命，一是寻找真凌云峰，二是调查假凌云峰的真相。

第一个使命很快就有了结果，根据总部情报人员的调查，基本认为，谢谷部队的团长楚大楚，就是红军时期的穿山甲部队团长凌云峰。他进一步得知，凌云峰成为楚大楚之后，一直在寻找组织，并试图回到组织怀抱，但是考虑到联合抗战的需要，特别是郭涵和谢谷对这个前红军团长的重用，他们之间微妙的特殊关系，让组织上看到该同志继续留在郭涵部队的重要性，因此一直没有同意恢复该同志的身份。

不久，反“春季攻势”战役打响，何子非作为总部观察员在沧东军分区参与指挥，目睹了楚部同八路军密切配合、英勇作战的过程，并以分区代理司令员的身份，在赵庄接应凌团长残部，同楚大楚相逢，确认了这个楚大楚就是凌云峰，因为上述原因，没有在公开场合相认。何子非用眼神和动作婉拒了凌云峰急于相认的冲动，造成凌云峰的误解。

第二个使命，很快也有了结论。何子非到沧东军分区之后，当天下午就见到了安屏，何子非问安屏，有没有见到凌云峰同志，安屏回答，见到了，他是另一个凌云峰。何子非对安屏说，很快就会真相大白，你不久就将见到你的凌云峰。这两个同志都是好样的，都值得我们爱戴。

不久，何子非被任命为沧东军分区司令员。据说，这项任命，有着深远的战略意图。

凌团长以为这一次他是过不了那个坎了，旧伤疤上又添新伤不说，肠子还被打出来了，何子非率队在赵庄把他从国军手里把他接回来的时候，他差不多快没有气了。后来几天的事情他完全没有记忆了。

有一天他睁开眼睛，看见屋里有很多脸，他分析那张高鼻子、蓝眼睛的脸就是阎王的脸。后来听别人喊那张脸罗二门大夫，都说罗二门大夫医术高明，能够起死回生。

起死回生？这么说他还活着？这么说那个蓝眼睛不是阎王？

蓝眼睛正笑眯眯地看着他。他竭力坐起来，可是不知道手脚到哪里去了，一点儿也不听他的使唤。这时候他看见一个微胖的女医生过来，对罗二门大夫说了一句话，罗二门大夫就跟着她出门去了。一个年轻的女护士跟他讲，凌团长，你好命大哦，幸亏军区来了医疗队，幸亏罗二门大夫来了，不然你就……真的光荣了。

他有点明白了，看来他又没有死掉。看看手上，两根管子滴着液体进入他的身体，他一点知觉都没有。

他问，那个罗二门大夫，不是阎王爷？

女护士咯咯地笑了，说，什么阎王爷，他就是活神仙，洋神仙，他是帮助咱们抗战的外国医生。这几天他做了一百多台手术，救活了九十多个人，都是英雄。

哦，还没有死，那怎么办？

耳朵里好像有个东西在东奔西跑，咔咔作响。他不说话了，任凭护士在他身边忙乎。没有死掉，当然是好事，可是还有很多麻烦。他对护士说，你弄管子往我身上灌东西，打麻药没有？

护士说，打什么麻药啊，你这身子骨，就像一棵树，你觉得痛吗？

他闭上眼睛，再睁开，再闭上。他能够做的事情就这些。他说，不痛，你爱怎么收拾就怎么收拾。

护士忙了一阵，交代说，你可别乱动啊，我一会儿就回来。

他说，我倒是想乱动，可是我能动得了吗？

又过了不知道多长时间，他再次睁开眼睛，这一次，他确认了，他确实没有死掉，不仅活着，而且耳朵不再咔咔响了。一个声音轻轻地，凉凉地，正从他的脸上流过。

他说，这是什么，我好像听过这个曲子。

睁开眼睛，他看见一个熟悉的身影移到病床前，附在他的耳边喊，凌团长，凌大哥，你不认得我了？

哦，桑叶，桑叶……对了，赶快……

桑叶看着他，凌大哥，你要干什么？

他说，赶快，把我的东西……把琴盒给我。

桑叶转身把琴盒拿起来，递在他的手上。他挣扎着坐了起来，想打开琴盒，手抖得厉害，费了好大的力气才把盒盖打开。他的手在垫布下面急切地摸索，摸着摸着他的脸僵硬了，信，我的信？

桑叶蒙了，信，在里面啊。

桑叶的声调都变了，扑上来，把手伸进琴盒，摸了两把，惊叫一声，把琴盒从他的手里接过来，放到地下，把里面的垫布全部扯出来，里面空空如也。

桑叶呆若木鸡，终于绝望了，合上盒盖，突然抱起来，就要往地上砸。他喊了一声，桑叶，放下。桑叶怔怔地收回手，看着他，眼泪哗的滚滚而下，凌大哥，凌团长，我对不起你，这么大的事情，让我……

他反而冷静了，挥挥手说，不要急桑叶，不是什么大事，我都还记得，我可以重新写一遍……再想想，是不是放到别的地方了？

桑叶不哭了，擦了一把泪，回忆道，反“春季攻势”，团里做了一个动员，要轻装，脸盆都扔了，可是，这个琴盒，一直都带在我的身边，夜里睡觉我都抱着它……

桑叶突然止住话头，愣愣地看着琴盒，再拿到手上看，突然一拍脑门嚷嚷起来，我的天哪，这不是我的琴，这是张雅的琴，我们两个一起来的，她在大病房慰问呢……我这就去找她。

桑叶收好琴盒，一阵风一样跑出病房。

他冷静下来，不管这件事情来龙去脉是怎样的，都不重要了，重要的是，他已经下决心了，尽快向组织报告，最好能见到文政委。实在不行，跟乔东山谈也行。

半个小时后，桑叶回来了，从她的脸上可以看出来，什么事情都没有发生。桑叶说，我从来没有这样过，我每次出门都要检查琴盒……可能是因为要见到你了，一激动，就忘记了检查，刚才给你拉琴的时候，我就觉得有点不顺手，可是没有多想……

他说，没关系桑叶，把东西取出来，以后，再也不让你担惊受怕了。

桑叶扑闪着两只大眼睛，看着他，提高嗓门说，为什么，就因为我……粗心？

他笑笑说，跟你没有关系，这是一个很大的秘密，不过，很快这秘密就不是秘密了，组织上会把一切都搞清楚。

桑叶困惑地眨着眼睛，很大的秘密？那会是什么？

他说，不要多问，如果有一天你听说我被枪毙，或者坐牢，你不要受惊吓，你应该早有思想准备。

桑叶“啊”了一声，马上又把嘴捂住了，表情急剧变化，从手指的缝隙里挤出声音，枪毙？坐牢？凌大哥，怎么会？

他说，好了，今天不说这些了，东西留下来，你回去吧。

四

凌团长从死神手里挣扎出来了，他的搭档乔东山的运气就没有那么好了。

乔东山的伤不比他的多，但是有一处很要命，在大腿根子上。乔东山的手术根本不用罗二门大夫做，分区医院一个医生就把他肋骨下面的弹片取出来了，大腿根的弹头有点深，还挨着股动脉，做得不好有生命危险。

分区那个医生向新来的红军医生张达理请教。张达理说，把他交给我。

乔东山那时候还清醒，很爱面子，坚持不让女医生做手术。张达理火了，把他骂了一顿。张达理说，干什么，怕那玩意儿见不得人，我跟你讲，那玩意儿我见过，你们分区司令员何子非的我都见过。

乔东山这才知道她是何子非的老婆。

张达理让人把乔东山的裤子扒下来，然后给他打了一针麻药，很快就把他大腿根的弹头取出来了。

当然，张达理今非昔比了，从葱茏山到祁连山，再到沧山，这一路上大大小小的手术她做了将近一千台，多数成功了，少数没有成功，那也不能完全怪张达理医术不精，毕竟，不是所有的伤员都能活下来的。

乔东山的手术是空前成功的，只是问题只解决了一半。换药、防感染的工作同样是大头，可是乔东山扭扭捏捏不愿配合女护士换药，加上医疗条件极其简陋，他的伤口严重感染了。

军区医疗队已经离开了，全靠分区医院自己解决，张达理成了沧东军分区医院的第一把刀，她做手术比较利索，但是治疗感染经验不足。乔东山一直昏迷了三天，医院各种办法都想了，他的病情却越来越重，高烧不退。到了最后，张达理等医生已束手无策了。

这个时候，凌团长已经能勉强下地走路了，听说乔东山的情况，心急如焚，让人用担架把自己抬到乔东山的病房，一个半明半暗的窑洞里。

凌团长进门就嚷，老乔你怎么回事，怎么把自己搞成这个样子，我还有好多话要跟你说啊，不许你死，你给我滚回来。

乔东山双眼紧闭，一言不发，呼吸时快时慢。

张达理把一支很粗的针管戳到乔东山的屁股上，对凌团长说，这是最后一针抗生素了，可能还能维持半天，你争取让他开口说话，留个遗嘱吧。

说完，挥挥手让大家离开，就剩凌团长和乔东山两个人，一个刚刚活过来的人和一个正在等死的人。

张达理等人出去之后，凌团长观察了一会儿，乔东山脸上的颜色一会儿白一会儿黑，这给凌团长一点安慰，只要不是一种颜色，就说明这个人还活着，还可以跟他讲话。他觉得不能再耽搁了，站起身来想把窑洞的门关上，走了两步又转了回来，已经没有必要了。

回到乔东山的身边，凌团长解开自己的上衣，把捆在胸前的几封信取出来，摆在乔东山的身边，然后一五一十，把自己的来历说了一遍。

一个上午，凌团长一直在说，乔东山一直没有动静。凌团长渐渐进入一个忘我的境界，声音越来越大。在附近徘徊的护士以为是乔东山活过来了，几次奔到窑洞门口，趴在门边观察，发现还是凌团长一个人说话。

护士觉得奇怪，到院部向张达理报告。张达理说，声音大好啊，反正乔东山已经是个半死人了，声音大点没准能把他吵醒呢。

张达理又问，你们听见凌团长说什么没有？

护士说，听不清，好像说他有什么事情要跟乔政委说，他不让乔政委死。

张达理点点头说，不要再偷听了，让他说去，除非他喊。

凌团长的话匣子就像山间泉水，开始还断断续续，从他的老家讲起，讲他给蔺紫雨当书童，然后跟着蔺紫雨到国军“西训团”，再到陈达教官把他当作人才培养，然后如何冒充凌云峰，如何混入陕北红军，在“西路军归队人员学习班”里的经过，特别讲到了那一次和乔东山夜谈，他说三条山战斗之后下了一场雨，乔东山说那个地方冬天从来不下雨，他察觉讲漏嘴了，怀疑暴露了，后半夜他差点抱起被子把乔东山掐死了。

讲到这里，他看见乔东山的嘴角似乎动了动，他吓了一跳，以为乔东山醒了，抓起乔东山的手摇晃说，老乔，老乔，你是不是听见了，你听见了就是醒了，你听见了吗？那天夜里，我差点儿把你掐死了。

可是，乔东山又没有反应了。他想，可能是他出现了幻觉，接着往下讲，讲到了皇岗事件，他说他本来不是保护文中戈的，他冲上球场，是接受了指令，要刺杀文中戈，可是关键时刻，不知哪里传来一声枪响，就在那个时候，他鬼使神差地调转枪口，把冲向文中戈的特务打死了。他说，以后他后怕得要命，要是不调转枪口，要是那一枪打在文中戈的身上，那么他就是千古罪人，就是民族的敌人，就是鬼子汉奸的帮凶。他无数次感谢那一枪，是谁呢，是谁在他走向犯罪之前开了那一枪呢，简直就是上帝之手。

讲到这里，他似乎看见乔东山的嘴角又动了一下，好像还传来一个声音。他不说话了，把耳朵贴在乔东山的嘴巴附近，这回，他真的听见了声音，那一枪是我开的，再有一秒钟，我的第二枪就会打在你的眉心。

他惊呆了，站了起来，盯着乔东山。乔东山并没有睁开眼睛，也没有张开嘴巴，那死一般的表情告诉他，乔东山什么也没有说。

他摸摸心口，心跳得厉害，长长地呼出一口气，重新坐下来，握住乔东山的手说，伙计，我们两个一起战斗了六年，我发现你是好样的，不，我们八路军是好样的，我们共产党是好样的。我再也不能当阴阳人了，我想当一个堂堂正正的八路军，哪怕当一个战士，一个班长。你能帮帮我吗？我能向组织坦白吗？我已经写了五封信，向组织上说明了我的一切真相。还有一份入党申请书，你说，我把它交给谁？

说完了，他闭上眼睛，把乔东山的手抓起来，放在自己的脸上，任泪水落在上面。

交……给……我……

他惊喜地说，真的吗？我就知道你会说这句话，我就知道，你从来没有解除对我的怀疑，我就知道，你一直在等着这一天……

说完这段话，他的嘴巴僵硬了，他从一个恍惚的世界里醒了过来，怔怔地看着乔东山，乔东山的眼睛睁开了……难道，刚才他真的开口说话了，难道，我说的话他真的听见了？

他像被魔术定住一样，两条腿像被钉在地上，看着乔东山，摇晃着乔东山的手说，老乔，你真的醒了吗，刚才是你说话吗？

乔东山的眼睛仍然闭着，手往上抬了抬，嘴巴嚅动两下。

凌团长赶紧把水端过去，颤抖着，碗沿挨着乔东山的嘴巴，乔东山舔了两下，示意他把水端走，嗓子眼里咕哝了两下，张开嘴巴，一串呼呼啦啦的声音从里面传出来。

凌团长听清楚了，乔东山说的是，把东西交给我。

五

蓝旗和胡琴被八路军地下组织营救回来之后，在八路军驻地待了一段时间。胡琴劝她加入八路军，蓝旗说，她必须先回到国军，她得找到她的男人。胡琴也不强留，跟她讲，什么时候愿意当八路军，我们都欢迎。

反“春季攻势”结束之后，蓝旗辗转回到国军驻地，没想到，得到的第一个消息是蔺紫雨疯了。蓝旗问了很多人，也没有打听到蔺紫雨的去向。

在战区招待所只住了一个晚上，她就发现自己失去了自由。两天以后，她被叫到战区军法处，一个微胖的法官盘问她在唐库城的经历，她又一五一十地讲了一遍。

法官对她和蔺紫雨刺杀汉奸的经过似乎不太感兴趣，一再问她，你最后是同八路军的人在一起？

她说，是的，我负伤了，被八路军的特工掩护逃出百灵医院，然后进入他们的秘密据点弹花房，后又被汉奸抓获，关在纱厂监狱。汉奸想抢在交换之前处决要犯，八路军地下组织把我和胡琴转移到茨镇一个屠宰场里，最后回到八路军山丹军区。我提出来回国军，他们就把我送回来了。

法官掰着指头算了算，然后说，这么说来，你同八路军的人在一起，前后一共有将近九个月，这段时间，他们有没有对你进行策反，有没有赤化？

蓝旗说，前面几个月，我们一直都处在汉奸的控制中，生死未卜。我和八路军特工想的是同一回事，就是要逃脱汉奸的魔掌。后几个月，我在八路军山丹军区养伤，胡琴劝我加入八路军，可是我婉言谢绝了，因为我要回国军找我的男人。

法官说，你有男人了？他是谁？

蓝旗说，楚大楚，听说他现在当团长了。他的部队过去住在隐贤村。

故事讲到这里，我要做个特别提醒，我在沧山战役中阵亡的消息，蓝旗并不知道，而此后不久，失散红军凌云峰就接替了我的名号，所以蓝旗一直以为我还活着。

法官说，我再问你一遍，你有没有向八路军泄露国军的情报工作秘密，比如刺杀汉奸的计划？

蓝旗老老实实地说，我们聊过，因为当时八路军也采取了行动，他们的计划比陈达长官的计划做得周密，可惜陈达长官为了立功，拒绝同八路军合作，八路军只好当幕后英雄，配合我们的行动。在整个刺杀过程中，没有八路军人员的配合，是不可能完成任务的，连枪都带不进去。

法官盯着蓝旗看了很久，点点头说，没有问题了。你先休息，再想想，有什么问题，随时向我报告。

蓝旗说的都是实话，她没有想到这番大实话会差点儿给她带来杀身之祸。

不久，一个令人震惊的消息传来，陈达长官死了。原来，在交换江浦之后，潜藏在唐库城的陈达认为鬼子和汉奸会放松戒备，派人到重庆同老板取得联系，并带回电台和新密码本。

彼时，华北各地的交通站被破坏得严重，老板指令陈达就地潜伏，尽快把唐库城交通站恢复起来，重振军统雄风。陈达让白迁联络已经失散的人员，先后找到了七个，其中有两个已经向汉奸投降了。

建功立业的雄心再一次把陈达推上危险的边缘，在文昌塔下面的赌场里，他亲自出面一一接见这些失散人员，进行面对面的考查，并且表示，既往不咎，只要重新回到国军组织，继续锄奸，仍然会受到党国的信任。

不久，汉奸头目李贤就得到情报，国军特务首领陈达仍然潜伏在唐库城，并组建了新的交通站。李贤这次没有报告日军，也没有动用自己的稽查队，而是找到了冯德山的旧部，一个名号“汲汲行者”的黑帮头目，开价一万大洋，让其侦察独臂陈达的行踪。

这个“汲汲行者”有些来历，军阀时代，警察局长冯德山号称是唐库城的天，“汲汲行者”则号称是唐库城的地，唐库城七条大街一百多条胡同，都有他的眼线。况且，有了“独臂”这个显著特征，范围大大缩小了。

“汲汲行者”拿到了定金五千块银元，信誓旦旦地向李贤保证，十天之内，我的人可以把唐库城所有男人的胳膊都摸一遍。

“汲汲行者”不是吹牛，他只用了四天，就在汲汲河桥头的香墓发现了陈达的踪迹。

清朝末年，一个朝廷重臣眼见晚清江山不保，辞官不做，回到故里唐库城隐居，号称“汲汲渔翁”。此人死后，家人和旧部斥重金为其建造墓室，建筑风格中西合璧，墓室异常坚固。当年北洋军阀一名“大帅”曾派工兵爆破，用了几千斤炸药，墓室岿然不动。不久“大帅”暴病而亡，传说是亡者显灵，从此再也没有人敢来盗墓了。

这段旧史，陈达早就掌握，他看中了这个香墓。交换江浦之后，“皇协军”的警备表面看有所松懈，陈达以为时机到了，进入香墓，替换看墓人。偌大的墓园，只有他一个活人，他竟然过得十分逍遥，自以为隐蔽，把这里当作指挥部，没想到还是被“汲汲行者”摸出了头绪。

一个漆黑的雨夜，“汲汲行者”手下一百多人包围了香墓，翻墙入室，却发现看墓人的床上只有一根木头。“汲汲行者”分析陈达没有走远，把香墓围得铁桶一般。到了次日天亮，手下人发现院内的银杏树上有人，围住树根喊话，陈达见无法脱身，从十几公尺的树上纵身一跳，一头撞在青石板上，当场气绝。

陈达之死被证实之后，八路军通过长官部向国军有关部门发来唁电，痛悼抗日英雄陈达将军。国军有关部门在战区召开公祭大会，并借此发动誓师，在沧山两翼掀起锄奸高潮。仅在一个月之内，就有“汲汲行者”和唐库城的四十多个伪职人员被暗杀。

这件事情带来的另一个结果是，在国军情报机关，也掀起了一个“揪出内贼”的高潮。蔺紫雨疯了，“杜鹃”在前线阵亡了，已经被追授“沧山勋章”，那么，这个“内贼”只能是蓝旗了。

这年秋末，国军有关部门发表一个判决，“唐库城锄奸成功，赖陈达将军英明指挥，而蓝旗身为党国特殊人才，被捕后为活命苟且，节操不保，向敌泄露陈达将军身体特征及行动规律。此行为罪大恶极，功不抵过，即日收监羁押，待陈达将军尸骨寻回之后，于安葬之日献叛徒头颅于前，告慰陈达将军英灵”。

转眼之间，我的蓝旗就成了人人切齿的“内贼”，受尽折磨和屈辱，被关进死牢。可是，我这个死鬼却只能眼睁睁地看着心上人蒙受奇耻大辱而无能为力。

这个世界上还有人能够救蓝旗吗？我的灵魂飞翔在漆黑的天空下，我的喊声奔走在苍茫的原野上，可是，有谁能够听得见呢？浩瀚的星海里，我和我的蓝旗，渺小得不如一粒尘埃，微弱得不如一声叹息。

六

茨镇外围破袭战，是凌团长出院后指挥的第一场战斗，打得干净利索，拔了两个据点，缴获了一批战利品，还抓获了三个日本兵。

那场战斗，乔东山没有参加，当时他还在医院里，每天一次劈开大腿随便护士怎么摆弄。摆弄完了，就坐下来看凌团长的五封信，还有一份入党申请书。

一个月后，乔东山能够下地走路了。文中戈来到沧东军分区，随行人员有军区保卫处长权苏正等人。第二天在分区医院，文中戈主持召开了一个党内特别会议，参加的人员有何子非、权苏正、乔东山，还有安屏。

文中戈把那五封信和一份入党申请书往桌子上一放，表情严肃地说，情况都摆在这里，大家说说怎么处理。

乔东山首先发言，这个同志虽然当过国军军官，但是没有做过反革命的事情，在抗日战场上，屡建功勋，我认为可以作为投诚看待。但是从这几封信可以看出，他不是被动地投诚，可以看成是起义。

何子非说，说起义似乎也不妥，因为这个同志并不是战场率部反正，而是主动当了八路军。自从红军改编成八路军，他就是八路军的一员，他是主动参军。

权苏正说，可是，他毕竟有过国军的历史，而且执行潜伏刺杀任务，这一点不能忽略。

乔东山说，这个要看结果，他没有实施陈达交给他的任务，而是反戈一击，主动挫败了陈达的阴谋，结果是好的。

文中戈问安屏的意见，安屏说，抗战以来，我们八路军和国民党军都是国民革命军序列，从军籍的意义上讲，可以看成是调动。

文中戈沉吟一会儿，向安屏点点头说，安屏同志，你成熟了，你的观点很有参考价值。我有个想法，说来供大家讨论。当年，国民党特务给我们搞了个“借尸还魂”计划,没想到尸体没有借成,魂也丢了。自从皇岗事件发生，这个同志没有朝我们开枪，而是调转枪口，保护了我们，这件事情应该怎么看呢，我觉得还可以用“还魂”这两个字来概括，这个同志在关键时刻觉醒了，真的灵魂附体了。这个“魂”，就是民族之魂，抗战之魂，理想之魂，信仰之魂。

大家都不说话，眼睛里一起闪烁着惊喜的光芒。

文中戈接着说，从身份上讲，这个同志即便当过国军，也是下层军官，我们在座的好几个同志有这样的经历，何子非同志，权苏正同志，都曾经当过国军。还有安屏同志，也在国军的训练班学习过，穿过国军的军装。从身份上讲，他和大家是一样的，是一个自愿参加革命的八路军指挥员。当然，这是一个特例，至于怎么定性，要报总部机关决定。

大家均无异议，这就定下来了。

文中戈说，我来沧东之前，把这件事情向总部首长汇报了，首长有个建议，凌团长继续使用凌云峰的名字，还有，我们的凌云峰同志，在郭涵部队里，继续使用楚大楚的名字。为什么要这样做呢，主要是为了让他们继续保持凌云峰和楚大楚的抗战荣誉，发扬更大的光荣。当然，这要征求他们本人的意见。

安屏犹豫了一下，想说什么，又止住了。文中戈笑问，安屏同志，你是不是觉得不妥啊？

安屏想了想说，没什么，记得何子非同志说过，这两个同志都是值得敬重的人，名字只是一个符号，习惯了就好了。

乔东山说，我认为他们两个人都不会在意的，其实他们早就有了一个共同的名字，抗战英雄。

文中戈说，好，好好，大家如果没有异议，下面我们就来起草一个决议。

召开特别会议，没有通知凌团长。

这段时间，沧山两边的部队都接到任务，开展以捕捉伪职人员和“皇协军”军官为主体的锄奸行动，斩断日本人的根须。

吃过晚饭，参谋长张秋生拿来锄奸方案，两个人在马灯下面推敲，凌团长在方案上调整了几个细节，其中有一处调整让张秋生不太理解，过去但凡有行动，参谋长和团长一直共同负责指挥，团长负责下决心，参谋长负责兵力调动。但是这一次，连续三个行动，凌团长都让张秋生坐镇基本指挥所，而把他自己的指挥位置直接放在连队，也就是说，凌团长要在一线指挥战斗。

张秋生说，团长，你这样调整，实际上是把战斗的指挥权交给我了，我怕我控制不了局面。再说，你身上那么多伤，跟随连队行动，吃不消啊。

凌团长哈哈一笑说，我怎么吃不消？身上的伤多了，就不是伤了，我的腿脚利索得很。跟汉奸打仗，比跟鬼子打仗要轻松一些。你是参谋长，应该多负一些指挥责任，提高独立指挥的能力。往后打大仗，主要靠你们年轻人。

张秋生琢磨，凌团长的意思表面看起来是培养他，但是细细一想，又不完全是这个意思。张秋生说，我可以多负指挥责任，但是我不同意团长随一线行动。

凌团长看看张秋生，意味深长一笑，你不同意？现在，你同意不同意都得按我说的办，等你当了团长，我听你的。

说完，手一挥说，走，去看看部队。

这一路上，张秋生的心里就嘀咕开了，总觉得团长有些反常，隐隐觉得要发生什么事情。难道团长又要提升了？他当团长还不到一年啊。当然，战争年代，干部成长得快，听说要成立野战旅，作为分区主力团的团长，凌团长担任旅长的可能性很大。

这样一想，张秋生更觉得，让凌团长随一线连队行动不合适，万一有个闪失，把未来的旅长牺牲了，他就是罪人了。他暗暗打定主意，关于锄奸行动中的指挥位置，要尽快向乔政委报告。

这时候张秋生还不知道，他感觉凌团长反常，不是疑神疑鬼。自从把那五封信和入党申请书交给乔东山，凌团长就一直等待那个时刻的到来，并且在等待中随时准备牺牲自己。

两个人骑马在前，警卫员远远地跟着。登上窑埠村的后山，凌团长把缰绳扔给警卫员说，下山等着，我和参谋长聊会天。

已经是秋末了，夜风凉飕飕的。坐在山坡上，抬头是漫天繁星，密密麻麻，好像有成千上万只眼睛。凌团长说，参谋长，你小时候在老家看过星星吗？

张秋生说，看过，不过，村里的星星，没有山里的多。

凌团长哈哈大笑说，哪有什么村里的星星和山里的星星，只有村里人和山里人心里的星星。我小时候看星星，一直琢磨，这星星是从哪里来的，到哪里去。后来读书了，听说星星其实是星球，上面还有人和狗。我问一个先生，那些星星从哪里来，到哪里去？你猜他怎么回答？他说，从来处来，到去处去。

张秋生想了想说，这不等于没有回答吗？

凌团长说，是的，他没有办法回答，因为他也不知道星星是从哪里来，到哪里去，就像我们这些人一样，不知道自己从哪里来，不知道自己到哪里去。只知道活着，活着就活得像个人样，死了就算了。就是这么回事。

张秋生说，团长，你的话我听不太懂。

凌团长说，我的意思是说，人不要把生命看得太重，看得太重了就不想死，怕死。当然，也不能看得太轻，看得太轻了，不死也是死。其实，放到天地间，人和人的那一点区别，基本上可以忽略不计，可是放到具体的人的身上，那个区别比天还大。比如汉奸，那叫人吗，没有国家，没有道德，没有廉耻，跟牲口有什么区别？我从小就受到教育，要当英雄豪杰，要爱国。人总是要死的，重要的是，为谁死，怎么死，死在哪里。我跟你讲，自从到了抗日前线，我想得最多的就是死，每次打大仗之前，我都要跟老天爷说几句话，我说我不怕死，但是你别让我死得太便宜，让我多杀几个鬼子，让我把自己该做的事情做好了，只要你觉得我不亏了，随便你什么时候让我死，我都不讲价钱。奇怪的是，打了那么多仗，杀了那么多鬼子，老天爷还是没有让我死，只是把我的身上弄得乱七八糟，我都觉得我不像个人了，像个精怪，我的身体已经不是我自己的了，经常被弹头弹片穿来穿去，源源不断地补充别人的血液，这个身体，还是我自己的吗？

张秋生惊呆了，黑暗中他看不清凌团长的脸，但是他能听得出来，凌团长的口气是轻松的，就像在讲一个笑话，就像在讲别人的事。以往的岁月，他很少听到凌团长一次讲这么多话，凌团长给人的印象是少言寡语，讲话干脆利索，都是打仗的事。今天，凌团长这是怎么啦？他分析，凌团长一定遇到了什么事情，也许是好事，也许是让他动了感情的事，也许是让他伤感的事。

警卫排长上来了，向凌团长报告，乔政委让他马上到军分区，有重要的会议。

凌团长问，是我一个人，还是全体团领导？

警卫排长说，只让我通知团长一个人。

凌团长站了起来，看看山下，对张秋生说，你猜猜是什么事情？

张秋生说，我猜不出来，但肯定不是打仗的事。

凌团长笑笑说，你说对了，等着吧，很快你就知道是什么事情了。

说完，接过缰绳，翻身上马，一扬马鞭，战马像一道流星，隐没在夜色中。

这个夜晚发生的事情，张秋生直到很久也没有搞明白，因为这个会议是绝密的——在沧东医院乔东山的病房里，由文中戈亲自主持了一个特殊的仪式，在一面绣着镰刀斧头的红旗下面，凌团长举起了右臂……

宣誓完毕，文中戈握住他的手说，祝贺你凌团长，一个老八路，一个新党员。

凌团长脸上的肌肉动了动，突然热泪滚滚，泣不成声，像个孩子。

随着世界反法西斯战争的节节胜利，沧山地区对敌斗争进入到一个战略僵持阶段。山南的国军借机招兵买马，抢占地盘。沧东的八路军也深入发动群众，扩大抗日武装，同时开展生产自足运动。此时沧东军分区已经有了三个团和八个县大队的兵力。

为了长远战略，组织上做出一个秘密决议，易水寒同志继续使用凌云峰的名字，凌云峰同志继续使用楚大楚的名字，易水寒和凌云峰都愉快地接受了这个决定。

分区司令员何子非住在一团抓整训，跟凌团长做了一次长谈。何子非说，过去我是凌云峰同志的副手，对他很熟悉，依我的判断，你们这两个凌云峰，有很多共同点，都是爱国者，都有正义感，打仗都善于动脑子，都不怕死，这是不容置疑的。但是，你们之间有一个较大的差别。

凌团长说，他是书香人家出身，我出身贫寒。

何子非说，可能跟这个有关。我的看法是，他比你乐观，你比他深沉，这也可能同你在地主家里受到的压迫有关。

凌团长没有说话，他拿不准何子非这话说得有没有道理。

何子非说，还有一点，你们两个，虽然打仗都狠，但是也有区别，凌云峰同志的狠，是建立在不得不狠的前提下，而你的狠则往往表现出孤注一掷，置于死地，不顾一切。

凌团长明白，何子非这么说，不是批评也是批评。他说，我接受司令员的批评，这段时间，我也在反思，我为什么要这样，打起仗来像疯狗一样，像饿狼一样。我个人是抱定必死的决心，可是我不能让部队做无谓的牺牲。

何子非点点头说，你有这样的认识，我很欣慰。组织上也做过分析，客观地讲，过去你有思想包袱，这可以理解。如今，这个包袱可以彻底放下了，重新找回一个八路军指挥员的魂，找回一个战术专家的魂。我们的部队扩大了，战争的模式和手段都发生了深刻的变化，一方面我们要发扬游击战的传统，那仍然是我们的撒手锏。另一方面，要提高战术水平，要有大兵团作战的准备，学习运动战、阵地战。要克服匹夫之勇，不能当草莽英雄。山丹军区已经决定，派你到抗大学习，全面提高。你接受吗？

凌团长说，一切服从组织分配。

七

自从安屏来到沧东军分区，分区的电台队就多了一项任务，承担着整个山丹军区的侦讯任务。每天都有无数个信息在天空飞来飞去，有日本人的，有国统区的，有八路军的，还有民间的。这些电讯到了安屏的手上，就像铁屑到了磁铁上，很快就被排列有序，形成规律，让安屏从中分析到很多事情，其中也包括她最关心的信息。

现在她已经证实了，凌云峰还活着，以楚大楚的名义活着，在国军谢谷部队担任团长，抗战以来，已经参加了大大小小四十多次战斗，在沧山以南的国统区，名气很大。

安屏曾经向何子非提出，要同凌云峰取得联系，遭到何子非的警告。何子非说，关于真假凌云峰的情况，属于绝密，仅限于几个人知道，要尽量缩小知情范围，让这两个同志继续沿用现有的身份，有着深远的战略考虑。也正是因为这个考虑，组织上暂时搁置了凌云峰恢复组织关系的请求。暴露了这个秘密，将会对革命事业带来重大损失，所有知情的人都必须无条件地恪守这个秘密，避免个人感情冲动。尤其是安屏同志，没有得到组织的批准，绝对不许擅自同凌云峰取得联系。

何子非的话说得很严肃，安屏是受过特殊职业训练的，自然知道分量。可是，每当电讯里出现楚团长的蛛丝马迹，她还是感到煎熬。近在咫尺，却如隔天涯，她在这种煎熬中度过了一个冬天，又度过了一个春天，渐渐地也就习惯了。

尽管组织手段封锁得十分严密，但是，就像安屏说的那样，楚团长也嗅到了她的气息。只不过，隔着一道沧山，在她的身边始终有一团迷雾，导致他多次产生误会，也产生了无穷的痛苦。

有一天巡防的路上，三营营长王铁索向他报告了一个情况，当初，国军特工蔺紫雨和蓝旗在唐库城成功地刺杀了汉奸孙长顺，撤退中先后被捕，被交换回来之后，蔺紫雨因不能接受屈辱的调查，将国军调查员殴打致重伤，被收监羁押；蓝旗则被指控变节，罪名是她经不住汉奸的酷刑，招供了行动指挥者陈达将军的相貌特征和联络方式，导致陈达将军殉国。现在蓝旗被秘密关押，随时都有可能被处决。

楚团长问王铁索，你跟我讲这些干什么？

王铁索说，蓝旗是我们老连长楚大楚的恋人。在沧山战役的最后关头，老连长交给我一块怀表，如果我能活着回来，就把怀表交给蓝旗，这是他们定情的信物。

楚团长说，把怀表交给我，我通过军法处把它交给蓝旗。

王铁索说，不，我必须亲自交到她的手里，我必须亲口告诉她，楚大楚是好样的，是跟鬼子战斗到最后一刻，壮烈殉国的。

楚团长感到很为难。他也听说蔺紫雨和蓝旗的事情，对这两名巾帼非常敬重，可是，国军的特殊机构纪律很严酷也很奇怪，那几个奉命刺杀汉奸的特工人员，差不多没有一个好下场。作为一名抗日军人，他对此很不理解。但是他无能为力，他已经看见回到组织怀抱的希望了，如果没有特别的把握，他不想做出节外生枝的事情。

楚团长对王铁索说，你对老连长一往情深，我感到欣慰。关于蓝旗的事情，是个人的事情，我没有接到长官的指令，我不知道我该做什么。

王铁索说，于公于私，团座都应该救蓝旗，您是楚大楚啊！

楚团长皱起眉头，想了很久才抬起头来说，怎么救？我一个小小的团长，难道你想让我带兵劫狱？这个我做不到。

王铁索说，团座，我知道你是谁。当初，你和谢谷旅长第一次打交道是在其中坪，你认识安南先生。

楚团长的心猛地一跳，那又怎么样？

王铁索说，安南先生现在是国民政府的高级参议，据说不久要到沧山地区视察，如果能见到安南先生，就可以把蓝旗蒙冤的材料递上去，由他转交更高领导。

楚团长沉吟良久说，这是一条路，但是有两个问题，第一，我无法也不能见到安南先生，我的真实身份只有谢谷旅长和郭涵军长知道，他们不会安排我见安南先生。第二，就算我见到安南先生，我拿什么证明蓝旗没有出卖陈达将军？

王铁索说，跟蔺紫雨和蓝旗行动的，还有一个叫“杜鹃”的人，蔺紫雨疯了之后，“杜鹃”被发配到二十三师当连长，临走前留下一个遗书，证明陈达将军是他出卖的。

楚团长问，这个遗书现在在谁的手里？

王铁索说，在我的手里。纶掌战斗之前，“杜鹃”到处打听楚大楚的下落，一直打听到我的头上，他把遗书交给我了，让我转呈团座。

王铁索说着，从文件包里取出一沓皱皱巴巴的材料。

这天下午，楚团长认真研究了“杜鹃”留下的遗书，字里行间充满了悲哀和对国民党的怨恨，同时也坦陈了遭受酷刑的时候，为了解救蔺紫雨，他向汉奸招供了陈达将军的相貌特征和联络方式，并在交换回来之后栽赃了蓝旗。他自知来日无多，良心发现，为挽救蓝旗，便留下了遗书作为自己最后的证词。他唯一的目的，是“希望参与那次行动的人，活下来一个”。

这封遗书，让楚团长的内心受到很大的冲击。回想几年来身在国军阵营，一门心思跟鬼子作战，虽然也察觉到国军内部的肮脏和残忍，但是没有想到会到如此程度。蔺紫雨和蓝旗等人的遭遇，让人心寒齿冷。

他没有见过蓝旗，不知道这个女子的模样，只能靠想象，想象她和蔺紫雨，两个女人，深入虎穴，该承受多么大的危险，被抓之后，该承受多么大的痛苦，交换回来，又该承受多少屈辱。全民抗战，匹夫有责，可是如此艰巨的任务，却交给了两个女人，而她们不辱使命后，竟然又因此任务而坠入地狱。

尽管他一直在心里装着自己的组织，一直以红军干部的身份约束着自己，一直寻求机会摆脱一切羁绊回到组织的怀抱，但是这件事情还是深深地刺痛了他。

第二天，楚团长告诉王铁索，他将想办法见到安南先生，拯救蓝旗和蔺紫雨于水火之中。

一个月后，安南先生来到沧南国统区，旅部机要员启迪女士给楚团长通风报信，楚团长打电话给谢谷，要求看望安南先生。谢谷说，你的身份是保密的，郭涵军长认为你还是不见的好，免得让八路军那边知道了，节外生枝。

楚团长非常恼火，很想策马直闯旅部，但还是忍住了，那时候他已经得到八路军有关信息，自己随时都有可能回到组织怀抱，他不能在这个时候打草惊蛇。

但是他没有放弃，他把“杜鹃”的遗书交给了王铁索，让他以送电文为名到旅部，通过启迪，把材料交给安南。

早在红军时期，他在其中坪认识安屏的时候，同时认识了启迪。启迪的姐姐启明，如今的谢谷夫人，还一直想做媒把启迪嫁给楚团长，楚团长同启迪的关系，既亲密又微妙。关键时刻他借助启迪，果然奏效了，因为启迪也是安南先生的堂外甥女，她有一百个便利单独和安南先生在一起。

安南先生在谢谷旅部待了两天，就转道邢贤军部了，虽然同楚团长——他一直欣赏的红军参谋凌云峰失之交臂，但是蓝旗的命运有了转机。

安南先生把“杜鹃”的证词交给郭涵军长，郭涵军长也很同情蓝旗，很快向战区派驻郭涵部队的特别法官交涉。特别法官提出两个疑点，一是“杜鹃”已经在纶掌战斗中阵亡了，难说这封遗书不是伪造的，死无对证。二是，即便这封遗书真的是“杜鹃”所为，还是不能说明问题，陈达将军被出卖，很难说不是“杜鹃”和蓝旗共同所为，国军情报机关从日伪的档案里发现一份材料，白纸黑字写着，“排日分子‘蓝旗’供认，指挥者为陈达，独臂，第一接头地点为安运大街 26 号”，这份材料表明，蓝旗至少是出卖陈达的人之一。

营救蓝旗的事情，又陷入了绝境。

转机再次出现，要感谢八路军的特工和王铁索。

安南先生离开郭涵军部之后，前往八路军沧东根据地。他早就知道女儿同凌云峰是一对恋人，也早就从《大同报》上得到凌云峰的死而复生的消息，见到了女儿安屏后，安南先生提出要见见凌云峰——当然，他并不知道八路军的凌团长并非他认识的凌云峰。

安屏请示何子非，何子非以凌团长正在执行重要任务为理由，把这件事情搪塞过去了。

就在安南先生视察沧东根据地期间，有一次路过下堡村，一个女八路军从后面飞马追了上来，火急火燎地要见安南先生。这个人就是八路军的特工人员胡琴。两天前山丹军区警卫部队抓到了一个可疑的男人，声称是胡琴的表弟。胡琴赶到现场一看，根本不是什么表弟。男人直言相告，他是国军的营长王铁索，有重要情况，要单独向胡琴禀报。

胡琴陪这个友军的营长吃了一顿午饭，事情的来龙去脉就搞清楚了。胡琴火冒三丈，对王铁索说，这个蓝旗，头脑简单，思想幼稚，看不清国民党反动派的反动本质。这下倒好，他们过河拆桥，杀人灭口，什么事情都做出来了。

王铁索说，国军的法官不知道从哪里弄到一个黑材料，证明陈达长官就是蓝旗出卖的。

胡琴说，狗屁，汉奸的材料能够相信吗？听汉奸的话那不是亲痛仇快吗？除夕夜刺杀行动成功之后，蓝旗被我拉到弹花房，后来连续两天都和我在一起，而当天夜里汉奸就开始抓捕独臂男人了，陈达怎么可能是她出卖的呢？

王铁索说，所以我才来找你，“杜鹃”的遗书里也说当天夜里没有看到蓝旗，蓝旗最后是和你在一起，只有你能够救蓝旗。

胡琴说，你回去吧，这件事情交给我。

王铁索说，我想和你一起见安南先生，我手里还有一个东西要交给蓝旗。

胡琴说，你一个国民党反动派，不要再掺和了，你越掺和越麻烦。你滚蛋吧，等着好消息。

再往后，这件事情就搞大了。

在下堡村，安南先生耐心地听完胡琴的证词，并让胡琴就那年除夕夜里的情况，写了一个详细的材料，然后直接到长官部，亲自参与重新审理蓝旗案件，并且提出要让《大同报》参与公审。国军长官部生怕引起更大的风波，给予当初审理蓝旗案件的一干人等轻重不一的处分，宣布蓝旗无罪，即刻释放，安南先生这才不再追究。

我的怀表，我和蓝旗爱情的证物，我留给蓝旗唯一的财产，就这样到了蓝旗的手里。

然而，蓝旗被释放之后不久，就失踪了。

八

凌团长从抗大毕业回到部队，已经是一九四四年的春天了。八路军山丹军区配合野战军，向山西、河南两省交界地区的日伪发动了强大的攻势，逐渐扫清了唐库城的外围。

这个时候，国军已经开始抢地盘了，但凡重要城镇，千方百计阻挠八路军进攻，甚至不惜借日伪之手，消耗八路军的力量。

春末夏初，军区首长带领机关部分人员，到沧东勘察地形，准备对唐库城发起大反攻。作战会上，凌团长提出作战设想，首取茨镇，逼敌南逃，在汤原一带打援。

文中戈说，这个设想符合军区总体意图。

唐库城自古为兵家必争之地，天然屏障西靠沧山，东临大运河。辛亥革命爆发后，军阀李大帅拥兵自重，以唐库城为核心，建立防御体系，南北有汤原和茨镇两座屯兵堡垒。抗日战争时期，汉奸孙长顺和后来的李贤，更是不遗余力地构筑工事，企图在这里建造国中之国。抗战进入后期，唐库城西北大片土地逐渐为八路军收复，凸显出茨镇和周边白村、丘堡、龙岗等三个支撑据点。以茨镇为突破口，是符合实际情况的。

受领任务后，凌团长提出了一个“剥皮战”的打法，以一个营的兵力绕道运河东岸，从水路穿插至唐库城和茨镇之间，在运动中防御。

再以两个营的兵力，配合当地游击队，共两千兵力，以泰山压顶之势，只用了两天，就拿下了龙岗和白村两个据点，只剩下一个丘堡。丘堡据点有“皇协军”一个中队，眼看大事不妙，中队长半夜带着亲信开门南逃，扔下一个班的鬼子，第二天拂晓很快就被消灭了。至此，茨镇外围敌人的支撑据点丧失殆尽，城内鬼子中队长命令闭门不出，等待救援。

被收复的三个据点，辐射面积达到六十平方公里，三十多个村庄一夜之间成了解放区。军区派出两支队伍，一支武工队，帮助当地组织建立茨北县抗日民主政权；一支文工队，游走在各个村庄之间，宣传抗日形势，进一步发动群众。

茨镇成为孤城之后，凌团长向文中戈报告，采取围而不击的战术，暂不发起攻势，以茨镇为诱饵，调动唐库城援兵。文中戈批准了这个计划。

连续十几天，茨镇城外军民川流不息，凌团长还让当地政权发动百姓在城北搞了一个很大的集市，进行农产品贸易。到了夜里，凌团长让战士们排队在城下唱歌，唱《黄河大合唱》，唱得山摇地动气贯长虹。

城内“皇协军”一个团，团长是李贤的把兄弟，自从外围被扫清之后，惶惶不可终日，几次发电请求增援。

李贤请示唐库城防司令山河大佐，山河大佐说，看不出八路军的战术吗，围点打援，各自死守还能坚持，如果分兵增援，出去多少牺牲多少。让他们坚持，等待皇军大部队。

文中戈亲自赶到茨镇北门外，夜里跟部队一起唱《黄河大合唱》，唱高兴了，拍拍凌团长的肩膀说，抗大学习回来，战术水平提高很大。有思想，有境界。

凌团长说，我跟他们玩猫盘老鼠，把他们盘软了再一口一口地吃。

文中戈说，是的，我们火力不行，叫花子不能跟龙王爷比宝，我跟他比耐心，比灵活。

唐库城以北的“剥皮战”，不仅搞得日军心惊肉跳，山南的国军也坐不住了。一旦茨镇被八路军拿走，唐库城北大门洞开，八路军兵锋所向，直逼唐库城，到那时候，想阻止他们已经不可能了。但是，八路军在北边打，并没有破坏联合抗战协定，总不能不让他们打鬼子吧。

这个局面，把国军长官部搞得很头疼，国防部一名高官直接同嫡系二十三师师长霍荼通话，让他摸摸郭涵的态度。霍荼在背后告了郭涵一状，说此人对八路军的态度一向暧昧，总是眉来眼去，指望他遏制八路军，根本不可能。

霍荼向长官部献了一计，利用“皇协军”向八路军茨北县发动反攻，然后以配合八路军作战、围剿“皇协军”的名义，出兵北上，抢占茨北，进而收复茨镇。

这个计划，有点冒险，一旦阴谋败露，必然引起国内外舆论。但在当时的情形下，长官已经不顾不上这些了，并且认为这是一条妙计。后来，在很多地方，国军同八路军和新四军抢地盘，用的都是这种办法。

阴谋从此展开。抗战后期，唐库城汉奸师长李贤眼见大势已去，便向国军暗送秋波，表示愿意接受改编，条件是部队整建制，保证军官及家眷生命安全。霍荼掌握到这个情况之后，首先派人潜入唐库城，同李贤接头，代表长官承诺，国军答应李贤一切条件，此次行动一旦成功，将委任李贤为“曲线救国”军少将师长。

李贤抓住了最后一根稻草，全盘接受了霍荼的行动计划，但是他搞错了，他接受的具体任务是配合国军收复龙岗，并不知道国军在他收复龙岗之后还有动作。

农历四月十五，李贤以调整防御为名，瞒过山河大佐，亲自率领骑兵排，进入唐库城以北宋庄，并带走驻守在那里的一个营，利用夜色掩护接近八路军抗日县政府所在地龙岗。此时，霍荼指挥的一个营已经从纶掌至赵庄以北迂回到汲汲河北岸，只等螳螂捕蝉。

龙岗八路军全部兵力只有武工队一个排，另有山丹军区在此开展工作的文工队。凌晨三点左右，“皇协军”先头部队同武工队哨兵交火，战斗打响。武工队一名副连长指挥队伍仓促应战，把睡梦中的文工队员扯起来迅速撤离。

跟八路军打仗不是目的，占领龙岗后，李贤将亲手拟定的文稿交给报务员，并试图通过霍荼发表通电，“抗日曲线救国军师长李贤率部反正，已于某月某日收复日军占领要地龙岗，人民箪食壶浆……”

电报刚刚发出去不到十分钟，就听到头顶传来一阵巨大的轰响，霎时龙岗就处在一片火海之中。李贤一听就知道这不是八路军的炮声，八路军没有这样大口径火炮，八路军的火炮口径小而且火力零散。李贤亲自抱起话筒向霍荼呼叫，龙岗已被我军占领，无须火力掩护，请停止射击，停止射击……

然而，已经没有人理他了，炮击仍然进行中，不久，对面就传来喊声，汉奸李贤听令，立即放下武器，交出龙岗，改邪归正……

李贤惊呆了，很快他就明白上当了，他被利用了。可是此时已经没有退路了。李贤把话筒一扔，登上一个高坡大喊，弟兄们，我们遭到了国民党的暗算，迅速占领制高点，跟他们拼了。

到了这个火候，“皇协军”哪里还有斗志，打了不到一个小时，跑了一大半，最后只剩下三十多人，还在绝望地射击，一边射击一边溃退。

天还没有全亮，霍荼手下的一个团副就带人上来，龙岗已经见不到汉奸的人影了。团副知道汉奸剩下的人不多了，并不下令追赶，他哈哈大笑，对手下说，向师座报告，龙岗已经回到党国的手里，残敌南逃，把他们留给八路军吧，算是对八路的一个补偿。

凌团长得到龙岗遭到偷袭的消息，有点不敢相信。据他掌握的情况，唐库城的汉奸鬼子已被“剥皮战”吓得魂飞魄散，自保尚且捉襟见肘，怎么可能出城偷袭？

后来他有点明白了，汉奸内部发生了变化，李贤孤注一掷，要把龙岗作为礼物献给国民党。凌团长怒不可遏，把围城部队交给乔东山，让张秋生带上两个连，跟着他直扑龙岗。

在二道桥头，遇上了从龙岗撤下来的人，武工队副连长报告了战斗的经过。凌团长这才知道是霍荼插手了，他迅速判断出来了，霍荼不是偶然插手，而是蓄意而为，醉翁之意不在酒啊。

突然，他听到一个熟悉的声音，凌团长，凌大哥……

他一激灵，是桑叶，桑叶怎么会出现在这里？

放眼看去，他看见果然是桑叶，桑叶负伤了，躺在一个用树枝捆绑的担架上。他大步走了过去，桑叶，你怎么来了？

桑叶挣扎着坐起来，又被旁边的韦芷秋按住了。韦芷秋说，我们在龙岗开展工作啊，头天晚上还演出，没想到半夜被偷袭了，桑叶的腿……韦芷秋说着，把蒙在桑叶腿上的床单掀开，他看见桑叶的右下肢血肉模糊，他的眼睛顿时瞪大了，他妈的这是谁的炮火？

韦芷秋说，我们眼看快撤到村东树林了，一阵炮火落下来，砸倒了我们好几个同志，走出二里路，炮火还在追着打。

副连长说，幸亏有炮火，把汉奸也挡住了，不然就全完了。

凌团长不说话了，黑着脸，低下头，附在桑叶的耳边说，桑叶，坚持住，治好伤，等着我给你报仇。

桑叶眼里噙着泪花，点点头说，我到茨北六天了，一直想见到你，没想到见到你，又成这样了。

他把床单盖在桑叶的腿上，对武工队副连长吼了一声，赶快，送到分区医院，保住她的腿。剩下的事情交给我了。

桑叶朝他笑笑，凌大哥，别惦记我，我的手还在。打完仗，我给你拉《明月几时有》。

他也向桑叶笑笑，挥挥手，一转身，满脸都是泪。

九

往后的事情就简单了，从茨镇城外驻地到龙岗，不过五公里，路上遇到一股溃兵，很快就搞清楚了，他们是偷袭龙岗的汉奸队伍。张秋生建议放掉这股汉奸，首要的任务是收复龙岗，万一龙岗被国军盘踞，生米煮成熟饭，就棘手了。

凌团长大怒道，鬼子汉奸、反动派，老子一个都不放过！

当即指挥部队，迅速展开，呈扇形向残敌包抄，一阵猛烈的火力之后，部队开始冲锋。

残敌已是惊弓之鸟，一打就溃，夺路而逃。凌团长正要指挥追击，一棵银杏树后出现一块白布，树后有人喊，八路军长官，我是李贤，“皇协军”师长，我手里有国军抢占八路军地盘的证据，我投降，饶我一命，我将功折罪。

凌团长站住了，问身边的张秋生，你听见他说什么了吗？

张秋生说，他说他投降，他手里有国民党抢占地盘的证据。

凌团长说，我怎么什么也没有听见？

张秋生惊恐地看着他说，团长，不杀俘虏啊，他要投降，他手里有反动派的罪证啊……

张秋生的话还没有说完，凌团长就抱起机枪，一边扫射一边向银杏树大步流星走过去。

张秋生大叫一声，想从后面把凌团长扑倒，可是已经晚了。银杏树后的李贤自知难逃一劫，做困兽犹斗，纵身跃出，挥舞手枪向凌团长射击。凌团长肩膀中了一弹，手一抖，站稳了，扔掉机枪，从腰上掏出驳壳枪，连发数枪，李贤仰面朝天倒下了。

卫生员上来要给凌团长包扎，凌团长说，等一会儿。

然后往前走了几步，踢踢李贤的尸体说，把他的脑袋给我砍下来，夜里派人挂到唐库城的城头，让汉奸们看看，这就是卖国的下场。

张秋生迟疑地说，这个……不合适吧……下不了手啊。

凌团长笑了，看来，你是没有杀过猪。算了，把他的衣服扒下来，包上一块石头，带着。

张秋生不解地问，这是干什么？

凌团长说，我拿这块石头跟反动派算账。

张秋生叫过来两个战士，七手八脚把李贤的“皇协军”军装扒下，又从附近找了一块脑袋大小的石头，用李贤的军装包上，抬着上路了。

二十分钟后，凌团长带着部队抵近龙岗，在村头整队，迈着齐步向村中进发。

国军一个连部署在这里，连长已经得到指令，无论是什么人进攻，首先鸣枪警告，不听警告即自卫反击，其余部队立即投入战斗。可是，让他为难的是，对面的八路军没有进攻，也没有采取战术行动，而是集合整队，迈着整齐的步子，还喊起了口令，“一二一，一二一，一二三四”，就像操练，目不斜视，旁若无人，大踏步前进。

这个情况，国军连长还是第一次遇到，赶紧摇动电话机，向团副报告，八路军来了，就在前方一百公尺。

团副说，那还不打？先打起来，二营马上进入阵地。

连长说，没法打啊，他没有冲锋，他排着队，喊着口号，一点没有开枪的意思。我不能打第一枪。

团副在电话里吸了一口气说，那就等一等，先别开枪，喊话，让他们停下，我马上赶到。

连长叫上几个兵，从掩体里伸出脑袋，手捧在嘴边做喇叭状，夹紧屁股喊，站住，再不站住我们就开枪了。

对面的八路军自然不会站住，步子迈得从容，没有一个错步子，比平常操练还要整齐，唰，唰唰，唰唰唰……二百多条腿就像一片移动的树林，以势不可当的气势由远及近，直逼国军的警戒线。

团副赶到了，前呼后拥，几十支枪口对准前方。掩体里的士兵也纷纷冲出来，在左右展开队形，占领了制高点。团副对连长说，不要紧张，沉住气，我看他们到底有多大的胆量。连长腰杆一挺说，团副来了，我紧张啥？

队伍的前方，是一个三十岁左右的八路军军官，中等身材，微黑的脸上有大小三处伤疤，就像被雕刻过的石头，看不出表情。团副在那一会儿出现幻觉，这个人好像不是人，好像在哪里见到过，好像……团副对连长说，喊话，问他们是哪部分的。

连长提了一股虚劲，往前迎上两步，挥枪大喊，站住——你们是哪部分的？

那个人没有站住，突然回头向部队喊了一声，立——定！

部队立定后，八路军军官背起手，缓缓踱着步子，一直踱到团副的面前，仰起下巴说，哪部分的，你说老子是哪部分的？老子是拔下龙岗据点那部分的，也是刚刚击毙汉奸李贤那部分的。

团副怔住了，他没有想到对面这个人的底气这么足。虽然心虚，但不能示弱。团副推推眼镜说，贵军丢失的龙岗，又回到国军的手里。我们会把龙岗守住的，你们回去吧，免得伤了和气。

八路军军官把脸一板，知道老子是谁吗？

国军副团长头皮一硬说，不知道你是谁，但是知道你不是赵子龙。

后面一个八路军军官上前一步说，这是我们的凌云峰团长。听说过方顶山战斗吗，知道鬼子少佐江浦是被谁抓的吗？

国军副团长看着凌团长，脸上突然一阵抽搐，你是，你是，你是穿山甲？可是……凌团长，兄弟佩服你，可是，龙岗是我们刚刚从汉奸手里光复的。

凌团长笑了，你们刚刚从汉奸手里收复的？你不知道汉奸是从哪里来的？

说着，又向前走了几步，逼视团副。

团副不由自主回头两步，惊恐地喊，你，你们要干什么？

凌团长回头向部队说了一句，告诉他们，我们要干什么。

一声怒吼从队伍的头顶腾空而起，我们要回家，龙岗是我们的！

喊话的是一个排长，接着，部队发出一片吼声——

龙岗是我们的，昨天我们还在龙岗操练……

谁打龙岗的主意，老子就跟他拼了……

凌团长向部队做了个手势，待喊声平息下来，对国军团副说，听见了吧，他们要回家，龙岗是他们从鬼子手里打下来的。

团副说，可是，昨天夜里，汉奸李贤的部队又把龙岗占领了……它现在是国军的。

凌团长笑笑说，来人哪，把东西交给这位长官看看。

说完，向后面一挥手，一个战士拎着一个口袋，咕咚一声扔在团副的脚下，滚了几下，几滴血花溅到团副的裤子上。凌团长笑笑说，这是刚刚收到的，李贤的脑袋，估计还是热的。打开看看？

团副一声惊叫，连连后退。凌团长，有话……好商量，商量。

凌团长说，就是这个人亲口告诉我，是你们的长官授意他们偷袭龙岗，然后你们又以光复的名义抢占龙岗，你们的炮火还伤了我们的同志。这笔账，是现在算还是将来算，我听你的。

团副傻眼了，想了想，向凌团长一鞠躬说，凌团长，你我都是军人，各为其主，我得向我的长官报告。

凌团长说，这是你的事，随你的大小便。

团副让电台呼叫霍荼师长，向霍荼报告了大致情况，霍荼在那边破口大骂，吼叫，让凌云峰上机。

团副举着话筒对凌团长说，咋办？

凌团长一笑说，哦，很抬举老子啊。

说完，接过话筒，冷笑一声说，是霍长官啊，久仰久仰。有何见教，在下洗耳恭听。

霍荼好像稍微平静了一点，一字一顿地说，我命令你们，迅速离开龙岗，否则就是破坏联合抗战，不用十分钟，我就让你和你的部队化为齑粉。

凌团长哈哈一笑说，啊，那太吓人了。我来问问我的部队，看看他们怎么说。

说着，凌团长站了起来，举着话筒对部队大声说，国军霍荼师长要我们马上滚蛋，不然他就让我和我的部队化为齑粉。大家说怎么办？

部队静了一下，突然嚷嚷起来了，凭什么让我们滚蛋，龙岗是我们的，龙岗是老子打下来的，我们誓死与龙岗共存亡……

电台那边，又是一声吼叫，凌云峰，你们要干什么，要造反吗，你们想破坏抗日吗？

凌团长对着话筒说，长官息怒，我们不想干什么，我们只想捍卫我们的抗战胜利果实。长官听说过"剥皮战"吗？老子的部队连续攻克白村、丘堡、龙岗三个日伪据点，不知道哪个王八蛋吃里爬外，让汉奸偷袭龙岗。那个汉奸师长的皮已经被我剥下了，你的手下告诉我，那个吃里爬外纵容汉奸偷袭龙岗的王八蛋名字就叫霍荼，长官你和那个王八蛋霍荼同名同姓吗？老子早晚有一天抓住他，同样会剥他的皮，长官你同意吗？

电台那边突然没有声音了，好长时间才传来一声嚎叫，炮火准备，目标龙岗。

然后就听到"咔嚓"一声。

凌团长把话筒交给团副，听清楚了吗？你的长官要炮击龙岗，还不赶快滚蛋。

团副哭丧着脸说，凌团长，这回摊上大事了，你可把我害苦了，我回去怎么交代啊。

凌团长嘿嘿一笑说，你想留下来当八路军？那不行，现在我还不能接收你，等国民党反动派彻底撕破了脸皮，我随时欢迎你弃暗投明。

团副带着他的一个营灰溜溜地离开了龙岗。

凌团长察看地形，根据纶掌敌人炮阵地到龙岗的距离，计算国军炮火射程，选择黄崖洞作为部队休整地，那里是国军炮兵射击死角。

部队在黄崖洞等了一个中午，炮击并没有发生。凌团长判断得不错，这么明目张胆地反共摩擦，没有长官部的指令，霍荼是不敢轻举妄动的。

十

茨镇收复之后，解放唐库城指日可待。山丹军区发布命令，以沧东军分区两个团为主体，纳编四个县大队，成立了一个野战旅，号称穿山甲旅，依托沧东军分区，开展外线作战，凌团长晋升为旅长。一般情况下，野战旅和军分区是平行关系，但是一旦进入重大战役，军分区的行动则附属于野战旅。

抗战进入最后阶段，国民党加快了抢占地盘和扩军的步伐，沧山国共联合抗战指挥部虽然名义上还存在，但是其主要作用渐渐演变成限制八路军行动，甚至利用联合指挥部截获八路军的情报。

其他人的故事我简单地讲一讲。

唐库城战役之前，八路军在北线打了大半年“剥皮战”，造成大量日伪军伤亡，北逃路线基本上被封死，为解放唐库城奠定了厚实的基础。但是到了战役实施阶段，国军长官部为防止八路军进入唐库城，分配给八路军的任务主要在东南方向打援，死守汲汲河大桥，切断唐库城至合璧之间的交通。国军谢谷部队楚大楚部进驻汤原，名为阻敌南逃，实际上限制八路军的行动。

恰好是在汤原期间，何子非秘密进入楚部防地汤原县城，同谢谷部队楚团长见面。何子非向楚团长转达了组织对他的鉴定，代表山丹军区表彰了楚团长抗战以来的功绩，以及为什么不让他暴露身份的原因。

楚团长恍然大悟，心潮澎湃。当然，最让楚团长惊喜的，还有安屏的消息。有一段时间，他误会安屏已经同沧东八路军的凌旅长建立了恋爱关系，对那个“同名同姓的兄弟”产生了复杂的感情。在汤原县隐秘的交通站“婆娘饭店”，何子非转交了安屏给他的一封信，驱散了他心中所有的疑云。

唐库战役发起后，八路军忍辱负重，一直在南线打援，直到战斗第二阶段，日军向国军实施反冲击，以一个大队的兵力，突破国军的防线，直逼国军战役指挥中心。霍荼向联合指挥部告急，指挥部紧急命令八路军凌旅长率一个团，从东门进入，拦腰冲击敌人，迫使敌龟缩在三角湖地带，在不到四十米宽的正面阵地同凌部对抗，双方激战七个小时，终于以敌大部被歼、少量溃逃而告结束。那场战斗，事实上是整个唐库战役最惨烈的战斗，一仗下来，凌部参谋长张秋生等十六名团营级干部伤亡。

凌部在三角湖休整不到半个小时，战士们连口热饭都没有吃上，联合指挥部即以北线告急为由，命令凌部火速奔赴汲汲河大桥，配合谢谷部队追击北逃的“皇协军”，一直追到宋庄，才命令凌部就地休整，实际上是把凌部调出了城外，兜了一个大圈子，又回到了根据地。

八路军指挥部对国军的意图心知肚明，因为早有准备，为了长远战略，并不同国民党抗争。

唐库城光复之后，国军紧锣密鼓地扩军，谢谷部队由辖团师升格为辖旅师，楚部扩编为第二旅，楚团长担任上校旅长，其他一干人等也水涨船高。

楚部驻扎在唐库城北区，楚旅长有单独的官邸，谢谷部队的特务头子、参谋长朱智为了监控楚旅长，强令二旅机要室和副官处同楚旅长同住一个四合院，并把旅部机要员启迪派到楚旅长身边。事实上，启迪此时已经成为楚旅长的同盟,不仅为他搪塞了朱智策划的“逼婚”,还掩护楚旅长在安运大街秘密会见了八路军的联络员安屏。在似曾相识的柞绸店里，楚旅长唤醒了多年前初见安屏的记忆，眼前的恋人，早已从豆蔻少女成长为优秀的八路军情报人员，一时百感交集。

我重点讲讲后来发生在凌旅长身上的故事。

这年农历五月，八路军和国军联合行动，对沧山东南日伪占领的最后一座城市湛德州发起进攻。

从单打独斗的特殊人才，到指挥游击战、运动战的基层指挥员，可以说,凌旅长已经游刃有余了,但是指挥城市攻坚战,这还是第一次。

因凌部参谋长张秋生在唐库战役中负伤，酝酿作战计划的时候，军区给凌旅长派来一个人当副参谋长，代行参谋长职责。这个人就是曾经批评凌旅长“靠掐指一算指挥打仗”的杜何。

杜何到凌部任职，有点尴尬，见面就向凌旅长道歉，说自己就是一个纸上谈兵的赵括，真的打仗，凌旅长的经验和灵感都是十分宝贵的，都是实战检验行之有效的。

凌旅长哈哈大笑说，经验是宝贵的，理论指导也是重要的。一起战斗，取长补短，我说对了你听我的，你说对了我听你的。

凌旅长有这个态度，杜何才放下了思想包袱。

农历四月底，凌旅长带领杜何等人抵近到湛德州以东笋岗开设前进观察所，发现联合指挥部赋予凌旅的任务，是正面攻打湛德州城东北防御体系。这一面城墙厚实高大,在不到一公里的城垛防御工事里,部署有两个日军中队，一个“皇协军”团，形成密集交叉火力，易守难攻。

杜何反复琢磨，对凌旅长说，这个仗不太好打。

凌旅长说，当然不太好打，不然把你派来干什么，就是要让你露一手。

杜何和几个参谋一夜没睡，第二天拿出两个方案，一个是传统打法，声东击西，以一部佯动，主力强攻，这个方案被凌旅长一口否定。杜何又拿了第二方案，用木船从汲汲河运送一千公斤炸药至紫来门，从那里打开突破口，部队迂回到正面。这个方案又被凌旅长否定了。

凌旅长说，别说爆破不一定成功，就算成功了，我也不干，那么好的城墙，里面还有古建筑，我不能因为要打一个老鼠就把花瓶打碎了，你说是不是？

杜何傻眼了，甚至怀疑凌旅长故意刁难他，愁眉苦脸地说，既不能强攻，又不能爆破，凌旅长你到底想怎么打？

凌旅长说，当参谋长的，你不能问我怎么打，你的责任是找到最佳的方案，我的责任是告诉你行不行。

杜何说，我确实黔驴技穷了，请旅长指教。

凌旅长哈哈一笑说，知道了吧，打仗，不是写文章，一拍脑袋就可以妙笔生花。打仗是一门综合学问，天时地利人和，知己知彼，缺哪一项都不行。我们的任务是进攻东门，但是你不能只盯着“进攻”这两个字，也不能只在东门正面做文章。穿插是进攻，迂回也是进攻，有的时候，退却也是进攻。以此类推，湛德州的战斗也不能只盯着湛德州做文章，不能只盯着进攻湛德州做文章。你好好琢磨吧。

杜何眼睛一亮，他明白了，其实凌旅长已经有思路了，之所以不厌其烦地让他拿方案，并不是为难他，而是锻炼他。他有些感动，看着凌旅长说，旅长，再给我一点提示。

凌旅长问，你了解紫来门吗？

杜何老老实实地回答，不了解。

凌旅长说，知己知彼，不仅要了解敌情，也要了解地形。地形不是死的，是活的，是有生命的。建议你研究一下紫来门的历史，它可能会告诉你一些你不知道的东西。

杜何说，那我重新勘察一次地形。

凌旅长笑笑说，我再给你讲两点，第一条，我们一个旅的战斗，不是孤立作战，我们有友军，友军是谁，友军在哪里？为什么联合指挥部这么用兵？这些问题关系到战斗的目的，手段不是目的，手段是为目的服务的。第二条，以史为鉴，这个紫来门在历史上各次战争中的作用是什么？为什么联合指挥部让我们来打紫来门？只有领会了联合指挥部的意图，才能决定我们的战斗过程。

杜何从凌旅长的话里琢磨出味道了，这不仅是一场攻坚战，也是一场政治仗，只是，这个仗怎么个打法，他心里还是没有底。

这天杜何茶饭不想，找来一堆资料，结合联合指挥部下达的任务，挖空心思琢磨了半天，凌旅长的话就像一只蝴蝶，在他的脑子里飞来飞去。到了下午，他带上几个参谋，策马登上距离紫来门三公里左右的皮山，再一次研究紫来门外的地形。

高大巍峨的紫来门在阳光下益发显得盛气凌人，似乎在对他说，怎么样，老子在这里盘踞了上千年，从来没有谁把老子怎么样，老子的身上连个伤疤都没有……倏然，一个念头就像火星一样在他的眼前划过，他又想起了凌旅长的第二句话，“为什么联合指挥部让我们来打紫来门”。这一会儿工夫，杜何的后脑勺长出了一只眼睛，似乎能够看到几十年前、几百年前、一千年前，从冷兵器时代到火器时代，这个紫来门，一直以彪悍威严的形象雄踞一隅，但是史志上好像并没有记载这里发生过惨烈的战斗。

从皮山回去之后，杜何洗了一把脸，就让人找来湛德州地方志，查找有关紫来门的记载，果然证实，在湛德州发生的历次战斗中，紫来门一直是个不战之地。

当天晚上，杜何拿着修改后的作战计划，向凌旅长和乔东山报告，提出了先虚后实、以虚养实的方案，待总攻发起之后，前两个小时佯动，配合西线作战，同时以主力迂回到东南韩庄一带，从韩庄强行攻城，击敌侧后。所谓的“以虚养实”，就是正面牵制、侧后突击。

凌旅长听完杜何的汇报，眉头一皱，问，为什么不在紫来门打，依据是什么？

杜何说，紫来门一带，虽然工事坚固，但从来不是守城的战场，这个地方不是用来打仗的，而是用来逃跑的。联合指挥部让我们打紫来门，真实的意图是把我们按在一个根本打不动的地方，阻止我们进城。

凌旅长笑了，眨着眼睛说，你是八路军的指挥员，讲话要有依据哦，不能非议长官哦。

乔东山说，如果真像你说的那样，紫来门方向不做强攻，那我们打什么呢，总不能袖手旁观吧？

杜何说，我从联合指挥部作战计划里找到了两个可以有所作为的地方，一是韩庄，指挥部没有把它划分到我们的任务区域，也没有明确我们同国军的接合部，但是我们可以利用，在这里打一场实打实的迂回战斗。第二就是湛德州拿下之后，后面还有一场大仗，旅长说过，湛德州的战斗不能只盯着湛德州做文章，不能只盯着进攻湛德州做文章。这句话我直到上了皮山才想明白，内线的仗，可以在外线打。

凌旅长说，啊，我什么时候说过这话？

杜何说，原话不是这样的，我领会了您的意图。兵法云，围三阙一，意思就是不要把敌人围死了，围死的敌人困兽犹斗，两败俱伤。而留下一条路，让敌人逃跑，在他逃跑的过程中追击、伏击，效果要好得多。

凌旅长说，哦，举一反三，融会贯通，看来你这个参谋长当出感觉了。领会一号意图，是参谋长最重要的功课。

凌旅长说这话的时候，乔东山看了他一眼，向他笑笑，笑得意味深长。

凌旅长说，乔政委，难道我说错了吗？

乔东山说，你当然没有说错，你现在很少说错话了。

凌旅长一愣，哈哈一笑说，这话是表扬还是批评？

乔东山说，你说呢？

凌旅长想了想，对杜何说，你继续，谈你的方案。

杜何说，我再三研究了分配给我们的任务，总算明白了，联合指挥部让我们攻东城，其实是别有用心，我敢断定，仗一旦打起来，如果我们进攻紫来门失利，他们就会命令我们继续进攻。如果我们进攻紫来门得手，他们就会命令我们停止进攻。如果我们继续向城内发展，我们右翼的霍荼部队，就会向我们下手。所以，我建议先“虚”两个小时左右，当然，这两个小时不是纯粹的“虚”，而是有准备的“虚”，虚中有实。

凌旅长的眉头又皱了起来，看着杜何说，杜参谋长，如果我没有记错的话，方顶山战斗之后，你写过一篇文章，批评我靠“掐指一算”指挥打仗。可是今天，我看你这个方案，也有很多掐指一算的成分，第一，你有没有依据证实，从韩庄迂回就一定会成功。第二，你有没有依据证明，我们如果攻城得手，联合指挥部就一定会阻止我们向城内发展。第三，如果我们向城内发展，你有没有依据证明，霍荼就一定会向我们下手。我们怎么能用尚且没有发生的事情作为决策依据呢？

杜何的脸红了，苦笑说，凌旅长，那时候我真的是书生意气，不知道天高地厚。其实，战争这门艺术，从来就没有固定的模式，也不可能把所有的问题都弄成数据才来决策。战争的理论首先是从实践中得来的，实践的经验就是最好的理论。凌旅长的经验，就是一本兵书。

凌旅长说，我不认为这是恭维，我原则同意你的方案，不过得改一个地方，把两个小时改成五个小时。

杜何愣住了，瞠目结舌地说，旅长，这太冒险了。推迟实攻两个小时，都要做很多文章，推迟五个小时，恐怕，授人以柄啊……

凌旅长问乔东山，政委，你怎么看？

乔东山说，军事行动，你是一号，我尊重你的意见，除非出现原则分歧。我理解你的五个小时，没有分歧。

凌旅长回头看看杜何，哈哈大笑，拍拍杜何的肩膀说，授人以柄？我掐指一算，总攻发起后，国民党军十个小时之内都很难打开一座城门，到那时候，他恨不得我也被挡在紫来门下，被打得血流成河。我当然不会做无谓的牺牲。五个小时之后，我的部队就像做客一样进入紫来门，到那时候，联合指挥部恐怕就要命令我退出紫来门了，你等着瞧。

收复湛德州的战役于农历五月初七打响，历时两天。八路军在两个方向死打硬拼，完成了攻坚和打援的任务，战役结束后就退出了城区，湛德州遂成为国统区，国民党报纸大肆宣扬，极尽渲染夸张之能事，八路军首长对此一笑了之。

战役期间，何子非在楚旅长的配合下，从湛德州日伪的地下仓库里，运走一万多支机枪步枪，三千多发炮弹，这些东西，既是地盘，又可以制造地盘，比地盘有用得多。

紫来门方向，更是一场漂亮仗。让杜何瞠目结舌的是，随着战局发展，紫来门方向推迟“实攻”不是五个小时，而是七个小时。战役开始后，长官部一直在控制各个方向的进展，尤其密切关注凌部的动静，两个小时之后就发来电报，严令凌部不做无谓的牺牲，尽量减少伤亡，真实意图大家心照不宣，这是担心凌部突入太快，如果凌部打到中心地带，占领了中原大街，那么这场战役八路军就成了主角，这是国民党最不愿意看到的。

事实上，凌部前五个小时的“虚”，也只是“虚”在紫来门下，在联合指挥部指定的地方虚晃一枪，而集中兵力“实”于韩庄方向，很快就打开了突破口，并迂回至紫来门。

何子非和楚旅长在城北三号高地联手同日伪争夺军火库的时候，凌旅长和乔政委已经在紫来门上喝茶了，凌旅长故意让电讯队给联合指挥部发电，“我部占领紫来门，请求向敌纵深发展”。

乔东山说，老凌，你这个捷报，对于国军长官来说，就是插在心头的一把刀子啊。

凌旅长说，怕自己的部队打胜仗，历史上还没有见过，我倒是要看看，这些国民党官老爷有没有这么厚的脸皮。

乔东山说，我认为他们有，现在已经快要撕破脸皮了。硬仗让我们打，地盘由他们占。不过，我们这个方向的合作能够维持到现在，已经难能可贵了。

凌旅长说，等着吧，一会儿就会有好戏。

果然，不到十分钟，联合指挥部一道命令下来，“贵部发展神速，官兵劳苦功高，就地休整”。

杜何把电文拿到凌旅长面前，凌旅长看都不看，命令杜何，由他亲自率领一部，出城三里，在苗庄、清河一线部署，准备伏击逃敌。凌旅长对乔东山说，他让老子休整，老子就休整了？他不让老子当城里人，老子就到城外当员外，吃香的喝辣的。

第二天上午，杜何发来电文，向凌旅长和乔政委报告，一夜之间，先后三次伏击湛德州逃敌，共抓获一千三百多名“皇协军”，团以下、连以上军官四十二人，缴获轻重武器一千余件。

凌旅长对乔东山说，好了，仗也打了，人也抓了，武器也缴获了，我们得准备走了。他们是不会让我们在湛德州久留的。

乔东山说，是啊，当初你提出“虚”五个小时，我就知道，这个“虚”的背后，有更大的“实”，打实仗，得实惠。

凌旅长说，一个湛德州算什么，沧山丢了，我都能把它找回来。

乔东山说，老凌，我发现，自从抗大回来，你是一天一个样，更自信了。

凌旅长说，今非昔比了，我现在是八路军的旅长了，不是那个唯唯诺诺的小特务，也不是那个只会打游击战的基层指挥员了，我没有任何思想包袱了，我是一个干干净净的八路军旅长了。我现在打仗，满脑子都是主意，仗还没有打起来，我就能看到结果你信不信？

乔东山说，我信，不过，你不能骄傲哦，后面还有大仗，你要警惕掐指一算啊。

凌旅长一震，半天才说，明白了老乔，我会记住，我是怎么成长起来的。我永远不会忘记，在窑埠村举起右臂立下的誓言，为了我们的国家，为了人民，奋斗终生，直至生命最后一息。

后　记

这年秋天，日本天皇宣布无条件投降，不久之后，国共第二次合作破裂。凌旅长在北上途中恢复本名易晓岚，在淮海战役中升任纵队司令员，继而挥师南下，参与了解放广州、解放海南岛的战斗。新中国成立后，易晓岚担任南方某省军区司令员，因多次负伤，一度病危，中央某大首长亲自下令将其空运至北京，伤愈后离休，直至本世纪初，以九十二岁高龄去世。遵照本人遗愿，一半骨灰在埋在沧山，并在那里举行安葬仪式。易晓岚夫人桑叶在仪式之后未能离开沧山，三天后病故，同易晓岚合葬。

你一定会问，这个故事里，还有那么多人，他们在哪里？

我跟你讲，后来发生的事情我全清楚，我选择你最关心的那些人，给你做一个简单的交代。

楚大楚——真凌云峰牺牲在湛德州战役。当时谢谷就把他安葬在沧山脚下的隐贤村，同我的墓地只隔十几公尺。陈达和蔺紫雨的尸骨在全国解放以后，都找到了，时任全国政协委员的谢谷回到沧山，也把他们安葬在隐贤村。抗日战争结束后，安屏跟随凌部北上，后来牺牲在朝鲜战场，遗骨留在朝鲜。胡琴和权苏正夫妇在上个世纪五六十年代受到冲击，胡琴在省妇联主任的位置上遭到批斗，被打断一条腿，不久去世。副省长兼公安局长权苏正病死在医院。

本世纪的一个秋高气爽的日子，离休干部乔东山在杜何将军的陪同下，来到沧山，带来了一个在沧山地区牺牲的国共双方抗战英雄花名册，当地党政军领导一百多人出席了英雄纪念碑落成仪式。从此，这座贯穿南北五百里的山脉被命名为英雄山。

隐贤村里还有两个活人，一对种地的老夫妇。“文革”中他们被村民以“国民党残渣余孽”的名义批斗了几次，后来由全国政协常委郭涵军长出面保护，改革开放之后被甄别为抗战老兵，政府每月发给补贴。每到清明，他们就会把一只破旧的怀表挂在我坟头的小树上，听我跟他们讲故事。这对老夫妻是蓝旗和王铁索，直到前些年先后入土为安。

如今，以沧山南麓的隐贤村为中心，我们这些人的灵魂经常聚集在一起。当然，我们不打麻将，也不跳广场舞，我们在一起就做一件事情，数星星，天上的星星有多少，永远也数不清。